凤凰读书文丛
FENGHUANG DUSHU WENCONG

丛书主编 秋禾 董宁文

秋禾行旅记

徐雁 著

南京师范大学出版社

图书在版编目（CIP）数据

秋禾行旅记 /徐雁著. —南京：南京师范大学出版社，2009.9

（凤凰读书文丛）

ISBN 978-7-5651-0004-8/I·44

Ⅰ. 秋… Ⅱ. 徐… Ⅲ. 游记—作品集—中国—当代 Ⅳ. I267.4

中国版本图书馆 CIP 数据核字（2009）第 174926 号

丛 书 名	凤凰读书文丛
丛书主编	秋禾　董宁文
书　　名	秋禾行旅记
作　　者	徐　雁
责任编辑	张　莉
出版发行	南京师范大学出版社
地　　址	江苏省南京市宁海路 122 号（邮编：210097）
电　　话	（025）83598077（传真）　83598412（营销部）　83598297（邮购部）
网　　址	http://press.njnu.edu.cn
E－mail	nspzbb@njnu.edu.cn
照　　排	南京玄武湖印刷照排中心
印　　刷	扬中市印刷有限公司
开　　本	787×960　1/16
印　　张	20.25
字　　数	271 千
版　　次	2009 年 9 月第 1 版　2009 年 9 月第 1 次印刷
书　　号	ISBN 978-7-5651-0004-8/I·44
定　　价	35.00 元
出版人	闻玉银

南京师大版图书若有印装问题请与销售商调换

版权所有　侵犯必究

目 录

余垠　序

丁亥早春石家庄、银川行记　　　　　　　　/1
行走在春分、夏至之间　　　　　　　　　　/35
夏日中的齐鲁行记　　　　　　　　　　　　/55
杭、苏、扬三州纪行　　　　　　　　　　　/74
井冈、匡庐游踪　　　　　　　　　　　　　/89
虞山、小王山、小云台山屐痕　　　　　　　/101
"国际研讨"：金秋十月江南行　　　　　　　/120
走向"民间"：冬雪之间赣湘行　　　　　　　/149

戊子初春杭州、萧山行记　　　　　　　　　/160
"江苏十大藏书家"考察走访记　　　　　　　/165
杭州、福州、温州、深圳纪行　　　　　　　/172
"江苏历史文化名镇"考察调研记　　　　　　/202
中山大学图书馆去来　　　　　　　　　　　/223
海宁、杭州、安吉纪行　　　　　　　　　　/228
南下香山、北上并州记　　　　　　　　　　/260
雪冬间江浙诸州行记　　　　　　　　　　　/270

读书种子·人生悟性·阅读情商
　　——兼论"读者学"的缺位
　　　　与"选读书目"的缺失　　　　　　　/291

随处屐痕著我心（跋）　　　　　　　　　　/306

序

余 垠

近十年来,徐雁不时利用网络之便,发回他外出开会、出差、讲学之后回到南京补写的日记,向家里书面汇报出门后的行踪和见闻,以解我退休家居后的寂寞。我浏览之后,觉得内容比较丰富,除涉及出门缘由、简述活动情况外,还有旧朋新友的聚会,学术界名流的交谈,以及各地名胜古迹、人文典故乃至自然风光、美食土产的记述,有的写得淋漓尽致,还颇引人入胜。

多年积累下来,书橱里保存下来的打印稿已有洋洋一大叠了。有一天,我忽发奇想,我儿是否也可以像《徐霞客游记》那样出一册游记,让更多的人去看看呢?去年12月3日是亡妻的忌日,徐雁返家致祭。在用中饭时,我说,你自己写的书已有近二十部,与朋友们共同主编的书大概也已超出百本之数了,要不是你身高一米七八,都可说"著述等身"了。可我觉得还有一部现成的书,是马上编得出来的,那就是你这两年来的"出门日记",如果像《雁斋书事录》那样出版,也就是徐霞客式的"游记"。

他谦逊说,我的那些文字怎能望及宗先辈的名著呢?

我说,徐霞客的伟大,在于他对自然天地的好奇心,在于他毕生游历不畏艰难的科学探险精神。他不惧豺狼虎豹,不怕蛇虫百脚,甘冒生命危险,用自己的脚和手完成了举世无双的考察记,至今还是地质学专业极有价值的参考书。而现在,景区名胜不断开发,旅游环境安全舒适,交通条件又是这样的便利,所以,你的游记

余垠(左)与本书作者于太仓家中

体现了当代社会的新特点,随着你的足迹和视角展现出来的,是当今时代的人文和自然画卷。读者可以从你的文字中,一睹想去而又没有机会去看的风光,获得想晓得而又没有机会晓得的知识。比如为父也曾去过两次山东,但都因时间关系无缘观光于你去过的那些名胜。但从你的笔下那篇《夏日中的齐鲁行记》,我多少了解了一些我感兴趣的人文景观,在精神上也就得到了好些享受……

虽然这番话是随口说说的,但却也话出有因。

记得当年徐雁在太仓上中学的时候,我就曾寄希望于他能继承徐氏"耕读传家"的传统,"读万卷书,行万里路"。后来他考上北大，毕业后在国家教育部机关做公务员，后来又调动到南京大学，先是做了五六年出版社编辑，后来又到中国思想家研究中心做了六七年编审，如今又在信息管理系当教授，还在民革江苏省委、省政协兼有统一战线上的社会职务……

　　我的印象里，大概新疆、青海、西藏、海南等地他还没有去过，港、澳、台三地他均曾涉足，至于在内地出差、讲学和参加各种会议所到的地方，反反复复地加起来，他离家近三十年，早已在读万卷书（估计家中藏书已有一万多册）之外，行了何止"十万八千里"的路！

"耕读传家"乃是农业中国的传统精神
（本书作者于上海朱家角镇游览时留影）

　　这种北往南来、东走西逛的社会阅历，对于一个读书人来说，是既难得又很珍贵的。假使不做些文字上的记录，那就是文化上的损失。

我欣赏他的行记,除了淘书劝学、游览古迹、四处结缘文人学者、见识社会天地等内容外,还特别感觉到其中的一个小小特色,那就是他对于诗文和楹联的关注。一些普通游客可能对此熟视无睹,但他却用独特的眼光,注意到古代文人、学者所写的那些与自然或人文环境相得益彰的古诗文联,并不厌其繁地摘抄了下来。这使得他的文字,多了一点人文美和书卷气,知识含量也增加了。

以楹联为例,它是前人学问和审美情感的文字结晶,在清代和民国初期尤其盛行。如历代文人雅集的苏州沧浪亭联"清风明月本无价,近水遥山皆有情",如常熟曾赵园内清风明月阁联"流水时引知者乐,清风日与幽人言",都只有寥寥十来个字,就把苏南文化古城曾经的清风明月之幽、绿水青山之美再现了出来。

但得以传存下来的古联,百不存一,侥幸传世的,往往是得力于能工巧匠的木刻、石刻,或者文人学士的记录,如今大概只有文化人才能比较深地理解其意义和价值。可是它们有的至今还孤寂地伫守在山林庭院之中,日晒雨淋着,并不一定广为人知,也不尽见于报章杂志和网络里。随着时间的流逝,这些中国传统文艺的瑰宝,极有被大自然和历史湮没的危险。

徐雁每到一处,却总能发现并录到几副好联。因为那些楹联散见于他在各地的行记文字之中,所以我在这里把这一点特别地指出来,请各位读者留意。当然其他特点还有,认真读了的读者会有各自感兴趣的发现。

回想起来,徐雁对古典文化的兴趣,应该追溯到我老父亲对他的启蒙教育。

上小学前,我和他母亲都在太仓工作,他是长子,留在吴县亭子头由爷爷奶奶来抚养教育。我父亲曾经带他去苏州阳山西麓的西白龙庙看望老僧仁生,庙中大殿上有一副劝人为善的"抱柱联",听说是黑底金字,对得相当工整。上联为"暮鼓晨钟,警醒天下名利客",下联是"经声佛号,唤回苦海梦中人"。在我父亲的讲解下,领读几遍,我儿竟能背诵出来了。后来我在父亲家书中得知此事,隐隐觉得这孩子将来读书成材,或者有些希望。他母亲更一直期待着他能够成长为一颗"文曲星",光宗而耀祖。

其实我虽然学的是农科,但学生时代一直酷爱古诗文联赋,曾经抄录过不少。如陶渊明《桃花源记》、张志和《渔歌子》、白居易《琵琶行》、张若虚《春江花月夜》和吕蒙正《破窑赋》等等,现在还保存下来有一二十页。以楹联来说,札记本上还有我上世纪六十年代初录下的张之万所题苏州留园"涵碧山房"对联:

卅年前曾记来游,登楼看雨,倚槛临风,俯仰已成今昔感;

三经外重增结构,引水通舟,因峰筑榭,吟歌长集友朋欢。

涵碧山房位于留园中部,用的是朱熹"一水方涵碧,千林已变红"的涵义。厅内轩敞高爽,陈设雅致。厅前平台宽广,俯临荷花池,为盛夏纳凉赏荷最为适意的地方,苏州人俗称为"荷花厅"。下联里所说的"三经",大概是指留园至清末民初时已三易其主,经过了园主人三次整治。

留园内的"冠云楼",还有朱霆清的一副对联,我当年也很喜欢,一起抄到了本子上:

此峰疑天外飞来,历劫饱风霜,夐绝尘寰谁仲伯;

斯地为吴中最胜,后堂绕丝竹,婆娑岁月若神仙。

此外我还抄了昆明大观楼的长联,以及小凤仙为蔡锷将军写的让人读了心酸的挽联等。徐雁到北大读书一年后,回太仓来过暑假,我见到他已利用图书馆自己收集、抄录了一些感兴趣的对联,不禁暗暗高兴。

没想到,1982年的春天开学后不久,他寄回家来一份四川出版的《集萃》杂志,原来上面登出了一篇他谈挽联的札记,信中还告诉我们说得了二十元(差不多是他一个月"助学金")的稿费。还有一位安徽天长的楹联爱好者戴之明老师读到这篇文章后,通过编辑转信到北大联系,还问作者莫不是位"老先生"?后来戴老师还给他寄赠了一本《对联选》(张少成、李泽一整理,四川人民出版社1981年出版)留念。

曾国藩所书对联　　　　翁同龢所书对联

其实,徐雁那时还在读大学本科二年级。可见他当时模仿前辈的文笔写文章,已有了一定基础,看来这孩子到了北大读书就是不一般。这件事让我们为父母的看到了他执笔为文的希望,所以在家信中除了要求他学好图书馆学的专业功课外,也曾对他作文投稿之举表示了赞赏。

所以,那几年只要在报纸、杂志上发现了好的对联,尤其是一些古代藏书楼和名家的对联,如翁同龢的"绵世泽莫如为善,振家声还是读书"等等,他母亲和两个妹妹雅琴、雅芸,都曾应我的要求帮忙抄下来,或做成剪报,留给他参考。

有一年初冬,我到都江堰开一个全国农业系统的会,会后东道主组织大家到青城山旅游,我看到一册封面古色古香的《青城山楹联集》,第一篇就是李善济撰书的长联,气势很大,便买了下来,寒假时送给了他,算是对他的鼓励。

最后说说宗先辈徐霞客(1587—1641)的故事。他的家乡是在江阴马镇南阳歧村,我家祖籍是与江阴隔江相望的靖江靖城镇。先父曾用笔记下我祖上在那里的房产情况,说是到我祖父一代在胜利街的祖居有前后五进,可见当时已非寻常的小户商家。

适才查阅徐雁应邀为扬州宗亲徐高义先生作序的《中华徐氏历史文化荟萃》(2009年自印本),知徐霞客从小聪慧好学,嗜读史、地之书,十八岁时,他的父亲因受当地土豪欺侮,忧愤而死。他二十刚出头就开始登名山、访古迹,常常开春外出,秋冬回家,与老母亲团聚过年,并报告游历的见闻佚事。对于他的出外考察,他母亲十分理解和支持。这么说来,我儿从网络上发回他的出行日记,也算是一种现代化的汇报方式了,与徐霞客年终的"口头汇报"有些异曲同工之妙。

据说徐霞客出游时只带一根手杖,一套衣被,无宿处则栖身树林、岩壁、洞穴,断粮时就吃菜嚼草,忍饥挨饿。他在常人难以想像的艰难困苦中,遍历华东、华北、东南沿海和西南云贵地区,留下了六十多万字的旅行见闻记,终成千古奇书,并人以书传。我儿如今人到中年,听说不管是开会讲学,还是调研考察,都能得到各地有关方面的关照和安排,看来已不是徐霞客式的"文化苦旅"了,这是时代的造福和社会的厚遇,也是他个人的幸运。所以我深切期望他在教书、写书之余,能够深入地研究研究徐霞客,并继续"读万卷书,行万里路",精心写出更多的"霞客式游记"来。至于一江之隔,彼徐氏与吾树德堂徐家祖上是否真有什么亲缘关系,因家谱久失,看来只有存疑待考了。

有意思的是,在起草写序的这几天,我刚好还看到了孙女徐子晨从网上发来的,她在波兰从事中波学生暑假文化交流活动的日记。在活动期间,听说她还将与同学结伴游历捷克和奥地利,在欣赏之余,也将边游边记。看来我们徐氏写游记也已"与时俱进",开始"面向世界"了。是为序。

二〇〇九年七月三十一日于娄东

丁亥早春石家庄、银川行记
（2007年2月1日—26日）

与邓子平先生（左2）淘书于石家庄旧书市场地摊

因河北教育出版社之邀,遂利用寒假作石家庄之行。

昨日上午在家收拾行装,检出旧藏叶圣陶《旧文十篇》、陈原《总编辑随想》、马蓝《梦里的童年》、吴道弘《书评例话》,以及黄裳《珠还记幸》初版、修订版等,以备讲座示例之用。校订即将收入宁文兄所组稿《我的闲章》（岳麓书社2007年版）中之《雁斋有书钤印迟》,将家藏各款图章钤印于一纸,以便插图。

午饭后三时许,至孙志洋紫竹电脑房,付打印1990年旧作《港台书评小志》一文。肖生永钤、钟生燕辉已在,傍晚,速泰熙先生翩然而至,乃请其设计《书评的学理》封面。李生海燕来,宁文至,将同行石家庄之《毛边书情调》作者沈文冲先生也由南通赶至,于是友生们共进晚餐后,余与沈先生径赴南京火车站。

2月1日,周四,北京—石家庄,晴。

晨六时许,Z50次火车抵北京站。即打车至朝阳区潘家园路早餐。八时许,经打听问讯,终于寻至华威西里五号楼四门四零四室布衣书局,原来已迁址于一幢普通民居楼之单元房中。以三室一小厅为实体营业本部,旧书在南大屋中以英文字母排列,以便快速检出网上求购之旧书。

急急浏览,选得旧书二十余本。2002年所编印之《百年百人话东安市场》(中国社会出版社2004年1月版),其中有张希广先生《奇缘东安》等文述及有关东安市场旧书铺事。而《明史研究》第7辑为"谢国桢先生百年诞辰纪念专辑",其中商传先生《读〈瓜蒂庵小品〉——纪念谢国桢师百年诞辰》写到一事:

在中国的文化传统中,古籍的收藏与学者的清贫实在是一个由来已久的矛盾,但凡是学者,却也往往节衣缩食而去收藏那些人以为然或不以为然的书籍,在生活的清贫中,不由人不由然而得到精神的富足。不过如国桢师那般嗜书如命的学者,却也实在是并不多见的。记得先生对我们讲过"文革"中的一段往事:那时候先生属"无产阶级专政对象",每月仅发给二十元生活费。一天,一位名门之子持书一卷来访,实因生活无着,想卖书度日。无奈当时斯文扫地,价值再高的古籍也只被视作废纸,一钱不值,只得携书来找识家。先生看过后,感慨一番,当即递上身边仅有的二十元钱,劝来人不要卖书,来人留书,感谢再三而去,先生却因此而持书挨饿了。

此行以所得《忆鲁迅》(人民文学出版社1956年10月版),内中收录有马珏《初次见鲁迅先生》一文,又2005年5月至9月故宫博物院举办之《马衡先生捐献文物特展》纪念册为难得,而马珏乃马先生(1881—1955)侄女也。

北京布衣书局营业本部内景

布衣书局主人胡同闻讯我已至店,自报国寺地摊匆匆赶回,将所选旧书核价后给予优惠。付三百元讫,忽以其组稿之"天涯社区'闲闲书话'精选系列"《书人闲话》、《闲谈书事》和《闲读中西》毛边本相赠,感其慷慨重友情,嘱以"布衣书局"印章钤印。

近十一时,河北教育出版社主任张静莉带车来接迎,径赴太平桥西里中华书局拜会傅璇琮先生。以延时,先生已在书局斜对面青年餐厅门口等候,餐间谈"书林清话文库"第四辑书目甚洽。初步商定本辑书目作者为浙江永康陈寒川、津门涂宗涛、徐柏容等。

先此,张主任送"文库"第三辑之《新文学史料丛谈》样书至北京师范大学朱金顺先生家中。朱先生写赠以傅先生、文冲兄、张主任、我和宁文各一册。其中题余一册之扉页云:"谢谢将拙著编入'文库'。此书能入藏雁斋,作者感到十分荣幸,并乞徐雁先生指正",并钤印姓名图章,以示郑重。

余与朱先生仅有2004年深秋造访之一面缘,旋有此书之约。今于此"文库"第三辑所增"后序"中,以"先生律己甚严,而治学亦认真执著"为评。闻先生尚有自选集在山东问世,篇目可为此书之续云。

车上京石高速公路,赶赴石家庄。因中途修车于涿州而延误,进城入住"都市军港宾馆"时,已七时许。随后邓子平社长至,招待于河北出版集团餐厅,以头疼不适,仅饮葡萄酒少许。

2月2日,周五,石家庄,晴。

早餐食玉米糊,连吸四五碗,其味绝非八十年代初就学北大时之"粗粮"可比,意当年皆用陈玉米粒制糊,而今则为去秋收获之新玉米面,故清香可口也。九时许,至该社一楼报告厅讲座《选题创意与出版策划——当代编辑如何"阅读"》,邓社长主持。

此行所讲,首论"理智的人生离不开阅读"。

开场白即提出"人生的命题,在于'生存'以后的'发展',人生发展的终极价值,在于生物性的遗传和文化性的遗传",在生存和发展的百年人生历程中,一个人只有"护可塑之身",才能"结不尽之缘";只有"惜有限之时",才能以"不尽之缘"造"无量之福"。如此坚持,方能"种善因结善果",得缘享福,因此,惜时、惜缘、惜福,应成为人生的主体智略。而"智商、情商、胆商"、"知识、学识、见识",则应成为人生发展的两翼,而这一切,都离不开"阅读"——是"阅读",让人插上理想的翅膀,将人生空间拓展。俗话说"水往低处流,人朝高处走",在市场经济背景下,这所谓"高处"便是社会报酬高的所在。进而指出教育出版社的编辑,应当把握和坚持以下四个"大阅读"原则:(1)"读有字书,识无字理";(2)"读万卷书,行万里路";(3)"万物皆书卷,天地阅览室";(4)"从无字句处读书,与有肝胆人共事"。

次谈"为选题创意而阅读"和"为出版策划而阅读"。提出由"人"及"书",由"书"及"人",编辑要特别善于阅读"书与人"。为此,推荐我所作《编辑观书'一二三'》一文,此文原为去年九月中旬前往河北教育出版社所讲之题,后因事被催返南大,于是作为"秋禾说书"专栏文章之五,发表于《中国编辑》杂志2006年第5期,建议大家参读。

我认为,"观书是以好读书为基础的"。黄庭坚就曾提出一个学人"泛览百书,不若精于一也。有余力然后及诸书,则涉猎诸篇亦得其精。盖以我观书,则处处得益;以书博我,则释卷而茫然"。作为"职业的编书人",自然不能像专职的学者那样"精于一也",倒是"泛览百书"才应该成为其职业性的岗位要求。总之,编辑通过"观百家书"建立自己的基本知识立场和学识系统,再通过精读一部书,以获得独特的视角和见识,显得十分重要而且必要。而"观书必总其言,而求作者之意"(张载语),因此编辑观书重在"观人"。就观书本身而言,也是为了求取比字面意义更为精粹的语境,获得编辑思想上的启迪和出版行动上的指南。

我指出,所谓"出版",是一种将有价值的知识产品复制以后向社会传播的文化行为,如何选择复制后传播的知识产品,是编辑选题创意和组稿范畴的事;以何种形式复制后传播,则是出版策划范畴的事;以何种方式向社会传播,是图书市场作业范畴的事。那么,编辑如何"观书"呢?我的建议是,不妨把握住"一观版本,二观装帧,三观书名"这三个基本要领。

所谓"一观版本",就是要善于通过版本这个窗口,把握图书的由来和市场的状态。

所谓"二观装帧",就是要善于通过书装这个窗口,鉴赏图书的形式之美。

所谓"三观书名",就是要善于通过书名这个窗口,领会图书的选题内涵。

接着,以三联书店在今年四月修订再版的知名学者型散文作家、线装书收藏家黄裳所著《珠还记幸》为例加以分析。

三联书店1985年5月初版本《珠还记幸》系"读书文丛"之一,是一部仅二十一万多字的小三十二开平装本,由吴彬编辑,设计人是宁成春先生。本版用宋体印刷字排书名,下署作者手迹签名,白底书面上斜印着作者的文稿手迹,左小角缀以一枚题花,系一个长发披肩的女生在野外开卷读书。正文中有黑白插页三十七幅,首印九千六百册,定价三元二角。

由郑勇君编辑的本书"修订本",在市场上发行的是十六开的平装本,设计人是陆智昌先生。本版改用楷体印刷字竖排书名,作者另写手迹签名,粉底书面上彩印着残荷一茎又一叶,封底印一帧"古人吟竹图"。正文中整面彩色插页七十幅,定价是六十八元,首印一万册。同一部书字数仅增加不到两万字,但书价却升值了二十倍。可喜的是,本版上市仅四月,出版者库存已罄,加印一次已在计划之中。

那么,《珠还记幸》修订本,就是一部既做人文品位又做市场生意的读物了,它体现了三联书店固有的精明,更表征着创意修订者见识的高明,是一个值得玩味的典型"案例"。

其可观之一,首先是在于这抓人眼球的"修订本"三字。所谓"修订",主要体现在篇目上的加和减。还有一项"修订",就是十分亮眼的七十幅彩色插页了。

至于作者于2005年6月23日所作的新序《二十年后再说"珠还"》,更堪一读,其中包含着不少有关编书的见识和智慧。他说到"图文书"如何如何,"作家自编文集"又如何如何,以及本书的缘起又如何如何——老人说的尽是"老话",然而对照书界现实却不无新意,尤其能够启迪编辑界,原因只是一个,他老先生观的书多也!据我所知,凡是拥有初版的读者,大多成为了这个"修订本"的购买者。

其可观之二,是在于这"修订本"入时而不媚俗,使用了时下流行的十六开本,却披着一件淡雅的书衣,与本书的书名内涵、作者文风十分和谐,尽现精神上的端庄之美。此不赘言。

其可观之三,是在于"修订本"体现出来的"编辑含量"。前勒口印上了一帧作者在家小憩时的休闲彩影及其简介,以便圈外的读者了解作者其人;封底则有内容提要一篇,叙事简洁而用词考究,寄怀凝重而抒情有度,显然非夫子型编辑不能有此笔墨(虽然所释"珠还"及其"记幸"的书名故事,未必就是作者本意)。

最后指出,选题创意要关注图书产品的可读性,策划图书出版要注重产品的形式美,一个编辑不断观中外古今百家书,不断地在自己的业务实践中总结编辑经验、凝聚出版智慧,在知识天地中寻找、发现乃至制造一个"支点",作为撬动选题创意、出版策划和图书市场的"抓手"——

当你"读书破万卷"时,创意、策划也就如有"神"了。何谓有"神"?如开天目,似有仙人指路也。指什么"路"?思路也。灵机一动之时,也就是顿开茅塞之际。有价值的编辑出版工作,应当谋求出版者与读者"互惠双赢"的局面,而对于读物的要求,则是通过吸引人的眼球进而影响到人的灵魂。在这一方面,教育出版社的编辑大有可为。

讲毕将《藏书报》编辑王雪霞送来之去年八月二十八日所刊童生翠萍所作余之访谈《读书·新知·旧学》散发现场听众。

河北教育出版社设午宴于社大楼对面之"水上餐厅",吃火锅。该社刘贵廷副社长、总编室主任、文科各编辑室主任,以及《藏书报》主编郝荣斋先生作陪。

下午近三时,文冲兄讲《现代出版背景下"毛边书"的出发点及其归宿》。其提纲为:

一、做编辑首先从做人、处朋友开始

(如何与师长、平辈和小友打交道,向敬重的人学习,高徒必出于名师而贵在自觉自悟)

二、做编辑要做一个有准备的人

(宁可让"机会"负我,我不可负"机会")

三、"毛边书"的基本标准

(就印装而言,要拼版准确,纸张精良,折叶整齐,锁线装订;就作品而言,需内容可读,见识不俗)

其讲"毛边书",曰初见于1909年,兴盛于1930年左右,1938年全面抗战开始此风消歇,至于2000年复兴——原来雅玩"毛边书"的风尚,亦折射着时代的影子和书人的命运呢。谓内容有个性有可读性,篇幅在百页以下的文学读物,最宜一制。

其间张主任送阅一报,乃是2月5日《藏书报》,刊有薛冰先生《站着的批评家》、培根兄《书评典范,导读善本》、阎生燕子《浅读

〈李长之书评〉》等四篇。

按：李长之先生(1910年10月30日—1978年12月13日)，山东利津人。1931年入清华大学生物系，两年后转哲学系。以1936年出版《鲁迅批判》一书知名文坛。河北教育出版社于2006年9月编辑出版有《李长之书评》，一套五本；又有《李长之文集》一套十册问世。

郝荣斋兄设晚宴款待，《藏书报》王雪霞等出席，热情可感。

宴毕回宾馆，以此行讲座任务已毕，于是熬夜读文冲所淘之书。如潘得润摄影、曹辛之编《文学家艺术家肖像选》(湖南文艺出版社1989年版)、刘学忠摄影、江勇撰文《北京师范大学博士生导师肖像集》(北京师范大学出版社1992年版)，以及徐迺翔、钦鸿编《中国现代文学作者笔名录》(湖南文艺出版社1988年版)，此书仅印一千八百册，凡收录六千余人，笔名、字号等三万余个，颇有工具书价值和收藏价值。又于一书中读得高行健语："文学是人的自我认识，自我发现，自我抒发……"细思之甚有理也。

2月3日，周六，石家庄，晴，暖阳明媚。

早餐后，驱车至石家庄棉一旧物市场地摊淘书。

凡得旧书二十余种，付出百余元，同时拍得旧书摊经营照片甚多。其中《梁实秋散文集》(中国社会出版社2004年版)有《东安市场》一篇云：

中兴的后身有两座楼，一个是丹桂商场，一个我忘了名字。这两座楼方形，中间是摊贩的空场，一个专卖七零八碎的小古董小玩意儿，一个是卖旧书……我也在书摊上买到过好几部明刻本诗集，有一部铅字排的仇注杜诗随身携带至今，书页都变成焦黄色了。(第56页)

傍午赴正定参观古寺，其间车程不过半小时也，据闻该县将有可能划归省城管辖。

按：正定古名"真定"，始建于北周(557—581)，迄今已有二千多年建城史。在中古史上曾与北京、保定并称为"北方三雄镇"，乃

石家庄棉一旧书市场地摊小景

是三国名将赵子龙出生地,历史上曾有"九楼四塔八大寺"。如今城垣周长十二公里,为"国家级历史文化名城",也是全国现存国家级文物保护单位最多的一个县城。《红楼梦》电视连续剧所造宁、荣国府仿古造型外景地在此,今为旅游景点,吾辈能读原著者自然不能不一看。

先看唐代所遗开元寺,在常胜街西侧,内有古朴坚实之须弥塔,因外观与西安大、小雁塔相仿,故亦称"雁塔"。旁有法船正殿遗址,可登钟楼眺望。寺院游客稀少,令人惋惜。

午餐于燕赵饭店,饭后观街旁所摆年画摊和剪纸摊。买下一大幅和若干小幅。

再看1979年9月复建院落之临济寺,为禅宗"临济"一派发祥地。内有古朴华美之澄灵塔,于庙内见教义宣传栏告知"人生六戒",须戒"贪"、戒"财"、戒"色"、戒"名"、戒"食"、戒"睡"。邓社长购1914年9月鲁迅"施洋银六十圆"刻成初刷百本之《百喻经》(金陵刻经处藏板,2004年重印)、《临济录》(中州古籍出版社2001年版)相赠。

临济寺已在城乡结合部,院门照壁旁竟有垃圾堆叠,时散发陈腐怪味，令人窒息，真大煞风景也！静修之地，竟能于门面出入之处容此污秽堆积，真是修炼之至、"大肚能容"了。四川峨嵋山有"临济宗无恙……"语，如此颜面积垢，真能"无恙"乎？

接着看当地人所称之"大佛寺"，即古隆兴寺，现存面积八万余平方米，为"中国十大名寺"之一。山门南向，有汉白玉桥形似北京紫禁城前之金水桥，中桥阔，左右桥窄，当是皇家寺院格局，惜桥下已断流水，成为"旱桥"。向北逐次瞻仰，但见寺院恢弘，宝刹庄严，至于举高达二十一米多的铜铸"千手观音"时，不觉叹为观止。中轴线上有一"戒坛"，小而巧，与去年春天在句容宝华寺所见，又自不同。

据导游介绍，共有四十二只手臂之"千手观音"外，寺内文物还有五件也为"全国之最"：被梁思成称誉为世界古建筑孤例之摩尼殿；被鲁迅先生称誉为"东方美神"之五彩悬塑倒坐观音；中国早期最大的木制转轮藏；被推崇为"隋碑第一"的龙藏寺碑；设计精巧、面相千变的千佛尊。

于寺铺得文物出版社1987年12月印刷之《隋龙藏寺碑》，以及该县文化局编印郭开兴先生选注之《正定古诗选注》，于中得正定诗人梁清标(1620—1691)《西郊水村二首》：

十里溪流远市居，绿波的的照红蕖。

村翁刈稻归来晚，荻苇烟中看打鱼。

城外沿河田父居，黄陂到处种芙蕖。

秋深水落溪流缓，两两村童学钓鱼。

完全江南鱼米之乡风貌，与现今所闻见之正定不啻天上人间也。才不到四百年的工夫，何环境破坏至此？人欲横流，又有先进工具助其肆虐，其奈人类家园何？为之闷闷失乐。

出寺返程时，接童生翠萍短讯告，由网上查知，中国图书评论学会首次组织二十七家媒体联合推出的"2006年度十大图书"及"优秀书评作者"评选结果，已于1月25日在京揭晓。其中首批"优秀书评作者"为四人：止庵、徐雁、王晓渔、江晓原。

止庵系作家、书评人,现任新星出版社副总编辑。他曾撰文说,讲到读书,"先睹为快"亦可推敲:假如根本不值一读,"先睹"未必"为快";真有价值则历久弥新,"后睹"未必"不快",倒是"尘埃落定","可供咱们读书人参考"。

王晓渔系文化批评家,现供职于同济大学文化批评研究所。他在"博客"中说:"至少我读大学之前,几乎没有见过什么图书馆,以至现在养成了不去图书馆的恶习。"余则见图书馆多矣,如今家藏万册书,也有此"恶习",亦奇矣!

江晓原系科学史学者,现任上海交通大学人文学院教授,自述"自幼好古成癖,特别迷恋于古代历史和中国古典文学"。

按:据报道,本次活动由中国图书评论学会联合从事书评工作的主要媒体所为。评选结果是在二十七家参与媒体各自推荐"十本图书"及"三名书评人(均含推荐理由)",以形成候选名单(按票数排名)的基础上,再由各媒体单位委派一名主要负责人担任评委,经投票产生。作为读者获取图书信息的重要途径,书界媒体不仅肩负着评介图书、推荐好书的重任,而且还是出版界与读者之间沟通的重要桥梁,所以,利用自身强大的传播功效,凸现媒体在商业与信息时代的阅读立场,是书评媒体当仁不让的职责。参与的媒体包括:光明日报、中国新闻出版报、中国青年报、中国文化报、中国教育报、中华读书报、南方周末、文汇读书周报、北京日报、新京报、上海新民晚报、科学时报、中国图书商报、新华书目报、出版商务周报、《中国图书评论》、《博览群书》、《中国出版》、《出版广角》、《出版人》、《出版发行研究》、《中外书摘》、新浪网、中国图书出版网、中国图书评论网等。

晚宴设于石家庄中华北大街100号之"保定会馆"。会馆以原河北省会保定饮食文化和地域文化为标榜,于厅堂中、楼道壁饰以与保定有关的老照片、旧照片,烘托气氛。闻主人创业于1987年,如今以晚清直隶总督曾国藩、李鸿章、袁世凯欣赏之"直隶官府菜"为招牌,以"一座能吃的博物馆"为广告。邓社长自携其家乡大名府酒业公司所产之"邓丽君纪念酒"招待,证书标明生产日期为

1987年,编号8738。

保定为余1989年夏间曾一游之地。记得当时随同教育部高等教育司王镭副司长出席某会议,开会驻地为城北保定宾馆,曾于饭后同逛著名的"马号市场",游莲池书院。某日下午会议间曾溜号一次,借得宾馆门卫出租之自行车漫行。曾于城东环城路公园呆看老翁垂钓后,跨上车腿上稍用力,已将车蹬出城南郊外,盖此保定老城虽行政级别与苏州同,其城市幅员却差之远矣。其时保定街坊间隙尚是晚清民国间老貌,民居商铺,依稀可见百年来传统格局……一路贪看街景一路问讯寻回,已近晚餐时分。惜时无摄影意识也。散会时,主办方以健身特产"保定铁球"一对相赠,一球清脆,一球浑厚,故曰"对"也。

2月4日—5日,周日、周一,石家庄,晴,气温较昨日为低。

早餐后,驱车前往同盟路"燕赵文物市场"淘书。近街口,但见车停路边两溜,人流如梭,已知此地人气之旺。

进场院后,中间一大棚内旧书摊、故物摊密集,且溢于棚外。四围两层小楼为门市店。扫描进门口地摊无所得,乃进到一楼右侧旧书铺,检得多种。又至二楼一铺,所得略多。复回至一楼,邓社长指曰,"此地还有一家",于是进门检得多种,乃请老板将所得旧书扎成一包。

午餐后,与邓社长、张主任等话别上车。火车经邢台、邯郸、安阳、新乡至郑州入陇海线,经开封等至徐州转入京沪线,本应于次日凌晨近四时至南京,以晚点于六时方抵家,天色已微明。

上午补觉酣睡至十时许。邮局送来北京《名流周刊》2007年第1期,"人文"栏目刊有《雁斋有书:"秋禾"的苗圃》,乃是去年暑期南京大学学生所写采访之文。傍晚赴南京饭店参加民革江苏省委员会八届六次全会,《江苏民革》致送2007年第1期《赴台访学淘书七日记》稿费四百五十元。

按:南京饭店为国民政府时期"国际联欢社"旧址。

2月8日,周四,在陇海铁路线上,阴。

凌晨一时许,打车至南京火车站,候由上海站来 K306 次车。六时许,为刺目强光激醒而不寐,起看站台,原来车停徐州火车站。约半世纪前,吾父由句容农校负笈徐州,上月撰有《在徐州农校求学的岁月》,回忆甚详。

车经徐州,便由北上折转西行于陇海线上,出江苏入境安徽、河南、陕西……今年春节为晚,且为暖冬,田野中已是草青蔬绿,绝无往年千里冰封、万里雪飘景致。八时许至商丘,历史学家、《三国志》作者陈寿墓在此地。十时许至开封。

记忆中与开封曾有两至之缘。初至以郑州海燕出版社编辑姜华之招,于 1993 年暑假,为《中华读书之旅》三卷本审稿事,长恭老师、余光学长、三山、钱军、陈亮同住郑州一周,其间安排开封一日游;复至已是 1997 年 8 月 4 日,参加河南省教育学院承办之中国阅读学研究会第五次年会,于途中签票下车,重访"开封书店街"大半日,后写有《开封书店街记》一文。余于此行被曾祥芹会长、甘其勋秘书长提名为副会长,自此于中国藏书史研究、书评书话写作之外,于华夏阅读文化传统多予关注,时或讲座读书问题,直至 2002 年于南大信息管理系为硕士生正式开设"阅读文化学"课程。

近十一时至郑州站,十三时许至洛阳。其间地形地貌有明显变化,大抵进入黄土高原区域,不时钻入隧道,路旁多见窑洞人家。车近偃师,民居门楣类多"吉星高照"之额,到此地形又一变为平川,绿野田田。进入洛阳站,看清凌晨依稀所见铁道旁手写一种告示为:"光缆无铜,盗之无用。"又见警方告示为:"光缆一断,铁路中断,依法必究。"如此恩威并施,固可发一噱,然深思之,又不免为社会贫富加剧,以致盗窃公共资源者哀。

午睡至下午四时,车已至潼关站。读武汉《长江日报》集团所办之《特别关注》,号称"成熟男士的读者文摘",以"激扬智慧,抚慰心灵"为宗旨,实为一种文摘刊物。

读得"走向成功十大法则":经验法则、饥饿法则、平衡法则、分割法则、动力法则、清晰法则、踪迹法则、习惯法则、聚焦法则、快乐法则。又见"失败八着"云：自欺欺人的幻想、缺乏创造性、怠慢老友亲善常人、言行失恭、穿着不当、怨天尤人、无谓辩论、本末倒置。

有一文论人类的"孤独感"云，孤独感"可能是激发早期人类幸存并延续至今的因素，狩猎时代的人类的敌人是饥饿与饥荒，而只有偷食者、为自己多心眼者才能幸免于难，获得生存机会。因此，孤独感是天生的，孤独与孤立由此成为人类的'经验'，代代相传至今"。

2月9日，周五，抵银川，晴。

三时许醒来，坐铺上乱思杂考。为"乡下月"系列，拟再写《到北大读书》、《学海扬帆》、《在中国人民大学习艺作文》、《在教育部机关的日子里》、《女儿出世》，以及《桃园南楼的邻居们》。如此则大致写到1992年夏秋，即将近而立之年。

八时许车抵银川，下车厢，即见小舅子谭玉臻已进站接。又见岳母亦在一旁，大为感动。2004年暑假来此，曾有一周逗留，见岳母身体、精神均已恢复，今见气色似犹胜昔。抵家后旋往附近拉面馆早餐后步行返回。将客厅地毯送至楼下曝晒，子晨负责吸尘。

午餐后补睡一觉。下午忆2004年暑假，在银川自发形成之北京东路、北塔巷口旧物旧书摊淘书有所得，购归晓风编《我与胡风》（宁夏人民出版社1993年1月版）、《霍达文集》卷六散文集《笔耕犁痕》（北京十月文艺出版社1999年8月版）等约一二十册，明天周六，决计前往一探。

2月10日，周六，银川，晴。

十时许，步行十来分钟，见此地摊市场依然，旧书摊和旧物摊各四五个而已。

路口阳光中首见一摊，摊主与我年龄相仿，摆有自内蒙收购来之大十六开活页本"文革宣传画"一本，经议价付以五十元。随后选购其单页对开之"文革张贴画"二十五张，付以一百元。老板见此商机，即告知略等，他即骑车回去再取一册、一卷来，复付以一百五十元，购置"文革宣传画"一本，"文革张贴画"三十五张。附近摊主闻讯纷来推销其类此所有，乃于别摊再得"文革宣传画"两本，"文革张贴画"数十张。

至于书摊淘书时，囊中将空，但尚得旧书若干，每册价在三五元之间，贵不过十元。以十元购得《大学梦圆：我们的 1977、1978》（宁夏人民出版社 2005 年 12 月版），意必可从书中翻检到有关"文革"期间"知识青年"求书若渴纪实也。

检视所得，有为纪念鲁迅诞辰一百周年所编《鲁迅书信集》上、下卷（人民文学出版社 1976 年版），残存上册之鲍昌、邱文治所编《鲁迅年谱（1881—1936）》（天津人民出版社 1979 年 6 月版，上册内容至 1929 年 12 月），以及二手旧书《回忆鲁迅资料辑录》（上海教育出版社 1980 年版），其书扉页有原购买者杨庆余先生所写"一九八一年九月廿五日鲁迅诞辰百周年于银川"。

又，巴金《爝火集》（人民文学出版社 1979 年 12 月版）、巴金之弟纪申《记巴金及其他：感想·印象·回忆》（宁夏人民出版社 1994 年 11 月版）。传记得郭沫若《洪波曲》（百花文艺出版社 1979 年 9 月第二版）、《赵丹传》（百花文艺出版社 1986 年 2 月版）和《胡风传》（宁夏人民出版社 1994 年 12 月版）；诗论、诗集得艾青《诗论》（人民文学出版社 1980 年 8 月版）、贺敬之《放歌集》（人民文学出版社 1972 年 9 月第二版），以及《田间诗选》（人民文学出版社 1983 年 2 月版）。

《田间诗选》由柳成荫设计封面，草绿底色上满打细小"田字格"，仅印诗作者书名手记"田间诗选"，简练大方而又切题。卷首扉页后插页为"作者像"，乃是当年出版风尚。

此行所得书装设计有鉴赏价值者，还有西戎小说集《宋老大进城》（人民文学出版社 1980 年 2 月版），为施力行先生设计，封面画写一个围着白羊肚头巾的老汉扬着鞭，正穿过庄稼地，赶着满载麦子袋的大车进城，车上坐着悄然闲话的老伴和闺女……意其构思，必来自作家名篇《宋老大进城》中有关描写，但不知将骡车改为马车,是否其有意为之。扉页饰以一只茶水罐、两丛麦秸秆、三只粗瓷碗、数把长镰刀……极具五十年代北方乡村风味,乃是不可多得之书装佳作。

巴金《燧火集》亦施力行先生设计。所谓"燧火",顷查《辞海》知,指古人烧苇把以祓除不祥之祭火也。《庄子·逍遥游》云:"日月出矣,而燧火不息,其于光也,不亦难乎!"寓意为"小火把"。清初人士李天根于1747至1748年间撰有编年体南明史《燧火录》三十二卷、附录一卷。

按:施力行先生生于1927年7月,浙江吴兴人。擅长中国画、美术设计。1948年在上海美专学习,1951年入中央美术学院华东分院干部训练班学习。曾在浙江省文化局从事美术工作。中国革命博物馆美工组组长、副研究员。作品有《新居》,装帧设计《放歌行》,毛主席纪念堂陈列总体设计等。

韩瀚诗集《寸草集》(百花文艺出版社1979年1月版)、毛英长篇小说《一夏一冬》(解放军文艺出版社1983年2月版),亦朴素淡雅而各有其致。

另得辛一夫长篇小说《都市人家》(山西人民出版社1984年1月版),旨在用文学来描写中华人民共和国初期一个工商业城市的"成长",小说中所谓"汉沽"实寓意为"津沽"也;又一册为《港台小说选》(宁夏人民出版社1988年1月版)。

真正半世纪前旧书,仅得《苏联文学艺术论文集》(学习杂志社1954年8月版)一册。以封面无足道,而当年所译介的内容已不为今人所取,故其价极廉。

2月12日,周一,银川,阴。

续读《大学梦圆》,得北京师范学院中文系1981届本科毕业的邓乃刚先生(现为中共中央宣传部《时事报告》副总编辑)在《命运只给了我一次机会》中的话:

四年里给我的知识有限,但给予我最大的是做人的信心、勇气和尊严,它改变了我的人生观和认识论,在心理乃至人格上,都使我重新换了一个人。这一切,远远超过今天我物质生活上巨大变化的所有意义;这一切,也是我女儿这一代大学毕业生所难以理解的。

午睡后,翻看巴金《爝火集》怀念人物辑,得其《衷心感谢他——怀念何其芳同志》一文,其中引述1977年5月世界语版《中国报导》上何其芳对记者语:"毛主席《在延安文艺座谈会上的讲话》发表以来三十五年中间,我主要是做文学批评和文学研究的工作,很少写诗写散文。要是可能,我将来还要写诗、写散文、写长篇小说。"并说:"其芳是知识分子改造的一个好典型,我始终保留着这个极其深刻的印象……解放后,我和其芳的接触不算多,但也不太少。他给我印象最深的另一件事,就是他从来不隐瞒自己的观点,他敢说、敢想、敢争论,辩论起来不怕得罪人,不怕言词尖锐。有一次我听见一个朋友婉转地批评他,他不接受……"(第233页)

按:何其芳(1912—1977年7月24日),当代诗人,文学评论家。四川万县人。北京大学毕业。1938年夏到延安,在鲁迅艺术学院任教,同年加入中国共产党。后任鲁艺文学系主任。1944—1947年,两次被派到重庆,在周恩来的直接领导下进行工作。历任中共四川省委委员、宣传部副部长,《新华日报》社副社长等职。1949年10月中华人民共和国建立后,历任中国文学艺术界联合会委员,中国作家协会理事和书记处书记,中国社会科学院文学研究所所长等职。当选为第一、二、三届全国政协委员,第三届全国人大代表。著有诗《我们最伟大的节日》,诗集《预言》、《夜歌和白天的歌》,散文集《画梦录》等。文艺论文集《关于现实主义》、《论〈红楼梦〉》、《关于写诗和读诗》、《文学艺术的春天》等。

殊不知,当日"中国社会科学院文学研究所所长"的政治学术头衔,已足以助其"话语霸权"之强光,令胡风等哑然黯然也,而"何其芳悲剧"以此。我在文汇出版社《良友》丛刊第二辑上,将刊《你那是一篇坏书评》于此略有涉及,闻主编臧杰读之有好评云。

联系到前读之晓风编《我与胡风》中,李离先生所写《五十年代初期的胡风》一文中所忆及:1952年底,胡风曾对他道及当时中共中央宣传部召集的文艺界内部讨论会之内情：

组织上为此专门成立了一个小组，有林默涵、何其芳等七八位同志参加，以座谈会的方式，对他的文艺理论提出批评，让他认识和清理自己的文艺思想。会议已经开过好几次了，还未结束。他本着解决问题的愿望，尽量消化同志们的批评意见，力所能及地做了自我检查，但是与会同志还是不甚满意，特别是何其芳的发言，异常激烈。不少意见，他是不能接受的，原则性的分歧依然存在。

但是，这次讨论会实际上是一个批评性质的会，而不是辩论会，他只能听取和接受大家的批评，而不能进行辩解和反驳，在这种情况下，他认为有理说不清，只能以缄默的方式保留自己的意见。当然，他没有被说服。（第798—799页）

又，读得林希先生《十劫须臾录》中有关上世纪五十年代的一段回忆："……在这个政治社会中，半句玩笑话就可能引起一场轩然大波，甚至会引出一场大祸，难免人们终日一副阶级斗争冷面孔，环境实在是太恶劣了……如此恶劣的环境，已经使人无法生活。你的一言一语一举一动都是错误，每一个人都想在你的身上立功，每一天都要从你身上寻找点活跃政治气氛的新刺激。这时，我只是想着早一天从这个虎口逃出去，逃到一个荒岛上去开荒，我盼着能找到个靠出卖劳动力谋生糊口的地方。"他接着议论道：

这就是五十年代，不是直到今天还有人说五十年代是中国最辉煌的黄金岁月吗？其实这正是五十年代的伪善和欺骗。没有五十年代的伪善和欺骗，也许还不至于有五十年代后期的政治迫害，也许还不至于有以后的饥饿和可怕的十年浩劫，五十年代集结起来的政治力量，正直接造成了以后连续二十年的路线错误。（第833页）

晚间整理旧书摊所得"文革"期间发行之宣传画，或对照目次，或查找印刷日期，作一排列。

2月13日，周二，银川，晴。

于巴金《爝火集》中《一颗红心——悼念曹葆华同志》里得知，

他（曹葆华）在七十年代前期，"为了找参考书曾带着孩子去中国书店，用一只手扶着书架，另一只手支起眼镜框，眼睛几乎贴着书脊，一本一本地挑选"（第246页）。

按：曹葆华（1906—1978），四川乐山人，有诗集《寄诗魂》、《落日颂》、《灵焰》、《无题草》等。

午后由邮件知上海《图书馆杂志》编辑部催要"悦读时空"文稿，即着手编辑之。本期"阅览室"栏目拟发李海燕《读朱偰先生"金陵考古三种"书后》，"视听间"发孙艳《追随"最美的秋色"》，"书话筒"发北大博士生范凡《"阅读革命"总是领先于图书的革命》，"淘书处"发我二月来在北京布衣书局、石家庄旧书旧物市场和银川地摊淘书日记，以《早春二月秋禾淘书记》为其总题。

2月14日，周三，银川，晴。

早餐间，听岳母讲其少小时在山东荣城时家事。一上午在电脑上润色处理"悦读时空"第三期文稿，至午饭时发走。

傍晚时分鉴赏巴金《爝火集》封面，读其写于1978年11月26日序，得如下数语：

这个集子是（建国）三十年的散文选集，可是集子里只有不到二十年的作品，因为从一九六七年到一九七六年整整十年中间我没有发表过一篇文章，我被剥夺了写作的权利。在那个时期，不仅是我一个，成千上万的中国知识分子同样地被迫浪费了整整十年的大好时光，还不说许多人丧失了生命，我的爱人萧珊就是其中之一。

我是经受了文化大革命烈火的锻炼的。尽管由于这次的"大革命"我失去了最亲爱的人，我仍然要赞美这个伟大的革命的成果。只有通过这个伟大的革命，我才懂得什么是"社会主义的民主"，而且为什么我们需要"社会主义的民主"。只有通过这个伟大的革命，我才懂得我们过去的确"只有封建传统，没有民主传统"。今天在我们社会里封建的流毒还很深，很广，家长作风还占优势。据我看，要实现"四个现代化"，必须大反封建，去年八月我写了

《家》的重印《后记》，我说这部小说已经完成了它的"历史任务"，我并不是在说假话，当时我实在不理解。但是今天我知道自己错了（其实连买卖婚姻也并未在中国绝迹）。明明到处都有高老太爷的鬼魂出现，我却视而不见，我不能不承认自己的无知。

文化大革命使我受到极其深刻的教育。我为它付出了十分巨大的代价，因此我更有理由重视它的伟大的成果。

萧乾在"巴金与二十世纪学术研讨会"上的发言（后为《记巴金及其他：感想·印象·回忆》代序），题为《巴金更重要的贡献》，其中说："《随想录》问世已十载有余，可至今它仍是唯一的一本……我认为说真话的《随想录》比《家·春·秋》的时代意义更为伟大，因为一个国家，一个民族，一旦真话畅通，假话失灵，那就会把基础建在磐石之上。那样，国家就能大治，社会才能真正安宁，百废才能俱举，民族才能立于不败之地……所以我认为说不说真话，关系到民族的存亡。巴金在早年反了封建之后，进入 80 年代，他把笔锋转到这个更为重大的问题上了。"

2月15日，周四，银川，晴。

前往中医院，乘间至解放西街 209 号银川市新华书店（银川书城），选得孙卫国《王世贞史学研究》、《日本藏汉籍珍本追踪纪实》、《关于童隽——纪念童隽百年诞辰》、《严济慈：法兰西情书——爱国·爱家·爱人》、李光阁《帝国潜流——水浒灰社会解密》、彭国梁主编"中国传统节日系列"之《我们的春节》，以及《老北京民俗风俗画》，凡七册，二百余元。其中《老北京民俗风俗画》为 1940 年生于北京之何大齐先生绘图作文，其第三十至三十一页厂甸"旧书摊"一画，取以为《厂甸书摊的夕阳》一书扉页插图，真珠联璧合也。当设法联系之授权同意。

午饭后看《严济慈：法兰西情书》，其书前《思考严济慈》一文为罗来勇先生所写。

按：罗氏系贵州铜仁人，1969 年赴乡村插队务农，1972 年应征入伍，1976 年开始发表作品。1988 年加入中国作家协会，次年毕业于解放军艺术学院。现为中国人民解放军总装备部政治部创作室专业作家。著有中短篇小说集《鲍尔斯先生再见》，报告文学集《前门外的新大亨》等。

午睡起，编定"悦读时空"今年第四期文稿，晚饭前发走。

晚上看电影《我们俩》，说的是一个女生与其房东老太太（主演者记得是刘雅琴）之间的故事，以"冬"、"春"、"夏"、"秋"为时序，情节简单却颇有审美价值，亦耐人寻味。

2月16日，周五，银川，阴转多云。

早醒后不寐。

由纪申《记巴金及其他：感想·印象·回忆》中《巴金的情与趣》中知"他最喜爱的还是书……这一兴趣从小到老长远未变"：

在法国过着穷学生的清苦生活时，省吃俭用余下来的钱，就是用以买自己喜爱的书。有了稿费收入，个人生活不愁，自然更要买书。"一·二八"侵略军炮火毁去了他的住处，收藏的书也随之毁了。习惯已成，兴趣所在，书慢慢地又积累起来，愈积愈多了，去日本小住就买了许多英、日文版书带回。有的名家作品，他会不遗余力收集各种文字译本。住屋几全是书。解放后搬了家，房子住得宽舒了，书架、书橱也随之增多增大。书房内四壁皆书，客厅里也顺墙壁一溜立上四只大书橱，连廊上、过道也放有书橱，一句话无处不是书了。

他爱书，他的一些朋友也好书，彼此交换信息互通有无。郑振铎、黄裳讲究版本，收藏以线装本古籍为主；唐弢、姜德明同样注意版本，但以新文学为重；李健吾、陈西禾跟巴金同嗜好，一个时期多买外国文学名著。巴金先是耽读国外哲学名家的各类著述和革命者的传记与回忆，文学作品是后来居上的。外文版书早期买得多，解放初期除了俄文本外，全偏重于中文书了。他买进的书很杂，各种各类的书都有。特别喜欢那有名家插图的精装本。（第60—61页）

早餐后整理所得对开宣传画卷。

午饭后扫墓毕,构思写作《乡下月》之《我的岳父和岳母》一文,并拟出开头四百余字,终未成稿。

晚饭后,继续整理宣传画,按"毛主席生平活动画"、"文革宣传画"、"农村题材"、"装饰画"等略作分类。毛主席先后于1966年八次(8月18、31日/9月15日/10月1日、8日/11月3日、10日、25日)检阅一千三百万"文化革命大军"摄影画,形成完整序列;又,在纪念《在延安文艺座谈会上的讲话》二十五周年时,中国电影公司于1967年10月在首都上演八个"革命样板戏"的宣传画也形成完整序列——《智取威虎山》、《海港》、《红灯记》、《沙家浜》、《奇袭白虎团》、《红色娘子军》、《白毛女》和《龙江颂》。

所得宣传画中有金雪尘、李慕白、谢慕莲诸陌生姓名,于是网查得知,杭稚英在商务印书馆广告部工作期间,业余时间早就为其他印刷厂画稿。由于他水平高画得好,找他画稿的越来越多。他看到时机成熟,就辞职离开商务印书馆,自己成立了一个"稚英画室"。李慕白是杭稚英的学生,在老师的教导下,画艺大进,他和金雪尘两人为"稚英画室"的顶梁柱。"稚英画室"早期,由杭稚英画月份牌中的人物,金雪尘为之配背景。后来李慕白的人物画得越来越好,杭稚英就让李慕白同金雪尘搭配合作,自己退居组织指导构图,担任对外联系工作。

杭稚英为人宽厚,善于团结人,对李慕白尤为重视,并将自己的小姨嫁给了李慕白,结为姻亲。"稚英画室"以杭稚英、金雪尘、李慕白为主体,共有七八个人。他们一年所画的月份牌和纱布牌子等彩色画稿多达两百多幅,可说是一个高产的群体。可惜杭稚英在四十七岁时因中风逝世。"稚英画室"由李慕白和金雪尘支撑门户。全国解放后,李慕白、金雪尘才分别自立门户。

按:金雪尘(1904—1996),上海嘉定人。1922年以第一名成绩被商务印书馆录取为"绘人友"。他色彩感觉特别好,善于画风景。他有国画、水彩画基础,对古诗词研究尤深,所绘画的室内外景物深得国画神韵和意境。1925年进入"稚英画室",成为画室的三大支柱之一。金雪尘结合水彩画和中国传统写意的方式,虚实相生,为画面造成一种温馨的氛围。晚年更追求作品意境韵味。新中国成立后与李慕白共同合作绘制了大量现实题材的"新年画"。其中《武松打虎》、《春江花月夜》、《金鱼舞》为其代表作。网络上有金雪尘绘《梁山伯与祝英台》,上海画片社1954年1版1印,背有4图章,原是艺术院校的存档品。

谢慕莲(1918—1985),浙江余姚人。擅长年画。曾为上海克劳广告公司绘画设计,后任上海人民美术出版社创作员。有年画作品《李香君》、《霸王别姬》等。

据介绍,在二十世纪上叶数十年间,我国涌现了一大批月份牌画家,有周慕桥、丁云光、徐咏青、郑曼陀、胡伯翔、倪耕野、吴炳生、金梅生、杭稚英、李慕白、金雪尘,以及周柏生、谢之光、赵藕生、金肇芳、唐铭生、张碧梧、杨俊生、袁秀堂、章育青、谢慕莲等。

2月17日,周六,农历除夕,多云。

觉醒后即收到徐雁平、孙艳、朱敏、梁启东等贺年讯。即拟吉语两句"除夕共此话,祝福语如花",并打油一首回发诸弟子:

> 新年来,新春到,
> 正月里来甜年糕。
> 年糕吃罢放花炮,
> 花炮声声朝你笑:
> 同门此时在天涯,
> 妙笔可曾记年华?
> 为人作嫁春满假,
> 福至心灵在自家。

意在催作寒假初所布置之"寒假作业"春节日记也。在家看书,收发贺年短讯至晚上看"春节联欢晚会"始毕。下楼放爆竹,满城火花甚丽,空气中弥漫火药硝烟之味。

2月18日,周日,大年初一,晴暖无风。

清早为各家开门爆竹闹醒。早餐后给父亲打了贺年电话。

午后驱车前往内蒙阿拉善盟左旗观光。

按：该旗位于内蒙古自治区西部，东接巴彦淖尔的磴口县、乌拉特后旗、乌海市，东南与宁夏石嘴山市、银川市、青铜峡市、平罗县相望，南邻甘肃省的武威市、民勤县，北与蒙古国接壤，国境线长188.28公里。

早在新石器时代，这里就有人类活动的足迹。自春秋起，狄、鲜卑、党项、蒙古等少数民族，在此繁衍生息。汉、唐以来，是"丝绸之路"的重要枢纽之地。1686年（清康熙二十五年），清廷将贺兰山以西广袤草原赐牧给蒙古和硕特部，1697年（清康熙三十六年）编为阿拉善和硕特旗，赐授札萨克印，至今建旗已有三百多年的历史。

二姐夫家在此地，车程约十分钟，即穿越南北走向、东西间距大概最短之贺兰山峪，一路下坡约半小时许，拟往当地知名的"南寺旅游区"一探。此地已经离开银川市约七十公里。

所谓"南寺"，乃相对"北寺"而言。其藏语名"丹吉林"，汉名为"广宗寺"，乃是阿拉善第一大寺。始建于乾隆二十二年（1757），从超格图呼热庙（昭化寺）请来六世达赖喇嘛遗体供奉庙中，尊为该寺的第一代"葛根"（活佛）。乾隆二十五年（1760），清廷御赐蒙、汉、满、藏四种文字书写的"广宗寺"匾额。

经过数次扩建、修复，当时规模超过了青海塔尔寺，寺中珍藏有甘丹赤巴的斗蓬、唐代高僧玄奘的铃钎、六世达赖喇嘛的五佛冠、八世班禅所赐的银壶、章嘉国师制定的寺规、光绪皇帝封迭斯尔呼克图时御赐的藏袍、朝珠，以及各种大小印章等稀世文物。寺庙建筑和文物在"文革"期间遭受严重破坏。现又新建黄庙、红庙、塔林，庙宇僧房达到七十多间，并在每年农历六月三举行"祭敖包会"。

"南寺"位于贺兰山西麓，在巴彦浩特镇东南三十公里处，依山而建，参差错落，四面环山，松柏常青，溪流如带，风景十分优美，于是北向爬坡前行。这一带乃是东高西低地势，远望重叠山峦之顶，白皑皑尚有积雪。一路荒芜，车近山，复转入下坡，寺门空置，竟无管理员看管,于是驱车入于沟谷,忽见落叶灌木生于沟谷之间,难怪夏天为阴凉避暑胜地也。以道路狭窄,冰层见厚,未敢深探一瞻广宗寺风采而遗憾折返。

镇上市民甚少,据说蒙人好酒,寒冬年节中无事,常全家饮酒,一醉酩酊,视为人生大乐。镇上市容也未见多少蒙古民族特色。以日斜,未下车即原路返程。又见皇陵保护区。夕阳强光透过山峦,斜阳古陵,愈见历史悲壮氛围,令人油然而生思古幽情。远远停车,子晨、歆岳、百超各择角度,均摄影甚多。

回家于网络上检得原载《宁夏文史》第11辑(1995年2月)之《西夏皇裔调查纪实》。又"新华网"2002年8月1日有记者黄会清、孟昭丽报道《西夏王陵拜祭者是否皇裔待考证》:

700多年岁月漫漫,长眠于西夏王陵的党项族列祖列宗们终于又迎来子孙们拜祭的身影。昨天上午,一批拜祭者手捧鲜花泼洒美酒虔诚地来到西夏王陵进行拜祭活动,一位自称李氏家族第24代后裔的李积文先生在陵前颂念祭文:"吾祖李元昊万古流芳,您后代李积文前来祭奠。"

这是西夏王陵迎来的第二次拜祭活动。2000年7月,李积文和其父李培业第一次来西夏王陵进行了拜祭活动。

前期与北宋、辽,后期与南宋、金三足鼎立的西夏王朝,公元1227年被元兵所灭。元灭西夏时,由于受到有力的抵抗,元兵首领成吉思汗曾经颁布灭绝政策:"殄灭无遗,以灭之、以死之。"西夏王族皇族及臣民惨遭毁灭性屠戮,曾雄居中国西疆200年的西夏王朝消失在历史的风烟之中,就连党项族也在历史的长河中悄然隐去。20世纪以来人们在史册文献中,几乎找不到西夏王朝的踪迹,而关于西夏皇族的下落,更是西夏皇学的空白表,人们普遍认为他们被斩尽杀绝了。

但李培业的出现,引起了一场轩然大波。这位陕西高等财政专科学校的教授家中藏有西夏皇族家谱,他家几代人珍藏的《皇族李氏家谱》、《海敦李氏家谱》、《李氏家乘》、《西夏李氏世谱》、《李氏世袭图考》等9部家谱告诉世人,西夏皇族并未灭绝。这些家谱最早写于清代乾隆年间,家谱中收集了大量的明代文献,包括序跋、碑铭、敕谕等。撰写这些序跋、碑铭的作者有的是明代博室馆总裁,或国子监祭酒,他们在《明史》上有传。

这些家谱表明,李培业是西夏王国末代皇帝第23代子孙,李积文则为24代。这些家谱全用毛笔字书写,约有20万字。这些家谱被藏在墙壁之内才得以保存至今。据李积文介绍,其父李培业在小时候就听祖父讲西夏的历史、片段,并说是西夏先帝后代。1994年10月,西夏学专家李范文教授赴青海调查后认为,李培业为西夏皇族后裔是可信的,并撰写论文发表。但另一些西夏学专家则认为,李培业的家谱修撰于清代,最早的史料记载也在明代,距西夏灭亡年代久远,不足为凭。

在中国,以区域命名的世界性学科只有"敦煌学"和"西夏学"两个。西夏皇族后裔身份是真是假虽然学术界争论不已,但它却已揭开了西夏皇族失踪之谜的一角。

2月19日,周一,年初二,晴,暖。

连日来基本看完《帝国潜流》各篇,果然如本书责任编辑刘飞同窗所推荐的那样,思想性与可读性俱佳。本书乃是一部智者之书、见识之书,而作者则忧患之杞人、伤心之哲人也,可为下学期讲授"名著与畅销书"课程之首讲《〈水浒传〉里的女人们》的素材。

《水浒传》本是施耐庵基于北宋史实虚构而出来的文学作品,表达了他对于往日历史的一种解读。而《帝国潜流》的作者李光阁先生则站在现代社会文化(如社会学、经济学、市场学、政治学、文化学……)的立场,独具只眼地将这部古典文学名著,假设为当日社会状态的"纪实",然后予其纷繁人事以解构研讨,或借古喻今,或鉴古讽今,善于提炼思想,擅长发表议论,发出令人会心之语:

人类的野蛮只要有了适合的土壤,掌握了足够的权力,便会突破任何文明的尺度和规则。野蛮不会随着文明脚步的前进而退去。文明越进步,野蛮越可怕。造成人类野蛮的深层动力千年未改,现实和历史中的野蛮,几乎都可以找到相互的印证。

(《官差涉黑定律》)

其实,一切败亡(无论是个体还是组织——引者注)都是私欲过分膨胀而没有加以遏制的必然结果。把失败归咎于卧榻之侧,显然是在推卸责任。　　(《"二奶"的风月政治学》)

……写到这里,忽然感觉有点悲哀,因为我发现,历史和现实中一幕幕的血腥,好像从来没有阻挡住那些欲望的脚步。

(《阎婆惜寓言》)

全书通篇将人物个体命运置于当时的灰色社会环境中观察分析,并以人的"生存智慧"为终极关怀,其重要论点如"生存是一场选择博弈,至于是赚了还是赔了,既要看选择的方法,更要看选择的大智慧"(《四个女人的非正常死亡》);"生存真的需要大智慧,不仅要面对突如其来的自然灾难,还要时刻提防那根本就莫可名状的、披着规则外衣的黑暗伤害"(《合法性伤害》)等等,无不意味深长,耐人咀嚼。他指出:

梁山英雄身上体现出来的是一种硬度生存。这种硬度生存表现在两个层面,一是生存环境的艰难,二是生存意识的顽强。当生存只剩下血与命的资源时,他们只能进入体制外的博命通道……水浒社会是好汉们采用暴力规则进行硬度生存博弈的社会。生存是一门学问,从某种意义上来说,出身没法改变,发展规律可寻;生存需要方法,更需要大智慧。这就是《水浒传》传递给我们的基本信息。　　(《灰社会现象》)

水浒世界中下场较好的,都是有一技之长的技术能手……通过他们和宋江(命运)的对比,我忽然发现:一、权力场里充满了暴力,封建官场和江湖一样血腥,博命和博官都是高风险的生计;二、文韬武略之才不如薄技在身,手艺才是良性生存的根本;三、不要奢望成功有捷径,踏踏实实才是生存的大智慧。

(《破产:宋江最后一杯酒》)

作者总结指出:一个组织(无论是企业还是国家)的"败亡四部曲":"乱自上作","败从下生","社会灰化","统治崩溃"。

作者还指出:"人们之所以对国家兴衰的话题不感到厌倦,是因为它与我们的现实生存休戚相关……"在结语中又说"关注历史正是在思考未来",一语道破其本书写作的终极关怀之所在。也因此,当"乱自上作"与"败从下生"合成为"社会灰化"的种种症候时,当局乃至这一时代中的个体能不百倍警惕之,并力谋所以消弭之法?

2月22日,周四,年初五,晴,暖。

上午全家步行至解放街早餐,宾馆无营业者,乃至"新华百货老大楼"一楼肯德基用餐。

午间于银川书城对面之博友书店,选得冉华《塞纳河岸的流金岁月》(百花文艺出版社2004年版)和中国国民党主席连战祖父连横著《雅堂笔记》(广西人民出版社2005年版),卷首有林文月序《记外祖父连横先生》。又重印本姜德明先生《人海杂记》(远方出版社2006年第2版)一册,适可在车上仔细重读。

于"2004太阳鸟文学年选系列"之《中国最佳杂文》(辽宁人民出版社2005年2月版)读到刘兴雨《仇智心理》,所论甚佳:

我的一个朋友在对中国人进行一番深入研究后,有一个重大的发现,那就是中国的许多老百姓有一种仇富心理,也就是说对富人有一种仇视心理。由于仇视,人们就给富人捣乱,甚至从肉体上消灭……我也有了一个发现,那就是,许多掌权者有一种仇智心理……现在的许多掌权者(包括警察)手里有了点权,就想随心所欲,不愿依法办事。而智者讲究理性,讲究规矩,不肯违心地迎合,常常让掌权者觉得别扭,觉得碍手碍脚。再加上他们总要讲一番道理,他人无法辩驳,就只好请出暴力。

人说知识就是力量,而在一些掌权者心中,知识就是包袱,就是障碍,甚至知识就是罪恶。秦始皇焚书坑儒,仇智也;魏忠贤杀东林党人,仇智也……因为智与知识就像镜子,照出了一些人的丑陋,他们不怪自己丑,却恼怒镜子的明亮清晰。鲁迅说过:知识和强有力是冲突的……冲突的原因就在于,知识需要的是逻辑,是常识,而强有力者需要的只是个人的意志,个人的口味,是服从和顺从,而知识总让人不肯轻易地服从和顺从,如此而已。(第184页)

有此见识,其人必不凡。即刻从网上检索知,刘先生为当代著名杂文家,1955年12月生于辽宁本溪,1983年毕业于辽宁师范大学,现为《本溪晚报》副总编辑。素来崇尚思想自由主义,他以鲁迅精神为衣钵,用五年的时间磨成《追问历史》一书,对中国的历史和传统文化进行深刻追问和反思。据介绍:

本书是继黄仁宇《万历十五年》、茅海建《天朝的崩溃》、吴思《潜规则》和《血酬定律》后,又一部反思中国历史的力作。……刘兴雨先生的这本书,一百篇文章,竟无一笔用于描绘地主与农民的阶级斗争图景。他写官员,写皇帝,写平民,写那些代天理民或代天子牧民的统治者,写代理人的利益和代理人的心理。他描绘了一个官场主导型的社会,这个社会的特征,大概就是没完没了的"千古伤心事"。善不得善报,恶不得恶报。报应错位,源于利益错位。颐指气使的总是那些代理人,可以当他人代表,慷他人之慨,谋过手之私的代理人。

《追问历史》由吴思先生作序。其书分为"得民心者得天下吗"、"巨人的光环里"、"狂欢的民众"三编,可知作者笔锋所向。

2月23日,周五,年初六,阴,
行经陕西、河南、安徽境内。

晨七时许起,火车已过甘肃平凉,行于陕西境内。见千河小站附近傍山民居,或一只或一对夜明红灯笼,高悬于平房门楣或二层楼头,红光明灭于晨霭之中,祈求吉祥自造多福,毕现秦地民俗人心。约八时半,车停"山城"宝鸡站,乃《史记》上刘邦"明修栈道,暗度陈仓"(陈仓即今宝鸡东大败秦将章邯大军之地,刘邦得回咸阳,在此关键一役)之地,为历来小说家最喜演义题材之一也。宝鸡现为陇海、宝成、中宝铁路枢纽站,亦"八百里秦川"西端也。

下午读毕《人海杂记》,所谓"第2版"手民误字仍未予改正,如《琉璃厂寻梦记》中"版本知识"误为"版年知识"、"古玩商"误为"古玩庸"之类。记得姜先生曾在我五年前收藏之初版本扉页题词云:"此书未经本人校对,错漏多有。愧甚,希谅。"未知先生见此重印本,当更作何想也?初版问世于2002年4月,用纸七印张,印行五千册,定价十元;"第2版"重做了封面,易"远方——名家经典文库"为"当代名家经典文库",用纸差且经重排版后只用五点五印张,印行一千册,定价二十元,我以半价得此,尚吃一"暗亏"矣。书商伎俩如此。拟寄先生补题,以存掌故。

2月24日,周六,年初七,阴转多云,回到南京。

  晨二时许,抵达南京。打车回家,此行春节之旅一切顺利(四天后,子晨又将再登火车,赴京上学矣)。即补觉,傍午起,取楼下代存春节期间报刊、信札。得《中国图书评论》杂志第二期,已刊出余代编之"双子书话",于《书衣翩翩入梦来》总题下,刊有浦清莲、李海燕两生各撰一篇品读《书衣翩翩》(孙艳、童翠萍编,三联书店2006年9月版)之文。录元月所撰开栏"主持人语"如下:

  多元化的读书需求,造就了多元化的图书市场,可反过来又造就了普通程度读者"择书难"的问题。这就是在现代信息化条件下,出版大众化给予人们的新困惑。于是书评作为一种文体,似乎又多了一层在当代生存和发展的理由。至于是否终于能够获得新的生存条件和新的发展空间,则端赖书评工作者的主观努力是否到位了。本栏目的应运而生,就是一种理性的催化和自觉的尝试。"好书共欣赏,疑义相与析。"主持人期待着,在不同书评者视角之下对同一本书的品评意见,能够给予读者以某种新的观感和新的启迪,进而引导读者阅读所品所评之书。因为惟其开卷才能受益,我们的终极关怀在此。

  上海《图书馆杂志》第二期(总第24期)亦寄到。本期"视听间"栏发云南大学公共管理学院胡立耘《图书馆"返魅"断想》,吴静所写《〈童年〉和〈童年忆往〉》,"出纳台"发赵宗波所写《穆旦传》书话,两生两文均还得体。

  忽接宁文短信,已留楼上中文系刘俊教授处新出其所编《我的笔名》(岳麓书社 2007 年 1 月版),嘱速写书话一篇。拟近日即动笔,以"《我的笔名》读后"为题完成之,以为前作《我的书房》读后"一文之续。

晚饭后开笔写作"乡下月"系列之《我的清贫记忆》,以十年为期,写 1997 年春节、1987 年春节、1977 年春节和 1967 年春节事,并拟写童年以来印象深刻之清贫情节,以及童年、少年时代有关"知识清贫"("书荒")之回忆,旨在宣示惜时惜福理念也。仅成第一单元文,其中于 1987 年 1 月 31 日(正月初三)于太仓举办之婚礼及苏、杭旅行有所回忆。

2 月 25 日,周日,年初八,晴,南京。

着力读写《我的笔名》,书中收入我于去年 4 月 18 日写定之《余鸿·言文·秋禾》一文。本书编辑心恐"违碍",删去以下一长段:

其实,一旦注玄尚白,化思想为笔墨,则白纸黑字,终是铁证如山,再多、再玄虚、再神龙般的笔名,还是难逃大小"文字狱"之罗网的。在共和国文坛上,早先以写杂文著名的有陈笑雨先生(1916—1966 年,江苏靖江人),他曾以"司马龙"笔名,与张铁夫和郭小川之"丁云"笔名合成"马铁丁",在五十年代初以金戈铁马般的"思想杂谈"蜚声江南江北,一身盔甲,满纸正气,却禁不住来自最高层的"千钧一棒"。当 1966 年 8 月"文革"初起时,即心与身俱归寂灭。从此国中舆论一律,玉宇澄清而山河红遍,百姓也随即坠入水深火热之中矣。至于"十年浩劫"对于民族精神的戕害,施予国民品质的劣化,还有至今买不完的"单"。"八耻"泛滥,"八荣"不振,或为一证耳。

还记得俞平伯晚年到香港"讲《红》"后,给港人带来的心灵震撼。1986 年 12 月 1 日的香港《文汇报》,就曾发表黄信今先生的文章说:"知识分子的浩劫,是中国革命的最大的悲剧,中国的知识分子不多,能在学术上有成就的知识分子、高级知识分子更少。而他们——绝大多数是爱国的知识分子,解放后几乎都汇集在新中国的旗帜下,不料却一次又一次地受到折磨。不少人过早地丧失了生命,不少人耽误了十年、二十年的研究工作。"

无论是文人陈笑雨式的"生命丧失",还是学者俞平伯式的"研究耽误"(其实对于一个文人一个学者来说,"耽误"也就是"丧失",学术生命的"丧失"),作为现代"文字狱"的牺牲品,想想都是恐怖的。因此,心有余悸的父辈无有不力戒子弟爱好文墨的,学好"数、理、化",莫碰"文、史、哲",成为明哲保身的一种人生方略,更不必说允许自家子弟使那"笔名"来满世界地舞弄了。

不过在史无前例的"文化大革命"时期,应运而生的什么"梁效"(寓意清华大学与北京大学"两校"写作组)、"罗思鼎"(谐"螺丝钉"之音,寓意做无产阶级专政机器的"螺丝钉")、"石一歌"[谐"十一个"(革命写作班子成员)]之类,或以笔名宣誓效忠,或以笔名形态意识,种种以"实用主义"为特征的时政怪胎,则又自当别论矣。

虽然"自当别论",读者却不可不知。否则,有一些内容尽管字黑纸白,你却未必能够读得懂了。南京大学中文系教授董健先生在《抄袭:精神的疲软与麻木》一文说,"文革"后期在农村搞"运动"时,他曾被派写一篇批判"四条汉子"的稿子,当时的潜规则是:"小报(指地方报纸)抄大报(指中央级报纸),大报抄梁效。"他解释说,所谓"梁效"便是"两校"之谐音,因为"那时清华、北大的大批判组正是'四人帮'的御用写作班子"(见《跬步斋读思续录》,南京大学出版社 2006 年 3 月版)。

偏巧于无意中读到当时"梁效"成员之一的陈熙中先生,在 2004 年 6 月接受郑实采访时说的这一段话:

当时"梁效"在北招,就是北大朗润园后面的一个招待所(位于北大校园内未名后湖东北岸——引者注),后来批判"梁效"时搞的很神秘……当时"梁效"的直接领导人迟群、谢静宜为什么搞得如此神秘,外面的人不能进来,里面写什么文章题目,也不能对外说。我想,因为当时除了"梁效"以外,北京还有好几个写作组,一个是文化部的,笔名叫"初澜";有中央党校的,叫"唐效文";有市委的,叫"洪广思"。上海比较重要的(与"梁效"差不多),笔名叫"罗思鼎"、"石一歌"的。

陈先生还说,各个写作组之间其实互相没有来往,"梁效"与"四人帮"分子之一姚文元没什么直接关系,与上海的"罗思鼎"、"石一歌"也没有什么联系,但与当时中央党校的"唐效文"还有来往。他认为,在当时存在的这种"大批判"组织的负责人之间,用现在的话说可能有一种"竞争"关系,"只不过是邀功请赏之类,没什么大的秘密在里边"。

在上海,1983年12月18日,黄裳先生为《珠还记幸》(三联书店1985年5月版)所写"后记"中说道:

干了几十年的记者,试过了与报纸有关的许多行当,包括装运新闻卷筒纸这样的工作在内,那是早已不能再干记者以后的事情了。这是很强的体力劳动,还需要一定的专业知识与技术,可我还是干得津津有味。现在想想几乎是不可理解的。有什么值得高兴的呢?起早摸黑,流血流汗运来了许多卷筒纸,到头来还不是印了罗思鼎和石一歌们的大作?

可见"今典"之不可不知。

然而,"杜人之口,难于防川",簇群的新生一代成长起来了,"初生牛犊不怕虎",他们嘴里想要说话,心里也有话可说……其实历史真实岂容回避?子善《我的笔名和笔名之我见》中以大实话现身说法道:

(我)为什么会使用"智洪"这个笔名?现已不复记忆。但这个笔名带有时代烙印是显而易见的,虽然还不算太激进。当时的御用写作班子不是使用了"罗思鼎"、"丁学雷"、"初澜"、"梁效"这样的集体笔名吗?个人有幸发表文章也大都使用笔名以示"革命",我的一位研究中国现代文学的同行前辈当时就使用过"魏格铭"("为革命"的谐音)的笔名。所以,在那个特殊的年代使用笔名,不仅是普遍现象,而且是风气使然,很值得探究。

午间小侄子从银川来电话,转达其父建议,云我们结婚二十周年"瓷婚"不可不纪念之。子晨欣然建议前往"新城市广场"五楼选一餐厅共进晚餐,餐间摄影多帧。

餐后至二楼先锋书店看书，以七五折特惠，付书刊资近百元。子晨选购萨特自传一种，我购得上海《书城》杂志第一、二期，以有黄裳先生1950年元月日记《凤城一月记》故也。二期上又有谷林先生《饱蠹记藏》，记其所藏一部得自隆福寺的梁实秋先生旧读晚清线装书《昭代名人尺牍》（西泠印社1908年6月版），有四行篆刻"梁治华实秋甫评书读画之印"等为记。

又购毛彦文《往事》（百花文艺出版社2007年1月版）、许志杰著《陆侃如和冯沅君》（山东画报出版社2006年5月版），常任侠《春城纪事（1949—1953）》（沈宁整理，大象出版社2006年5月版）一种。我多年前曾读鹏城于志斌兄所赠常任侠《战云纪事（1937—1945）》（海天出版社1999年9月版），所记事真实有情，读来甚有趣味。惜无暇重阅，连同此书合作一篇书话也。

行走在春分、夏至之间

（2007年3月30日—4月29日）

回到儿时上学时常途经的沙溪水镇义兴桥上

农历丁亥年的春分是三月二十一日，人在南京。五月六日是夏至，亦在南京。惟此一个半月间大忙碌，连续出行，身心俱疲，然见闻亦多，不乏"读无字书"之心得焉，不能无记。

三月二十四日下午，参民革江苏省委会议。二十六日上午，在南大鼓楼校区教授研究生课程"名著与畅销书研究"如恒。二十七日晚，因校教务处统一安排，赴南大浦口校区为本科生讲座《文化创意与学业规划》，听讲者寥寥，讲毕归途，颇为郁闷。

随后日趋忙碌，接连为各种活动所去。

3月30日，周五，南京—太仓。

上午在家。

因江苏凤凰出版集团办公室王振羽兄（笔名"雷雨"）创作的长篇历史小说《梅村遗恨》（江苏教育出版社2006年版）在太仓开研讨会，下午一时许车发南京凤凰台，剧作家宋词、作家薛冰同行余之家乡，遂携本门弟子童翠萍、李海燕同往。

由沪宁高速公路转沿江高速公路前往太仓，一路菜花儿黄，麦苗儿绿，间隔着还能见到一株两株粉红的桃花雪白的梨花，正是一年中江南田野风光最好的时节。四时许，南京嘉宾到达太仓县府街后，由太仓市作家协会主席凌鼎年兄导引至王锡爵故居参观。

按：王锡爵（1534—1614）故居原编为城厢镇新东街42号，本地相沿成习称为"太师第"，至1987年方列为市级文物保护单位。所谓"太师"，是因为王锡爵在明万历间官至文渊阁大学士、首辅。王1562年科举，会试获第一、廷试得第二。1607年引疾退居乡里，待人和蔼，出入不讲排场，惟一肩舆而已。其曾孙王炎在清代也曾官至大学士，因此人称"祖孙宰相"、"两世鼎甲"。锡爵子王衡和孙王时敏又荫赠一品，因此，又有"四代一品"美称。据记载进门楼后，依次有澄观堂、燕喜堂、鹤来堂、画楼、三余馆、乐颐堂、含誉楼等，还有晚晴轩等子女读书处。宅第后有园，俗称"王家园"，至清嘉庆时已"仅存梅花楼及荒池"，而梅花楼、燕喜堂，至咸丰年间因太平农民军兵火而毁。

尚忆1980年冬至1987年间，我家所居在城厢镇东门街76号，寒暑假返乡均要途经"太师第"，彼时读书无多，尤不识乡先贤故事。记得其时门楼一排，据木梁柱可数出五间，居中三间略高于旁边两间，但因地基下沉，呈现歪斜之势。墙体时均砌以砖，白灰抹墙，留门以为通道，上钉木牌子于侧，书"太师第"三字，每当路过尝一注目，但终不知何故有此一第也。

顷检《王时敏与娄东画派》（浙江人民美术出版社1994年1月版）一文《太师第及王家园》，知半世纪前尚有相府规制：

> 抗日战争前，整排门楼尚完好，中间三间全以木栅为栏，屋内

东西砌隔墙,中开大门,门槛前置石鲲一对,上悬"大学士第"竖匾一块,屋前沿街置大石墩十数个,备作插旗、插灯之用。街南为广场,俗称"王宅前",广场靠东有高丈余的系马石一块,靠西有古槐一棵,枝干盘曲,根部已洞空,但仍年年枝叶茂盛。当年王锡爵三度引疾乞休,万历帝仍时有诏问,使者有从陆路来,也有从水路来,这块广场沿街临河,就是接待钦差的地方。经某楼进入头门,库门高大,两旁立石狮一对。入内,正中为澄观堂,这是专为婚丧大礼和接待上宾之用。稍后入二门,偏东为燕喜堂……偏西为鹤来堂……

八十年代末,新东街、东门街拆迁前数年,记得曾进至居民杂住之头门、二门里一探,抬头但见梁枋高古,彩绘斑驳,绝异于苏州园林之所常见,但仍不知考察所谓"鹤来堂"也。

如今门楼已拆,所谓"王锡爵故居"一切建筑全系新建仿古建筑者,毫无历史沧桑之感。

今日"王锡爵故居"内景

继至南园参观,原系"王锡爵种梅处",也毁于咸丰末年兵燹。同治间有所恢复,又因日寇侵华间太仓沦陷而毁。

入住娄东宾馆7号楼,晚宴于悦宾楼。菜肴甚美,有久违的"长江三鲜"(刀鱼、鲥鱼、河豚),宋词先生品尝后赞不绝口。蔡玉洗、王振羽、董宁文一行车晚至,补餐后已近十时,蔡总好兴致,提出走走看看城厢夜景。振羽为写《梅村遗恨》,曾来太仓考察,遂与余一路引领谈笑,出东港小巷,行经原新东街,至"李时珍、戚继光上岸处"。

原来,王世贞临终前曾为李时珍的《本草纲目》作序,高度评价此书,据说以他的文名因此促成了《本草纲目》付梓。抗倭名将戚继光也与王世贞交情笃厚。因此亭柱有联:"雁连秋水阔,人渡夕阳低。"李、童两生一见即异口同声道,吾师名"雁",笔名"秋禾",竟都有字嵌在上联之中了。

3月31日,周六,太仓,暴雨。

上午九时全体代表合影留念。随后座谈研讨王振羽《梅村遗恨》至中午。鼎年兄以《太仓近当代名人》、《江苏太仓旅游》、《野葵》三书相赠南京来宾。

吴梅村(1609—1672)以《圆圆曲》为诗坛所艳称,可其自称乃"天下大苦人",心中必有其郁愤块垒也。我在发言中说:

关于振羽这部书的意见,我全部写在3月26号《藏书报》登出的有关《梅村遗恨》的文章中间了。我现在说说两个方面的题外话,一个是我希望我们太仓家乡能够继续支持吴梅村的研究。可以根据吴梅村的传记,改写创作一部电视连续剧。打造太仓乡土文化的名片,离不开弘扬我们太仓一方水土养一方人——最精英的文化历史人物,像王世贞、张溥、吴梅村。

历史上有太仓师范学校,出产了很多高层次的人才。但随着后来教育的重心移到苏州、南京、上海、北京等地,太仓人出去的很多,出去以后在各行业成才成名成家的也很多,如鼎年兄所编的《太仓近当代名人》所反映的,但为这些人才的成长做出最基础贡献的,其实还是太仓父老乡亲,还是太仓的水土和粮食。所以我建议能够开展这样一次活动:先由太仓文教各界的人物中,比如选出太仓历史上的"三十六哲"也好,"七十二贤"也好,作为太仓乡土文化教育的一个标志性的人物。也就是现在时髦话讲的:太仓的"文化名片"。文化名片是要靠精英人物来垫底的。像苏州沧浪亭里,就有"五百名贤"的刻像。

配合这个活动,进行一次全国性的征文,这个征文是有关太仓各界人物的,因为这些人物的影响扩大了我们太仓这个历史文化名城在全国的影响。有许多人,先知道有吴梅村,然后知道吴梅村是太仓人也;先知道有张溥,才知道张溥是太仓人。从这个意义上来讲,这样的征文活动,对于扩大太仓的文化知名度,对于吸引全国性地关注太仓,是有很重要的意义的。

太仓的城乡环境与时俱进进行了革新,但是对于我们当代人,如太仓的现当代文化名人而言,他们童年中间有真实的太仓、文化的太仓、和谐的太仓的记忆。如果能够再举行这样一个专题的征文,既加强了当代成名人物和太仓家乡的联系,同时也给我们的后代们留下了一份珍贵的文字遗产,让他们知道自己的父亲母亲爷爷奶奶当年生活的传统太仓是什么模样。我作为太仓的一个游子,对家乡报效不多,唯一的就是后面写上"江苏太仓人",因为这一方水土是我受教育并成长的地方。

午餐后即参观张溥故居、弇山园,以及沙溪镇。于小学生时买第一本书的沙溪镇新华书店前与两生留得一影。

与李海燕(左)、童翠萍(右)留影于沙溪镇老新华书店门前

随后走上老街,过龚氏雕花厅,于狭长幽深的邱家弄口留得一

影,于是童年上学放学时来来回回的走街记忆顿时涌现脑海。我

以水光宅影为特色之一的中国历史文化名镇——沙溪

在两年前初冬写定的《童年的沙溪水镇》一文中有这样的文字:

走街路到校,一路上见闻自然特别丰富。

四乡挑着担上街摆摊卖菜的老农,挎着竹篮子赶早市备一日餐用的主妇,或是泡茶馆喝几壶早茶甚至一盏烧酒的男丁,在两三肩宽的街道上你来我往,此问彼答,就是一道流动着的风景,叫人听不尽,看不够。

这当口,古街两旁店铺的木排门都卸到了一旁摞起来靠着墙,家家户户敞开了门面来做生意,其中四季常有的香葱大饼、金黄油条,还有泛着油滋热气的糍饭糕,最叫人闻得见,馋不够。

如果哪个同学能随同他的爷爷或者父亲在当街的面条店里坐下,独吃一碗热腾腾、扑着青蒜叶片的阳春面(入冬以后,便是汤浓油大的羊肉面了),那可是能在嘴上美上半个多月的大口福了,会叫所有该晓得的同学都知道了,眼红不够。

吸取了罚站同学的教训,我们东乡的同学一般会在下午放学以后走老街,而在清晨上学时专走戚浦塘南河岸……

如今要好好欣赏沙溪古镇的老风貌,最佳的观景点之一,是义兴桥。它沟通南北后,形成了近一里长的南、北两弄。站在高高的义兴石桥上西望,市河潺潺,夹河民居尚存古意。

南望则桥堍旁一幢两层亭阁式楼屋最吸引人的心目。原来这是当年典型的门面店房,其朝东面北两侧,可充分吸引南来、北往、西行的路人,让生意最大化。想来当年该是茶馆、饭店一类的商铺吧,沙溪人有早起上街吃茶吃面的消费传统,那这里的生意一定是很红火的。

最后至张家园参观"陆京士故居"。如今我大约小学一二年级前曾居住过的一排四间门房间已拆除,圈以围墙,院中一树樱花正盛。第一进客厅如今做了"沙溪民俗馆",展览着各种民间生活用具。最后至屋后泥山头上望野眼,略观两河汇流、一桥飞架之势。此皆童年时代嬉游之地也。

晚餐后,宋、薛、蔡、王、董携童、李两生直接从沿江高速公路返回南京。而余则随凌鼎年、庞建农、王海榕三友,重访东门街吟荷馆,与主人吴骏(铁莲)兄晤谈。至则先赏其自造庭院中之牡丹,姚黄魏紫,皆名品也。以暴雨欲来,遂移书室内品茗谈书。

临行,铁莲兄以案头清供之牡丹两朵相赠。主人真吾乡俗尘之雅士也。尚忆初识,同访乡邦故迹,交谈甚欢,不觉十年移矣。其艺当更精进,遂以镌印相请,于是《乡下月》书名章、"余垠、秋禾"父子笔名连珠章、"雁斋藏书"章皆是也,殊宝爱之。

4月1日,周日,太仓—苏州—南京,雨。

偕父亲与大、小两妹驱车前往位于苏州虎丘高新区鹿山路侧之兰风寺塔院为亡母扫墓后,即从苏州汽车站坐车返宁。

"兰风塔院"原名景福庵,初建于元代。相传清乾隆间高僧兰风禅师静修于此十年,得佛点化获致神功,驮来小鹿山护佑一方。仙逝后纳骨于院后,建塔以为纪念。十余年前,当地佛教协会决议复建,形成兰风禅寺、地藏宫(天坛塔陵)两大主体建筑。吾母生前因缘至此,乐其风土,于2002年冬遗命安灵于此塔陵。

左图为兰风塔院内的天坛式建筑地藏宫，
右图为歇山式青砖杉木金山石结构之兰风寺

连续五年清明节前至此祭扫，见证此地草木日盛，火渐兴，塔院日趋庄严恢弘。呜呼，吾母劳碌辛苦一生，安息于此福地宝土，亦得其所矣。

4月6日，周五，南京—南通，晴。

上午与华军俱在南大食堂午餐后打车至南京汉中门，改坐长途快客车前往南通，携门弟子赵宗波、张盈芳同行协助会务并文书事。捎带有两摞《书乡》杂志，四口袋《毛边书情调》。宋词、薛冰、董宁文、蔡玉洗，以及顾农、陈学勇、王稼句、陈子善等陆续入住瑞吉之星酒店。此地为沈文冲兄精择之地。

闻顾农学长与陈学勇学长同屋，即去晤会。陈学长（笔名"老萌"）题赠余夫妇其新著《旧痕新影说文人》（中华书局2007年版），其中《读徐雁新著〈书房文影〉》一篇评说道，"徐雁的书话、书评，亲切悦目"，实在是"值得读者亲近的好导读"：

《书房文影》是徐雁策划的"读书台笔丛"十种之一，书中评介了数十部图书，读来意趣盎然。徐雁很有概括、描述原著的才能……《书房文影》里的文章当然决非一篇篇广告，即使你已经读过他所评介的图书,也不妨再读读徐雁的评介。它将提供有助理解原著的相关知识,如著者的阅历、同类的其他图书、书中涉及而未详的人和事,等等,文字不多却相当丰富……徐雁既学养深厚,又学而能思,难怪《书房文影》里时时闪烁真知灼见。

徐雁关于文史领域的见解俯拾即是,因此《书房文影》固然于一般读者是本难得的辅助读物,即使文史同行也不无裨益……徐雁的文字相当漂亮,当然不是那种词藻华丽的漂亮。他写作书话显然受先辈唐弢先生的影响。唐弢主张:"我曾竭力想把每段书话写成一篇独立的散文:有时是随笔,有时是札记,有时又带着一点絮语式的抒情。"徐雁书话即如此,是一篇篇漂亮的随笔,旁征博引却举重若轻,娓娓道来又不失儒雅,犹如你置身"雁斋"。那一点"絮语式的抒情"尤得唐弢真传。

人以人为镜,由此可知今后作书话书评之着力目标矣。《书房文影》之类赠人多不会读,但如陈学长这样开卷读过并执笔作评者,不可多得也。他在后记中说:"文学评论的刻板,大约受染于上世纪五十年代苏联日丹诺夫他们;而没有自己见识的贩卖,则为近年来商潮的影响。"这观点好像以前没有听说过,也必须是那时期接受高等中文教育的人才能说出,其实是可以专作一文论述之的。

4月7日,周六,在南通,晴。

上午同人均游南通珠算博物馆和狼山。余则接受安排,与陈子善等前往南通博物苑讲堂为南通大学文学院讲座。坐前排听子善讲毕后,余继讲一小时许。

《毛边书情调》编辑张静莉女士至。午饭后,座谈研讨沈文冲《毛边书情调》(河北教育出版社2007年版)至傍晚。获赠《毛边书情调》所配之红木裁纸刀63号一把。

今日结识南通从事现代文学研究学者钦鸿先生(笔名欣文、宋怀等),他于1947年在上海出生,1984年由黑龙江迁居南通,现任南通市社科联《江海纵横》杂志副主编。与人合编的《中国现代文学作者笔名录》一书,以及所从事的新加坡、马来西亚以及东南亚华文文学研究成果,在当代文坛上有一定影响。多年前建立联系之后,每有著编如《濠南集——南通现代文坛漫笔》等,无不邮赠,可知其人慷慨。

其人非南通人氏而极其关注并潜心研究南通地区现代文学史实,如本书一部分涉及上世纪三四十年代在上海文坛上崭露头角的南通作家如李素伯、郑康伯、尤其彬、朱英诞、于一平、顾巴彦、丁图等,另一部分写到旅居台湾的南通籍作家,如师范、沙漠、杨御龙、水晶、朱沉冬、陈九皋、周锦等,全书足为"南通现代文学史雏形"也。新赠一书为其参与组稿的马来西亚温梓川著《郁达夫别传》(宁夏人民出版社2006年12月版),责任编辑史芒在随印于本书卷末的《编辑手记:感受郁达夫先生》一文中说:

在编辑这本书的过程中,我也曾与许多年轻的朋友交流过,他们多在三十岁左右或更年轻的年龄,知道达夫先生的人很少,看过他作品的人更是寥寥无几。2006年12月,在参加纪念郁达夫先生诞辰110周年国际学术研讨会上,我看到,研究郁达夫的学者年龄多半在五六十岁左右,七八十岁的人也不少,而年轻学者却不多,专家们讨论的问题,多停留在学术难点、疑点上。而我在想,如何使像郁达夫这样的现代文学史上的前辈作家,以及他们的文学精神在子孙后代中得以传承,似乎是一个更值得关注的课题。

可见,中国现代文学的阅读断层,在这青年人被生存压力挤压得几乎没有读书时间的时代,已经成为一个比较严重的社会问题了。本书才印五千一百五十册,可能就是一个不良的兆头,因为即使在上世纪二三十年代,郁达夫作品的读者也不至于少得如此可怜。

晚宴于濠河边水景餐厅"映红楼",遂一席贪看丽色夜景焉。

4月8日,周日,南通—南京,晴。

次日早餐后全体代表前往如皋。久知如皋乃南通人文之邦,除旧书上读来之冒辟疆、董小宛故事外,北京大学老师中有朱天俊先生、学海社友中有张杰者,均所熟识焉。至则李生海燕,与其男友周伟及其父亲已在门候迎。

如皋水绘园主人与吴梅村固多联系,乃是文才风流相当的好友。入园果见壁上有吴诗《题董姬宛君小像》八绝句也。原来当日主人引朋招士,梅村等遂得觞咏其中。清初刘体仁云:"时士之渡江而北,渡河而南者,无不以如皋水绘园为归。"

按:清陈维崧有《水绘庵记》,谓"水绘庵即向之所谓镇野带埛,竹树玲珑,亭台棋置者,水绘园是也。其主人辟疆氏……更园为庵,名自此始。水绘之义,'绘'者会也。为其亘涂水派,惟馀一面竹杠可通往来。南北东西皆水会其中。林峦葩卉,块圠掩映,若绘画然。古水绘在治城北,今稍拓而南,延袤几十亩。西望峥嵘而兀立者,曰碧霞山"。1981年,中国古建筑园林专家、同济大学陈从周教授游园后,即兴填有《忆江南》词一阕:"如皋好,信步冒家桥。流水几湾萦客梦,楼台隔院似闻箫,往事溯前朝。"八年后,又携同大弟子路秉杰以《水绘庵记》为蓝本,指导修复园景十余处,该园遂于2001年元月被宣布为全国重点文物保护单位。

水绘园在雨香庵外,"水明楼"自成一组,楼取杜甫诗"四更山吐月,残夜水明楼"意境而名。因此,该园命脉应在水景,美在倒影,而亭台楼阁无非人文经络也。如今园边环境差劣,于壹默斋后月台处观景,举目皆不堪,园内流水更不堪掬……一行慕名而来,颇失所望。

4月19日,周四,抵达福州。

南京始发之2001次火车午间准点抵达福州火车站。林公武先生已派福州书画社经理刘孙枝兄驾车来接,径赴福州老字号"安泰楼"品尝福建小吃,有鱼肉丸、荔枝肉、扁食诸美味。福州书画家吴昌钢、郭辉、傅永强三兄作陪。

郭兄是福州市美术家协会副主席,现任职《福州晚报》社美术部主任,以事先我索题所作《寒梅读书图》相赠。画幅上,一位正襟危座老儒灯下观书,而书童已经趴在书案上和衣睡熟,由昌钢兄补绘老梅一树,当是春雪时节矣。席间林先生谓,这"安泰楼"早已是国营性质,以古桥"安泰"命名大堂,以"光禄"、"衣锦"、"文儒"三坊名命名包厢,以存古韵。

按:"三坊七巷",是南后街两旁从北到南依次排列的十条坊巷概称。衣锦坊、文儒坊、光禄坊是谓"三坊";"七巷"则是杨桥巷、郎官巷、安民巷、黄巷、塔巷、宫巷、吉庇巷。这是福州至今保存比较完整的一个自唐宋以来形成的老街区,现在市中心之鼓楼区,占地四十公顷,墙屋布局严谨,精致而见匠意,集中体现了闽都古城的民居特色,有"明清古建筑博物馆"之誉。创办于清末之"安泰楼",位于唐代安泰古桥之侧,今八一七路与吉庇路交会处,于楼上即可望见尚未整修之坊巷旧街景。

散席前,吴先生特送其家庄园内所产一箱枇杷。并教授法门云,用筷子等硬物于果皮上顺向刮遍,手剥果皮十分容易。果然颗粒饱满,汁多味美,顿时吃得又快又多。真是物有其理,贵在格之致知也。

午饭后游福州东南之鼓山。此地为余两年前九月初至福州时遥望之地,据说因主峰上有巨石如鼓,值风雨交加辄颠荡如鼓声,故名。车盘旋而上直至中心胜景之涌泉寺。果然别有洞天,树翠木秀,清幽静谧,非比寻常旅游之地游人如织。

涌泉寺始建于908年,正与中国雕版印刷术同龄。据说当年建造中因有天然泉水涌现而得名,今存康熙题额。正对天王殿大门外有一崖刻,乃"知恩报恩"四大字。此寺建筑多就地取石材,与江南寺庙多用木材异趣。殿外石柱有联:

尘外不相关,几阅桑田几沧海;
胸中无所得,半是青山半白云。

为写实也。由斜坡登上天王殿,见大雄宝殿,天井中有乾隆间人所题"石鼓名山"四字。于石卷桥再留一影。随后瞻仰法堂,游观寺院的厨房间"香积厨",使用面积颇开阔,见若干大灶、大铁锅、大石槽,三弟子颇觉神奇,实可由此见出当年僧徒之众与夫香火之盛也。如最大一只,据说造于宋代,可一次煮饭五百斤,以供千人食,乃有"千僧锅"之称。此乃涌泉寺"三铁"(铁树、铁锅、铁丝木)、"三宝"(陶塔、雕版、石经)之一,竟于无意中见得。

寺内诸建筑均依顺山势而逐渐上行。经放生池,前往摩崖石刻观摩。途中一段台阶,两侧古木参天,地幽人静,戏谓此真侠士隐居绝地也。

据说鼓山历年来所积刻石尚有四百八十余处。我们一行仅就近看了篆、隶、形、楷俱全的最有名气的"喝水岩石刻"。见到蔡襄楷书手迹"忘归石",以及朱熹所书大"寿"字等。

循一段幽僻山路走出,于半山腰站立片刻,但觉凉风袭身,满目春翠,真有不愿归去之感。一路下山,便是"入世",步入喧嚣世面嘈杂市声中矣。难怪古人如陶渊明者,官场倦归,要竭力寻求没有车马之喧的"人境"了。而今人境之喧闹,俗世之繁杂,又岂千数百年前五柳先生时耶?

下车后走至鳌峰坊之科普作家高士其(1905—1988)故居,可惜已至傍晚,大门已闭不得入。因以前看书,不甚明确他竟是福州人,因此想到,假如把这些名人故居做成一个系列,则整体效果将会更好,假设高士其故居编号为"福州文化名人故居之50",那么可能会勾引起游客寻访其他人物故居之兴趣。旁边有福州教育书店,四人看了一圈,竟无所得。

晚上林先生在安排我们入住的武警招待所旁之世纪酒店设宴招待,同席者有福建省文史馆馆长卢美松、福建图书馆副馆长谢永顺、福建师范大学陈庆元、福建省委党校林怡、福建美术出版社编辑卢为峰等,各赠以所编《书里闲情》一册。

林教授以其论文集《渐不惑文存》(西泠印社出2006年9月版)相赠。林女史出身于杭州大学古典文献学专业,著有《庾信研究》等。本书分为社会文化、文学考论、断想随笔和文献训诂四辑,其中收录有去年6月24日上午在福州文庙的演讲录音整理稿《孔子生平及其智慧》,认为孔夫子具有"坚忍不拔、刚毅精进的人格操守","好学不厌、博学笃行、闻过必改、实事求是的精神风范",又简述其"仁"、"礼"、"中庸"、"正"、"信"之精义,以及"礼治"、"德治"的局限,认为"开创不出现代基于保障基本人权、法律面前人人平等、宪政至上的'法治'社会新格局"，甚有见地。

另见有林公武《夜趣斋读书录》书评一篇，认为作者读书常作小楷题记或眉批，别以朱、绿、墨三色，"不知不觉就积累了上百万字的读书笔记"，而本书则是其"治学多年的经验心得，真实反映了作者勤学游艺的读书生涯"。

晚饭后，林先生邀至其家作客，乃知其"夜趣斋"之实。

客厅、书房在字画以外，可谓四壁琳琅。书房有"本橱书籍概不外借翻阅"字条，想来所藏系其镇斋之宝。检出橱藏旧书，嘱余签题数册，时浦、吴两生亟在书房门额"夜趣斋"下留影，彼乃首次涉足此藏书万卷之文人书室也。于是请林先生取出数种其手跋之书，示诸生以"不动笔墨不读书"之法。其扉页上多写主人何时、何地因何缘由购买，内叶空白则时见蝇头楷书之批注札记。随后展示明日将前往龙海参喜宴时，赠送徐生小丽与许生龄艺之隶书喜联："芝兰茂千载，琴瑟乐百年。"红宣上有祥云环护之"龙凤呈祥"图样。

4月20日，周五，午后由福州赴龙海，今日谷雨。

今日《中国新闻出版报》"读"周刊将刊出所约《文学好书飘香的社会》一文，文后向第十二个"世界读书日"荐书十种。有许志杰《陆侃如和冯沅君》（山东画报出版社2006年5月版）等。

上午至福州市文联机关，林先生于办公室书橱中检出《顾廷龙书法展特刊》一册相赠，是册于十年前印行一千册。其中转载有顾先生弟子陈先行旧作《闲说顾廷龙先生的书法和饮酒》一文，称"除了金文与写经外，顾先生的一手小楷同样堪称风流……清俊疏朗，丰腴跌宕，别有一番神韵。每当夜阑寂静，妻儿安睡，独自秉烛校读古书，心得所至，欣然以小楷题跋一首，书文兼美，悠然自得。这样的生活，在惨淡经营合众图书馆十余年的生涯中，他视为最大的享受"。而时为省钱省工省料省时，为该馆出版物手书上版时，"熬一个夜可写小楷三千"。文章还说，作为版本专家，"他告诉在其身边工作的后学，鉴定版本以抄、校、稿本为最难，既要多看名家手迹,同时又要练习书法,以熟悉当时的书法风气……"此文甚佳,原载于《名人生活》(上海文化出版社1992年10月版)。林先生复赠江、吴、浦三生其所编《近现代福州名人》等书多册。

随后在福州摄影家协会副主席唐希先生陪同下,游览有"福州外滩"之称的江滨公园。公园植有南洋杉、老榕树、假槟榔、相思树、桂花等,以世界有关各国雕塑家雕塑作品著称。唐先生指点云,此处雕塑尤以"三胖妇"、"怜马"诸作品,最受人称道,可见写实主义易为大众接受也。将归,于一钢琴家演奏雕塑前留得一影。

随后走访吴昌钢先生文联办公室"孔原书院",悬有"清风吟古韵,碧水洗心尘"对联,可知其志趣。又至福州市美术馆馆长傅永强先生办公室,亦是一番风雅意境。但见老式桌椅、古典书柜,竹帘木梯、钉壁字画等,满室散发出中国传统文化的幽香。而一孔人工流泉,让此屋有了如天籁之声,顿时灵动起来。

傅馆长在"飘香楼"招待午饭后,余等即登车前往龙海。满目闽地与江南特异之风光,一路欢欣愉悦,往赴徐、许两生当晚爱结连理之喜宴。窃意必将请余为证婚人致辞也,悄然思之,仅得"郎才女才,郎貌女貌"八字,其余当临场发挥之矣。

傍晚车至龙海宾馆,见徐、许两家父母致贺毕,知小徐正在化妆间,即将林先生所书喜联,以及本门合赠之南京云锦牡丹镜框相赠小许为礼。

旋至酒店门口,始见小徐正于春风中迎宾,已被妆扮为束发高耸之时尚丽人,小许则身着西装,满脸憨笑如故。喜烛灯影下,司仪主持播放录像短片,乃是由两人各自出生、成人以至相识、相恋之旧照片串联组成,背景乐声中有幽默旁白,顿时笑声哄堂。婚宴开场后,余致简短证婚辞毕,即与林先生、浦吴两生开怀大饮。

散席后,一行徒步观光,走回宾馆,但见此海滨县级城市,与内地所见一般,同样建筑新旧杂陈,夜市喧闹不已。过一小吃摊点街,竟突见隐没其中之"龙海市图书馆",一楼名曰"电子阅览室",却似被人承包之"网吧",大约借还书处在二楼,门楣黯然,一副理不直气不壮之窝囊样,不禁为基层图书馆窘境连声叹息。

4月21日，周六，漳浦赵家堡—厦门，是日灼热。

与小徐、小许共进早餐后道别，径往漳浦赵家堡游览。车停堡东门前场上，路尽于此，抬头顿见门额大书"东方巨障"四字，回望来路，青山合抱中，果有万夫莫开之概。进得堡中，见民居古朴，道路坎坷，更喜游客稀少，满目是经岁月斧凿的陈迹，犹如走进宋明史境。

最喜虽为休息日，游客却不多。

先登上藤萝攀缘之外城墙内侧马道。导游小赵，黑肤，梳马尾辫，约莫十六七岁，一路介绍说，堡有内、外城墙两道，外城墙周长一千二百米，圈起面积一百七十三亩，依山势起伏，呈北低南高之势。内城墙周长二百二十二米，占地面积六亩，全堡是仿照北宋故都汴京的布局来建造的。与众不同的是，当初南门外建成后即用条石封死，出门就是灶山山体，但从来就没有人从此进出过。据说有"南行是没有出路的"之沉痛寓意，大概就是为了纪念赵家王室一路南逃至于绝境后才北返至此的惨痛"家史"罢！

浦生好奇，询知导游仅读书至初中，闻堡内大多数女孩子均是如此，且少有出堡求发展之机，为之唏嘘不已。余询其村中姓氏，答曰堡内六七成人皆赵姓，问两赵姓男女间可得通婚否，竟曰可，此亦奇矣。又据介绍，北门题额为"硕高居胜"，西门为"丹鼎钟祥"，均以炎热日烈，未走至亲睹。

按：赵家堡俗称"赵家城"，位于漳浦湖西乡硕高山西北麓。相传1279年南宋大将张世杰率水军与元兵在厓山（今广东新会南）作最后一搏时，战败后带领十六艘船只夺港而出，多被台风淹没，他自己亦死难。但有四艘终于幸运地逃脱出来。船上载有年仅十三岁的闽冲郡王赵若和，及其侍臣许达莆、黄材等。他们顺着海流向北漂泊，希望中的目标地是前往其封地福州，以图河山恢复事业。结果漂到厦门浯屿一带时再遇台风，只好弃船上岸，遣散随从，隐潜于太武山下，在寻找国舅杨亮节的途中，几经辗转来到来到海滨小村佛昙，从此隐居下来，对外改称"黄"姓。百余年后，明洪武十八年，赵若和的后裔欲娶黄材的后代为妻，被人妒忌以同姓通婚之罪告至官衙，为求解脱罪名，赵家人只好公布密藏的族谱，将当日真相大白于世间。

据说当御史把福建民间遗藏有前朝皇族之事奏闻朱元璋时，当时已坐定华夏江山的大明开国皇帝以惺惺相惜，一时动了恻隐之心，不仅恩准赵若和后人填"赵"复姓，而且还赏赐了数个散官闲职，从此赵氏重见天日，渐开文明气象。至赵若和九世孙赵范时，终于进士及第，官至浙江按察使司副使等职，至万历间告老返乡。举家移迁今址，并于万历二十八年（1600年）建起了如今赵家堡的核心建筑——完璧楼，以防日本倭寇之侵掠。万历四十七年，范子赵义仿照北宋都城汴京布局立意扩建外城，从此聚赵氏族人居此。

余等沿外城墙内侧前行，咫尺之遥，见一荫天蔽日之大榕树。树冠犹如奋力撑足的巨伞，树干须得五六人方可合抱，树根则游走地坪上下，有土鸡安详觅食左右，更陈设有石桌、石条凳，清风徐来，大见古意，想历史上赵家堡人当无数次集合于此作巷谈村议也。当地居民设小摊于此，有自家腌制的萝卜干和煮熟的鸡蛋，以及矿泉水之类。

前行至香火缭绕之武庙，祀关羽（云长），有联："山势西来犹护蜀，江声东下欲吞吴。"庙场上偃卧一亭，石构件支离而未破碎，竟无资本起而复原之，可见此地仍穷，无此实力也。

过一天然大池塘，当为堡中基本水源保障，惜水质不甚佳，想为积水而成，非隐泉也。闻入夏为荷塘，想阔叶田田，露珠滚滚，可掩此丑。绕行之，见数通露天石碑，所记均明清堡事，惜匆匆未及细细辨读之。走至内城，见场地开阔之一排府第，前有鱼池水阁，池上筑一精致小巧的"汴派桥"。府前为一长方形宽敞广场，该是民丁操练之地，至今还有石柱、石础、石马槽等遗存。

此地俗称"官厅"，并列五座。每座五进，有房三十间，凡一百五十间，每座第五进为二层楼，系内眷宅院。入居中开放游览之府，见墙为泥作抹平，甚坚固；府治轩敞高大，颇气派。除开放者外，余府皆仍为民居，古朴陈旧中见出作息生气。惟所谓内眷宅院之二层楼者，多遭"文革"期间人为破坏。院楼俱废，杂树丛生，几难涉足。一种沧桑，油然自胸中升起。于是指导浦生选拍足见兴废寓意者照片多帧，如其一为废墟中之桑葚树，果实累累，或红或紫，摇曳风中。又一为碎石墙中长出之小树，其顽强生命力，令人赞叹。余亦以此为赵家堡人祝福也。

游赵家堡，最难忘的是其处处戒备时时设防的姿态。至今新建民居窗户，仍是在石墙上做一个方，而窗叶即是竖在洞中的一根或数根凿成棱式石条。而"完璧楼"，乃是堡内游览精华，也即保存最完好之内城，据说楼名取"完璧归赵"之意，其实寓"慎终追远"之思。现辟为宋史陈列馆，陈列着两宋历代皇帝的肖像，与宋史有关的文物资料，以及古今名人书画。

楼高三层，高十三米多，边长二十二米，墙厚一米，是一座名副其实的城堡型建筑，至二三层楼上方见窗洞。

游罢揖卿小院，导游欲辞去。询以农家可有中饭，导至其伯父家，竟在堡东门右侧民居中，其旁即是老大之榕树处也。有蔬菜、土鸡、啤酒供应，尚整洁，乃商林先生决餐于其家。至此则进士坊、修竹花园、聚佛宝塔（据说仿照开封铁塔之形而尺寸微缩之）、禹王庙等俱未见，而石刻"墨池"、"悟石"、"读书处"、"云巢"，更不知踪迹何处也。

主人为经营户，甚淳朴，设桌于其家客厅，即宰一鸡炖之，与林先生喝去冰啤酒多瓶。

午后前往厦门，入住厦门文联宾馆，甚爽洁。原北京大学同窗同屋好友，现在厦门大学图书馆工作林君振锋，闻讯前来请客，乃于厦门人人引以为豪的环岛路之"龙厨海鲜食府"海滨场前占一露天桌位，畅饮啤酒，品尝海鲜，有"米线糊"、"跳跳鱼"、"沙虫"之类，于夜幕中星空下望海听涛，实为不可多得之经历也。余光学长的硕士弟子，现在清华大学图书馆工作的王媛小姐已至，于是邀来同席。餐毕，一行沿海滩踏沙，走至书法广场而归。

4月22日,周日,厦门,晴,今日为研讨会报到日。

上午晏起,早饭后与林先生留守驿园宾馆大堂迎接参会代表。嘱浦、吴、王生前往厦门大学参观游览。下午代表们陆续到,累计达五十人左右。

晚饭后,在厦门文联招待所会议室,围绕北京大学王余光教授主编、武汉大学出版社出版之"书与阅读文库"中最先问世的三本新书:《影响中国历史的三十本书》(王余光主编)、《青春好读书》(汪涛、陈幼华、李雅编著)、《小小读书郎》(严红、王友富编著),以及余主编,在青岛出版社出版之《书里闲情》,召集与会代表举办"新书品评",武汉大学图书馆黄鹏兄主持。时由吴生负责泡茶续水,浦生专事摄影场记。

上海《图书馆杂志》常务副主编王宗义认为,纸本阅读未必是"深阅读",而网络阅读也未必是"浅阅读",近期已有许多学者在网上开博客,进行学术交流,值得大家关注。浙江工商大学教授梁春芳指出,关注和研究网络阅读,引导青少年健康上网,教育工作者义不容辞。与会代表大多支持全国政协委员朱永新教授设立"国家读书节"之倡议。

4月23日,周一,厦门,傍午骤雨,下午阴。

在厦门文联招待所的报告厅,上午召开了中国阅读学会年会之"世界读书日在厦门·多媒体时代的阅读问题研讨会"。

余代表中国写作学会阅读学专业委员会致辞说,信息时代正发生着一场彻底的阅读革命,传统的读书如今在网络形态下正演化出越来越丰富、越来越复杂的生动形态,为此几人欢喜几人忧。"读书"与"读网"能和谐统一吗?正是这个核心困惑,构成了我们三个学会在厦门集结研讨的必要理由和充分理由。上午三个核心报告,分别由中国阅读学会会长曾祥芹、武汉大学图书馆长黄鹏、台湾政治大学教授杨美华所作。

杨女史认为,数字时代阅读的一种特征让我们觉得阅读无处不在,阅读无边无际,阅读也无所用心。数字时代的阅读让我们失去了坐拥书城这样一种阅读神圣感。网络阅读有很多的优点,它方便快速,具有互动性,内容非常广泛,可以利用多媒体、超文本来全面地刺激读者的感官,它在一定程度上也提高了阅读的效果。但相对来讲它也有它的缺陷,比如说,在多媒体时代造成视觉疲劳和网络迷失,不符合传统的阅读习惯,在阅读读物的选择上有很多的困难。

傍午于雨中前往集美大学,备下午在该校学术报告厅作《"浅阅读"还是"深阅读"——如何阅读文学名著经典》报告,系"科学人文素养百名学者系列讲座"之一。江生同往。午饭后与商振泰学长于宾馆谈甚洽。见到当日《福建日报》"读书"版,为配合今天会议依约所发专版,有林先生《读书为人成才之本》、曾祥芹《"为什么读"是第一位的问题》、甘其勋《阅读是培养创造力的摇篮》,以及余之《阅读影响命运》等文。

是次讲座围绕"如何阅读"、"为什么阅读"、"浅阅读"还是"深阅读"三大问题展开,系统阐述加强阅读与人生成长之紧密关系,鼓励听讲者珍惜大学时光,通过多层次、多方位、多角度的"深阅读"和"深思考",不断提升自己的精神境界,并以《三国演义》、《西游记》、《围城》为例,介绍了"悬疑解疑"、"结网阅读"和"提要勾玄"三种主要阅读方法,同时穿插进"读无字书"的理念,即在阅读过程中,要融入自己的生活经历和社会体验,终以原北大中文系教授金开诚老师"读为基础,想为主导,落实到写"观点,说明作文是整合所学知识和人生见识的最好方法。

下午研讨会上,甘其勋先生、新春教授、真福编审等均作发言。建华兄认为,多元媒体时代的阅读具有"交互性"特征,网络上的信息不是"你"给"我"的,而是"我"自己通过"我的需求"从网上检索得来的。阅读学应该关注并研究这个重要特征。中国出版科学研究所徐研究员指出,我所所做的国民阅读调查活动结果显示,从1999年以来我们国家的国民阅读率一直处于下降趋势,而网络阅读率则是不断地上升的,而且呈现出一种非常快的上升速度。

晚饭后,林先生有朋友驾车来,游观厦门夜景。返回时,嘱车停环岛路边,再次散步海滩之上。

夏日中的齐鲁行记

(2007年7月7日—17日)

"荒殿想曾陈俎豆":于曲阜少昊陵享殿前地坪上寻寻觅觅

自厦门返宁以来,接连忙于五月中旬庆祝金陵大学图书馆学系成立八十周年所编《李小缘纪念文集》(本系自印400册),以及学生答辩、课程结束事宜,忙忙碌碌至六月中旬稍歇。

"五一"国际劳动节间连续休假六日。其中五月三日上午,"金陵书香部落"诸同人薛冰、蔡玉洗、速泰熙先生,以及钱军、徐雁平两君同至城东南尚书里董宁文处,贺其"癖斯居"乔迁之喜,兼暖新屋。六日立夏。次日晚,玉洗先生嫁女于玄武饭店,排场豪华,气氛热烈,遂与华军往贺,同喝喜酒。十二日上午,本系举办庆祝金陵大学图书馆学系成立八十周年,研讨李小缘先生"民众图书馆"观,余光学长暨焕文、宗义两兄等俱来参与焉。先一日晚,饮茶于石头城"秦淮流韵"。

7月6日,周六,南京—青岛,
下午南京暴雨如泻,航班延误。

去年7月底曾应南京师范大学《中小学图书情报世界》杂志编辑部之邀,为"第六届全国中小学图书馆长暑期研修班"作一有关中小学生导读之报告,今年暑假在青岛办第七届,乃于7月6日下午动身,因南京暴雨,班机延误,于晚上才飞至青岛,7日下午再作一报告。

应青岛出版社刘咏之邀,《开卷》执行主编董宁文同行。

7月7日,周日,在青岛,今天是日寇侵华之
"七七事变"七十周年纪念日,乃中华民族历史一大劫难日矣。

青岛甚为凉爽。昨晚至青岛"教师之家"报到后,青岛作家、《青岛日报》副刊"三味书屋"主编薛原来,接至下榻处青岛日报社之海晨宾馆并餐水饺,各尽青岛啤酒一瓶。

上午晏起,在屋与宁文闲谈至薛原来宾馆共进午餐,饭后返回"教师之家",准备讲座。三时许作报告,主旨谓导读小说时要牢牢抓住一部名著的"核心理念",如《围城》警示一个男子汉要有真才实学,至少要学得为社会有用的一技之长;《长恨歌》告诉少女们美貌红颜不是人生的立身之本,爱慕浮华虚荣,用"青春赌明天"者将薄其命也。而先天下肢残障的郑丰喜自传体小说《汪洋中的一条船》,则以其自己成材成名故事,告示所有四肢发达、头脑健全之人,应该刻苦努力,自求多福。总之,一个人只有借助"大阅读"(读"有字书"和"无字书",通过"浅阅读"进入"深思考"……),才能实现"高提升",只有知识才能为人生插上翅膀,学识是一个人的终身名片,见识是人生一世的成功支点。最后略述"阅读影响命运"之

理念。讲至五时许毕。

即赴在海晨宾馆"良友书坊"所设之晚宴。有臧杰、刘咏、杨女史、朱教授，以及前年畅销之书《藏獒》(人民文学出版社2005年9月版)作者杨志军先生。

按：杨志军，1955年生于青海。当过兵，也上过大学。做报社记者时，曾驻高原牧区六年，有家养藏獒多年之经历。旧有作品《环湖崩溃》获《当代》文学奖"。本书乃其长期生活阅历之结晶，其序言称："一切都来源于怀念——对父亲，也对藏獒。在我七岁那年，父亲从三江源的玉树草原给我和哥哥带来一只小藏獒，父亲说，藏獒是藏民的宝，什么都能干，你们把它养大吧……"本书黑色环衬有两行字："人总想把自己变成狼，人性就只好让狗替我们珍惜？"其语意味深长，震撼人心。

晚宴后，至青岛报业集团所在办公楼之"良友书坊"编辑部喝茶闲聊至夜深。适《良友》第三辑《何时能报答》(文汇出版社2007年6月版)已出，获赠毛边本、切边本各一，即以编辑部所用图章相钤。《良友》丛刊，以"个人体验，民间视野，当代中国，人生良友"为宗旨，由臧杰、薛原两君主其事。

7月8日，周一，青岛—济南，济南甚热。

一早即起，宁文计划赴曲阜朝圣，余意则愿登多年期待中的泰山。终以青岛四方火车站所售火车票之宜，宁文商我取消曲阜之行，半途在济南站下，与山东画报出版社编辑徐峙立、济南作家自牧等一晤。于是知会新泰作家、副刊"泰山书院"主编阿滢到泉城见面叙谈。

抵达济南火车站，徐编辑来接至经一路某咖啡店闲谈。傍晚转至山东省级机关医院自牧(邓基平)办公室，明祥等已在候。

由流沙河先生题签的《潜庐藏书纪事》(中国文史出版社2006年12月版)，是明祥兄继《书脉集》等书后的一部力作。陆续记述了三十五位既爱书也写书，既读书又藏书的作家学者故事，既有张中行、流沙河、黄裳、谷林、范用、姜德明、钟叔河等前辈，更多书界弟兄，以及可呼可唤的文朋书友之流。其文往往从自己何缘结识起笔，有实话真说之白，而无引经据典之繁，乃是继吾乡先辈苏州叶昌炽《藏书纪事诗》之后，当代书人之"诗史"也。且穿插以人物照片、手迹、书影、书房诸影，可读可藏又可查检，不妨以当今书界按图索骥之"联络图"视之。

自牧题赠毛边本《日记杂志》第43卷。内中有"日记论坛"、"人物·赏析"、"访游日影"、"日记作坊"、"连载·选萃·转载"以及"书简·辞典·日影"诸栏目。我在今春应浙江湖州师范学院王绍仁先生之邀，为其《从皕宋楼到静嘉堂——访书日记》所作序中说过：

以自牧兄为中心，有晓明、明祥等书友同道积极为之奔走，十余年来他们一直在做着继承和弘扬日记文体的工作。而泉城，事实上也已成为我国日记体文字的研究重镇……有意思的是，自牧们所念兹在兹的这一有意义的工作，也深深地感染了我。

据自牧说，从皕宋楼到静嘉堂——"访书日记"将以《日记杂志》第44卷"专号"形式，由中国文史出版社印行。

又获赠其所编《回忆孙犁先生》（刘宗武、段华、自牧编，中国文史出版社2006年8月版），拟交由本门专研"纪念文集"之硕士生张盈芳于7月底前作一书评。其所著《尚宽集》毛边本（中国文史出版社2006年12月版），乃其《三清集》之续编，皆其知天命年之前文存矣（《尚宽集》多一辑"百味斋诗草"），其好文嗜墨且自爱若此，亦泉城文坛一怪杰也。

浏览《淡庐书简》（青海人民出版社2006年6月版），得其自述藏书一函："我之收藏，一为日记类书；二为汪曾祺著作版本；三为志书（省内）；四为感兴趣的老作家的小薄册子和个别作家的文集。"（2005年10月27日致唐山董国和函）其书跋文云：

据说梁启超先生是坚持每信必复的。我自一九七五年开始，基本上也是如此。一封信札寄出去，等待回复的心情似乎可以用"倚间相望"来形容，如果始终未见回复，那便开始多种结果的设想和猜测……这种期盼和猜测，几乎每个写过信的人都领教过，所以我特别注意这一点,总是坚持来信必复,并且争取即收即复,以尽量减少朋友们的等待时间,这种做法,看似迂腐一些,但却是一种善行美德的薪火传承。

现在写信的人越来越少了,由于E—MAIL的闯入,会操作微机的人大都在网上点击交流了。但据我的不少朋友讲,大都极为简洁,只是比发电报略为字多一点而已,所以网信大都十分干巴……现在随着通讯手段的发达和普及,就是一封手写的书简函札,也几乎要一纸值"千金"了。但我始终认为,只要有人类存在,其人类进步文化传承之一的书信函札便永远不会绝迹!

殊不知,"电子邮件"乃是不可抗拒之"手写信札"的进化物,其报信通气、表情达意的本质功能和传统精神未曾有变,变化的不过是书写的手段、承载的媒介和传达的方式而已。自牧兄所论"网信"语多隔膜,未为其实——要是一味拘泥传统、追求复古,而不与时尚俱进步,或将真的坠于"迂腐"了。

正议论寻思间,门声响处,乃是一臂挂着单拐、满脸淌着热汗的阿滢,与一脸斯文相、高挑着个子的新泰诗人石灵自新泰赶来相会。酷暑中驱车三小时许,旋知车内又无空调,其会友邀游诚心实意之忱,双手一握之下,感动难以言说。于是宁文当即决定放弃当晚返回南京车票而作次日曲阜之游。

石灵(高红兴)才过不惑之年,携来《石灵抒情诗选》(作家出版社2005年12月版)相赠。诗分五辑,每辑各有题记,如"诗意人生"为:"我选择了一种歌唱的方式,正像夜莺在它自己的时代歌唱。""风中的花朵"为:"经历爱情,感受温暖,生命的花朵在风中开放。""晨风短笛"为:"生活就像一串珍珠,散落在记忆的各时各处。""抒情十四行"为:"好多年过去之后我依然用未泯的童心追寻/追寻那个在童年梦里唤醒了我生命的声音。""透过阳光的映像"为:"我习惯了和自己对话,是为了更好地进行语言练习。"

石灵诗中最为突出的意象是"我"。这个"我"敏感而多情,所以才积累下这多达三四千行的吟唱:"我是一个孤独的歌者,我要唱出自己的歌……"(《选择或离开》)"我独自在静默的时光里,感受等待带给我的所有美丽……"(《等待是一种美丽》)读者能从中强烈感受到诗人那律动的心声乃至惊悸的颤音。

阿滢(郭伟)著有《秋缘斋书事》(中国文史出版社2007年2月版)。与其初识,是在2005年秋,我等同应北京朝阳区文化馆《芳草地》编辑部宗远兄之邀,参加第三届全国民间读书报刊研讨会。是日早晨到会后,因我行色匆匆,初未曾措意于他的到来。但当其带着满脸实诚笑容,右膀下挂着拐杖行走自如地出现在人头济济的会场上时,一种精神的魅力,终于给人以强烈的震撼!于是合影留念,并遵嘱为《泰山书院》副刊题词云:做书香文化的传播者。

是册《秋缘斋书事》,乃是其2005年从元月四日起至年底个人书事的流水帐。试看当年5月22日记:"12卷本《郁达夫文集》一直没有买到,前段时间在济南买到了第10卷,今天淘到了第11、12卷……"6月22日记:"书在蚕食着家里有限的空间。书斋里塞满了,又占了客厅一面墙,卧室里、阳台上也全是书。我不是藏书家,尽管曾被评为全省十大青年藏书家。我是龚明德老师说的那种'书爱家'。我的书斋里没有孤本、珍本,我买书全是自己喜欢的文、史、哲类图书……秋缘斋里,当代作家和现代作家的著作版本较多的是梁实秋、郁达夫和张炜的书。"

又,7月22日记:"收济南书友徐明祥信及一幅微型书法作品,信曰:'近日涂鸦一幅,书做山东最好的读书版,奉上一笑……'我有信心也有能力把'泰山书院'做成全国书话家们喜爱的书话版。"诸如此类,说是一册"流水帐本",却也有其特有的"行云之致",那就是其中贯通着的一个当代爱书人悦读勤写的乐章:

在龚明德、自牧、袁滨等师友的帮助下,结识了全国各地的一批著名藏书家、作家、书话家,受益匪浅。

2005年聚书超过了以往任何一年,并得到了许多作家、藏书家赠送的签名本、毛边本。

组织成立了新泰市藏书家协会……走访了几十位藏书在2000册以上的民间藏书家。

首次在国外媒体发表作品……第二本散文集《寻找精神家园》

已付梓,不日即可出版。

一年内撰写了十四万字的淘书日记,以《秋缘斋书事》之名在天涯社区之"闲闲书话"连载,颇受好评,点击率逾万。

儿子郭孟尧和女儿郭孟娇同时考上大学。

《泰山周刊》文化版受到好评……名牌栏目"泰山书院"由流沙河先生题写刊名。

这是郭兄在当年最后一天所作的部分记录,位于该书正文的第232至233页。正是这不足千字的"年记",让我依稀想见泰山余脉那个书册琳琅的秋缘斋里,正有一位砚田壮丁在屈指盘点过自己辛勤一年的收成。

郭兄善使"网信"、"短讯"诸电子手段,又有《泰山周刊》之"泰山书院"印刷型文字平台,两手都"硬",故其虽不良于行,却能天涯比邻,念兹在兹,获得如此提升增长也。"秋水滢滢照书窗,缘分如诗滋味长。"(袁滨诗句)"泰山书院芸香聚,平阳秋缘天地宽。"(徐明祥诗句)秋缘斋主人是一个惜时知缘而又自求多福的人,我以此语为其未来文运之祝吧。

旋将所携《书里闲情》(徐雁编,青岛出版社2007年版)各题扉页词后,遍赠诸在场书友。自牧性豪迈,情好客,看天色将晚,便适时征求众人意见,是在市内吃"宾馆菜",还是驱车奔郊外去吃"乡野菜"?众口一声,选定后者。

高朋老友一行遂呼啸前往一丘陵农家所办"自留地餐馆",于山麓一处四壁无遮拦之草棚内用餐。餐前留得一影,以作存照。

举头见青山,低眉语故友。虽然此地菜无甚可吃,但此种济济一堂轰饮作乐的热烈氛围,却为友人们所共取。稼句兄尝与我说起"自牧是个热心肠的好人",尽管作为苏州人,他与我一样几乎都听不懂自牧兄的"淄博式普通话"。

此行发现,原来书友之间的交往,是根本不相信"文如其人"之类的文坛鬼话的,要在同声相应,同气相求。"察其言,观其行。"当话语不可"尽察"(完全听得真切),则"观其行"可也。行有齐鲁遗风,知书达礼,怀仁仗义,则心心可相应、沫沫亦能相濡矣。

酒酣耳热中返城。时济南文化老人侯井天先生蹒跚前来,持其注评之《聂绀弩旧体诗全编》(2005年9月自印定稿第6稿)相赠。书分上、下两册,即《散宜生诗》和《拾遗草》也。

虽然说是"定稿"(扉页有"止"字为记),却又夹有活页,篇题注云:"侯井天2005年9月《聂绀弩旧体诗全编》第6稿(止)印本后,又得李玉臻邮来的佚诗12首,乃补印《遇狼》(同题诗作见上册第17页)等,以补其阙。"翻阅所注,知诗人与注释者同为今世伤心人也。下册附印之"关于《聂绀弩旧体诗全编》句解、详注、集评"诸项,交待书人书事,摘述各家读诗评论、通信,索引诗题所见人名、有关研究资料、活动照片……

总之,展诗作之底蕴,示学问之门径,经侯老句解、详注、集评之《聂绀弩旧体诗全编》已成"诗史",已是巴金生前心心念想中的"文革博物馆"之绝佳藏品也。

自牧乘酒兴于会议室内为余书"雁斋"、"斯文在怀"诸字。随后并应余请,为弟子江生少莉书"日出江花"、为李生海燕得"碧海燕云"各四字。

女儿子晨陪同其外婆于今日中午抵达济南大姐夫杨永政处,入住舜祥商务酒店,于是商定明日清早接其两人同赴曲阜朝圣。

7月9日,周二,曲阜日烈,惟阴凉处方有风徐来。

今日早起,赶赴曲阜。

于济南郊区路边店早饭后,买《齐鲁晚报》一份以观风俗民情。尝以为每至一地,"三看"(看早市、看晚报、看老街)、"两喝"(喝地产名酒、名茶),"一吃"(吃土菜)最是品味一方水土风情之道。

车自泰山西大门路过,直趋曲阜。延颈仰望山体,悬想不已。"会当凌绝顶,一览众山小"(杜甫《望岳》);"天门一长啸,万里清风来"(李白《游泰山六首》之一),固然是世人的旅游憧憬,但还切不可忘了当年孔夫子过泰山脚下,闻老妇哭墓声而发出的"苛政猛于虎"的警钟之音。

曲阜位于鲁南,为炎帝神农氏故都,鲁国旧城。古史所谓"三皇五帝"中有四人曾活动于此,文明萌生之地也。西周时分封其地,立国为"鲁",当系除首都镐京外,华夏文化最为发达的都市。春秋末年,孔夫子在此聚徒讲学,"有教无类",于是当江南尚是水耕火耨、茹毛饮血之地,而曲阜已为知书达礼、文明衣冠之邦。唐人所谓"三千弟子标青史,万代先生号素王"(刘沧《经曲阜城》),明人所谓"千年礼乐归东鲁,万古衣冠拜素王"(戴憬《谒夫子庙诗》)者,皆是矣。所谓"素王"之说,谓具帝王之尊而不居帝王之位也,或犹西语中所谓"精神领袖"者乎?

然则在文明逆流中,曲阜城池曾屡遭野蛮人摧折与无知者破坏。由今上溯,近则有半世纪前"文化大革命"期间,北京红卫兵之劫;有1511年,河北刘六、刘七率领农民军焚毁城内官寺民居数百,使得明初所建县治化为废墟之害;有1129年金兵入侵,北宋所建县治,以及宫馆庙宇,及其所藏大批珍贵典籍化为灰烬之祸。而远则有公元前鲁王在周鲁故宫废址大肆兴建鲁王宫,拆迁阙里孔子老宅之"建设性破坏"(孔子九代孙孔鲋在秦行挟书之律时,冒身家性命危险所壁藏之《尚书》、《论语》、《诗经》、《仪礼》等古文经书竹简因此重见天日)……想当年被灾遭厄时,"至圣先师"无语,惟有沂水为之哽咽也。

至则由书院街(当为孔氏族人倡设之"春秋书院"所在地)入城,街景颇不齐整。忽思若得莅任曲阜市府,分管文教、文物,亦为官一福也。不知正当此局者,亦能知其福惜其缘否?

车过城北门内"复圣庙"(即自述孔夫子"博我以文,约我以礼,欲罢不能"的颜回之庙),顿见"陋巷"铭牌。巷口有羸弱老者三两人正蹲坐闲话,纳凉望呆,不觉感其散淡。庙制古朴,堪发思幽之情。广场前明构石坊一对尤见苍古,额书"卓冠贤科"、"优入圣域",指明读书人努力进取之方向。尤宜天下学子,尤其是所谓硕士、博士者到此凭吊感悟也。惜匆匆未入其门,当作他日之补。此地最宜于夜游,明月当空;或拂晓,星汉寥落时光,与冠者三五人,童子二三人,漫步观览。若得讲学曲阜师大之缘,或可有此一遇也。

至停车场,曲阜师大中文系副教授张诒三博士已在迎多时,即于"万仞宫墙"(乾隆书额)门洞前桥头留影。入门,经孔庙起点之"金声玉振"坊,过棂星门瞻仰,左右有"德侔天地"、"道冠古今"两坊,而院落内砖苔青青,令人称奇于庙址风水;森森古柏,更觉悟几多凡心于俗世风尘。

想此圆柏侧柏之前,行过国人几世几代?阅尽多少沧桑世变?于是知为一时功利而砍树伐木,亦人生一桩大罪过矣。

过"弘道门",渐入佳境,有诒三兄解说一切,大略可知。见巍然高阁,乃面阔七间之"奎文"也,入内于一层柜台选购得《曲阜观览》(现代出版社2007年5月版)、一简函五小册之《孔子与曲阜》(华语教学出版社1993年8月版),以及黄苗子题签之《曲阜历代诗文选注》(孔祥林注,山东人民出版社1985年10月版),以备回家卧游重温。顷检书得明人《登奎文阁》诗有句云:

　　丹碧九霄明日月,牙签万轴映奎光。(陈凤梧)
　　千年道统高云汉,六籍文光遏斗牛。(刘敬业)

奎文阁上层原系藏书之所。"奎"乃二十八星宿名之一,因系十六颗曲折钩连,犹如古篆字,于是演义"奎星"主持人间文章,并为文官之首。史载,公元997年前,庙内"有书楼而无典籍",于是大臣方演奏请皇帝赐藏"九经"和"先帝御书"于其中,真宗赵恒于是赐藏以"九经"和宋太宗御书157轴,这批珍藏在刘六、刘七农民军进驻孔庙期间遭到毁坏。事后重新购置藏书,后又散失一空。闻当年阁内有书时,曲阜城中孔、孟、颜三姓弟子为当然读者,其他县学诸生也可借读。

奎文阁后是"大成门",左右两小门为"金声"之门和"玉振"之门。门内有著名的"先师手植桧"、杏坛,以及孔庙正殿"大成殿"。"大成殿"后尚有两小殿:寝殿和圣迹殿,常为一般导游所疏弃。幸赖诒三兄指引,遂得一观,并得看其后方左右之"神庖"、"神厨"所在。此两地专供祭品预备之用,为清代所遗旧院落,斑驳简朴,人迹罕至,居于整套孔庙建筑之最北端,正合"君子远庖厨"之义。

出"神庖"转入家庙,瞻崇圣祠,仰鲁壁,流连故井亭,经诗礼堂,出承圣门即至东华门大街,孔府即"衍圣公府"在焉。府内有楼房厅堂四百六十三间,乃第五十六代衍圣公时奉朱洪武帝之命所建,时在洪武十年(1377)。

游程所见不赘,惟郭沫若《观孔府》诗可引：

孔府庞然何所观,衙门模样海同宽。

毫无礼乐诗书气,只有清明元宋官。

寿字镌碑矜御赐,真容悬壁炫朝冠。

饭疏饮水流风尽,阙里空遗古井栏。

郭公不知何时来观此府,想当年前呼后拥,彼与孔夫子乐在其中的"饭疏食饮水,曲肱而枕之"之简朴生活,相去必已甚远,更未必如吾辈此行由诸友人自买门票,游而览之。郭公哀孔府而后人复哀之,吾真不知其穷尽矣。

于孔府后花园中小憩,购得孔令河、李民简明扼要之《论语句解》(山东友谊出版社 2007 年版)一册。

孔府游览毕,诒三兄邀宴于曲阜城外一饭店。闻厨师来自微山湖畔,治肴甚美,可惜江南已少得尝此种鱼鲜虾肥之味。

宴毕,诒三兄邀观寿丘,即中华民族始祖轩辕皇帝出生地。

于是出曲阜东门而北,至如今仅用围墙圈起部分地带之景灵宫公园。仰观宋碑两座,巍然耸立于池塘两侧,其中东碑重约二百五十吨,真庞然巨物也。足见北宋时此宫之"崇广壮丽"(据说面积为现今孔庙三倍),不幸毁于元代战火。此"石碑之最",在当地有"万人愁"之谚,依稀想见当日立碑前夕官府动员人力之烦恼。

据云原碑有四座,俱毁于金兵南下之际,1991 年修复重立。自碑额至碑身,铁钉交错,仿佛正向来者述其身世之悲苦也。

出园北门,两列苍劲古柏夹出一条土道,前瞻则一片绿荫前,有牌坊三间耸立,此即传说中"五帝"之首少昊奉安地也。入内则享殿五间,前有青砖铺道,藓苔如痕,不觉古意满怀。"荒殿想曾陈俎豆,废炉无复起苍烟",此乃孔子六十八代孙孔传铎(1673—1735)《少昊陵》诗中之句。其中"荒殿想曾"一句,可为数典忘祖故事之佐证——吾民族岂是有记性者耶？

殿后陵寝在宋时砌石而成,底大上小,坡高十五米,立体呈棱台形,人称"万石山",墓顶建有小庙,游客谓之"东方金字塔"。

时辰已是不早,上车后即赶赴孔林瞻仰,此为全国最大之家族墓地,据说比曲阜古城面积还要大得多,围以垣墙,草木翁郁,果然肃穆壮观!沿神道步入,敬谒"大成至圣文宣王墓"。据《曲阜观览》解说,其格局大有讲究:

孔子及儿子孔鲤、孙子孔伋墓地,周围有长约里许的红墙。起初孔子墓的左边是儿子孔鲤墓,右边是孙子孔伋墓,构成一个天伦和怡的"子昭孙穆"的墓葬格局。后又移孔伋墓于孔子墓前,构成"携子抱孙"的格局。

孔子墓像一个隆起的马背,这是一种特殊尊贵的筑墓形式……孔子墓为孔林的中心区,俗称"林中林"。

在我看来,孔庙、孔府、孔林的扩张和排场史,正是孔夫子由一位民间儒师,不断提升为汉族乃至中华民族"精神领袖"的地位壮大史,也是正统阶级、政权上层集团对于儒学价值的思想认识史。

自汉高祖刘邦过曲阜以太宰礼祭祀孔子起,尤其是汉武帝以"五经"立于学宫以来,历代王朝对孔子屡有加封追谥,"尊孔"事实上成为了华夏民族文化认同的一种重要礼制。仅就吾辈而言,在来到曲阜孔庙这一祖庭朝圣之前,有谁没有先行瞻仰过散布在华夏各地的文庙、夫子庙,出入过规制不等的棂星门、大成殿呢?可见天下有道,则儒学光而华;斯文扫地,是乃"肉食者"柄国之丑也。

于孔林入口商贩夹道中,以二十元购得折扇一把,正面大楷书有"乐在其中"四字,背面小楷书孔子"见贤思齐焉,见不贤而内自省也";"君子成人之美,不成人之恶,小人反是";"仁者爱人"诸语录,以为曲阜朝圣之行留念。据摊主人云,退休前系当地中学语文教师。此行见曲阜父老乡亲多清癯黑瘦之人,少有大腹便便者,此摊主亦复如是,真是"君子固穷"矣。

忆及《论语》第十六《季氏》有个小段子:"齐景公有马千驷,死之日,民无德而称焉。伯夷、叔齐饿于首阳之下,民到于今称之。"不觉想起司马迁《史记·孔子世家》中的崇赞:"天下君王至于贤人,众矣,当时则荣,没则已矣。孔子布衣,传十余世,学者宗之。

自天子王侯,中国言'六艺'者,折中于夫子,可谓至圣矣!"真乃千古真言。意味深长的是,"孔子世家"传至今日已近百世,即使举国"批儒批孔",也不过是开了一小段荒唐的"历史之倒车"而已。不禁想到一度盛传之语:1988年有七十五位诺贝尔奖获得者在"巴黎宣言"中称:"如果人类要在廿一世纪生存下去,必须从二千五百多年前孔夫子那里汲取智慧。"惜无从鉴别其语之来去背景与语境之伪真也。

于孔林出口处烈日下,与全程陪游之石灵、阿滢两兄殷勤道别,诒三兄更以"曲阜煎饼"赠行,极尽东道主殷切之谊。兄出自山东菏泽,余南蛮之人未知其地为齐为鲁也,惟其好文重友如老儒,令人想见齐鲁乃"夫子教化之域"。

即今山东境内,道途问讯者,无论男女,皆乐以"老师(儿)"相称、乐以"老师(儿)"相应,与上海等地曾以"师傅"、赣湘一带"红色革命旅游地"喜以"首长(领导)"相应答者异其趣味;而荣成"革命老区"一带,时予人、事以"优秀"与否之评鉴——此等细节亦不可不予以一笔之地。

傍晚至兖州火车站,宁文即南行回返南京,余则侍岳母、携女儿(时其母正在南京北来聚会之火车上)北返济南,全家将于泉城汇合后,次日在大姐、大姐夫率领下前往胶东作"寻根"之旅。

[附] 济南—荣成—威海—青岛七日记

10日傍午,大姐夫杨永政自济南驱车出发,晚五时半许到达荣成正礼表哥家,表嫂赠子晨、百超各一幅其手制之十字绣品。晚宴并入住于交通宾馆。尚忆海鲜满桌,立时大嚼;酒过三巡,不觉微醺。至于席终,已是不知今夕何夜、此身何在矣。醉卧醒来,东方既白。这是在海滨的第一天,"荣成日出"当是全国最早的,可惜早起不得,未能一观日出之绚丽壮观也。

11日上午出城,先探望二道港村之大姨,八旬老人也,十分清健。接着走访位于半山坡上之南下河村三位舅舅家,岳母则沿途不时讲述有关家人背景故事。大姐和子晨各摘院内栀子花,挂于坤包带上。穿行村巷间采风,发现凡各户场院前自铺水泥地者,即系小康之家,惜不多见。烈日下远望近山如插屏,初不知其为著名的"九顶铁槎山",山下即大海汪洋也。

午宴由堂哥谭常林设于人和镇,亦是满桌海鲜,大快朵颐。下午游"铁槎山风景区",山多黑松,游客绝少,想非各旅行社定点引客之景区也。一路攀升,极目山海之间,襟怀为开。俯瞰山下渔村,则房屋如棋,道路似格。正当休渔时节,否则归帆点点,妇孺星星,正宜高歌一阕"渔家傲"也。

按:铁槎山横卧于荣成南部黄海之滨,面积约四十平方公里。槎山之"槎"字,古代作"筏"字解,乃是船的意思。在春、夏、秋三季,时有海雾随风漫上岸来,翻卷升腾,形成雾海奇观。于是峰顶浮于茫茫雾海之上,宛如叶叶扁舟,"山如海上槎",故名。

因其山色似铁如黛,故又称"九顶铁槎山",主峰"清凉顶"海拔约五百四十米。攀登其顶,山海相映,有巍峨、峻拔、雄伟、辽阔之美,自然景观与人文景观相映成趣。自古便有"大东胜境"之称,《封神演义》《齐乘》《尔雅》等古代典籍,都有所记述。

槎山是中国宗教名迹胜地。佛家雕凿千佛而成之"千真洞",有"中国海岸第一石窟寺"之称。史载金代大定年间,王重阳东来授徒,创立"全真教"。东牟王处一(字玉阳),乃于昆嵛山"烟霞洞"拜之为师,演习道法,创立"全真教昆山派",著述教义为《云光集》。以游人日多,玉阳不堪其扰,遂迁往清凉极顶,在其北石壁上开凿"千真洞",继续修炼。1991年开发建设为风景区。

游至昆嵛山"烟霞洞"止。此地有名扬海内外之"中外第一山盟海誓亭",闻许多情侣、仁人和志士,不乏以到此"盟誓"、山海作证,为人生寄念,有未到者则引以为终身之憾云。

观"增福延寿宫",争饮清泉以明目净心,余以一空瓶接滴水至满,顿时冰凉在握。余等与一中年道姑闲谈数语,并向院中一老年道姑颔首致意,顿时音箱中道乐声起,幽境更添静穆。乃于千年白果树下小憩,静观一长尾玉面狐自由觅食于坡上山石之间。不由得想见蒲松龄《聊斋志异》中有趣情节。

正嬉戏于"增福延寿宫"山石间的玉面白狐

于专心拾级下山道中,突遇一位打柴归来之妙龄道姑,背负大捆枯枝废木,正悄然侧身礼让于道……感动中惊鸿一瞥,但于美眸秀眉里读得"灵秀"两字。彼何人也,因何寄托人生于此间?思之无解,不觉怅怅。

归途过峰顶所见渔村,见穿着碧蓝式校服之小学生正放学归家,人间生气油然而生。时潮水方退,于是停车赶一小海。乱石丛中,小蟹横行,渔家孩正光脚捡拾不歇,大呼小叫之声,洋溢海滩。暮色中云水日渐苍茫,远望不知仙山何处也。晚正礼哥复设海鲜宴招待,其情可感。

带着属龙的女儿来到胶东荣成海滨寻根

(徐子晨,时为北京外国语大学学生)

12日上午以水土不服,仅以观景荣城、戏水沙滩为乐。下午在宾馆翻阅常林哥所赠《荣成民俗》(山东画报出版社 1997 年版),书分人生礼仪、生产贸易、起居、岁时节日、社会、信仰禁忌、游艺竞技民俗诸章,颇为翔实。如此行体验甚深之"酒俗"云:

荣成有"豪饮之乡"的称呼。这与它所处的地理环境、居民所从事的职业有关。荣成三周环海,海岸曲折漫长,居民多从事海上生产,为防寒压惊养成了喝酒的习惯,豪饮之风波及全县……一般的荣成人半斤四两问题不大,有的能装白酒一斤。所以,在一般情况下,荣成人把喝酒当成一种享受,一种充满文化情思的享受。

2001 年 6 月 3 日,谭玉臻(左 2)与作者岳父母留影于"成山头"

荣成人以坦率诚恳而又有豪爽粗犷之气著称,为人又喜热闹。凡有客人,必热情招待,敬酒的礼节也特多……斟酒由"主陪"负责,曰"长上"、"满上";客人则伸中、无名、小拇三指塞挡,表示"不敢当"之意。此后,都听"主陪"的号令……"主陪"不能先搛菜,但能先喝酒,叫"先干为敬"。

13日上午前往石岛牧云庵探望小姑。石岛人家院内多种花木,小姑家园圃内四季花木多至十余种。登其厢房屋顶,望山顶人家,坐落于山岩之巅,别有一种伟岸气象,亟呼子晨等上屋顶留影。随后游览石岛新景区赤山大明神庙,见有一联:"明灯能除千年暗,智慧可消万年愚。"又观"荣成民俗馆",正可与《荣成民俗》一书记载相印证。

午饭后游览"成山头",据说此地为中国陆地最东之端点。崖壁峻峭,海风扑怀,眺望海天一色处航道上颇为忙碌,当系国力强盛、民生兴旺之像也。端点原有上世纪八十年代胡耀邦视察时所题"天尽头"三字,后以仕途上人多惊惧走避之惟恐不及,景点之车马冠盖日渐稀落。经高人指点挑明,于是易为乾隆御笔楷书"天无尽头"(描成大红色)——真令人绝倒!

2007年7月13日,与于正礼夫妇(左1、2)、谭常林(右1)、杨永政夫妇(右2、3)、作者夫妇陪同老长辈于进香(左5)重访"成山头"

14日上午前往威海,坐渡船登刘公岛作环岛之游。游毕上岸,漫步于英国风貌之傍海街,参观北洋海军提督官邸,子晨并留影于江泽民题额之"中国甲午战争博物馆"。

按:刘公岛系我岳父谭安全(1927—2002年7月19日,山东荣成人）十八岁参加八路军抗战后，随军驻守之地。其随后多次参与抗日之战，经历生死考验。日寇投降后，从山东军区编入中国人民解放军第二野战军第五兵团警卫团南下作战，途经徐州、南京、杭州，又转至云南、贵州一带剿匪。曾经参与援越、援朝军事工作，多次立功受奖。1955年获国防部所授大尉军衔。四年后转业至丹东、大连，1974年后历任西北轴承厂武装部部长、纪律检查委员会书记，1987年，以副厅级干部身份离职休养。

午餐后别过连日来殷勤招待之于正礼、谭常林等亲友，赶往青岛。以路途不熟，入晚方进住薛原兄预订妥当之青岛日报社所设"海晨宾馆"。

晚九时，前往青岛书城参加青岛首次"夜场书市"活动，与青岛市书法家协会副主席宋文京等，以及部分书友对谈于二楼所谓"名人苑"，次日《半岛都市报》有报道。

15日青岛书城来车送至崂山游览。是日，一路水云，风景绝佳。于"太清宫"前避雨，复于"海上名山第一——崂山"海螺前留影。下午在宾馆休息，傍晚薛原兄全家招宴于青岛啤酒厂之"啤酒之家"，臧杰夫妇携其爱女作陪。臧女小名"兮兮"，伶俐可爱，与薛女沉稳庄重形成对比，令人印象深刻。吾三家皆生女儿，遂于文缘以外，复增一分"女儿缘"矣。

16日晏起后游览"八大关"。所谓"八大关"是最能体现青岛"红瓦绿树、碧海蓝天"（康有为语）岛城特点的风景区，其由来是因这一地带的路名，全由长城上十个关隘的名字如正阳关路、山海关路等组成。上世纪二十年代初建时仅此八条路，所以称为"八大关"，沿用至今。区域内绿树成荫，花草似锦，"市树"雪松四季常青，建筑风格集中有俄、英、法、德、美、日、丹麦等二十余国，因此有"万国建筑博览会"之称。

随后看始建于1903年，位于沂水路11号之原德国"总督府"。"总督府"坐落在观海山之南坡，背山面海，居高临下，天然造就了殖民权力机构之肃穆威严气势。由德国建筑师拉查鲁维茨据十九世纪欧洲公共建筑的艺术形式设计，大楼外表均采用青岛优质花岗岩石料，屋顶覆盖红色筒瓦，给人以庄重典雅、美观坚固之感。

上世纪九十年代初，青岛市人民政府根据大楼原貌在其北侧仿建一幢新楼，其外形、体量、材质以及装饰，均向老楼看齐，遂使长条形的"总督府"在经历近九十个春秋后，变成为一个宏大的方形建筑群，现为青岛市人大常委会和市政协机关办公地，成为青岛风雨百年之见证。

最后参观"青岛国宾馆"后，于中山路食水饺。饭毕前往火车站。次日凌晨五时许抵达南京，顿觉热浪扑面矣。

杭、苏、扬三州纪行

(2007年7月18日—23日)

杭州"沈记古旧书店"外景

(体育场路402号天巢花园一楼)

7月17日凌晨自山东旅行返宁,次日下午即依浙江省教育装备管理中心之约,前往作一题为《知识经济时代的学校图书馆导读》报告,遂与《中小学图书情报世界》杂志副主编陆军同往。19日被苏州三中邀往一谈,次日看苏州博物馆。复依江苏省教育装备管理中心之邀,前往扬州作一报告《让"导读"成为中学图书馆业务的重要抓手》。

至此,则有关当今中小学图书馆建设之思路日益明晰。大抵指导阅读,应为中小学图书馆系统工作人员之重要职任,"阅读学"与"图书馆学",当为其岗位学识之两翼也。且于今日中小学教学而言,开设"阅读指导课"已是时不容迟之事。

7月18日,周四,杭州,晴,热。

上午在家。午后与陆军会合于南京中央门汽车站,坐十三时许汽车前往杭州。傍晚至,浙江省教育装备管理中心郑鲁根先生来站接,遂至浙江省委党校文欣大厦入住,并赴招待晚宴。

晚间通过淮安师院图书馆陈生慧鹏得"杭州沈记古旧书店"主人沈界平先生电话,遂相约明日下午与杭州友人同往淘书。

此行所带拟赠杭州、湖州、苏州朋友之赠品,为江苏省收藏家协会书报刊专业委员会主办之《藏书》小杂志(周瑞玉主编,金小明执行主编,徐雷编辑,2007年6月印行)创刊号。本期载文为余之《雁斋藏书钤印迟》、柳向春《袁克文藏书概略》、吕澂《我的经历与内学院发展历程》、严晓星《"东南音乐家"凌纯声和〈霓裳羽衣〉》、陈谊《姑苏访书记》、伴山《书装漫笔二题》、慧圆《"夏装"——中国现代书籍装帧佳作选刊》,以及金小明《书之五叶:民国版本知见录补正》、徐雷《孔夫子旧书网书籍拍卖经眼录》等。

陈君原系南京大学中文系巩本栋教授门下硕士,现为复旦大学图书馆吴格教授之博士生,《姑苏访书记》即其陪侍吴格兄前往苏州江澄波先生所开之"文育山房旧书店"淘书所记。作者曾托徐雷转来所著毛边本《夏敬观年谱》(黄山书社2007年版)。该书述夏敬观(1875—1953)生平事迹、文教事功颇详,冬青书屋主人卞孝萱先生序之,赞赏不已。书印一千册,得者宝之。

7月19日,周四,杭州,晴,热。

早餐后回室,伏案拟出报告思路并讲授大纲,大抵"知识经济时代的学校图书馆导读"中的"知识经济时代"无须讲,"学校图书馆"亦不必讲,惟"导读"需要大讲特讲耳。

决以"信息世界"和"知识经济时代"背景下的"大阅读"为讲授重点,以叶圣陶先生"万物皆书卷,天地阅览室"为立论依据,澄清"读书"与"阅读"之联系与区别,具体讲解三种"大阅读法",以唤起和激活学生阅读自觉,进而读书之热情。

(1)"读万卷书,行万里路法"

(推荐成寒《推开文学家的门》、陈星《拜访文学的故乡》)。

(2)"读人物传记,得人生启迪法"

(推荐刘小蕙《父亲刘半农》、郑丰喜《汪洋中的一条船》)。

(3)"看名著影视,悟文艺之道法"

(推荐钱钟书《围城》、王安忆《长恨歌》)。

总之,图书馆导读工作看上去是推荐深阅读"一本书",其实是为了激发一个"人"(读者)的"深思考"。因为教育离不开学习,学习离不开读书;读书是为了求学,求学的本质是求知;求知是为了求识,求识的本质是求智,以见识和智慧开创人生,因此求学只是一个过程,读书求知是一种手段,增识益智才是目的。结论为"读书增长知识,知识造就文化,文化改良性格,性格既能改变命运,也可能决定命运。"

九时半开讲,至近十二时完毕。午餐后回屋休息。十五时,浙江省劳动厅副厅长朱绍平书友、《教育信息报》副主编周维强文友来车,同逛"杭州沈记古旧书店"(0571-85163488)。

呈倒"凹"形的沈记古旧书店内景

旧书店位于体育场路402号天巢花园一楼,以车库一间为店面,三壁书橱,前后叠放,店堂空间整体呈倒"凹"形。主人沈界平先生打理店面甚为整洁,略有台北图书馆旁"古原轩书店"之风貌而面积较小。据说创办于2004年,已是杭城惟一之旧书店矣,其架上橱中旧书流转颇速。于橱中见有《杭州大学志》多种,忽为杭州文教而悲。

浙江省城自结束杭大归其入浙江大学以后,从此弃失"杭大人文"一宗教育名牌,此举损害杭州城市人文氛围殊多,几不可估量。而同为"天堂"之苏州,自上世纪八十年代改"江苏师范学院"为"苏州大学"以来廿馀年,已以日新之貌跻身中国名校之林。孰智孰愚,由此可知矣。

主人体胖颜善,年近六旬,为人热情而爽朗,已预为一行书友备好冰冻矿泉水降暑。闻其有"方志癖",所蓄多至十万种,令人咋舌。余等逗留约一小时,检视一周,得书二十余册,主人仅收百元,优惠甚矣,其"以书会友"之意甚明。彼问讯起河北教育出版社"书林清话文库"第三辑问世情况,乃介绍南通书友沈文冲与之结识,并嘱沈兄题赠以一册毛边本《毛边书情调》。

维强兄此行得一书《杭州老房子》,原价三百元,今打折为五十元。我则将《胡从经书话》一书荐予绍平兄藏读。绍平欲为余代付书资,则坚辞曰不可,主人亦于旁阻之曰:"买书钱还是自己来付比较适意。"真解人也!

此行得书,专淘单行本小册,有唐弢《晦庵序跋》、金名《相声史杂谈》、叶祖孚《北京杂忆》、钱松嵒《砚边点滴》、卞之琳《布莱希特戏剧印象记》等,有传记类如郁风《我的故乡》、梁漱溟《我的努力与反省》、《郑振铎评传》、《我的人生:浩然口述自传》、《岁月履痕:一个莫斯科中山大学女生的回忆》,尚有《岳麓书院一览》、《两浙山水·历史·人物》、《纪念徐霞客论文集》等读物,所得颇为丛杂也。

又一册,为徐中玉所著《文学作品的阅读和写作》(上海东方书店1955年12月版),内夹存一纸发票为位于杭州中山中路393—399号之"翰墨林书店",于1963年2月25日所开,书价已于初版之0.68元折价为0.55元。

又一册,为罗竹风主编《上海杂文选(1979—1983)》(上海文艺出版社1986年5月版),其中有徐铸成于1983年10月19日所写《谈可读性》一文,内有云:"首先内容要真——真的事实、真的感觉和真的意见,其次是表达清楚明白";写文章要力避"假、大、空、套"之话,还不可"语法混乱";"这样的文章,才有感染力,才有较高的可读性",意见甚是。

出旧书店,绍平兄导至文二路文华大酒店五楼"名人名家"888号包厢饮宴。大堂装饰以"天一阁"、"古越藏书楼"、"嘉业藏书楼"诸大红图章,置以书册。

张建智先生(乃绍平兄7月3日来宁公差时订交之介绍人)闻余到杭,自湖州驱车来聚。交谈甚快,临行赠以《藏书》创刊号三册。同席有杭州出版社副总编辑吕凤棠教授,以及杭州收藏界闻人赵大川先生等。赵先生甚有市场意识、广告意识,颇自负,剧谈收藏与编书之关系。

宴毕,约维强到室叙谈至子夜,下楼送别,彼自驾车去。其间有浙江图书馆王巨安君来电,王君乃杭州旧书店松泉阁主人王松泉(1913—2006年8月2日)之子,欲谋一面。

王松泉、王巨安父子接力撰有《杭州百年书肆记》，约三四万字，载于"杭州文史资料第27辑"之《湖上拾遗》（杭州出版社2007年4月版）。其引言曰：

杭州之有书肆，唐朝即有记载。到了南宋，京城临安（今杭州）已是书肆林立，成为全国书业之中心。明清之际，其盛不衰。而传统的经营方式，通常是集刻卖于一身。及至清末，西风东渐，新式印刷机器与装订方式的引进，出版物的大增，使出版物逐渐独立，销售也开始有了新、旧书之分立。直到民国时期，旧书乃今之古籍之统称……事关杭州的，首篇却是解放后朱遂祥撰写的《杭州旧书业回忆录》……

王松泉于1928年赴杭从事古旧书业达40余年，先后写成《抱经堂书店与朱遂祥》（刊于1986年出版之"杭州文史资料第6辑"）、《杭州近百年旧书店回忆录》。本文以此为基础，由王巨安增扩删订重写而成。本文所录，限以专营、主营古旧书或新旧书兼营者，凡主业出版或专营新书者概不录入，时间跨度为清末以来的百年间，地域为杭州旧城范围，共68家。

查得"翰墨林"条："业主钟林发，民国十九年（1930）设店于旗下花市路（今邮电路）经营新书，抗战爆发时停业。后在中山中路保佑坊复业，改营古旧书与碑帖……1958年合作化时，钟林发与子广兴一起并入前进书店，并一直在该店及改名、合并后的翰墨林书店、出新书店工作。1970年出新书店奉命歇业，林发先生因年老而被安排退休，约20世纪90年代初故世。"

详其本末，由此一例可知王氏父子合撰《杭州百年书肆记》之文献价值矣。王松泉先生另撰有《民国杭州藏书家》，载于"杭州文史资料第25辑"之《杭垣旧事》（杭州出版社2001年9月版）。毛昭晰先生序云：

抗战胜利那一年，我考进了浙大……一有空就去旧书店，去的最多的就是王松泉先生的"松泉阁"。"松泉阁"虽然不是很大，只有一间店面，但书的种类很多，特别是学术著作十分丰富；再加上王松泉先生待人和蔼可亲，于是我就成了他那里的常客。此后我同他的关系始终没有断过。王松泉先生"文革"前担任合作制古籍书店——"杭州出新书店"的总经理,"文革"期间受到冲击,被调离文化界,到定安路糖果店当营业员,那时我也常去看他。现在王先生退休已有多年,但他的思想感情仍离不开书……

言虽简而意赅,其敬意出于至诚,可知矣。

7月20日,周五,杭州—苏州,晴,热。

早饭后,回室补写昨日记,至十一时许。苏州三中所派轿车至,即出门上路。午间于高速公路嘉兴服务区便餐。

十四时许,至位于苏州三香路178号之苏州华侨饭店下榻。该饭店系三星级苏州庭院式宾馆,周边有盘门景区、沧浪亭、文庙,以及"世界遗产规划博物馆"等。至则有庭院,月洞门悬有曾国藩所书对联:"句里江山随指顾,堂前水木湛清华。"

一小时后,民革苏州市委副主任委员章念翔来谈。片时,三中钟校长等陆续至,谈民革中央孙中山研究会教育思想研究分会在苏州筹设诸事。晚宴厅内饰有"君子比德于玉,贤者其言如春"字框。宴后续谈,并商定次日上午看苏州博物馆后返宁。遂约得正在古吴轩出版社随知名书装家周晨学艺之硕士生王冰一同参观。

夜览房间内所置徐刚毅所著之书《再读苏州》(扬州广陵书社2003年6月版),得其所写《藏书》一篇,初载《苏州杂志》1992年第4期,述其"文革"中亲历之曲折书事。

7月21日,周六,苏州,晴,南京因昨日雨而颇凉爽。

早餐昆山风味之"奥灶面"后,即赴东北街204号拙政园旁之苏州博物馆参观,至则王冰与其男友已在售票处等候。

按:苏州博物馆创建于1960年,现今开放之苏州博物馆新馆建筑方案,由正式退休十二年后,以八十五岁高龄重新出手的苏州籍世界著名建筑设计大师贝聿铭先生设计。他在奠基仪式上致辞说:"苏州是中国有名的水乡,最重要的是治水,其次是绿化……接着就是建筑。路子很重要,规划第一。""这块地很重要,特别有挑战性。我们的文化保护区就在里面。拙政园在新馆址的后面,忠王府在它的左面,在这里搞建筑不容易。"据说贝氏在全球设计的大型建筑超过百项,其中不少建筑建成甫始常招非议,但能逐渐被人接受,成为当地人的骄傲,以至成为所在城市的地标。如巴黎罗浮宫拿破仑广场的透明金字塔设计方案,公布后竟遭法国媒体讥讽和巴黎街头辱骂……总统密特朗力排众议采用,如今金字塔和埃菲尔铁塔一样,已经成为巴黎的标志。

苏州博物馆新馆占地面积约近二万平方米,2006年10月开放。新馆设计兼顾了苏州历史文化古城的风貌传统,力图使整个新馆建筑风格能够融入苏式古典园林氛围,其"中而新,苏而新"的设计理念,以及追求和谐适度的"不高,不大,不突出"的设计原则,使得落成以后的新馆,可能成为传统苏州和现代苏州的文化形象代表。

新馆与拙政园和太平天国忠王府毗邻,粉墙黛瓦为基本色调,以深灰色石材做屋面和墙体边饰。主体建筑采用地下一层、地面一层的结构,其东部为现代美术画廊、教育设施、茶水服务以及行政管理功能区等,还将成为与忠王府连接之实际通道。

入口西部为主展区,常设展览有吴地遗珍、吴塔国宝、吴中风雅、吴门书画四个,文物展品超过一千一百余件(组)。余一行自"史前陶器、玉器""春秋青铜器、玉器""六朝青瓷、五代秘色瓷"一路看去,于"吴门书画"展区,见清同治间翁曾源行书对联:"清华似松风水月,朗润如鲜露明珠。"又于塔藏文物展区,见宋木刻印刷品《大隋求陀罗尼经咒》,其文饰极为典雅。

最后匆匆浏览地下一层"苏州民间收藏"展区,见徐锦范收藏一只清光绪间人物敞口观音瓶,有辛丑仲夏日汪汝棠题款:"读书声里是吾家。"画面上主人开卷,书童侍读,书案上随意叠置两函线装书……爱其文雅,徘徊不能去。又见一尊黄杨木刻端坐读书老人,手握一卷,专心致志,亦过目不忘。

新馆建筑构造采用玻璃、开放式钢结构,屋顶为立体几何形天窗,在功能上既借鉴了中国建筑的屋面造型样式,又解决了传统建筑在采光方面严重不足的实用型难题，匠心甚妙。可惜入口大堂前之"主庭院"，豁然开朗，有模山范水景象，但未能通过"漏窗"、"月洞门"等传统园艺手法，借景于间壁忠王府内景，打通新馆建筑与苏式园林之隔阂，让现代馆舍呼应传统文化底蕴……则终令人遗憾于贝老此宗手笔是在"做自己"，而非为故乡父老所做耳。而树木布置之少，也令此馆缺少生长性，因此即使星转斗移数十年半个多世纪，也只不过是一座建筑，而不能成长为一处园林式博物馆也。

见邮包，拆视之，乃是河北保定马嘶学长签赠之《百年冷暖——20世纪中国知识分子生活状况》（北京图书馆出版社2003年6月版）、《1937年的中国知识界》（北京图书馆出版社2005年3月版）也。余于上月24日完成其所著《一代宗师魏建功》（文化艺术出版社2007年2月版）书评，已发至河北石家庄《藏书报》备用。其7月13日函云：

您信中提及尚未结集的随笔一事，我早期只出过一本散文集《芦笛集》，以后发表过多篇读书类随笔，前几年曾整理出，编过一个集子，但未曾与出版社联系过，今寄上《旧书残梦》书稿简介（几年前写的），您看有无价值？另去年我写了一部《学人藏书聚散录》，写完后，北图出版社就要去了，他们已经加工过，只是未签合同。结果换了社长，这本书就压下来了，至今未签合同。不知你有无熟的出版社可接受此书。今将书稿简介一并寄上，请阅。顺告，《燕园师友记》一书将由清华大学出版社再版出增补本。大约在明年北大110年校庆前能出版（因与燕山签的合同，2008年1月到期）。

观《旧书残梦》书稿目次甚好。

7月22日，周日，南京—扬州，仍凉爽。

九时半，至省教育厅机关门口会合南京图书馆王学熙、南京师范大学吉士云两先生后，同赴扬州。

车自润扬大桥过扬子江，至扬州史可法东路之教育宾馆（扬州电化教育馆），为全省农村中学图书馆负责人骨干培训班作一报告《让"导读"成为中学图书馆业务的重要抓手》。

近十六时讲毕，全体合影后，即打车赴天宁寺古玩市场一行。时在微雨之后，庭院内颇湿热，见旧书摊已全部收拾一空……

双休日的扬州天宁寺院落中是旧书摊的天下……

于是循东庑行，用手机录下各铺名号，依次为：博雅斋、三友堂、天工阁、牧野堂、蕴古堂、天宁邮社、方寸世界、寿石轩、玲珑轩、陶缘轩、集古斋，以及贵仁堂等。其中集古斋门联为："闲览小器辨唐宋，乐遇朋友论古今。"转过正殿，行至西庑，则为：撷翠斋、多宝堂、聚宝斋、炳祥古玩、衔英馆、中山书画苑、缘宝斋、鼎玉堂、春辉堂、藏真阁、宏艺玉器等。

即至天宁寺对面林散之书额之扬州古籍书店（扬州盐阜西路

10号,邮政编码225002)二楼折价书铺层面淘书,直至十八时下班,付出二百二十一元。

当余之淘书也,有一位身材高大剃平头老者,见余选购书之多而杂,乃笑指架上《骨董琐记》云,此书好,可备一册。告以问世时即已购置。复指对面半侧店堂云,那里也有折价书可买,亟谢之。复攀谈得知老者姓陈名再祥,年已七旬,现被聘回照看店面。于十五岁时师从扬州著名旧书店"陈恒和书林"老板陈履恒,习得旧书买卖一艺。后专为扬州古旧书店从事民间搜购,所得珍贵旧书甚多云。惜扬州话听不甚真切,于是请陈师傅写下电话,约以他日专程前往访谈,以便做成一篇"访谈录"也。连类而及,则上海图书公司陈青云先生,也该做成一篇。

晚饭后集体乘游船观览运河夜景,约一小时。于码头见一中年男子牵一匹藏獒,自称名贵不可言,身价在万余元,招摇于市,颇为自得。

夜览所携《中国政协》2007年第7期,有戴红撰《追赶"声音"的人——记九三学社社员唐亚伟》,其中写道,正是其于半世纪前,"在南昌旧书摊上看到一本我国最早的关于速记的书《传音快字》,没想到就是这本不起眼的小书,竟成为他人生的选择……1934年,他发明了'亚伟式中文速记学'。1938年正式出版了《规格化亚伟中文速记学》。这项发明开了中文速记之先河"。如今,其于1993年创制的电脑化的"中文速录机",于2007年获得了国家技术发明二等奖,已构建为"亚伟速录"之产业。

7月23日,周一,今日为"大暑"。
晨起扬州有中雨,后渐歇,满目清新。

早餐后,拟与吉老师同看扬州雕版印刷博物馆。昨晚运河导游小吴前来陪同,不意周一为休馆日,乃即提议改看"扬州市级文物保护单位"——朱自清故居。导游说,来扬州旅游的人,很少有提出看朱先生故居的,此亦当今社会读书人少、斯文剧烈边缘化之一证也。

自琼花观对面民居楼中曲折拐入，即南北向仅两三肩宽之安乐巷。至27号故居前，果然门可罗雀。门东向，进门北侧有小院，内有客房两间，乃当年朱先生住处。二道门内，有上、下堂屋各三间和两侧厢房，系朱自清父母及其姐妹们的起居处。房屋维护良好，只是以今人眼光看来，不免有清寒逼仄之感。

雁斋中收藏朱自清著作，以及有关他的著述，如《朱自清年谱》等书籍不少，有的其故居展品中也没有陈列。看来管理方在这方面还需要下大功夫……若能取消门票制，将此与附近社区、学校共建一个"朱自清纪念图书室"，院落成为附近学生、老人共同的开放式文化活动中心，其社会效益或者更好一些。"自清精神"在扬州的落实，看来需得"从娃娃抓起"呵。

朱自清在《说扬州》中说过："自己从七岁到扬州，一住十三年，才出来念书。家里是客籍，父亲又是在外省当差事的时候多，所以与当地贤豪长者并无来往。他们的雅事，如访胜、吟诗、赌酒、书画名家，烹调佳味，我那时全没有份，也全不在行。因此虽住了那么多年，并不能做扬州通，是很遗憾的……"不过就现代扬州而言，以社会影响之大，不那么"通扬州"的朱自清，却成为了一张毫无愧色的"扬州金名片"——

这是个悖论，却包含着某种真理，因为扬州出产的朱自清，是他的文品和身价带动了现代扬州的美誉度。一方水土能够滋育怎样的人才，实在是应该纳入一地政府政绩考量范畴的，可惜"十年树木，百年树人"，谁有耐心与远见及此？更何况，古人早就发有"肉食者鄙，未能远谋"一类的牢骚。

自朱自清故居出，即往东门看已经修复开放之"吴道台宅第"。我于十年前，在扬州韦明铧兄指引下，即同薛冰师一起看过。当时这里为医院职工家属用房，但于杂乱中看梁架看地坪，一种精致一种华贵仍依稀在目（如今在其西偏处尚可见未曾修复之宅第，最见岁月沧桑，触目皆史矣），尤其是藏书所在的"测海楼"一套院落依旧完整，别有模样。在1998年12月19日定稿的一组总题为《保卫藏书楼》的文章中，我写道：

测海楼位于江苏扬州老城东近运河处,现为泰州路45号扬州市第一人民医院范围之内,解放后一直为该院员工宿舍。逶迤走近其地,一座清末建造的精美的四进宅第便赫然入目……"吴宅"的主人是晚清人氏吴引孙(字福茨)。从其高祖起移居扬州,占籍江苏仪征。吴家素有读书藏书的传统,其祖上的堂号称"有福读书"。吴引孙于清光绪二十年(1894)为进士,曾经担任过长达十年之久的浙江宁绍台道台,驻节宁波府。

我通过实地观察测海楼位于城东僻处、宅左别院、上下两楹、阁前凿池等等特征,认定其建筑方位乃至具体款式,确系刻意模仿天一阁藏书楼之作,这在中国藏书史上也是可遇不可求的实例。显然这同吴引孙任官浙江宁绍道期间,自觉地接受了天一阁藏书楼的文化魅力是密切相关的。

文载《沧桑书城》(岳麓书社1999年4月版)之中。如今,扬州已编出《吴道台宅第:扬州的九十九间半》(扬州广陵书社2006年9月版)。据介绍,该书是吴道台宅第管理处据《吴引孙自述年谱》(现藏上海图书馆,手稿凡三百页)编著而成,共计八万字,细细解读了吴道台宅第的历史由来,及其主人吴引孙(1851—1920)和吴氏杰出后人的成材故事和人生经历,尤详测海楼藏书之沧桑史。

吴道台宅第坐北朝南,建于1904年,据说当时斥资四十万两纹银,邀其表兄周颖孝督建,从浙江请设计施工人员,仿造宁绍台道衙署,结合扬州建筑风格建成。原占地面积达到七千九百多平方米,建筑面积五千五百多平方米,现存约二千六百平方米。原有五条轴线,除住宅部分外,还在原北河下街东面有一"芜园",北面有吴氏祠堂。1945年夏失火烧毁将近五分之三面积。日寇侵占扬州期间,又将花园与祠堂铲平作为练兵场。现存的第二条轴线至第五条轴线均系原住宅部分,构成四方形。

如今走近这一"全国重点文物保护单位",首先便是"芜园"遗址广场所在,但见由门厅延伸出来的一道青砖垒砌的高大风火墙爬满藤萝,让院落中黛顶红墙的小洋楼,"犹抱琵琶半遮面"。过仪门,陆续看过整修后的爱日轩、小洋楼、观音堂、大仙堂等。

爱日轩门楹悬有何绍基书联:"夜灯咏史虫芸草,朝几研书獭祭鱼。"测海楼联为:"旧学商量宜邃密,新知培养要深沉。"一楼堂屋布置为"有福读书堂",匾额为吴引孙之弟筠孙(1861—1917)所书,有联:"几段祥云穿雁阵,一帘瑞雪卷梅花。"东首为主人书房,西首为儿孙辈读书处。最有意思的是,堂屋正中上方为一活动楼板,揭开乃取书提盒升降之处也。

故居中有字画铺,见扬州曹有让先生楷书甚喜,于是选购其所书颜真卿读书诗幅等三幅。其中朱文公《劝学歌》"勿谓今日不学而有来日,勿谓今年不学而有来年,日月逝矣,岁不我与,呜呼老矣,是谁之愆",宜裱起悬挂于教研室内,诫勉学子,亦以自励。曹先生年已八旬,楷书此语,正其老教师本色也。

宅第部分如今辟为"扬州医史博物馆"。匆匆看过回转。

午餐后即回南京家中。见有邮包来,拆视之,乃浙江永康陈寒川学长寄赠其精装新版旧体诗集《白云集》(亚洲艺术出版社2007年6月版),卷首有书房照、简历,以及题记诗:

东涂西抹鬓成丝,历尽劫波只自知。

漫道余生空感慨,华溪水涨月明时。

其书自序中有语云:"自'五四'新文学运动后,白话文代替了文言文,已将有九十年历史,这是社会的一种进步,谁都否定不了。但是文言文并非从此就销声匿迹,某些方面还是少不了它。因为我国汉字的特质,有时只有文言文才能发挥它的极致。新文学大师鲁迅、郭沫若、郁达夫等人的文言文、旧体诗词都不是写得极好的么?只有那些没有国学功底的人,才会把它看作洪水猛兽,看作落后,看作什么'封建余孽'……"其愤气力透纸背矣。

《白云集》凡三卷,卷上有《忆海王邨访书》,记其1954年冬客居北京宣武门内笔管胡同期间,得闲即奔海王邨看书访书往事:"胡同提水供炊饮,日走海王访旧书。午唉寒冰兼烤薯,夜阑踏雪挟书徐。"其自吟书斋云:"谁期脉望作神仙,翰墨香飘理旧编。或事雌黄慵点校,新诗吟罢日沉西。"

又检得两年前六月所作《题徐雁教授赠书〈中国旧书业百年〉》

云:"煌煌巨著费经营,锦字华章白下名。小志诸书何足论,百年宏绩世人惊。"复有《读赠书〈开卷〉有感,兼示徐雁教授两首》:"去年腊月乍逢君,斗室青灯分外明。俄寄新书惊未达,云天北望独沉吟。"又一首:"白下孤香推此书,新知旧学汇一区。篇篇文字如珠玉,留得清纯天地知。"

　　寒川学长与永康藏书者协会主席吴良忠先生合作编著有《美术版本过眼录》(上海远东出版社 2007 年 2 月版),亦一不可多得之佳构也。

井冈、匡庐游踪

(2007年8月8日—14日)

8月8、9两日,民革江苏省委召开全省民革机关党务工作研讨会,安排有井冈山、庐山考察之旅,遂同行焉。行迹履痕,详记分日之录。14日下午返家,晚间开看网上"百度"主页《秋禾话书》,忽讶访客留言何其多也?

原来有"岳麓学人"留言首谓,得其文友相告网讯:"最近经对多所大学、图书馆、书店读者和网民问卷调查,评出'当代中国十大才子':北京孔庆东、止庵、余华,天津罗文华,南京苏童、叶兆言、徐雁,苏州王稼句,武汉徐鲁,海口伍立杨。请问徐雁教授,您获此殊荣,有何感受?"以此访客批评纷纭,其留言竟一日之内多至二十余人之谱,创今年6月12日"开博"以来所未有之盛。乃匆匆打油润

脑,得四十字口号:

> 井冈松如竹,匡庐雾亦云。七日山居罢,十子忽沉吟。
>
> 对屏发一笑,屈指键半灵。从此风过耳,末座无处寻。

并系以小跋云:"赣游倦归,忽闻奇谭,竟有天饼入口、锦袍加身……亟成俚句,以谢雁斋众贺客。"而临行所征1997至2007年间淘书记、生活记、旅行记集之书名,竟少有应者。而以余初拟《雁斋书事录》之名为善者,仅得友生两三君之附赞。

8月8日,周三,南京,温高,整装拟作江西之旅。

连日来浏览宁波人士编著新书《傅璇琮学术评传》(傅明善撰著,西北大学出版社2007年4月版)、《浙东学派当代名家:傅璇琮学术评论》(徐季子先生主编,宁波出版社2007年7月版),以及斋中所藏历年来傅璇琮先生签名赠送著作若干种,终成万余字文稿《嗣响"浙东学派"的当代学人》,一探其作为当代古典文学学者,嗣响"浙东学派"传统之由,结论以"天道酬勤,勤者必劳,劳者始能,能者终获","经过二三十年来锁定目标后的学术耕耘,同样'潜心于书斋,超然于兢途'(傅璇琮序《中古文学史论文集续编》中评价曹道衡先生语)的傅先生,不仅奠定了其在唐代文学领域中知名海内外的学术地位,而且还建构了他在当代浙东学派链条上承先启后的文化影响力"。

组稿"开卷读书文丛"诸事,整理编辑十年间日记集《雁斋书事录》以备南京师范大学出版社用稿,亦连日来之要务也。

得温州文友方韶毅寄赠《温州评判》(胡方松、方韶毅、刘旭道著,文汇出版社2005年5月版)、《愤青史记》(缥缈著,中国友谊出版公司2006年10月版),以及曾获"中国最美的书"称号之《温州记忆》(瞿炜著,成都时代出版社2005年8月版)。瞿炜乃是已退休之温州师范学院外语系教授瞿光辉先生之子。

按:瞿光辉先生1939年生于浙江温州,执教之余从事文学创作与翻译,译有泰戈尔、纪伯伦、洛尔伽等人诗歌,出版有新诗、译诗合集《最初的微笑》,寓言集《狐狸的神药》、《伊索寓言》等。"开卷读书文丛"，拟编入其长期积累下之读书随笔集《美丽的旧书》。其事缘起：今春方韶毅因三联书店郑勇夫子之介，荐其书稿于余，曰《美丽的书》。书分书人、书话、书情三辑，述说作者所结识的冰心、冯至、金克木、朱维之、赵瑞蕻，以及魏风江（泰戈尔在中国的唯一弟子）等作家学者，及其收藏的上世纪三四十年代版现代文学书籍的往事陈迹。

阅其书目，确为沉静之作，于是决援其书助其问世也。适《温州读书报》卢礼阳先生三年来有赠报之谊，亦力道其书可嘉，因该报先后发表不少也。

居室客厅久为"书厅"矣，上午决谋规整之道。移时于堆叠书丛，检得浙江永康还读斋主人李世扬先生所辑赠之线装《王麓泉集》上、下两册，一时浏览，竟忘拾掇。于卷四得王麓泉（名崇，麓泉其号，别署西如山人，1496—1571年）所拟《学规》云：

尝闻：
学贵自强，须戒宰予昼寝；
言必及义，且休王衍清谈。
起清晨，弗使东方既白；
坐半夜，无落北窗残红。
读经史，须惜三馀而用三到；
作文字，必求一理以成一家。
期躐青云路，莫踏花街；
愿听鹿鸣歌，罔驰鸿鹄。
今也幸同雪案三更，
异日共奋鹏程万里。
勉旃勉旃，予日望之。

讲勤勉，其意拳拳；述学理，其情殷殷。百字学规，实有颠扑不破之至理在，亦俱见中国教育之古典精神，而师长之无限瞩望情亦溢于言表矣。惟所用典故，如"宰予昼寝"、"王衍清谈"、"三馀"、"三到"、"青云路"、"鹿鸣歌"，乃至花街、雪案、鸿鹄、鹏程之类，在当日几乎为孺子学童所熟知之事，而于今则人文科硕士也未必全能道其本末也。

试举一例"勉旃(zhān,平声)勉旃":发音之义应为"勉之焉勉之焉",乃是表达殷切期许之意,在这里不能视作"毡"之异体字。其意为"檀香"的组词"旃檀",则于古典书史实不难见。如曹溶《流通古书约》就曾批评道:"(古书)入常人之手犹有传观之望,一归藏书家,无不绨锦为衣,旃檀作室,扃(jiōng,平声,指自外关闭门户用的门闩、门环等)钥以为常,有问焉则答无……"想数日后,即可涉足书卷上无数遍读过之白鹿洞书院,亲睹朱熹夫子所拟订之《白鹿洞教条》碑刻,不胜怵然之至。

近日所得赠书,有南京大学中文系徐雁平副教授所赠《清代东南书院与学术及文学》(安徽教育出版社 2007 年版),书为上、下册,凡三编十一章,计六十八万字,乃是其 2002 年获得博士学位以后五年来念兹在兹、孜孜以求之力著也。后记谓:

近五千种清代文献的翻阅,彻底改变了或丰富了我对清代学术与文学的认识……这本书是从教育的角度来看清代东南地区的学术与文学,而正在进行的"清代家集调查研究"和"常州派学人综谱",则是从家族、地域等角度对这一文化积累丰厚的区域予以探究。我的最终目标是,在最广泛地阅读文献的基础上,从若干角度重现在清代东南地区学术与文学的图景。

雁平学弟自入南京大学研学于徐有富教授门下以来,结网读书,所得宏富,如今研求目标规中有划,治学途径渐熟日巧,则自本书以后,其厚积而速发庶几可待矣。于是告诸子晨,命其重点阅读以下一段文字,体会其苦学勤读、春耕秋收之理:

清代学术与文学可拓展的空间很大,丰富的文献给我带来了无穷的甚至有些恣意的阅读乐趣;而每一篇文章的完成,自觉有所得,信心亦随之增添一分。每当有所得时,也愈加信服耕耘与收获那一简单的道理。

我始终觉得自己的资质未及中等,但对自己的吃苦耐劳还有些自信。我是从湖北浠水山村走出来的,有好几年在田野间劳作的磨炼;相较而言,读书中的辛苦就要大为逊色,故而查检、抄录、排比文献的困难,我都可以轻松应对。因为有这一种耕作的经验和体会,我以为清代学术与文学广袤的田野,也似乎特别适合我这种信奉简单道理的人来开垦培植。

卢文弨尝言:"学者如牛毛,成者如麟角。"在他看来,为学有成,亦即成一家之言,应是很高的境界。持此言衡量我这五年关于东南书院的研究,顶多也只能算是略有所得,离有所成还有很长的路要走;同时,此种"得",也多半是前贤或同辈目光未及而已,因而只能有些微的窃喜,还不能得意。

今日邮包送来济南书友赵晓林所赠两种书:孙兴振主编《济南日报杂文选》(济南日报社1998年5月自印本)上、中、下三册,谢其章著《漫话老杂志》(山东友谊出版社2000年5月版)一册。于前书中检得郑逸梅《我的读书法》一篇云,归纳总结前人读书法,无非"里打出"(其要点为从"经典筑基,不求甚解"起步,沉浸其间若干年,渐至"含英咀华,达理通文"之境,然后有所旁涉遣兴)、"外打进"两道,其在运用上各有利弊,但都不乏成功范例。是翁所论甚有见地矣。

郑老云,"里打出"法是"先从里面打好根基,然后发展向外","这是一种完全用极其正规的念书方法来进行教育,旧时适用却不合近代"。想来前述王崇《学规》所教子弟读经史法,须惜"三馀"(冬天是一年之馀,夜晚是一日之馀,阴雨乃是四时之馀)而用"三到"(眼到、手到、心到),乃是培根植基之"里打出"法矣。而于中国古典读书法论,则朱熹乃是主"里打出"法者,而陆九渊则是"外打进"法者,此题容另作文阐述之。

郑老自述,其本人读书取径于"外打进"法,即"由浅入深,循序渐进",自饶有兴味之文史小说作品入手,而渐上溯至于学术经典著作,"友朋中周瘦鹃、严独鹤、张恨水、包天笑等,都是属于这一类的"。回想余之读书路径,亦是"外打进",由近代而渐至古典,由文而入史者也。

傍晚入住双门楼宾馆,与众同志汇合,以便次日一早出行。

8月9日，周四，南京—九江，晴，夜宿井冈山茨坪。

晨六时有电话叫早催起，候早餐间，于大堂阅本月7日《南京日报》报道，知市政协领导前曾视察有"青砖小瓦马头墙，回廊挂落花格窗"之誉的南捕厅"甘熙宅第"后期修缮工程，拟整修之为"十朝都城"南京之"历史文化名片"云。

七时许坐双门楼旅行社游车出发，由长江三桥过扬子江，沿宁合公路至肥西转道西南行。十三时许，过江西省北大门锁钥九江大桥，至市内长虹大道之"黄金假日酒店"午饭。

餐后上路，约十五、六时许，过"共青城"之域，知胡耀邦长眠此青山绿水间已将二十年矣。

是时遥望天地间，天蓝地翠。稻田秧绿，水塘波碧，尤为美景者，乃是碧空中朵朵白云，或如雄狮戏球，或如猿猴舞爪，或如孤岛在海，或如峭壁临流……种种变化，不一而足，奇形怪状，鉴赏无尽。车近永修，过一江心绿洲，水牛啃草其间，白鹭或蹁跹于旁，或伫立于牛背之上，惜不见吹笛牧童矣。远望则西山如黛，绵延不绝，无须着色，即是一幅"田家乐"天然图卷也。惟此地系农耕区域，故尚可复睹儿时苏南习见之鱼米乡景耳，一路贪览，再无睡意。

十六时许，车近南昌，于高速公路路牌，已可见滕王阁旅游指示牌。又行两小时许，于大片红土地中过新余柑橘基地园。时日薄西山顶，云笼大地盖，数道晚霞穿云射出，与村落民居相映照，暮霭中构成昙花般绚丽之"一线天"奇观。正憾美景将逝也，忽然日拨阴霾，夕照余晖竟灿烂一片于天地间，犹如谢幕刹那，灯火齐明舞台辉煌之一刻。随后夜幕落下，地里庄稼与村中劳者逐渐入静，农家艰难一日又将度去矣。

手机广告报知，已入"中国革命摇篮，绿色生态宝库"吉安市境内，乃知此行目标之地井冈山市业已在望。惟夜色深沉，只觉游车渐行渐高，约经半小时许山道弯路，驰入茨坪灯火中，于是至新市场路之林野宾馆下榻。

晚饭后与同人步出宾馆下行，环湖畔散步。忽见绿荫中毛泽东茨坪旧居。徘徊门前不得入,旋雨点起,亟走返。是夜山雨忽大忽小,时紧时密。决开面山坡之窗户,关闭空调,听雨而眠。

8月10日,周五,井冈山,阴有小雨,时而转晴。

早晨为山林鸣禽啾啾声唤醒,知夜间雨歇,今日乃出游好日子也。据早新闻报道,肯尼亚考古新发现挑战达尔文"进化学说",谓人类源起于"智人"与"直立人"两支云云。

七时许早餐后,独自步出宾馆,沿新市场路上行,于高处伫望,见茨坪乃一山环林抱之高山平地,因夜雨,雾云缭绕松竹林间,正有一楼在施工中。此间居民楼新旧杂陈,依稀可见人进林退、向山索地日益拓进之迹。该社区居民闹中取静,自成一方天地,与来往如鲫之游客互不相涉。住地百姓于坡间开辟隙地,见缝插针,植有豇豆、茄子、丝瓜、南瓜,树则夏桃、秋橘、白果、枇杷俱有,惟菜蔬不成垄,果木不成林耳。有桂一株,想三秋香逸,必有好事游客如我者,到此心赏也。

按:井冈山地处罗霄山脉中段的湘赣边境,绵延五百里,风光秀丽,气候宜人。有云山雾海、松山翠竹、十里杜鹃、彩虹瀑布四大自然景观。以中国"红色革命"军队创立的第一块农村革命根据地而闻名于世,毛泽东在此战斗生活一年有余。据《扬子晚报》8月6日报道,江苏媒体人士亦有江西行,井冈山为第一站。

1927年9月30日,毛泽东率领秋收起义部队来到了早有袁文才、王佐两支绿林式农民武装占据之井冈山,当时王佐驻在茨坪和大小五井等处,袁文才驻扎在山麓的宁岗茅坪。毛泽东赠袁军枪支百条并与会谈,袁文才同意革命军在茅坪建立后方医院和留守处,并答应上山做王佐的工作。从此工农革命军拥有一方立足之地,建立造币厂。次年4月22日前后,朱德率领南昌起义余部也至此,与毛泽东会师队伍。遂于龙江书院组建了工农革命军第四军,由朱德任军长,毛泽东任党代表,陈毅任教导大队队长,下辖六个团,有六千多人。后遵中共中央规定改称"红军第四军"(简称"红四军")。

上午游程为黄洋界哨口、造币厂、百竹园、小井红军总医院。

午后参观毛泽东、朱德大井旧居,赴水口观赏彩虹瀑布。远眺井冈山主峰五指峰。夜游"天街"。

8月11日,周六,井冈山—庐山,夜宿庐山。

早起后,瞻仰北山烈士陵园、雕塑园、纪念碑林,至井冈山革命博物馆,观看朱德、毛泽东回井冈山之行纪录影片。

中餐后即赴庐山。灯火中由盘山公路旋行至庐山顶,过闹猛的牯岭街,入住如琴湖畔一宾馆。

晚餐后与三四同志自后门出,散步于庐山最大的人工湖——如琴湖畔,至白居易"花径"故址折返。时灯火闪烁,人声不闻,愈见琴湖之静谧也。

8月12日,周日,庐山,大雾,时有小雨,下午转晴。

六时许早起,见雾锁层峦,云绕屋宇,俯视昨夜所见如琴湖者,不复见。

是日上午路线,依次游览花径、锦绣谷、仙人洞之胜,以及谈判台、洪武御碑亭,参观中共中央第七次代表大会会址。

午餐于刘少奇故居之后院,餐前于院中留得一影。餐后游黄龙潭、乌龙潭,至三宝树复登攀至黄龙寺,随后参观芦林一号毛泽东办公地,即今庐山博物馆所在。购《庐山游记选》(二册)。

又至"美庐"参观,即1933年8月8日入住的脂红路英式别墅也。"脂红路"乃是杜鹃花路之英译,现编为河东路180号。此系写实,因别墅西侧路对面确有一条流水不断的山溪经过,可惜易名者竟不知中国文化中自有"河东狮吼"之说,"河东"一词最好不要用来作为任何地域的地名,更不必说庐山了。

人谓"不到三叠泉,不算庐山客"。同志中勇者三五人将远征"三叠泉",余等步行折返,一览牯岭街十一号之国营新华书店、附近之民营可人书店,购得梁晓声小说集《学子》(百花文艺出版社2003年版)等多册,以为到店一游之纪念。回到宾馆疲甚,于是沐浴而憩,至傍晚精神复振。晚饭后至如琴湖畔散步一小周。

8月13日,周一,庐山—九江,夜宿九江。

早起后,见日光甚好,已可极目远眺,闻此乃庐山难得之晴天朗空。就庐山而言,一日阴雨以观瀑布云,一日晴朗可见青蓝天,堪称游者有福也。

上午导游安排至"含鄱口"观湖,过植物园后即下山,游观位于庐山五老峰南麓后屏山之阳的白鹿洞书院。

按:白鹿洞书院有"海内书院第一"、"天下书院之首"美誉。所谓"白鹿洞",初系唐代李渤、李涉兄弟隐居读书之地。相传李渤隐居时养有一头白鹿,故称"白鹿先生";又因此地四山回合,只能由山麓小径逶迤数里而入,似有进入洞天之感,故称"白鹿洞"。南唐升元年间,正式辟为白鹿洞学馆,亦称"庐山国学",由李善道为洞主,掌教授,置田聚徒,成为讲学和藏书之所。受业出仕后,名绩日著。宋太平兴国二年,得御赐"九经"。宋仁宗皇祐五年,孙琛在故址建学馆十间,称"白鹿洞书堂"。

南宋淳熙六年(1179),朱熹为南康军守时,书院已毁于兵燹,触目荒凉。为此他多次请求朝廷拨款重建,终获孝宗同意。修葺后的白鹿洞书院,以圣礼殿为中心,组成一个错落有致的庞大建筑群。有殿宇、书堂三百六十余间,包括御书阁、明伦堂、宗儒祠、先贤祠、忠节祠等。圣礼殿是用于学生拜谒孔子之殿堂,匾为"学达性天"、"万世师表"。朱熹为文会堂亲书对联:"鹿豕与游,物我相忘之地;峰泉交映,知仁独得之天。"

清康熙帝曾颁赐御书予白鹿洞书院,使白鹿洞书院得到持续发展。1898年朝廷明令"变法",改书院为学堂。白鹿洞书院遂于五年后停办,洞田归南康府(今星子县)中学堂管理。1910年,白鹿洞书院改为江西高等林业学堂。1959年列为江西省文物保护单位,1979年成立庐山白鹿洞文物管理所,1988年公布为全国重点文物保护单位和国家二级自然保护区,同年设置作为学术研究机构的"白鹿洞书院"建制。如今的白鹿洞书院已形成集文物管理、教学、学术研究、旅游接待、林园建设五位一体的综合管理体制。

游观中见朱夫子所书对联内容尚存。其实朱熹对此的贡献，不仅在于他立项复建了白鹿洞书院的"硬件"，置田建屋，增藏图书，更在于亲自创建教育制度，确定教学方针，聘请名师贤哲，亲自设坛讲学，从而使书院人才培养质量得到极大提升，名声大增而远播。如早在淳熙二年(1175)，朱熹与陆九渊二人由于学术观点不同，曾在地处江西铅山县境内的鹅湖发生过激烈的论辩，前者以本性"笃实"而好"邃密"，后者以"高明"而好"简易"，但朱熹并不因此而持有门户之见。特邀与自己观点不相合的陆九渊前来讲学，首开书院"讲会制度"先河，为不同学派同在一院讲学树立了范例，成为中国儒学传播史上的佳话。

据说陆氏当日开讲的是《论语》第四篇《里仁》第十六章"子曰：君子喻于义，小人喻于利"，全文十二个字，却发挥淋漓，风采别具，深受听讲师生欢迎，至于有听言闻教而感动落泪者。为此，朱熹特命人把陆先生所讲内容刻石后立于院门。

此外为人乐道者，还有朱夫子亲拟之《白鹿洞书院学规》，明确规定了书院的教育目标，即达到封建伦理的"五教"和"五常"，所谓"为学"就是要讲明和学懂这些"义理"，体现了他"格物、致知、诚意、正心、修身、齐家、治国、平天下"这一系统的以儒家经典为基础的教育思想。其《学规》云：

父子有亲，君臣有义，夫妇有别，长幼有序，朋友有信。

右五教之目：尧舜使契为司徒，敬敷五教，即此是也。学者学此而已。而其所以为学之序，亦有五焉，具列如左：博学之；审问之；慎思之；明辨之；笃行之。

右为学之序：学、问、思、辨，四者，所以穷理也。若夫笃行之事，则自修身以至于处事接物，亦各有要，具列如左：言忠信，行笃敬；惩忿窒欲，迁善改过。

右修身之要：正其义不谋其利，明其道不计其功。

右处事之要：己所不欲，勿施于人；行有不得，反求诸己。

右接物之要：其务记览，为词章，以钓声名。

又，朱熹有白鹿洞书院诗："昔人读书处，町疃白鹿场。世道有升降，兹焉更表章。矧今中兴年，治具一以张。弦歌独不嗣，山水无辉光。荒榛适剪除，圣谟已汪洋。亦有皇华使，肯来登此堂。问俗良恳恻，怀贤增慨慷。雅歌有余韵，绝学何能忘。"

8月14日，周二，九江—南京。

今日中央电视台早新闻，播报西班牙"沙滩书香"活动，以拯救日见稀薄之社会读书风气。早饭后，先赴江滨看浔阳楼。

午餐于合肥高速公路入口处之一土菜饭庄。三时半许返回南京双门楼宾馆。

于车上，见同伴在山上所购武汉作家方方所著《到庐山看老别墅》，开卷扉页见用一帧庐山老别墅风景照片，题以苏东坡《秋思·点绛唇》词句"与谁同坐，明月清风我"，即觉立意不凡，翻阅目录见有《鹿野山房》一篇，读之。

通篇以林森(1867—1943)乃"政坛智者"立意，以文带史，杂糅以眼前景、心中思、史中事，文风轻灵，从容而散淡，极宜于"轻阅读"也。至于行文中以"悬疑解疑"之法随意抒写，更添其文曲折之致。

《到庐山看老别墅》所述虽于史实未必全符，有时其史识更显得老旧而不高明，但终能以作家视角贯通文史，更杂以民间传闻及其常情推测，或发议论，或飞想象，时见神来之笔。如《宋家王朝》之二写宋庆龄庐山别墅："很多年很多年，她的房子都只是清冷地、静静地立在那里，仿佛代替她观看着这山上一切的风月变幻。"但1980年以后庐山管理局一封公函却改变了它的命运，被拆除后就地建起了一幢三层楼，作者长叹道："偌大的庐山，何故就容不下宋家的这一故居。"其叹息声当然引起了读者的共鸣——对于这个连自己的"祖业"都未保护得了的年轻时的"中国第一夫人"，年老后的"中华人民共和国名誉主席"。

随后浏览其跋文《一本站着写的书》。她说："在我写作的经历中，没有一本书像我写这本书一样，在过程中有着那么多的快乐。这种快乐在于这一次的写作变成了一次学习……当一个老旧的世界和一个昏暗的社会,如一本书摊放在我的面前,当我从中了解到我过去从未知晓的真实的历史一面时,当我查寻到我以往从未在意过的史料时,那时我的心情是怎样的激动和兴奋。每一幢老房子里都有一个完整的故事。只是我们怎么把它们取出来。在这里所呈现的只是其中的一个小小部分。"

而被封面设计者摘取印到封底上的那段话,也正是作者后记文章中的最后两节,是她结束全书稿时的真情流露。话既是对读者说的,更是她对自己心灵的一个交代。可惜于山上未曾注意及此,遂短讯林英向图书馆借阅一册,以备回宁观览之。

按:《到庐山看老别墅》(人民文学出版社2006年版)自《一个人改变一座山的历史》到《英雄末路》,凡十二篇。封底导读语:"如果你登上庐山,光知道看锦绣谷和三叠泉、乌龙潭和花径,那你对庐山的了解还远远不够,对庐山的真谛还远远未知,在庐山面前,你依然是一个盲者。无论如何,你都应该看看庐山的老别墅,那一栋栋老房子里,都有一个完整的故事、一段深藏的历史。了解了它们,你才会知道,庐山为什么会成为今天的庐山。"

可是谁能想象得到,几乎整本书,十万多一点的字,轻盈而且轻灵,竟然是她在病腰不能坐下来的情况下完成的,于是我们不妨想象到五十岁的作家在书房里的感人一幕——

交稿时间越来越近,着急之间,我只好采用了站姿。幸亏我还有一台便携电脑,我将一摞书垫在它的下面,使它的高度正好合适我站着使用。我第一次把椅子搬离了我的写字台,然后就站在那里,一下一下地开始敲击,整个一本书的文字,都是站着敲完的。当最后一个字闪动在屏幕上时,我的腰也基本复元。

那整个一本书的最后一个字,是不是书中的第十二篇《英雄末路》中第七回的最后一句:"……历史的余味便夹在那带有幽幽香气的风里,在山间飘浮"呢?

假如不是病腰的缘故,该不会是用这一句来结尾的吧?

那么文字的机缘与人间的机缘,到底是怎样的一种机缘呢?

(2007年9月17日补记完毕)

虞山、小王山、小云台山屐痕

(2007年8月19日—24日)

于常熟虞山脚下尚湖碧水之畔小憩

　　连日来增补改定致齐鲁书社周晶先生文《藏书家》第13辑约稿《一代坊贾陈济川》,得一万五千余字。5月26日,曾在长江路之金陵图书馆一楼报告厅讲座《阅读与人生》,随后有八月下旬常熟图书馆讲座之约,且与苏州图书馆作联动。遂于8月19日十四时三十分坐中央门汽车前往常熟,又一次涉足虞山。20日下午苏州图书馆讲座毕之次日上午,初游西郊外之小王山。22日下午回太仓家探望老父,逗留一日又半,于24日上午携女儿子晨自昆山坐动车前往镇江,遂有小云台山下"西津古渡"与镇江博物馆之行。因作补记,亦雁足留印之意耳。

8月19日,今为七夕,常熟,
上午晴热,下午台风带来暴雨,转凉。

昨日车程三小时,费八十元,于傍晚抵达常熟。图书馆王忠良副馆长驾车接至北门大街八号之虞山锦江饭店,入住后即赴山麓森林酒店,赴包歧峰馆长所设之接风宴,赠以《藏书》创刊号一册暨《泰山书院》一期。

包馆长似爽朗而实风趣,由着酒兴谈其多年来主持市馆之实践经验,顺口道来,多独得之秘,听来大受启发。厘其思路,则常用"五分法",如市图书馆建设之"五手硬"之类,皆真知灼见也。又谈拟加强图书馆少儿阅读之计划,亦深有见解。拟嘱吴静采访该馆,作一文《一个为市民乐意流连的"公共文化客厅"》,荐刊于上海《图书馆杂志》今年第11期上。

闻余家乡之太仓图书馆,方始由市政方面拨款选址建造新馆,但已大大落后于整个苏州地区之公共图书馆事业矣。想1979至1980年间,余立志报考大学图书馆学专业,即受该老馆之启蒙。俟家乡馆落成之日,当择余雁斋藏书捐赠若干部册以为报效也。

昨晚约定今天上午前往曾园早餐。八时许,约得昨天方自北京王瑞智"花生文库"实习地赶回之吴静同游。至则过吴大澂题"归耕课读楼",楼前一棵三百余年老香樟殊为奇特,为同株两干,郁郁葱葱。入座于清风明月阁喝茶,有潘祖荫联:"流水时引知者乐,清风日与幽人言。"临水赏荷,忽见有野鱼群戏于荷叶间,长不过寸,挈妇将雏,巡游不息,去而复来,来而复去……顿觉鱼之乐也。

看碑廊甫毕,面条恰至,以爆鱼、鳝丝为"浇头",汤少味咸,殊乏鲜味。食罢游园,抄得对联甚多。有"儒生有志尊耕读,耕读功勤为民牧","庭花过雨幽香远,径竹梳风爽气浮"。记下撰作者,有赵烈文书静园门联"山随平野尽,村入郭门来",有吴大澂撰书联

"每游艺圃多丰岁,自辟书城作富家",有翁同龢书联"夕来秋兴满,朝坐落花间",有张鸿书殿春榭联"山光下溪静相好,云影挂树闲不流",有邵渊耀书不碍云山亭联"高阁三层烟树里,青山一角夕阳中",有李慈铭书虞峰画影联"对岸溪声听欲断,隔林山色望中迷",有周宓书水木清华联"桃花扑面飞红雨,竹叶浮春泻碧春",有孙原湘书娱晖草堂"人间岁月闲难得,天下知交老更亲"……

"每游艺圃多丰岁,自辟书城作富家"(吴大澂书)

至曾朴纪念馆,庭前一株三百五十余年之红豆树,为国家一级古树名木,有王文治联:"弦歌百里古亦少,文学千载今犹传。"

周游一圈,知常熟毕竟是江南人文之邦,素来讲求风雅,追求惬意。如今也特别讲究恢复古园林中之匾额楹联艺术,所择颇称精当;又可喜者,园中傍水廊榭,多为居民休闲品茗闲谈之处,昔日文人墨客觞咏酬酢之地,如今已是寻常百姓公园矣。此种小康生活图景,惜无一介绍书册,助人文游之兴。可见常熟旅游业尚处于自为经济状态,未尝自觉矣。

按:曾朴(1872—1935)字孟朴,又字小木、籀斋,号铭珊,笔名"东亚病夫"。江苏常熟人,系清末民初小说家,文学出版家。曾家是常熟书香门第,祖上世代为官。其父曾之撰中年辞刑部郎中回乡,在明御史钱岱私家庭院"小辋川"基址上,苦心营建廿年之久,占地约二十亩,名曰"虚廓居",俗称"曾园"。园以虞山为背景,多水,近水遥山,风光如绘。

曾之撰对曾朴寄予厚望,曾朴也自幼聪慧好学,在从事科举应试教育之余,常暗自沉浸于文艺书籍阅读之中,其文学基础乃于无形中得以奠定。光绪十七年(1891)中举。次年赴京会试,以墨污考卷出场。其家遂捐其为内阁中书,在京得以广泛交游,大开眼界。1902年至1903年间在沪经营丝业失败后,于1904年与丁初我、徐念慈创办"小说林社",大量发行译、著小说,以鼓荡新文化风气,继而又编印《小说林》。继金松岑原作续撰《孽海花》,揭露帝国主义之侵华野心,清廷之无能与腐败,以及封建士大夫之昏庸堕落。全书涉及人物二百多个。鲁迅在《中国小说史略》中称之为"晚清四大谴责小说"之一,评论其"结构工巧,文采斐然",但"高增饰而贱白描"、"形容时复过度"。

园之缺憾,乃在于周边环境整治严重不力。行走园林,北围墙外水泥楼房抢夺视廊之线,殊扫人兴;南侧向西有河道环护,水流甚畅,竟有对岸废旧厂房,污人清目。如拆除之建为绿地,植以乔木,则景为园借,举目所及,无不葱翠,可有苏州沧浪亭园外借水景之趣矣。

同济大学陈从周先生曾评该园"水面较广,衬以平岗小阜,其后虞山若屏,俯仰皆得。其周围筑廊,间以漏窗,园外景物,更觉空灵……"可惜如今远未到此境界。于园内望见虞山顶新建之城门楼,想能将此游园与游山直接沟通为山水旅游一线,则"常熟一日游"正大有前景矣。

曾园游罢,至南赵弄十号,参观借明代赵用贤宅第所建之"虞山派古琴艺术馆"。先于入门处欣赏一回以"整旧如旧"手法保存之旧式梁枋,旋于庭院中见到石刻常熟古城图。至保闲堂见联语"流水七弦东入海,琴川一脉此朝宗",写出虞山镇水系特征,乃是犹如古琴之有七弦,故别称"琴川"。看藏书处脉望馆,地颇僻静,于室内见黄道周楷书额"脉望馆",瞿启甲书联"一榻春生琴上月,百花香集案头书",字与意均佳。

　　随后前往尚湖风景区用午餐。于一碧绿水前以一脉青山为背景,留得一影。所谓"尚湖",以商末周初人姜尚(太公)避居虞山石室(一说即东麓之石屋涧),曾经垂钓于此湖,故名。

　　十三时半,至常熟图书馆一楼报告厅讲座《阅读与人生》,为时近两小时。

　　讲罢提问者颇众,一一解说之,并令小吴各赠以《开卷》、《藏书》、《书乡》小杂志,以及《泰山书院》一版。讲座后有一母携其女魏方洲前来索赠阅材料,时已发完,不忍见女童渴望转向失望之眼神,忽发灵机,取出北大信息管理系博士生李雅所赠《青春好读书》(武汉大学出版社2007年版)一册,题以冰心勉学九字"读好书,好读书,读书好"赠之。

　　时辰尚早,于是王馆长导观该馆古籍部所设之"常熟藏书家展览"。场地甚开阔,布展颇大方,此亦常熟之为"藏书之乡"而雄视多邑者也。其进门处一面《古今图书集成》书柜墙完整无缺,又一面以雕版嵌成之书墙亦古色古香,于是各为背景留得一影。记得多年前曾托常熟理工学院曹培根教授向该馆索赠一套《常熟藏书印鉴录》,印刷精美,甚宝爱之。

　　按:《常熟藏书印鉴录》,由包歧峰主编,李烨、吴恺、苏醒编,中国美术学院出版社2002年1月出版,华宝斋古籍书社经销。线装一函,凡三册,系《常熟地方历史文献丛书》之一,由北京图书馆研究员李致忠作序。汇辑常熟藏书家从钱仁夫(1446—1526)、杨仪(1488—?)、孙楼(1515—1583)、何钫(1525—1603)至缪潜、谢蕴琛止数百人的藏书印鉴,可见往昔"藏书之乡"之文雅风流。

　　随后王馆长导游全馆。新馆位于北门书院街27号,与博物馆、美术馆并肩,均背倚国家级森林公园虞山而建,系"常熟十大建设新景观"之一。初创于1915年,现有藏书近百万册,其中含古籍二十余万册。新馆定位以公共休闲型图书馆,设阅览座席九百八十个、计算机信息口六百五十个。也即常熟市民之"公共文化客厅"也。

辞出后,拟访近旁之"书台公园",即多年前与雷雨(王振羽)为江苏教育出版社策划选题并主编之"读书台笔丛"背景地,未得其道而入。时灰暗天色中云飞如奔马,知台风雨已自东南海上至,于是避雨廊下,恰是该馆少儿阅览室地。注目室内,皆男女书童也。常熟历史文化精神正待是辈传而承之。

一时风劲雨骤,广场水积,是时小吴乘间缕述在京实习诸事,知其颇获见闻,亦颇有心得也。此种专业实习,在专业课堂"有字书"基础之上,多读"无字之书",胜于暑假中蹉跎时日多多矣。晚餐后与小吴循虞山山坡道略走,即促其返家。

8月20日,周一,晴,热,常熟—苏州。

今日晏起,乘着清凉,从容上山,游观山麓古迹。枫杨大树下,犹见"虞山福地"大石,多年前曾留一影于此。据说后来拓宽北门大街时,曾让此大石向山麓后移若干米至现址。

"敕建先贤仲雍墓门"牌坊,清乾隆间所建,乃是江苏省文物保护单位,山道正整修中。二道牌坊额书"南国友恭",有联"道中清权垂百世,行侔夷惠表千秋",是用孔夫子语赞其洁身自好之隐逸精神也。坊额背书"让国同心"。史载仲雍为商末周族领袖古公亶父次子,与其兄泰伯"奔吴",以让位于季历,季历之子即周文王。

拾级而上,至石梅鸟苑茶室,见有石梅园招待所,门上也有一对:"人不在多,诚行便灵;室不在大,业精则名。"颇喜其地清幽。其侧有初平石,见曾朴等邑人同游刻石,观赏一番后沿山道继续上登,见辛峰茶室后折返。

时天蓝云白,松风阵阵,鸟鸣林间。于是凭吊"先贤子游"墓园,有冬青、松柏环护,静谧安详。前有四柱三间石牌坊,有雍正时任江苏布政司鄂尔泰额书"南方夫子"。

坊前左右各有一单檐歇山顶石方亭,形制古朴。道北者为"言子飨堂",原存"墨池"、"石墨"、"先贤吴公修建祠墓记略"等石刻古迹,俱已不见。道南一亭,护栏浮雕以如意云纹、芝草、祥鹿之属。又有重檐歇山顶四柱石路亭居中,俗称"半山亭",内有康熙四十四年御笔"文开吴会"之匾。前列牌坊三间，正面乾隆御书"道启东南"，坊额背书"灵萃勾吴"，惜左右落款均已漫灭。牌坊前有两戏珠石狮，完好无缺。惟两对四块石栏偃卧道旁，危矣！若为游人随意踩踏，则极易支离而破碎。抢救之道，唯在扶正归位，且为此地添一小景。

于两侧墙围，见嵌有一小方汉白玉石碑，走近审视之，乃是清代常熟县府所示之"禁牌"：

县正堂示案奉宪行：言子林墓前后左右，永禁折损树木篱笆。如违定照。勒石重宪。特示。

县正堂示案奉宪行：言墓前后左右，永禁掘泥厝棺。如违定照。勒石重宪。特示。

于是录抄于纸，其时阳光灿烂，气温升级，背为之浃。

一路走下至于影娥池上之"文学桥"，以子游在"十哲"中与子夏以"文学"称焉。见桥底水塘干枯，杂草丛生，为之可惜。桥前额书"言子墓道"之牌坊甚为雄伟，惟两柱对联已漫灭不可识读，亟需描绿，以存文献也。（后查书知，联语为其后裔言如泗所撰："旧庐墨井文孙守，高陇虞峰古树森。"）遗憾的是，虞山历经沧桑，如今名为国家级森林公园，但均为次生林，尚忆去春游"宝岩生态园"，所谓古树亦未曾见。

按：言子（公元前506—公元前443），即言偃，字子游，系孔子三千弟子中的佼佼者，不仅名列"七十二贤"，而且还是"十哲"中惟一的江南人。是享受从祀孔庙待遇的先贤。以往在常熟城里，有言子祠、言子射圃、言子桥、言子巷、言子旧宅等。在《论语》中记载着子游向老师请教"孝道"等问题的事，也有他自己的心得："事君数，斯辱矣；朋友数，斯疏矣。"及其任职武城宰期间，回答孔夫子的询问："有澹台灭明者，行不由径，非公事，未尝至于偃之室也。"年逾六旬载道而南，归乡传学，吴中弟子注册者数以千计。临终前一年至青溪讲学，遂有奉贤之街，即其讲学所履之地也。

许霆教授主编有论文集《常熟文化研究》（古吴轩出版社2001年版），有何振球《论常熟文化的成因》、杨佳香《略谈虞山文化》、朱晞《虞山琴派的渊源及流变考略》、吴正明《钱柳遗踪考辨》、曹培根《论虞山派藏书家》、杨载江《言子在吴地传道简论》等,足资参考。

又曹培根编有论文集《常熟藏书家藏书楼研究》(上海文化出版社 2002 年版),首篇即为余夫妇所撰《中国藏书之乡的碑传集——话说虞山派藏书家的崛起》,其中专有一节叙述赵用贤(1535—1596)、赵琦美(1563—1624)父子藏书事迹,颇为详尽。集中又有武汉大学曹之教授《毛晋考》,考证叙事甚备。

游山毕,用自助餐后,即坐车前往苏州。

十一时半抵达苏州图书馆对面之三元宾馆。馆方招待午餐于"天伦之乐大酒店"后即返回宾馆小沐,换装后赴馆讲座。入门见馆员正散发打印件"《苏州大讲坛》八月专辑"(总第 8 期),取阅知首题即从网上载下之阿滢文《徐雁:构筑"书香社会"的倡导者》,此语真"折煞我也"。

晚宴由苏州馆书记张耘田主持,乃提议特邀王稼句前来同饮,交谈其所主持编纂之《苏州当代艺文志》(截止到 2000 年)事甚欢。席间苏州文友祝兆平兄前来敬酒,略谈一刻。

宴后回宾馆,苏州大学新闻传播系教授黄镇伟兄已在候,即回房间煮茶快谈。稼句持来自印本《闲话王稼句》,其中收录有门内弟子徐小丽硕士评介其《王稼句序跋》(东南大学出版社 2003 年版)一文。

镇伟谓苏大中文系潘树广教授有一韩国学生毕业后在苏经商,愿以十万元编辑出版其师潘先生全集,余建言曰,先生各集均为专著,俱在版,故"全集"之事并不可行,宜编以上、下两集:上集为先生各部专著之前言后记、报刊佚文集,下集为各界书评以及友好之纪念文集,最好由其弟子中一人编撰一份《潘树广先生学术年表》。余曾撰怀念长文曰《吴门翩翩一潘郎》,门内弟子朱敏曾有文评介其《学林漫笔》(东南大学出版社 2002 年版),发表于《姑苏晚报》,均可一并编入也。

8月21日,周二,晴,热,苏州。

九时许,民革苏州市委章念翔副主任委员带车来,前往小王山访古。适江生少莉应其妹之招也在苏州,乃约其同游,并嘱其先看苏州图书馆建筑群落里保护完好之"天香小筑"。

多年前读俞明《尚书第旧梦》(古吴轩出版社1999年12月版),其中写有一节有关小王山"阙茔村舍"事,印象深刻。此次至苏,正暑假中,决心前往一探。

车过城南文庙(即清代金圣叹哭庙召祸之地)、沧浪亭(即宋代苏子美濯缨濯足之园)出城。途径木渎镇外,一路见有"吴中第一山——穹隆山"之旅游宣传牌。又过灵岩山,旋入一长长林间道,所谓"小王山"在望矣。

按:小王山又名琴台山、小黄山,虽高不过四五十米,广不过三四百米,但有崇阜深壑,有茂林修竹,此地之"摩崖石刻"更属原苏州吴县文物保护单位,分布在原藏书镇穹窿山余脉之小王山东坡上。乃曾任北洋军阀国务总理之李根源先生为哀悼亡母,庐墓山中,隐居十年(1928—1937)时所造之景。他以自己的影响力和号召力,苦心经营松海别墅,建造阙茔村舍,开山造路,植树造林,使得原本的荒山野岭,竟有"松海十景",一时有"苏州小隆中"之誉。直至抗战爆发,苏州沦陷而致荒废。

"阙茔石刻",为李氏所汇编之名人刻帖,以及纪念其母之文。据说刻石原嵌于李根源纪念室之东壁,在"文革"期间毁失,十不存一,今仅传世数种。金天羽所撰《阙茔石刻录序》云:"穹隆之山自大茅峰而下,起顶蜿蜒,东走如神龙入海,鳞甲生动,不可控勒,而小王山为其中干……来会葬者达千人。其善书者皆有题字,道远不克会则邮其书来。公乃悉诸石。于是荟录碑铭表碣摩崖题字成阙茔石刻一书……公隐于吴下,足迹遍吴山,搜求古贤豪文学之墓而表章之。而今又以四方贤豪文学之士之拜墓者留其书于崖壁,为山灵宠光。吴人之对兹佳城,将世世爱护禁樵采。而兹山之名素不显著者,亦将以公而传……摹刻者白马涧顾复兴石作,柳桂香、顾理卿监工……工历两载,十八年十二月二十九日竣工。"可知当年"阙茔石刻"内容和形式之丰富。

至则先瞻仰位于穹隆山东麓之李母阙太夫人墓、李先生墓,墓在路侧杂树林中,乱草蔓路。李墓左旁一片摩崖石刻,为天然坡形,记得有于右任、谭延闿等人墨迹,以及金天羽《夜宿小王山》诗刻等,袒露于自然天日中已八十余年,再不保护,则此民国人文之珍贵遗存,恐将湮没无存,或将漫灭绝迹矣。其实此地最宜取覆盖保护之法,上建一亭,则日晒雨淋可无虞也。

旋至1985年复建之"阙茔村舍",如今为李根源纪念室,地甚静谧,真庐墓清修之地,留得一影。浏览展品,有章太炎"听松"、章奇十二岁时书"世外松源"石刻照片等,遂知这一带原有石刻作品五百五十余条,现仅存一百五十余条,则尽速保护之责亟矣。又观缪云台、谢孝思等为纪念室所题墨迹,楚图南有联:"有为有守切时望,亦武亦文胜匹俦。"廊中见有邓石如书"书味余香"、吴昌硕书"笔挽慈晖",以及李根源书吴中保墓会碑等。

饭后往访南竹坞村退休小学教师金云良先生,获赠其所著《饮水思源忆印公》一书。书名由谢孝思先生题署,自印二千册。金先生年过七旬,乃一谦谦老者,白而净,其名片印有两行字,为前所未见者:"藏书镇地方史志学习爱好者/尽忠保护小王山文物志愿者"。其家宽敞,院内建筑有鑫欣农家乐宾馆,由其子金元喜经营。其地僻静,空气清新,且与穹隆山国家森林公园联片,诚周末休闲和举办笔会最佳之地。

《饮水思源忆印公》凡十四题,标题均为七字格,如《饮水思源忆印公》、《办学兴建阙茔村》等。全书六万余字,卷首插页印有照片约三十帧,另有随文插影若干幅,可见其书内容之丰富。金先生写于九年前的自序云:

藏书是我的家乡,童年曾启蒙于印公创办的阙茔小学,受过印公的教育抚爱,恩泽难忘。"文革"十年浩劫中,我目击小王山饱经沧桑。1979年,笔者复职任教于家乡母校,义不容辞地利用教余假期,整理描绘小王山摩岩石刻多年,编写文史资料,引起各界有识之士的重视与支持。1985年,经吴县人民政府拨款修复"阙茔村舍",文物获得抢救,印公更令人尊敬缅怀。迄今,小王山摩岩石刻,尚存200余条,皆为名人手迹。有识之士誉之为"露天书法博物馆",可作为学习探讨书法艺术和缅怀追忆印公的大课堂,研究近现代历史和开展爱国主义教育的重要基地。小王山是座"文化山",是印公留给我们的一份珍贵的文化遗产,吁请各界同仁志士共同关切"文化山"的保护与开发建设。

难怪苏州大学张梦白教授为题"爱国爱乡,风范长存"八字,由李鹤云先生隶书,作为插页,名副其实矣。孙女士旋带车上山,游玩月台,留影而返。

十四时许返城,至乐桥桥堍之人民路1222号苏州古旧书店(苏州美术书店)下车后,即行淘书。于一楼店堂惊见旧店牌"苏州古旧书店",原挂在大门口者,今或以售品早已名不副实,或以"古旧"字样恐拒读者于门外,故移入门内也。中国古旧书大势去矣去矣,所谓"振兴"论者,岂非说梦之痴人也!亟于牌侧留影,不数年,此牌真身恐亦将藏匿不见世面矣。

三楼乃卖售所谓旧书处,其实除数柜民国、新印线装书外,全系五折之"压库书"。陆续选得旧书如南宋周密之《武林旧事》(学苑出版社2001年版)等多种,以备返乡闲览。于该书知原卷六记载"诸市"(意即"各专卖市场")一节有"书房"在"橘园亭"。所谓"书房"即书店也。又购马嘶学长《负笈燕园:1953—1957,风雨北大》(群言出版社1999年版)一册,赠予江生。是书甚好,昔曾一评,可惜初印八千册,尚不能尽销耳。又得一册《詹锳纪念文集》,拟付正研"纪念文集"以作硕士学位论文之张生盈芳研究。

下至二楼,为全价之古籍书以及传统文化书籍,于右前方书柜内选得《宋代出版史研究》、《中国古籍善本保存保护国际研讨会论文集》、《仓石武四郎中国留学记》三书,费五十七元。小江谓此地专业书何其多也,实为难得。复于一楼购买《苏州杂志》2007年第4期,当期载有余文《文夫合当姑苏住》,内分两题:一、"话说《陆文夫全集》";二、"记忆《苏州杂志》"。

出书店后,托江生将有关各书先捎回南京,余则走回三元宾馆。当晚苏州民革王鸿声主委招饮,陪同者为市民革机关诸同志暨第三中学钟校长、杨书记。回室后,细阅《苏州杂志》诸文。

8月22日,周三,晴,酷热,苏州—太仓。

上午晏起后,交还一函致张书记,乃是订补其所拟《苏州当代艺文志》中"徐雁"一条。携行李走至十梓街古吴轩出版社所设书店,购该社书两种《煦风絮语——民俗学家金煦纪念文集》、俞明《评弹人家》(俞明先生所著书多小册,多有关苏州掌故者,余雁斋中藏有其1990年上海人民出版社版《姑苏烟水集》、2000年中国青年出版社版《山水尘世间》,真善于用笔者也),付出四十六元。见有孙中浩主编《苏州老字号》、车前子著《中国后花园》,以及《七里山塘》、《费新我百年诞辰纪念文集》,俱未买。旋至社造访陈雪春副总编辑,签订付其出版余父子之《乡下月》合同。

出社后沿公园路北行,见第一中学为叶圣陶先生题写校名,正对大门似有叶先生塑像。走至河边之小太平巷访江澄波先生所办之"文育山房旧书店",不见门面,心生疑惑,问讯以后方知已迁对面之钮家巷。于是冒暑一路寻访而去。

至则知在钮家巷9号,因仍在平江区内,故电话号码未变,仍为0512-65156229。与原在苏州古旧书店退休之江澄波先生之女交谈,知"文育山房旧书店"始创于2001年春,当时设址于建设新巷,次年8月搬迁至小太平巷5号,今年3月又迁现址。店面已略有减少,惟店堂高悬之"文育山房旧书店",原系辛巳春马伯乐先生手笔,此为似曾相识者也。

淘书一小时许,江先生返回,八旬老人的他在我问候他后仍然还记得我,可见老先生家传极佳之记忆力也。闲聊话题甚多,又知先生年事虽高,却并不闭目塞听也。架上见有先生自著之《古刻名抄经眼录》(江苏人民出版社1997年11月版,印二千册),亟取下备购,先生见后当即表示以此书相赠,坚却之,不允,只得请先生题词扉页后留作纪念。于此书可知苏州私家藏书之珍贵,见古旧书业之盛。其前言云：

苏州历史悠久，文化发达，刻书藏书，衍为风尚，明清时期，尤称极盛……因而贩书之业随之而兴。当时专营古籍之书铺有数十家之多，历史上传为美谈。余从事古书工作历时五十余年。幼得先人教诲，粗识版本。抗战胜利以后，又得潘师景郑先生指教，业务渐进。历来素见善本，何虑千百，但未尽记录，且时日既久，逐渐淡忘。八十年代初，黄裳先生来苏访书时，曾谈及"苏州有众多的藏书家，他们藏书的主要内容，流散始末……这一类地方性文献史料，都是值得搜集保存的"。由此我得到启发和鼓励，并引起我在涉足书林中的一些回忆……现就余所知，对每书之题识、藏印加以注释，以作知人论世之助。本录按经史子集四部分类，共收古籍提要三百篇。以宋元明清所刊稀见或有特色者为主，并以名家钞本、名人稿本及批校本为副。

此外选书得一大包，付以一百七十元。惟多折价之地方史志之类，稍旧之书仅得三数册。

有郭小川《两都颂》(辽宁人民出版社1961年6月版)，本书是出版者为纪念他不幸罹难而于1978年3月重印的。是书之奇是在于封底，"封面设计李勤学"七个字中，有两个当日颁布施行旋又取缔的简化字"面"和"勤"。郭诗雁斋并无收藏，惟有一册由其女郭晓惠牵头，丁东、严硕参与编撰的《检讨书——诗人郭小川在政治运动中的另类文字》(中国工人出版社2001年版)，近三十万字，封面上有两行字："一位党内高级干部的检查交代"，"本书献给不愿出卖自己/坚守社会良知的人们"。

按：郭小川(1919年9月2日—1976年10月18日)原名郭恩大，生于河北丰宁县凤山镇一个教师之家。笔名有郭苏、伟倜、健风、湘云、登云、丁云、晓船、袖春等。1941年到延安。从1955年发表政治抒情诗《致青年公民》起始，创作力旺盛。《将军三部曲》、《白雪的赞歌》、《深深的山谷》被认为是新中国长篇叙事诗的优秀作品。1956年从中共中央宣传部文艺处调任中国作协秘书长、党组副书记，兼《诗刊》编委。1959年开始遭受政治批判。

六十年代创作了《厦门风姿》、《乡村大道》、《甘蔗林——青纱帐》、《祝酒歌》、《西出阳关》等,感物言志,雄浑深邃,其富有哲理的诗风由此形成。1970年被下放至湖北咸阳"五七干校"。在失去人身自由期间,写有《团泊洼的秋天》、《祝寿》和《秋歌》,表现出不畏邪恶的人生观,传达出其内心的时代隐忧,立意深沉而语言悲慨,诗境沉郁。

有《徐迟散文选集》(上海文艺出版社1979年版),阅见其写于1962年之《井冈山记》,开篇见其写于茨坪宾馆的观感,有"井冈山上的太阳,比哪儿的都更光亮、明净";"如今,井冈山已经盘山修筑了公路……现在朝拜罗霄山脉,顶礼上井冈山这样的革命圣地,怎么也是驰车来去呢"等语,忽发一笑,即以五元购之。

又顾禄《桐桥倚棹录》(上海古籍出版社1980年版),凡十二卷,详记苏州被太平农民军兵扰前虎丘山水、名胜、寺院、祠宇、冢墓、义冢、塔院、坊表、义局、会馆、汛地、堤塘、溪桥、场衖、第宅(园林)、古迹、市廛、工作、舟楫、园圃、市荡、药产、田畴,顾颉刚先生评曰:"此书最佳部分,分为市廛、工作、园圃诸部,足见当时苏州商业、手工业及园艺业之情况,以前修志者所未措意者也。"

由苏州北门汽车站买票返回太仓,父亲已以凉茶一杯候之久矣。

8月24日,周五,晴,热,镇江—南京。

早餐后与子晨至昆山火车站,坐九时许408次动车前往镇江,费五十五元,于十时三十分抵达,王萍副市长已派秘书小叶来接,径赴"西津古渡"参观。此行携流沙河先生所著"老城市系列"之《老成都·芙蓉秋梦》(江苏美术出版社2004年版)并《书里闲情》两书赠之,以闻其母家与流沙河先生沾亲故也。

尚忆十五年前,也曾由此昆山站等候返宁列车,时黄蜀芹编导之电视连续剧《围城》正逐集热播中,于是携钱先生小说原著《围城》初读于此。不意从此反复阅读,深入思考,不断讲解,遂至今夏形成"读名著影视,悟文艺之道"心得,结构为余之"当代大阅读观"

之一。

"西津古渡"位于镇江城西部,云台山下。如今距长江边已有数百米之遥。始建于六朝,曾是长江下游之主要渡口之一,发展为镇江历史上重要的商旅中心。后因主航道北移,昔日繁华渐趋衰落,仅余一条通向古渡的街道风貌依旧,街巷空间布局完整,可见众多古迹文物。

由镇江博物馆门口停车后,抬头所见为原英国领事馆,复建于1889年,洋溢着印度建筑风格,可惜整旧如新,历史沧桑风貌俱失。与身侧额书"广肇公所"之近代大宅,形成鲜明对照。该公所由清广州、肇庆两府旅居镇江客商合资所建,为两地同乡商人聚会洽谈业务之所。闻中山先生辞却中华民国临时大总统职务后,一次由上海途径镇江前往南京,就曾于此下榻接见各界人士,发表演说。

由新修台阶而上,过赵朴初所题"西津古渡"券门上行,即是一条为旅游而修的甬道,右手是西津渡古街南侧有名的"五十三参"。闻整修时路面五十三块老石条板台阶竟被更换,以新易旧,古意尽失。名为"五十三参",概因人夫由地面挑担登此石台阶,一路如跪似叩,步步攀升,一旦到顶,即有力竭之感,而顿见首道券门之额"同登觉路"四字,足以让小憩喘气者精神为之一振,而不以体乏为苦。此亦喻人生一种境界也。故"参"字,当是晋谒、参悟之意,喻其过程,而以"觉悟"一语相接应,顺理而成章。于是知建设"精神文明",先贤往哲自有其默化之道也。

径直前行,赫然可见元代所建喇嘛教过街石塔"昭关"。据说此款过街石塔,在我国境内仅存两座(另一座见于北京居庸关,但塔身早已毁坏),眼前所见乃是中国唯一一座保存完好之过街塔。然则是塔既名为"关",关即"隘"也,考其本源,乃是元代地方当局所设置的守卫处所,或为货物查验收税之地,正见证着元代统治者行政、宗教合一的驭民体制呢。

右侧为清代江上救生会,自成立以来,活人无数,有大功德焉。随后进入左侧依山体而挖之观音洞,知当日过往商旅,渡江前无不到此祈求平安。随后由洞内登楼,遂至云台山坡一观景台,以能见度低,雾霭朦胧中,仅见金山有塔,而未见北固山、焦山形貌也。

经铁柱宫又至西津古街,见第二道券门额为"飞阁流丹",据说出典于王勃《滕王阁序》"层台耸翠,上出重霄;飞阁流丹,下临无地",颇合此地情景。

看罢取义老子《道德经》第八章首句"上善若水,水善利万物而不争"的上善井,至蒜山旁之京江亭,有联:"大江横万里,古渡渺千秋。"前有杜丽娘汉白玉塑像,又一联:"唐室无辜遗才女,京江千载念斯人。"旁有蒜山茶坊,系迁移原住民后装修改建者。

午餐于一泉路之竹轩宾馆,午后参观镇江博物馆,承四川大学历史系毕业之郑朝平副馆长为余父女全程导观,详细解说,甚为感动。

印象极其深刻者为一整套"银质鎏金《论语》酒令筹",为唐时物,1982年元月出土于镇江丁卯桥银器窖藏中,共计五十枚。令辞上半段刻采自《论语》的名句,下半段则为"酒令"内容,凡有"自饮(酌)"、"伴饮"、"任劝饮"、"处(罚)"、"放(皆不饮)",以及"指定人饮"六种。饮酒量也分为"五分(半杯)"、"七分(大半杯)"、"十分(一杯)"、"四十分(四杯)",以及"随意饮用"等六档。于是随兴抄录若干:

"后生可畏,少年处五分";

"一箪食,一瓢饮,自酌五分";

"与朋自远方来,不亦乐乎,上客五分";

"学而不及,犹恐失之,后饮七分";

"匹夫不可夺志也,自饮十分";

"四海之内皆为兄弟,任劝十分";

"与朋友交,言而有信,请人伴十分";

"己所不欲,勿施于人,放"……

可见唐盛时贵族之家饮宴风俗。其中字句或有出入,如"与朋自远方来"句,"四海之内皆为兄弟"句等,愈见民间工匠之耳闻笔误之真趣也。

临行,于入口处购得该馆编著之《镇江文物精华》(黄山书社1997年11月版),以备卧游也。于序言知,该博物馆成立于1958年,珍藏着三万余件文物和近十万册古籍。如今所见新馆,于三年前增建完成,为与环境之历史文化特征相吻合,建成了具有英国花园式博物馆风貌之新馆。此亦思想解放之成果也,乃实事求是之一例,颇堪称道。

三时许,民革镇江市委沈主委引导省政协副主席冯主委一行到馆,于是已无时间再看云台山风景区,以及伯先路近代建筑群。四时许,同至镇江老影剧院观看大型原创音乐剧《水漫金山》。该剧由国家话剧院导演王晓鹰担任总导演,镇江市艺术剧院据中国民间盛传之神话"白蛇传"排演,许仙扮演者为北京著名歌手林耿贤,白娘子和法海为该院独唱演员许伟、姚炜,小青为上海文联艺术团演员严闻,以"保和堂施药"、"端午惊变"、"水漫金山"诸情节,均以镇江为背景之故也。可见导演们力图用时尚文化、流行审美观,以及当代声光电科技手段,为地方观众打造传统题材之努力。

惟觉遗憾者,全剧唱词俗白,既乏文化底蕴,也无流行性,不见具有传唱价值之"名段子"。其实如京剧、昆曲、越剧、评弹,其唱词道白,无不细琢精雕,精益求精,因"名段子"流行而带动整剧知名度、流传性。返程途中又闻南京艺术学院专家言,全剧音乐基调徘徊于古今,风格游移于中外,时有断续拼接感。余于此点完全外行,惟觉现场音乐嘈杂有噪耳感。

晚宴于"丹徒会议中心"后,即返回南京家中。

[附记]

此行得一文集《亲历一九五七》(湖北人民出版社2003年11月版)。其中首篇是中国民主同盟盟员、上海《文汇报》总编辑徐铸成先生的回忆,仅《文汇报》北京办事处原有的十多位记者,"除了三人幸免牵及外,几乎一网打尽。他们大多妻离子散,一部分还发配到北大荒及其他边缘地区,受尽了种种折磨和人身侮辱。大约为《文汇报》遭殃而自尽的,先后有十几位"。

旋得读南大葛林教授于今年7月病中写定之回忆录《远去的

岁月》自印本。其中说:"我们那届中国人民大学马列主义研究班的同学,大都是充满革命理想、激情澎湃、才华横溢的青年知识分子……我们这些同学的革命热情、对共产主义理想的坚信程度、对中国共产党的忠心都是无可怀疑的。1955年夏天,我们这届同学毕业分配到全国各所高等院校。两年之后,有四分之一的人被划成右派,变成了党的敌人。他们的命运是离婚、流放、劳改,即使有孕在身,也要离婚!党性、阶级性绝对压倒亲情、爱情。这些被划定为右派的同学,二十年的人生时光,是在没有人身尊严、没有人身自由的管制监督中度过的。他们甚至不知道自己为什么一夜之间就变成了党的敌人、人民的敌人,连为自己辩解的机会都没有。他们想不明白,我也想不明白,想不明白是不能说的,说出来,也会被划成右派。"他悲愤地说:

"文革"初期,我无法看清这场运动,更无法看透……运动开始时我持观望态度,从延安整风开始,到反右、反右倾,凡是贴党的大字报、贴党的领导人的大字报的人,给党组织提意见的人,都没有好果子吃、没有好下场。

1966年到1976年,是我三十六岁到四十六岁的十年生命时光。这十年我经受史无前例的无产阶级文化大革命的群众斗争,劳动改造,一事无成。但我是幸运的:因为我还活着。回头看1949年以来党内斗争以及各个政治运动的战场,倒下去,永远长眠的人是那么无辜。

如果说有成,那就是:我对中国革命、对中国社会体制、对自己年轻时代的理想的再思考和再认识。

作者自谓"是中共党员、是党政中层领导干部,又是一个社会科学研究者、一个高等院校的政治教员",因此有学识、有阅历,也有思辩,遂在身患重病的七十六岁时将真话一吐为快,其尽一个知识分子学到老、思考到老,也用笔墨贡献到老,为党、为国、为人民鞠躬尽瘁之旨十分明晰。

由香港中文大学中国文化研究所编辑的以"为了中国的文化建设"为宗旨的《二十一世纪》八月号,"百年中国与世界"栏目中有

"反右五十年专辑",篇目依次为上海财经大学教授裴毅然之《自解佩剑:反右前知识分子的陷落》、北京社会经济科学研究所研究员王思睿《"主动右派"中的修正主义者》、中国共产党党史学者林蕴辉《高干右派:反右中的党内战场》、北京大学历史系博士研究生刘宪《右派处理与劳动教养》,以及芝加哥大学教师王友琴《从受难者看反右和文革的关联:以北京大学为例》。

王文以北京大学为例,从受难者角度对从"反右"到"文革"这两场大规模"群体性迫害运动"(几十万名"右派分子"和数百万名"文革"受难者)的政治发展轨迹进行叙述,并作出分析,其中对令人发指的运动中时有所闻的"自杀"行为作出理性思考。她认为,北大英文教授许世华在北大附近的西苑自杀,目录学教授王重民在颐和园后山上吊自杀,"他们的死其实不能被理解为通常意义上的'自杀'。他们是在遭受了肉体和精神的重大创伤之后结束了自己的生命"。

文章最后指出:"在反右五十年后和文革四十年后,在书写和传播技术如此便利的电脑网络时代,已经有条件来做历史的审判,也就是通过历史写作来审判罪恶。"其终极关怀显然在于唤醒理性。

"国际研讨":金秋十月江南行

(2007年10月1日—11月2日)

与蔡静(左2)、王冰(左1)同赏夜趣斋主人(左4)林公武先生藏品

9月26日午间,以中共福州市委宣传部之邀,前往参加第二届"福州读书月",同行者为本门蔡静、王冰两生。随带《开卷》、《藏书》杂志并赠书若干,行囊顿觉沉重。至校园旁送行者为吴静、江少莉两生。是行于榕城逗留凡三整日,所得观感甚多。

二十七日午间,林公武先生福州站接至一美食厅,由刘孙枝兄招待品尝闽地小吃。当日甚热,下午至福州孔庙,再漫游正拆迁改造中之"三坊七巷",与三年前所见旧貌相比,面目全非也。或将整旧如新乎？则为闽都文化悲矣！旋探鳌峰书院遗址，再见高士其故居而门已关。当晚刘兄宴请于福州书画社侧之"世纪酒店"，傅永强、郭辉等作陪，聊天甚洽，尽欢而散。

28日上午九时许，参加福州温泉广场"福州读书月"开幕式，随后至省委党校林怡教授办公室品茶闲谈，并就其午宴。餐后上乌山，游观道观并山崖宋元石刻。返回宾馆，闲谈至三时许，赴傅永强兄家品茶。其家琳琅满目，不少藏书、字画。承赠岩茶并茶具，甚感。随后至林先生"夜趣斋"观览，各获赠书。晚宴由杨凡副部长招宴于华侨村一私房菜馆，颇雅致而清净。宴后至附近一华侨老屋庭院赏月品茗，清风徐来，不觉夜深。

于福州乌山步道前留影

29日上午九时于九日台音乐厅报告《朱子读书法的精神魅力》，讲毕接受《福建日报》记者采访，午宴由北京大学福建校友会招待。下午游观乌山。晚宴于1865年始创之福州老字号"聚春园"之樱花厅。宴后看西湖宾馆中之福州藏书家龚易图"三山旧馆"遗址，并至"易安居"品茶，观西湖夜景，意境甚美。辞归宾馆后，夜游于山鳌峰，一路清净，耳不闻俗喧，眼不见热器，为难得耳。

顷奉林公武先生10月6日所发来之"杂记"云：

唐诗人张祜《中秋玩月》有"一年逢好夜，万里见明时"之句，闻今岁中秋月最圆至明却在十七之夜，亦恰为秋禾兄自宁抵榕之日。时闽都三山秋爽，佳景宜人。

秋禾兄此来，应邀参加福州第二届读书节（9月28日至10月28日）开幕式，并为"闽都大讲堂"报告《朱熹读书法的精神魅力》也。27日午后，余导游"三坊七巷"，漫步南后街交错之小巷坊道，颇有天地悠悠之念。随后前探鳌峰书院遗址（今为福州师范学校第二附属小学校园），未及百年，止剩假山一角，其毁何其速也！

翌日上午出席开幕式，下午登乌山，游览道观与宋元摩崖石刻，穿插于茂密的古榕树荫下，不禁使我低吟辛弃疾"千古兴亡，百年悲笑，一时登览"。

第三日夜，清光皎洁，秋禾兄欲寻觅清龚易图所建誉满八闽之"三山旧馆"遗迹。即驱车西湖宾馆，于月光并五光十色霓虹灯光掺杂下，步入仅存之八角楼，原来形存而楼非。"触目皆新，谁识当年旧主人。"一种凄凉，悄然掠过心目中。

此行承赠《中国思想家评传丛书》中清代经学家评传，暨《南社》、《藏书》杂志以及董宁文编《我的闲章》。《闲章》所收之文，多为学人与文人撰写，谈闲章印文缘由和趣闻轶事，读后直觉如饮浓烈醇酒或清甜香茶，令人兴奋、令人雅致。微嫌不足者，所收印章，不少并非佳作，有或合篆法、章法、刀法，或所谈篆刻艺术亦非行家言。但既以"闲"视之，则悠闲自得，差可雅俗共赏也。

昨日取石，应嘱奏刀，刻就朱文隶书"徐雁赠书"。夜灯下，又为刻缪篆朱文"秋禾"，尚见新意。二章完刀，自命不俗，余兴犹奋，即询之尚需刻何印文？其时兄正讲学无锡"东林讲坛"，即答曰："喜出望外……请刻闲章一石：书房客。"遂以战国文字作白文玺印。今晨细加琢磨，觉不甚满已意，即决磨去，重刻后方称惬意。随后又成白文回文"秋禾"一印。数月以来未动刀，而二日一气呵成，竟连篆四方，且得于心而应乎手，自视佳作居半，足见秋禾兄有印缘者也。

上述文字，虽为梗概，足代余之"福州行记"也。

10月1日，周一，回到南京。

早餐后，参加福建省阅读学会社区科教委员会成立会，并致短辞。随后林先生导至闽江边观景，随后送行至福州火车站。

昨晚于车上贪看朱慰慈《我的两个母亲》（上海远东出版社2007年1月版）至夜深。凌晨小蔡在杭州站下，早晨小王在常州站下，上午九时许火车抵达南京。

到家知哈佛燕京图书馆沈津先生有电来，承示古旧书业资料线索若干。晚饭后子晨从上海提前归家团聚,大喜欢。

10月3日,周三,南京。

下午二时许应邀前往参加清凉山崇正凤凰书院"民国新文学版本的收藏与鉴赏座谈会"。出席者有周瑞玉、蔡玉洗、金小明、陶凯、杨雷、董宁文,以及《藏书》杂志金小明、徐雷等。小明等取出家藏民国间新文学版本若干种展出,晚宴于凤凰会馆。

先漫观于清凉山公园入口坡道诸摊位,于一面赤老汉所设杂货地摊上,见署名"余克昌"者所绘国画一小帧,不觉眼明。图中绘古乔木三株,对坐两明妆古人,有瓦屋一楹,箭竹丛林间,隐约见溪流,赫然有危石,一种地偏尘远之致,跃然丹青间。爱其意古境高,讨价竟以二十元得,喜何如之!落款写癸酉,则为1993年;时年七十六,则今岁翁当九旬矣,乃是辛亥后第一代人。历经世变,难怪笔墨中有此出世高意。卷尾题句为:"元亮蓄琴弦未设,子瞻酿酒醉何曾。"上联用陶渊明古典,下联用苏东坡故实,东晋北宋时隔六七百载,于画家笔下竟得聚首林下,听琴不得,酒醉未曾,以其隐逸精神为古今一统也。白文名章下有朱文印"静乡",想为其号,又钤闲章一枚:七十□□□□。

10月4日,周四,南京—无锡。

日来为无锡讲题思虑成熟,定稿引题为"七尺场头,书声响彻春秋惠山;二泉之子,文名誉满水木清华"。写引言如下:

明年是著名学者、作家钱钟书先生(1910—1998)去世十周年纪念日。钱先生字默存,号槐聚。曾任清华大学外文系教授、昆明西南联大外文系教授、国立师范学院英语系主任等,生前还任第六届全国政协委员,第七、第八届全国政协常委等。他学贯中西,在文学创作和学术研究两方面均成绩卓越。其《围城》、《谈艺录》、《管锥编》等在学术界影响巨大。

我提出文学既源于生活,而《围城》又号称"学人小说",也就是说作者往往言之有据,比较讲究故事的出典和人物的来历,则不难推想,在钱氏落笔之时,其脑海里应该是各有其原型的。

在《围城》小说中第二个出场的是主角"方鸿渐",钱先生竟不顾辞费,用大约四千字,将这个无锡小同乡、清华大学同窗的底细,做了个倾箱倒箧式的介绍,其中关键性的一段话:

虽然现在二十七岁,早订过婚,却没有恋爱训练。父亲是前清举人,在本乡江南一个小县里做大绅士。他们那县里人侨居在大都市的,干三种行业的十居其九:打铁,磨豆腐,抬轿子。土产中艺术品以泥娃娃为最出名;年轻人进大学,以学土木工程为最多。铁的硬,豆腐的淡而无味,轿子的容量狭小,还加上泥土气,这算他们的民风。就是发财做官的人,也欠大方……

他是个无用之人,学不了土木工程,在大学里从社会学系转哲学系,最后转入中国文学系毕业。学国文的人出洋"深造",听来有些滑稽……方鸿渐到了欧洲,既不钞敦煌卷子,又不访《永乐大典》,也不找太平天国文献,更不学蒙古文、西藏文或梵文。四年中倒换了三个大学,伦敦、巴黎、柏林;随便听几门功课,兴趣颇广,心得全无,生活尤其懒散。

方鸿渐在欧洲留学"深造",三年间倒换三个大学,显然是把他在国内本科期间从土木工程系转入社会学系,再从社会学系转入哲学系,最后从哲学系转入中国文学系的"老毛病"重新发扬了一遍。其知识面颇广,但学识之不系统,见识之不高明于此可知。遂拟定大纲为:

一、从七尺场钱钟书故居说起……

二、从"梁溪之子"到"东方之子"

三、"方鸿渐悲剧":拍案惊奇说《围城》

四、"大阅读":钱钟书成材成名的人生启迪

五、"崇文重智":丹桂堂里钱家风

六、讲座推荐书目——"读读钱钟书":

(1)《丹桂堂前:钱钟书家族文化史》,孔庆茂著;

(2)《无锡时期钱基博与钱钟书》,刘桂秋著;

(3)《围城内外:钱钟书的文学世界》,陆文虎著;

(4)《钱钟书传》,孔庆茂著;

(5)《一代才子钱钟书》,汤晏著;

(6)《和钱钟书同学的日子》,韩石山主编;

(7)《围城》,钱钟书著;

(8)《洗澡》,杨绛著;

(9)《写在人生边上》,钱钟书著;

(10)《写在人生边上:自问自答》,杨绛著;

(11)《写在钱钟书边上》,罗思编;

(12)《我们仨》,杨绛著。

拟讲两小时,现场赠送听众以《开卷》、《藏书》等,以广宣传。

10月5日,周五,无锡。

上午晏起。旋由小蒋作陪,先看薛福成故居,闻老锡城人有"薛半城"之说。如今经修复后甚为弘阔,入内则曲径通幽,如西洋弹子房、对照厅(业务洽谈室)、枇杷园、中式花厅戏台等中西合璧风格令人心折,最后之第五、六进,面阔十一间之俗称"转盘楼"者,更气宇不凡,最是动人心魄,闻有"中华第一迴楼"之称。

以五元购《薛家花园》导游册一,见封面印有"江南第一豪宅/全国重点文物保护单位"字样,谓为光绪钦赐"江南最大之官僚宅第"(占地面积二万一千平方米)……然门厅在新修地基抬高之公路压抑下,既无"钦使第"(清光绪皇帝御笔)官僚旧门第之老气派,又无复建1937年8月为日寇飞机炸毁之九间大照壁(传照壁正中砖刻"鸿禧"二字,为慈禧太后墨迹;原址当在现公路之黄线上,此路为1956年填没河道而成)之余地,以及当代停车之场以供周旋……当局规划城建之无远识一至于此。

按:薛福成(1838—1894年)于1890年出使英、法、意大利、比利时四国,颇获时评。正厅为其师曾国藩手书"务本堂",抱对两副:"每临大事有静气,不信今时无古贤。"(翁同龢撰)"登高能作,可为大夫;惟世有功,及于后嗣。"(张謇撰)

薛氏于1884年担任宁绍台道,驻节宁波,曾支持修复天一阁,编纂《天一阁书目》等。据说当时他就把该阁的样式勾画为图纸,后在其家空阔之后花园西北角建楼,号称"传经"(左宗棠手迹),面阔六间,高两层,重檐迴廊,有伊秉绶撰书对联:"万卷藏书宜子弟,十年种树长风烟。"另一联为彭玉麟撰书:"月寮烟阁标清兴,文府书城纵古今。"

步行十分钟许,至今新街巷30号钱钟书故居。此为二至,陈设一如初见时。购刘桂秋《无锡时期的钱基博与钱钟书》(上海社会科学出版社2004年版),并加盖"钱钟书纪念馆"图章。

无锡钱钟书先生故居"绳武堂"内外景

途径无锡县学原址,现建为"无锡碑刻博物馆"(启功题)。此地尚存宋以来碑刻近百通。入内于讲堂与明伦堂构成之院落中,见苏州金石山房传人王氏正现场朱拓乾隆"寄畅园介如峰诗碑",心生喜欢,留影并购买一通,拟配镜框后悬挂于客厅也。

按：乾隆"介如峰诗画碑"，为乾隆二十二年（1757）御笔。原本有碑石立于"介如峰"（原主人呼之为"美人石"）前，惜毁于"文化大革命"期间。幸得园主人秦氏将另一原刻帖石秘藏于宅中，得以传世，现为无锡碑刻博物馆收藏，并用之拓印。因拓艺纯用濒临失传的金石山房家传古法，据原帖石拓印而成，可谓"下真迹一等"，具有极高的鉴赏和收藏价值。其中乾隆名句为："视之颇具丈夫气，谁与号以巾帼行？"

传拓技法主要有扑拓、擦拓、镶拓、蜡墨拓和颖拓。朱拓颜料多为精心调和而成，成分很多，有朱砂、冰片、鸡蛋清等，其成本颇为昂贵。民国时期，南方刻碑风气衰弱，但店家依然不少。如苏州护龙街（今人民路）上即有尊汉阁、金石斋、金石山房、文宝斋、师竹居，景德路上有汉贞阁、征赏斋碑帖店，以及不设店面之个体户刻碑者，刻工约有六七十人。日伪占领江南时期，因社会动乱，民不聊生，碑刻店铺歇业，刻工四散。日寇投降后未得休养恢复。至1949年，苏州仅存钱荣初（1901—1986）贞石斋一家还在惨淡经营，苏州碑刻业濒临绝境。闻此次王氏所拓乃其家金石山房秘艺，其家已无小辈愿习此技云。惜哉！

接着看顾毓琇故居，其船形之暖阁书室至佳，所悬一联"为人民服务，开万世太平"，意味深长也。购《梁溪屐痕——无锡近代风土游览著作辑录》（方志出版社2006年12月版）。

午餐后至无锡图书馆报告厅，为百余名市民讲《钱钟书与无锡乡土文化》，是讲系"2007东林学习讲坛"第九号。至则浦生已在，为导播电视连续剧《围城》片断。

是讲由当年钱钟书故居保护风波谈起，结合无锡乡土文化的传统，讲述了钱氏家族良好的"讲学习、求知识"门风，以及钱先生的成材经历及其优秀素质，讲解了从小说《围城》的解读所获得的人生启迪，传播了"学习、勤奋、进取、远见"的人生进取理念。还重点结合"方鸿渐悲剧"，解析了其人其事的深刻教训，认为百年人生的本质意义，不仅仅是一个自出生之日起开始的"倒计时"游戏，其积极意义乃在于"奋斗和创造"，用人生的有限时间换取尽量辽阔的人生活动空间。

听众中有一人,乃是十余年前为写《秋禾书话》之书话者余允中君,即赠以《开卷》和《藏书》。讲毕参观无锡图书馆文史阅览室。殷馆长赠该馆整理编辑之《惠山记·惠山记续编》(古吴轩出版社2006年12月版),以及侯鸿鉴先生所编《锡山先哲丛刊》(凤凰出版社2005年7月版)。其重版弁言云:

锡邑山川深秀,人物俊杰,迨历七千余载岁月涤荡,文化遂经四大转折而成其广大深厚:泰伯西来吴文化成焉,永嘉南渡江左文脉振焉,宋室波(播)迁江南文风盛焉,欧风东渐,锡邑占风气之先,民族工商文化始焉。数百代乡彦贤达智慧与创造累积,文献足征,无虑千百。然而岁月不居,屡受蠹鱼蛀蚀,沧桑世变,每遭兵火摧残。

时至满清末造民国初肇,锡邑经济文化社会成就绚烂而至极矣,一时文事鼎盛,科教领先。地方博雅君子,每恐版册弥湮,文化沦胥,欲以保全续绝,用意良深,此《锡山先哲丛刊》之所由辑校也。

《锡山先哲丛刊》初编于1922至1931年,"率皆稀见之本",如今影印之为一函四册,甚便浏览也。复由《惠山记·惠山记续编》第140页查得乾隆"介如峰诗碑"原文,但跋文略有不同,谓:"寄畅园中一峰亭亭独立,旧名'美人石',以其弗称,因易之而系以诗。"真迹拓片上文字则是:"寄畅园中一峰介然独立,旧名'美人石',以其弗称,因易之曰'介如峰'而系以诗,且为之图,即书其上。丁丑二月御笔。"有乾、隆两字印,并闲章一方。

晚饭后散步于酒店附近之太湖广场一小时。观老幼咸集,人气鼎盛,真乃和谐之象也!

10月6日,周六,无锡—南京,
太阳甚烈,但因台风将至,渐转凉。

近九时起,早餐后即赴南禅寺,寻访旧书市场。未进寺院已闻鼎沸人声,见穿梭人等如过江之鲫,更有臭味夹带着肉香腥鲜随风飘逸,入内始见为炸臭豆腐干、烤牛羊肉、蒸海鲜小吃摊,林林总总,食客挨挨挤挤,道为之几阻,吾乡苏州玄妙观前经现代化改造,似已无此闹热氛围也。

南禅书城，一侧为花木市场，一侧为旧书市场，布局甚妙。所谓"旧书市场"，实为一条单侧旧书铺小巷，编为1号至22号铺面。淘书约两三小时，花费百余元，得书近二十册，有徐武主编《薛福成：清朝改革维新的思想家、外交家》，为自印本。得《无锡文史资料》选辑多种，其中第39辑首栏即为"沉痛悼念钱钟书先生逝世"，有李慎之、朱锡沅、章学良、唐原道诸文。又钱钟书《人·兽·鬼》（中国华侨出版社1999年7月版）。

复至无锡碑刻博物馆找谈福兴研究员喝茶，快聊无锡文博掌故，并续购朱拓乾隆"介如峰诗画碑"三通。坐下午二时之汽车回到南京。

夜观"百度"网主页《秋禾话书》，有无锡听众留言："徐老师这次讲座很成功，演讲厅座无虚席而且加座，中途几乎无人离场，这在以往少见。祝贺……"也有听众跟帖表示遗憾："（听讲的）老同志居多，年轻者少，忧虑ing……"

10月9日，周二，今日寒露，晴。

全天在家，构思湖州会议论文。

下午取得新身份证，并至邮局领取天津图书馆刘尚恒学长所寄赠图章一函，乃是天津文史馆钱钢先生所镌阳文"秋禾"，布局巧妙，甚为喜欢。

晚上接陈远焕电邀，允其参加次日下午四点在凤凰台举行之"2007年南京馆藏图书展销会"，分别为三联书店推介《钱钟书集》，为译林出版社推介《古希腊悲剧喜剧全集》。

以三小时许，完成家乡太仓市文联举办之"双凤征文"——《江南福地说凤林》，约千五百字。

10月11日，周四，晴。

全天在家。傍晚阅今日《扬子晚报》报道：

昨天在南京馆藏图书展销会预展上，一套精美的10卷本新版《钱钟书集》十分吸引眼球，很快1000套已名花有主。首发式上，出版方三联书店的李昕总编介绍说，这是国内唯一的最全的钱钟书文集，囊括了钱先生已出版的所有书稿。钱先生淡泊名利，过去只出过单行本，2001年，三联书店才推出他的文集，花了整整四年时间。此次重新出版，杨绛先生题写了新的书名，与以往的钱钟书作品保持一致，读者看起来有亲切感。明年12月是钱钟书逝世十周年，在此之前推出《钱钟书集》十分有意义。

  南京大学徐雁教授在会上说，钱钟书是江苏无锡人，本月5日他去钱先生故居演讲，看到故居被挤压得十分狭窄，里面的藏书还没有自己家的多，感到十分痛心。可能是无锡出了太多的文化名人，对钱先生的价值没有放在应有的地位。徐雁是研究钱钟书的"钱迷"，他透露说，钱先生是一位读"无字书"成才的大家。他小时候并不十分聪明，成绩也不太出色。当年考清华，录取40名，他排在56名，后来是罗家伦破格录取了他。他不读死书，而是有"三好"：好小吃、好深谈、好思考，这"三好"成就了他。徐雁还介绍说，钱先生是"浅阅读、轻阅读、泛阅读的代表，在当代文化土壤中，不会再有钱钟书了"。

  发现记者所写报道中因记忆笔录或因版面而断章取义所发生之错误甚多：一、我自己介绍的是到"无锡图书馆"作讲座；二、钱先生被记者借我口概括为"读'无字书'成才的大家"，以及是"浅阅读、轻阅读、泛阅读的代表"，两点都容易对读者发生误导；三、所述报考清华大学一说数字有误；四、钱先生"三好"之三"好思考"，应为"好博览"……我所述基本论点实为喜欢"浅阅读、轻阅读、泛阅读"的钱先生，更注重"深思考"和"深阅读"，所以他才"好深谈"。由无锡钱绳武堂家教、清华大学校教，以及英、法两国留学的知识、学识背景构成的"文化土壤"没有了，"不会再有钱钟书了"。

  编定上海《图书馆杂志》"悦读时空"和甘肃《图书与情报》"旧学与新知"两期栏目稿。

10月22日，周一，南京—长沙，阴霾。

  应湖南大学岳麓书院之邀，近九时与本校中文系副教授徐雁平博士从南京龙江小区出发，同行至机场飞往长沙，参加第二届"东亚书院与儒学国际研讨会"，午间即入住湖南大学集贤宾馆。由于岳麓书院与山林名胜的关系，湖南大学可能拥有两项记录：一是中国历史上在原地原址办教育历史最悠久的"大学"，二是是当今中国唯一一座没有围墙的，在建筑形式上开放的大学。即将霜降的岳麓山，该是观赏枫叶的好时节呢。

雁斋原藏有朱汉民教授所著《岳麓书院的历史与传统》（湖南大学出版社1996年4月版），以及邓洪波教授主编《中国书院辞典》等。此次会务组赠送《中国书院》第三、第四、第五、第六、第七辑，以及朱汉民、邓洪波主编之《岳麓书院史话》（湖南大学出版社2006年9月版）。书分"北宋创建"、"南宋鼎盛"、"元明延续"、"清代再兴"、"学制变革"五辑，附录有"文物古迹"，诚最佳人文导游之书也。开本阔大，图与文相得而益彰。编者序称岳麓书院为"士人精神的家园，湖湘文化的圣殿"，真名副其实也。

与徐雁平博士合影

步出宾馆，途径文庙泮池前之吹香亭。亭为清制，楹有旧联："放鹤去寻三岛客，任人来看四时花。"（唐杜荀鹤《题衡山隐士山居》句）内有一匾："风荷晚香"，为"岳麓八景"之一。惜车马喧闹，山麓未有片刻静；湖塘死水，夏荷不能遮其丑。过岳麓书院大门，于校园中寻得一餐厅，各食米线一碗，觉其味甚美。

餐后前往湖南大学图书馆做不速之客，被告知古籍均藏于老图书馆楼中。司书者曾老师出示藏书册一簿，方知湖大图书馆无甚古书收藏也。

按：湖南大学前身可远溯至宋太祖开宝元年(976)之岳麓书院。书院历经宋、元、明、清，于1903年清廷新政风潮中改为"湖南高等学堂"，旋易名为"湖南高等师范学校"。1926年，又与工、商、政校合并，组建为"湖南大学"。时以岳麓书院清代所修御书楼为藏书之所。1933年建成钢骨水泥馆舍一座，占地面积近万平方米，现为湖大图书馆古籍部所在地。而1953年所建，同在岳麓山下之湖南师范大学图书馆，却收藏线装古书多至十五万余册，内有善本书、地方志各约五百部，以及湖大教授杨树达(1885—1956)等知名学人旧藏书籍。

既无书可看，乃决即游慕名已久之岳麓书院。

以慕学之心情步入岳麓书院大门

岳麓书院之"潇湘槐市"庭院内景

正堂匾额为清康熙、乾隆御书之"学达性天"、"道南正脉",堂内供有朱熹夫子半身塑像,两壁上嵌有其手迹"忠、孝、节、廉"四字,据说后堂"御书楼"匾,亦出自其手笔。

与雁平于廊下石壁"严"、"肃"、"整"、"齐"碑之"整"、"齐"中各留得一影。余抄得楹联两对:

> 惟楚有材,于斯为盛;
> 沅生芷草,澧育兰花。

(冯友兰)

> 院以山名,山因院盛,千年学府传于古;
> 人因道立,道以人传,一代风流直到今。

(周叔弢)

傍晚,长沙知名作家彭国梁兄与湖南广通文化传播有限公司张老板驾车来接。于是先至岳麓书社(河西爱民路47号)曾主陶编审之社长办公室,晤及总编室主任陆荣斌,知名书评人杨小洲,以及余之《沧桑书城》(岳麓书社1999年版)责任编辑、《书人》杂志执行主编杨云辉。谈次,曾社长赠其主编之《书人》杂志,第六期恰有小洲所写长沙弘道书店一文在焉,另赠龚笃清撰《明代科举图鉴》(岳麓书社2007年10月版)。随后同看该社大楼口今年5月所创设之"岳麓书社风入松图书公司"门市店,环境甚为雅洁,于是献议经营细节之道若干,并与曾社长等合影留念。此时雁平抓紧时间选购得学术之书多种,可谓勤矣。

晚餐于长沙小巷间一特色餐厅,喝店家自酿米酒,其味甚甘。约得《书人》杂志编辑、多年老友萧金鉴先生同来。此处环境虽劣,菜肴滋味亦无足称道,但有旧雨新朋,众人情绪兴奋,说话了无拘谨,欢声笑语不绝。

餐后转道至素有"长沙第一泉"之誉的白沙古井"白沙源茶馆"喝茶,至于子夜。白沙井水久负"清香甘美,夏凉冬温"美名,据说长沙县官民汲之可不竭,又有为酒为药之妙,乃"神泉"也。听国梁兄道井韵水事,甚为惬意。此行国梁兄签名赠送书籍多部,有《书虫日记》(湖南教育出版社2007年版)、《长沙沙水水无沙》(南京师范大学出版社2007年版)等,其中《繁华的背影》(湖南教育出版社2007年版)为其首部都市随笔集,糅合小说、散文诸写作元素,颇可读。开篇即为《白沙井》,深情记录并歌颂了一位市井老人——一个愿以死护井的"长沙水神"。

今日《长沙晚报》副刊登有彭勇《橘洲侧畔且听风吟》一文,记其于今夏某日傍晚,在湘江牌楼口一衡阳船家的船上吃渔家菜情景,略云:"船上菜式不多,吃来吃去也没见超过10个品种,无非就是回头鱼、黄鸭叫、嫩子鱼、河虾、豆角、白菜,但每个菜都觉得船家在很用心做,味道也百吃不厌。菜从不要自己点,随行就市,看他舱里有什么就吃什么……还有一样好吃的就是鱼汤泡饭,稻米特有的糯香加上鱼汤特有的鲜香……"

读得令人食指大动,可惜如此质朴鲜美的"船菜",据说只有每年四月到十月间才有。大概天冷了,这生意就做不成了,毕竟船上条件简陋清苦。

10月23日,周二,长沙,晴。

昨夜相约晨六时半起床登山。于是经岳麓书院正门,问询晨练老人后,寻得入岳麓山风景区山道大门,转至掩映于绿树青山间之红色爱晚亭后留得一影。复得晨练之湖南大学老教师指点,沿一山径穿门出园,走回宾馆早餐。加以昨日游观书院印象,遂知此地水脉丰沛,故林木斯茂,人文有绪也。《岳麓书院史话》编者序谓"岳麓山近市而不喧,林深而泉甘",今日已得实证。

早餐时见湖南大学知名中国书院研究专家邓洪波教授,略谈。随后同至岳麓书院旁侧文庙内明伦堂参加开幕式,聆听主旨报告。堂前有枫香树,属金缕梅科,需三人合抱,意必五百年物也。忽见保护铭牌,方知不过百年。忽慨叹如若此千年学府竟能存千年老树,将不知何许粗壮也。"十年树木,百年树人","今人犹见往昔树,此树曾见往昔人",古今真同一叹息也。

主旨报告由湖南大学岳麓书院院长朱汉民教授作"中国古代书院自治权的思考"和韩国国民大学校郑万祚教授作"韩国书院的

历史与书院志的编纂"。韩宾中除国民大学校外,还有教员大学校、成均馆大学校、岭南大学校、韩国学中央研究院,还有日本福冈教育大学鹤成九章等,以及台湾元智大学中文研究所教授詹海云等。马来西亚南方学院郑良树教授请假未到会。

于茶歇间,见文昌阁前草坪上卧倒一汉白玉断碑,乃是修复崇圣祠、明伦堂时出土之明碑残方。初仅好奇一瞥,未以为意;后复细观,虽无头尾,但其中段文字正相连续,其义理或可识读,于是以清水一杯泼于碑面,文字立显,亟取纸笔抄录之:

……归,一言之未善,则心怛怛然以忧;一行之未协,则皇皇然以求。其所为返观克己,苦心孤诣者几敢,使道德实有诸己而已。初未尝记诵揣摩,饰为华藻,以思表见于当时也。然天地万物之理,既已熟悉其源流;身心性命之真,又已默定其根底。由是而笔之于书,则为文章;措之于世,则为经济。道德、文章、经济合而为一,此三代人才之盛,后世莫能及也。今也不然,束发而授书,挟册而呻吟,问其呻吟……

时郑万祚教授在侧,因语言隔阂无从对答,即改于纸上笔谈,初不料其书面语如此得心应手也。问:"此是那碑? 作者谁?"余答:"残碑,现不可知……"又写:"岳麓书院志不载此碑耶?"余答:"须抄录文字后查对……"再写:"先生专攻?"答:"中国书籍史,文献学。"见其有兴趣,后将碑文专抄一份赠之。

下午报告会分为上、下两场。洪波主持下午第二场,雁平之《书院、书塾与文社:以家族与乡村为讨论范围》在焉,报告后引发韩国学者浓厚兴趣,往复探讨不辍。

晚餐后,岳麓书院约至大堂茶厅与硕、博士们见面叙谈。今日与久已慕名之学人、武夷山朱熹研究中心副研究员方彦寿先生相熟,谈笑饮宴甚洽。方先生著作多种,其《建阳刻书考》为专业人士多所关注。其人豪迈,酒量甚好,与学生放谈其博客佚事,见性见情,知非冬烘道学者流也。余于座谈中无多言,待雁平谈后,即一同辞出漫步于后山教工宿舍间,见老屋尚存山坡间。闻1937年任湖南大学教授之著名近代语言文字学家杨树达先生(1885—1956)

旧居"积微居"即在此一带。诚如是,则湖南大学亟当保护,修为纪念馆,以策励来兹。

10月24日,周三,长沙,晴。

早起后继续探游于岳麓山中。步出宾馆,即由昨晨返回之别径上山,见到"道中庸亭"遗址,遂留意于"麓山古道":残存之道以夯土而成,坚硬结实,呈龟裂纹。

已呈龟裂纹样的"麓山古道"依然硬实如砥

如今所见数百米,路幅宽处约有一米(想来与古时官轿同其宽度),窄处仅剩路肩,凡被夏日山洪冲垮处,坡基土石方才裸露而出。继续上登,惊见"极高明亭"废墟,青砖墙基和墙体上覆盖着碎瓦、石灰皮,长、宽均有五米,横亘一道麻石门槛……老废的古亭遗址,令人顿生无限感慨。见芳草萋萋,杂树挺生,想是草木亦同情古亭之委屈,不忍其孤寂如斯而加点缀焉。

史载,乾道三年(1167),朱熹三十八岁时来到长沙,与张栻论学,入住城南书院,是为中国哲学史上著名的"朱张会讲"(所谓"会讲",犹今成名学者之间之研讨会也)。据说两人一见如故,往复渡江讨论,在湘江畔留有"朱张渡亭"和"朱张渡"胜迹。最为人乐道的是,有一次谈论《中庸》之义,竟至三昼夜而不能止。这或许就是

"道中庸亭"的来历。其实他们当日还讨论了"中和"、"太极无极"等哲学命题,不知何以就不为人们记取,立下"中和亭"、"太极无极亭"以作纪念?想来还是"中庸之道"最为中国人取法罢。当日朱熹在岳麓、城南两书院讲学两个半月,于是四方学者闻讯云集长沙,有"一时舆马之众,饮池水立涸"之说。元朝理学家吴澄说,于是地以人重:"自此之后,岳麓之为岳麓,非前此之岳麓矣。"

二十七年后(1194),六十五岁的朱夫子被朝廷任命为湖南路安抚使。重到长沙,他下令整修并扩建了岳麓书院,还创新规制,建立了贫寒学生的补助制度。虽然年事已高,可"一日不讲学,则惕然常以为忧"的朱夫子,仍亲登讲坛授学,一时有"道林(唐宋时期的古刹道林寺在书院左旁)三百众,书院一千徒"之说。朱夫子的表率,使长沙读书为学之风大盛,乃有"潇湘洙泗"之美称。人们感念不已,在湘江畔建有"朱亭",据说岳麓山上至今还可见"道中庸"、"赫曦台"石刻。遗憾的是,我俩是盲人骑瞎马地乱转悠,未曾得到高明人指点,竟无缘得见。

余之论文《朱子读书法的现在时分析》安排在上午第一场次第一个报告。报告后无人提问质询,现场旁听之书院硕、博士们亦复如此。仅北京师范大学王炳照教授于会后指示云,宜以"朱熹读书法"为称,因为自从元代程端礼总结朱熹读书经验和方法为"朱子读书法"以后,在中国教育史上已经成为专属名词了,而你所探讨的是源头的朱熹读书经验和方法。所言甚是。

主办者安排余主持下午报告会第二场。本场有韩国成均馆大学校李相海教授之《与自然和谐的朝鲜时代书院建筑》、湖南大学建筑学院柳肃教授之《儒家祭祀文化与东亚书院建筑的仪式空间》、湖南大学岳麓书院胡彬彬教授之《书院碑刻文物》。接着举行闭幕式,时天色已黑。

近十八时,北京大学图书馆学系同屋好友、现任湖南图书馆馆长张勇驾车来接,参加岳麓书社所设晚宴,主人为曾主陶社长,宾客有北京作家止庵、《三湘都市报》副刊主编龚旭东等。散席后,坐张勇车前往江滩散步。风甚大,夜色中见水浪险恶,想见千年前杜甫扁舟来此投人不遇之悲凉心情,不觉江风寒人心脾,世态凉彻骨髓矣。遂返。

10月25日,周四,长沙,晴。

今天早起后继续探幽岳麓山。由"麓山古道"之起端,下行至花坊苗圃,寻得一石阶梯山道,循山谷上行。一路清幽无人,惟闻鸟鸣啾啾,溪流淙淙。力登上行,不觉汗流浃背。山道为一盘山车路阻断,于是寻别径折返,竟入昨日所见古道,又睹极高明亭废址,于是复由其道,驾轻就熟而返。

早餐后,会议组织至湖南省博物馆(东风路50号)看所展三座马王堆西汉墓出土文物。感叹社会贫富分化之极,则富人所受之害则最为其烈。购书三种,湛之所编《杨万里范成大资料汇编》(中华书局1964年版,2004年重印)之外,是周世荣、欧光安编著之《马王堆汉墓探秘》(岳麓书社2005年10月版)和该馆老馆长侯良先生编著之《尘封的文明:神秘的马王堆汉墓》(湖南人民出版社2006年5月版)。

侯先生于其书后记中说:"长沙马王堆汉墓涉及汉初的政治、经济、军事、文化、科技、风俗民情等等,它简直就是一部用实物写成的西汉百科全书。"而他的助手傅举有在本书序言中披露,自从1972年12月26日马王堆汉墓揭开发掘序幕以后,侯先生一直是马王堆一、二、三号汉墓的"主要组织者"之一。

闻"长沙三老"之一彭燕郊先生,即家住博物馆社区内,以不识路径且参观系集体活动,为时间所迫,未能往访为憾。

《彭燕郊诗文集》(湖南文艺出版社2006年12月版)问世后,承作者于去年一月二十日签名寄赠。凡四大册,"评论卷"、"散文诗卷"各一,"诗卷"为上、下册。从老先生将题赠语写在"诗卷"扉页来看,他内心最为看重的正是自己的诗存。每册前都插页有作者不同时期照片,尤其欣赏他与张兰欣女士1942年于桂林期间的合影,一种英才之气见于眉宇之间。

那年月他写有一首情诗《柚子花开的地方》,起首一句"那时候我已经长大了/开始把我的忧伤的头发留得很长很长……",是"后现代"的那些诗人,即使把头发留到脚后跟也想不出来的句子。全诗写的是他生命现实中方才发生的,却又是很古老的一个情殇故事,初恋与童愁的一支双挽歌,惆怅莫名的一曲忏悔调。诗中"那时候"、"那里"、"你"三个意像,与童真萌动的"我"的情感启蒙联结在一起,调和成了一块美丽朦胧的情色板:

我们快乐地沐浴在河水的反光里

而弯着腰洗衣服的你

是美丽得就像新月一样

你那精致的小脸又白又红

在那柚子花开的地方……

我生长在江南,曾经品尝过各色各样的柚子,却从未见识过柚子花开的景象。读了这首诗,从此对那"柚子花"和"柚子花开的地方",张满了想象和神往的风帆。

下午至湖南省图书馆(韶山北路169号),雷副馆长陪看馆藏曾国藩书札亲笔。其中一本《曾富厚堂公记书目(副本)》,当时文物管理委员会负责人陈裕新于1950年2月29日手书附识,交代其来历颇为清晰。于信札中抄录一段与南京有关的文字:"金陵署内木器之稍重者不必带去。余常常责叹他人搬木器回湘贪鄙小样,豆腐搬成肉价钱。尔等体余之意,莫被它人嗤叹。""衙内木器等物,除送人少许外,余概交与房主姚姓张姓,稍留去后之思。"

随后与古籍部工作人员略谈业务提高之事与作学术文章之道,并参观设于一楼之广通书局。琳琅一屋图书,均系折价销售者,选得欧阳修《归田录》(三秦出版社2003年1月版)等北宋笔记三书,拟供行旅之观。所谓"广通",取"广纳博采,通达圆融"之意。承赠多套广通书局所印藏书票,拟带往湖州后,分赠出席江南藏书研讨会诸友好。

赴该馆所设晚宴后,与下午同至馆看书之四川大学历史文化学院2004级博士研究生李晓宇同返。李君藏书丰富,学术精研,为当今难得之斯文传人也。雁平则于席后登机回宁。

10月26日,周五,长沙,今日散会,晴。

早餐后,说动华东师范大学刘琪教授、文通书局张总同往考察"麓山古道"起步点,大抵在"湖大印象"山坡上侧丛林之间。意当日达官士人,渡江而来,上岸过柳堤牌楼口,沿梅堤古官道,历"自卑亭"(清时建,义出《中庸》:"君子之道,辟如行远,必自迩;辟如登高,必自卑。"谓道德学养,都必须由低处起步,然后才能渐达高处),先游岳麓书院。出院后例由师生陪同,过仙巢吹香亭,即循此山脊之道登山,自"道中庸"达"极高明"亭。登高而望,于是怀抱恢廓,自卑顿消,继续攀登,则可达"赫曦台",睹"禹王碑"……道学岂无谓哉?道学其有意乎!三亭名字均源出儒家原典,堪称一绝。

据《岳麓书院史话》说两亭建于宋时,由朱熹题额。朱、张两先生曾经由此登上山顶,观东方日出。清康熙、道光间均有重建,久废。"2006年,移建于清风峡。长廊相连,虽难有当年振衣登顶之气,但览物思贤,能不感慨?"这是该书正文最后一页的文字,告示我们爱护古代圣贤,保护人文故迹,实在需要敬之慎之,易地重建、扰乱史真之类的功利蠢事自然不能再干,而珍护现存凤麟残迹更是刻不容缓!

如今所寓目者,"道中庸亭"为残址,"极高明亭"为废墟,陡增道学兴亡之幽情别怀。至此已连续四日晨登岳麓山探幽。岳麓山下有识之士,当更详尽考察并建言保护此段山林,盖此"麓山古道"亦三湘儒学之生动证据焉。

"极高明亭"于清康熙年间重建,后毁于兵火,此后有史记载称亭"已不可考"。清康熙年间岳麓书院山长李文炽有《极高明亭》诗:"振衣上峰巅,下视人寰小;列宿低芒角,白云相缥缈。"闻《长沙晚报》报道,道中庸亭碑幸存岳麓书院,极高明亭原貌图,以及道光元年(1821)岳麓书院山长欧阳厚均之古亭题额墨迹均已找到。因此将"恢复古亭原貌,重现古亭风采,预计整个修复工程在明年完成。届时,景区拟将恢复古游道,让游客体验古人登山的线路和感受"。

上午与杨小洲作客湖南作家、藏书家彭国梁先生之近楼。

登堂而入室,同好看门道,浏览一周,果觉非同寻常。主人多年前于《感激从前》(北岳文艺出版社2003年9月版)卷后的自供状《彭胡子的日常生活》中说"三天两头不到书店去窜一窜,彭胡子的心里就不踏实",诚非虚语也!入坐于一楼客厅茶座,也就是流沙河大书"上茶"处,触景生情,灵机萌生,于是剧谈起一个选题来,谓何妨策划一套图文本《当代文房十大家》?顿时商得人选为:北京韦力、上海陈子善、苏州王稼句、南京薛冰、成都龚明德、长沙彭国梁、福州林公武、西安李高信、深圳胡洪侠、南京徐雁;"续十大家"为北京林坚和谢其章、南京董宁文、上海韦泱、济南自牧和徐明祥、湖州张建智、永康李世扬、青岛薛原,不觉抚掌大笑,笑声绕梁,仿佛书在目前,已是书林欤动模样……临别,获赠女主人张晨所著《寻衣记:追寻衣服的似水流年》(岳麓书社2005年版),老书、旧衣、主妇俱有美风仪,闻将有《什物记》问世,想亦美文美笔美书衣也。拟返宁后,命刘生艳梅为之作一评也。

午前至湖南省出版局大楼探访营盘兄弟出版公司,承王平兄赠"兄弟文化"藏书票甲、乙两种,徽标下有"四海之内皆兄弟也"一语;周实兄赠其台湾版著作《性比天高》(台北北极星出版事业有限公司2004年12月版),彭明道序谓此乃一"奇书"、"怪书"也,写出"幻像·镜像·世像"。卷首钟叔河先生读书稿后题诗四绝最绝,总题为《本是人生第一章》。其三云:

  做了夫妻失乐园,天堂逐出到人间。
  可怜一片葡萄叶,遮住双睛亿万年。

与周实、王平兄弟等在附近之顺风酒楼饮宴快谈后,淘书于营盘路之"唯楚旧书店",得旧书若干册。

随后至省出版局宿舍楼二十层,即文坛书林知名之"念楼"拜望钟叔河先生,谈一小时许。先生精神矍铄,话锋极健,谈次涉及多事:一曰性情不好游历,厌于行旅,平生于作为首都之北京,亦仅至三四回(但却三次走访了周氏兄弟故居),但南京却为心仪之都,以其多旧文化之史迹也;二曰赴美探亲,深感美国伯特兰图书馆读者服务之可人,曾往看书,日、韩书不懂其文,于是但观其插图;三曰所谓"湖湘文化"实远逊于"江浙文化",至于近代始一发其光,并盛赞郭嵩焘之西游日记,赞其笔墨记录之真确,治学之勤勉。

钟先生客厅甚为阔大,沿墙两壁均为书橱,无字画钉壁,乃是书生本色。谈次分神窥视先生书桌后橱中之书,乃是《辞海》、《汉语大词典》,以及《周作人日记》、《周作人文类编》1—10卷、《周作人散文全集》14卷、《鲁迅全集》。

与钟叔河先生(右)合影于其家"念楼"之客厅

临别请签题书籍三种:其编订之《林屋山民送米图卷子》(岳麓书社2002年版),所选辑之《曾国藩教子书》(岳麓书社2002年版),惟于其自著之《天窗》(湖南文艺出版社2004年版)扉页题词最多,云:"谢谢徐雁先生愿读此书,还有一本《青灯集》近日可以寄请教正。钟叔河于丁亥残秋。"

题毕忙于合影,竟忘请先生钤印。待至车厢坐定,开卷阅读时始觉此疏漏也。此种快车似有一好处,尚宜于旅行中看书,不似动车车厢中视觉易疲矣。

长沙火车站建筑外表清秀如湘子,惜室内空气通透性差,人流拥堵,闷热异常,一时汗为之出。此行本拟观赏"霜叶红于二月花"之岳麓枫景,可惜气候偏暖,山径上已有不少落叶,不是病变的,就是青涩的,值得收藏的竟是一片也未能拾得,为遗憾也。

10月27日,周六,杭州—湖州,晴。

由杭州抵达湖州,入住香溢大酒店,为参加"皕宋楼暨江南藏书文化国际研讨会"故也。住定后,方知第四届国际湖笔文化节之"赵孟𫖯国际学术研讨会"(9月28—29日)也是在此举办的。看来这是湖州人士信得过的一家酒店。

"皕宋楼暨江南藏书文化国际研讨会"由湖州市政府、复旦大学、湖州师范学院共同举办。有来自北京大学、清华大学、复旦大学、南京大学,以及日本早稻田大学、大阪成蹊大学,韩国、台湾等海内外大学专家学者近百人参加。研讨会由湖州师院求真学院院长、湖州藏书研究所所长王绍仁教授主持。

"皕宋楼"为中国晚清四大私家藏书名楼之一,系浙江省重点文物保护单位。2007年为皕宋楼珍贵藏书去国东渡日本东京静嘉堂一百周年,遂有研讨之议。先此,王绍仁、王增清、张建智先生于2006年5月访问了静嘉堂文库,收集复制皕宋楼藏书资料十万余页,王绍仁教授撰有《从皕宋楼到静嘉堂:访书日记》(中国文史出版社2007年9月版)以纪其实,余应邀序之。

当日下午应苕溪斋主人张建智先生邀,前往其家鉴赏所藏上世纪二三十年代新诗初版本,得观冰心《春水》、《繁心》等书,其中赵景深《荷花》一集,为钱君匋先生所作封面,有鲜丽之美。

见俞平伯《西还》(上海亚东图书馆1924年4月版)题记:"江南人打渡头桡,海上客归云际路"(《玉楼春》寄莹环)。该书分为"夜雨之辑"和"别后之辑",附录"呓语"十八则,版权页上有"平伯印"税花。其中一首小诗,是他在杭州期间写给朱自清的:

微倦的人,

微红的脸,

微温的风色,

在微茫的街灯影里过去了。

傍晚冯罗宗先生来,持赠其《鹦鹉杯中箸下春:湖州饮食文化漫笔》(杭州出版社 2007 年 4 月版),娓娓叙谈湖州美食,俾知"行遍江南佳丽地,人生只合湖州住"之食由之一也。

张先生出示 1928 年版《荻溪章氏诗存》,称是书甚有重印价值。原本有旧跋云:"集一姓之诗而著之于篇,使先泽不忘,后世子孙得有所观感,意至善也。"

开卷得康熙间章嘉猷(霞桴)五律《示里閈父老》:

　　莽莽芦荻洲,纵横水乱流。
　　经营几岁月,沟画好田畴。
　　渔网缘溪密,人烟近市稠。
　　从来生聚后,风俗最殷忧。

又得七绝题《邨落既成,草创读书堂,分外楹为耕余讲舍》:

　　鱼池疏凿又菱塘,堤上培高已种桑。
　　好与农人说孝悌,桥南新辟读书堂。

荻溪现称"荻港",去年十一月中旬曾往一游。又观杭州华宝斋古籍书社影印之《辛丑消夏记》,有叶德辉 1905 年序,述及岳麓书院事。

傍晚来新夏先生夫妇至,于是王绍仁院长设宴款待,张建智、冯罗宗、徐重庆等先生俱来陪。王院长赠送为庆祝国际研讨会召开而委托华宝斋古籍书社影印之《仪顾堂集》一函,惟所制函盒不合线装书旧制也,惜哉。

10月28日,周日,湖州,晴。

今日全天会议报到注册,代表陆续来至。

午间,阎生燕子率两师弟妹小刘、小荣,携带拟分发代表之《藏书》、《开卷》等物至。下午三时许,由北京《书脉》杂志主编文泉清先生导逛湖州府庙旧书摊,得旧书多册。

此行首入眼帘的,乃是韩映山《紫苇集》(百花文艺出版社 1979 年 7 月版),陈新先生设计书装甚佳,浅灰底中镂空四株风中摇曳之芦苇（封底则减为两株），更难得书名"紫苇集"三字印成紫色，于苍茫中显现野趣，于秀美中见其刚劲。细阅之，乃孙犁先生题签也，又为之序（目录中称"小引"），原来作者为其文坛小友，其作于1978年1月23日之序中有语云："艺术与道德并存。任何时候，正直与诚实都是从事文学工作必须具备的素质。如果谎言能代替艺术，人类就真的不需要艺术了。映山无疑具备这种素质……"得此评语，作者显然为当代文坛"白洋淀派"中人也。

与刘蔷、姚伯岳、荣方超等淘书于湖州府庙旧书摊

女摊主竭力以三十元之价推销一油印刻写本《浙江省湖州市地名普查成果资料汇编（1981年12月）》，有"内部资料，注意保存"字样，扉页有一阳文图章："湖州市地名办"，亟购下。卷首市况介绍文字云，湖州是著名的"丝绸之府"，早在唐、宋年间，经济文化发达，蚕丝生产闻名中外，并说："过去的湖州城区，残城陋街狭巷；水乡的菱湖、双林、南浔等镇，遍布淤河秽浜；山区的埭溪镇，满街茅棚小铺。"解放后，随着经济的发展，给市政建设提供了物质基础……随着生产的发展，无论是平原还是山区的农民，经济收入逐年有所增加，衣食住行，都起了巨大的变化。又引当地"新民歌"云：

　　稻浪百里金灿灿，映日游鳞银闪闪。
　　白玉珍珠桑林挂，笑声融满绫罗缎。

打车至莲花庄路之湖笔博物馆，为去年十一月中旬福州林公武先生率小叶、小林所未曾游观者。因时已晚,买门票后约定大后天上午再同来细观。旋游观莲花庄公园,园中景物甚美。惟水质甚差,为遗憾也。

于返程时,一行七人竟迷路向,遂行走街区达一小时有余,但因此得越潮音桥、观狮象桥,途径威莱路、月河街等,从而稍识湖州老城之文化地理底蕴。回到宾馆,适晚宴将启,于是见新朋遇老友,不觉尽欢而散。

10月29日,周一,湖州,晴。

上午举行开幕式,南开大学来新夏教授、复旦大学葛剑雄教授、中国社会科学院王春瑜研究员、美国普林斯顿大学马泰来教授做主题发言,然后播映专题片"湖州千年藏书史简介"。王先生系江苏盐城人,忆及"土改"、"四清"运动以及"文革"时期乡间烧书毁书事,所见所闻,表示不堪回首。

下午为分组交流讨论会,余概述论文《一份不可重做的历史作业:兼探中日汉籍传播史上的"杨惺吾情结"和"岛田翰情结"》。傍晚会议组织代表参观考察整修后之皕宋楼,游观潜园。

10月30日,周二,湖州,晴。

上午大会发言,余为最后一人。于是号召代表们赠送专著于湖州藏书研究所,并即赠送南京大学信息管理系所编《李小缘纪念文集》(仅印四百册)。会议随即闭幕,至荻港古村午餐。参观南浔嘉业堂等。

据1981年底编印的《湖州市地名普查成果资料汇编》介绍:古镇早在西晋就形成村落,因濒临浔溪而得名,南宋理宗时,因溪南市集繁荣、屋宇林立,又称"南林",后合成为"南浔"。其街巷房屋建筑,"具有浓厚的水乡特色。流经镇区的大小河港,纵横交错。街巷依河延伸,屋宇傍河筑立。行路必经桥,运输须行舟。街路狭小不平,石桥参差连接。日寇侵华后,到处是瓦砾乱石,断墙残壁,一片荒凉"。

当晚为湖州师范之人文学院师生作讲座《人文视角看〈围城〉》，伯岳同窗同至旁听。

10月31日，周三，湖州，阴—南京，雨。

湖州乃"湖笔之都"，自古盛传"湖笔、端砚、徽墨、宣纸"，"湖笔"位居中华"文房四宝"之首，因此湖笔博物馆不可不看。上午率领弟子三人同往，同行者为南昌大学刘经富先生。于展厅见叶圣陶先生1962年夏为湖州老字号"王一品笔庄"题诗：

江郎异梦韩公传，毛颖文房增重名。

闻说湖州王一品，相承历世制尤精。

其中"文房"两字尤佳，堪为一小杂志题签也。

打车前往观看湖州博物馆。其中有"书舶船"复原模型，虽已失其真，仍存一影。见所征集到的大户人家旧对联甚佳：

第一等人忠臣孝子

只两件事为善读书

派衍姬朝，启宇绍聊公令德

书成宋代，登堂读约祖遗文

晚饭后接本系同事张志强教授电话邀请，知其辛苦筹备近年之"中美文化交流与图书馆发展国际学术研讨会"，将于次日上午在南京大学人文社会科学高级研究院报告厅举行。

次日至会场，方悟钱存训先生近日电子邮件中道及之周原博士，即北京大学图书馆学系七七级学长也，高余三级，现为芝加哥大学东亚图书馆馆长，也即本次会议之协办方也。

此会之缘起，乃在于享誉海内外学术界和图书馆界之钱存训先生于去年将其收藏的部分图书，赠予其母校金陵大学之后身南京大学高研院，于是有"钱存训图书馆"之命名。而许倬云先生等更助力推动之，遂有在南京大学举办此会之议，而同时举办"钱馆"开馆礼。

11月1日，周四，南京，晴。

今天上午前往南大，听会一日。

参会得会议论文集"预印本"一册，有周学长《钱存训先生与芝加哥大学东亚图书馆》等文章二十篇。又承其转赠钱存训先生（1910年生，江苏泰县人）最新问世之《留美杂忆：六十年来美国生活的回忆》（台北传记文学出版社2007年10月20日）一部。乃托付周学长转致钱先生《中国旧书业百年》一册，于扉页题词云："竹帛存古训，笔墨传今忆。"

晚餐后至新杂志咖啡馆，将王菡老师介绍给《藏书》杂志主编金小明、徐雷，适第三期已经出版，有余之《丁亥夏常（熟）苏（州）书旅记》一文在焉。董宁文带来《书乡》杂志新一期，其中有阿滢所撰文，推介余之事迹。闻其言此刊投资方已不愿再编辑下去了。书衣坊主人朱赢椿亦在，却无多言语，称需学生实习，从事文字编辑，拟推荐刘生前去助理。

11月2日，周五，南京，晴。

上午至南京师范大学出版社，与王、丁编审谈"开卷读书文丛"组稿编辑第二辑事。午前回家。

下午继续聆听会议代表发言，傍晚闭幕。晚至设于城南江宁府学内之江苏省昆剧院兰苑剧场听昆剧折子戏。戏目为：《占花魁·湖楼》、《牡丹亭·寻梦》和《凤凰山·百花赠剑》。

走向"民间":冬雪之间赣湘行

(2007年11月15日—11月23日)

11月中下旬间,由南京出发,先至进贤参加"2007全国民间读书年会",也即所谓"第五届民间读书报刊发展研讨会"也。会后由湖南株洲转道前往双峰,参加"第四届中国现存藏书楼联谊会"。此行随带《藏书》小杂志为会友交流之读物。

所谓"民间",谓进贤、双峰,均为赣、湘属县,乃是吾等学府中舌耕笔耘者业务交往中不易履及之地,阅历超常,则见闻自新,理之然也;更谓"两会"皆系同道自发缔结而成,尤多自费参会之人,其情其景颇多别致处,雪泥鸿爪,不可无此一记矣。

11月15日,周四,南京—南昌—进贤,晴。

昨日深夜续作《我学"图书馆学"》之"一个中学生的图书馆学情结"至凌晨,即贴入余之主页"秋禾话书",以飨博友。

上午起床后得凌生冬梅短信,告其已随南通沈文冲夫妇、陈学勇夫妇乘火车安达进贤,当日有与会报到者先行参观"八大山人纪念馆"之计划。下午三时许,与薛冰、董宁文汇合后前往禄口机场,复于机场见蔡玉洗、王振羽、金实秋三君,同机飞往南昌。

由《文脉》杂志文泉清、王文思两编辑并南昌喻文俊、武正浜、舒洪波三书友接至市区晚宴,席间交谈书人书事甚欢。

宴毕乘进贤来车一路向东,约十一时半至进贤县委小宾馆入住,随后林公武先生携武夷岩茶来叙,并展示所书对联"向阳门第春常在,积善人家庆有余",为春节间贺玉臻新居乔迁装点客厅之用也。

11月16日,周五,在进贤,晴朗,暖。

进贤意谓"进能纳贤",因孔子弟子澹台灭明南游讲学至此而得名。古称"钟陵",始建于晋太康元年(280)。位于江西省中部、鄱阳湖南岸,素有"三山三水三分田,一分道路和庄园"美称,为南唐山水画派鼻祖、一代画圣董源,宋代著名词人晏殊,以及近现代名人李瑞清、盛中国之故里,也是曹雪芹祖居之地。

早饭后,即赴文港参观明清"制笔古村"——周坊。始则无奇,愈看愈奇。村中木结构古屋多已残破,为此前所未曾见识之景,因此流连。

尝忆停车之后,由南朝北,曲巷进村,即拐入左侧一座古屋,观其墙砖梁枋,地基积土,历时当在二三百年以上,于是与林先生为伴,一路探头伸脑,登堂入室,寻见"大夫第"字样。其屋有侧门面向河开,额题"性道家庆"四字,想是道学人家、官宦门第也。又过一家,门额为曾熙所题"图呈太极"。随后见一家"州司马"第,门有"光映玉堂"额,另有一额在"文化大革命"中被涂抹,文字遂不可辨。又与上海图书公司旧书鉴定"老法师"(笔名"虎闱")于村里古民居合得一影。

与虎闱先生(左)于周坊村访古留影

回归众人队伍,一路向前。于到旁见一座高大新亮之门楣,与古村落殊不协调,门额为时人新书"紫芬流芳"四字,有联:"功如雨露滋万物,德似阳光照九州。"初以为暴发之户,不意向门中放眼,内里却是一座古屋,适有一岁余男孩蹒跚而出……此古村之子,毛笔传人,亦周坊未来也,喜之,乃持之入怀,竟为凌生抢拍多影,制成电子照片一组,可为周坊古村之宣传广告。

于村落中转悠一小时许,又陆续抄得门额"泽存丰镐"、"悬象著明"、"秀挹平园",以及"汝川后裔"、"汝南世家"、"望重汝南",由废旧大屋可见往昔此村之富而贵也。

周坊古村若及时规划,保护得法,则于学理上可为中国古代建筑专业实习所,中国绘画专业写生地,中国社会基层史调研场,于市场上也可为中国影视拍摄基地,其价值潜力将与时渐显,其关系进贤人文形象和旅游市场的开发,当非浅鲜。

随后至"华夏笔都"文港镇,参观"毛笔市场"暨"邹氏农耕笔庄",获中国文房四宝协会副会长农耕兄所赠毛笔多款。农耕兄名片设计尤为雅致,背面印一"耕牛图",题曰:"传承中国文化,耕读人类文明。"其所创编之《文笔》小杂志,甚获好评。

与上海学者陈子善(左)、福州学人林公武(右)
留影于"邹氏农耕笔庄"

于文港大酒店午饭后,前往金山寺游览。于客堂抄得一联:

未进门栏,漫云休去憩去

已到定所,哪管船来陆来

旋于供奉东方持国、南方增长、西方广目、北方多闻之四大天王殿复抄得一联:

笑口相逢,到此都息恩怨

肚皮偌大,箇中收尽乾坤

随后参观李渡镇老街之无形堂"千年酒窖"作坊遗址,为2002年"中国十大考古发现"之一。于一旧联"闻香下马,知味拢船"可见其名气之盛。于镇上老街见一老横街,仅存一小段古朴门面,徘徊久之。

11月17日,周六,在进贤,小雨,天气转寒冷。

早饭后,步行数分钟即至附近大会场。先见写有"热烈祝贺2007全国民间读书年会隆重召开"的大红色充气拱门。上午由龚明德先生主持开幕式,并第一单元讨论。有进贤县长、南昌市人大主任讲话,合影后,陈子善、薛冰先生等先后发言。

午饭于县委机关食堂。下午三时起继续研讨,余作一发言。略谓诸位皆系"本分的读书人",只求将笔墨之事做好,当由人缘、人情串联起人脉、人气,保持人文传统书香风格,强化所编读物的"可读性"。

傍晚时分,南昌舒洪波、萧慎纪两书友携带所藏钟叔河、薛冰、王稼句等人著作数十册至,萧友并坚请为其周岁女儿姝柔题词于所藏《中国读书大辞典》,看来彼甚望其女将来为书香丛中一女史也。适文冲兄携来南通州赵鹏先生所镌图章"金陵知见书屋",于是一一钤印之。

11月18日,周日,在进贤,微雨,寒冷。

上午在招待所一楼茶话。薛冰发言,众人反响最好。

下午二时,与薛冰、陈学勇先生同往大会场作讲座。余从江西有进贤、上海有奉贤、南京有成贤街讲起,着重讲解"读为基础,想为主导,落实到写"的读书、求学、作文以成才进贤之道。薛冰先生继讲作文与读书的关系,陈学勇先生则讲述作家传记真实性问题。

于互动提问时段,余接两纸条。一问:"考大学对我们来说意味着什么?'考取'与'没考取'又意味着什么?"一问:"人与人之间真的有真、善、美吗?"由此知中学生之思想迷惘,即以天地万物惟有人类发育"笑肌",说明人间有笑,乃是"人与人之间有真、善、美"之标志,"笑"是人性之花、理性之果,"笑"是人心与人心最短之桥梁。又谓发展中的中国,发展中的时代,呼唤"人才",人只有成材才能为自己的理想插上"翅膀",生存和发展是人与生俱来的命题,因此一个人应努力进取,发掘和发挥自己的聪明才智,用人生有限的时间,去争取相当无限的人生空间。

当晚在招待所一楼举行笔会,林先生兴之所致,为进贤人士作书多多,如为邹农耕书"晴耕雨读"等。授意凌生请书,于是得"桐乡冬梅"四字。复为王生代请自牧书得"冰清"两字,为刘生请得"梅艳"两字,皆其名字也。稼句酒后用中楷写其向来成熟之钢笔字体,温柔而秀媚,大见江南才子意趣,别具一格也。

11月19日,周一,进贤—株洲—双峰,晴。

昨夜酣睡晚起,起床后拉开窗帘见东方阳光灿烂。忽闻楼下喧哗声起,但见一车待发,夏主任、文先生、农耕兄等,正与薛冰、王稼句、沈文冲、陈学勇一行热烈握手,殷切话别,恰见凌生手提委托其先带回南京书册一纸箱上车,意决不下楼赶此场热闹,即发短信一款于沈君,告其代问同车诸位友人好,"余正于楼上窗前行注目礼送行也"。

傍午临行,文先国先生送行时为言进贤境内亦有一藏书楼,亟请其书写于纸。略云:

进贤县架桥艾溪陈家村为中国历史文化名村,其中有清代光绪年间进士陈志喆藏书楼,庄园式,园名"羽琌山馆",有四千平方米,为省级文物保护单位。藏书楼叫"诒经室",另有"磨砚山房"、

"还读楼"、"宝俭庐"等,为徐世昌题。陈氏原任博罗知县,后为首任江西省通志局局长。

与林先生、邓先生一行六人至进贤火车站。约下午四时许至株洲,出站见曾国藩研究会办公室主任胡卫平先生已带车来接,于是上车径往双峰而去。车下高速公路,行于国道之上,夜色中穿村越岭,愈行愈知此地之偏远矣。

凡行二小时至双峰宾馆,县委、县政府领导设晚宴接风,与唐浩明先生以及两位曾氏"宪"字辈后裔同席,席间试看湖南教育电视台摄制节目"潇湘讲坛之唐浩明说曾国藩"首讲样片,闻将于元旦播出云。

席罢归屋,与林先生同室。随即出户外散步,以观市容。

经新华书店门口至中心广场,见蔡和森、蔡畅纪念馆与双峰图书馆相对。旋为"书院街"之名吸引,于是经人民医院、中心小学至工农街,于主干道折返宾馆。行约一小时许,方知所谓县城者,不过苏南乡村一中心镇之规模也。尤堪怜者,中心广场、主干道两侧生活垃圾遍地,今日已有外地来宾到县开会,明日又有"富厚大讲堂"之专家报告,地方上却未能"洒扫庭除"、"整洁门面",殊感遗憾。

返回宾馆,恰遇胡卫平主任,以及才赶到之天一阁博物馆馆长虞浩旭兄略谈。即邀胡主任至室内闲谈,知此地民间有"富不丢猪,穷不丢书"之传统。其原任双峰县图书馆馆长,于1995年转而从事曾国藩文物保护和资料研究,已十余年矣。目前编辑有《曾国藩研究导报》,已至第十五期。如十四期刊有《曾国藩"热"的社会背景》、十五期刊有《湘军源流记》,均甚有见地。其人敬业如是,顿生敬意,"草根学人"不乏胜于"经院学者"者,此其一也。

闻其撰有书稿《曾国藩藏书研究》,即劝其早日定稿出版。本届联谊年会,胡先生提供交流之论文即是《曾国藩在京师期间的藏书活动》,资料甚为扎实。

11月20日,周二,在双峰,今日大雾,寒而冷。

早起后用餐毕,八时许,即至中心广场会堂,听"富厚大讲堂"之报告。先由唐浩明先生讲《湖湘文化与曾国藩》,后由王澧华教授讲《曾国藩研究的阶段性回顾与理想化展望》。以会堂内人声嘈杂,气温寒冷,聆听王教授开场白后即出,与林先生、邓先生、张主任、小王等同至对面双峰新华书店淘书。

店内进门处布置为曾国藩主题图书陈列专台,多达一二十种,于是选得王澧华校点之《曾国藩诗文集》(上海古籍出版社 2005 年 10 月版)以为纪念。又得黄裳《春回札记》(福建人民出版社 2001 年 9 月版)、姜德明《闲人闲文》(方成、徐进绘画,湖南文艺出版社 2000 年 8 月版)两书,皆此前于外间书店未曾遇见者也。

午宴后,约一时半即坐车前往荷叶镇富村,游观有"乡间侯府"之称的富厚堂,并在堂中举行"第四届中国现存藏书楼联谊会"。由沙塘过井字而至,松竹林中,秋色略染,凡三十三公里,车行一小时许,下至荷叶小盆地,见葛氏宗祠,不久便见一新拓荷花大塘,不远处迎风招展一面硕大之红底"帅"字旗,依稀想见当年湘军无限威仪也。游者莫不在此留影。

"万卷藏书宜子弟":于曾氏书房前留影

此行一路山道,岂止三十六弯。以二百年前如此闭塞之地,却出曾文正公此等杰出人才、国家栋梁,难怪钟叔河先生于此"人文之谜"三致慨也。

史载,"富厚堂"于清同治四年(1865)背山而建,面对半月塘,门楼内有"八本堂"主楼,左旁曾国藩于清咸丰七年(1857)亲自规划营建的"思云馆",以及藏书十万余卷之"求阙斋"(又称"公记"书楼)等三处藏书楼。

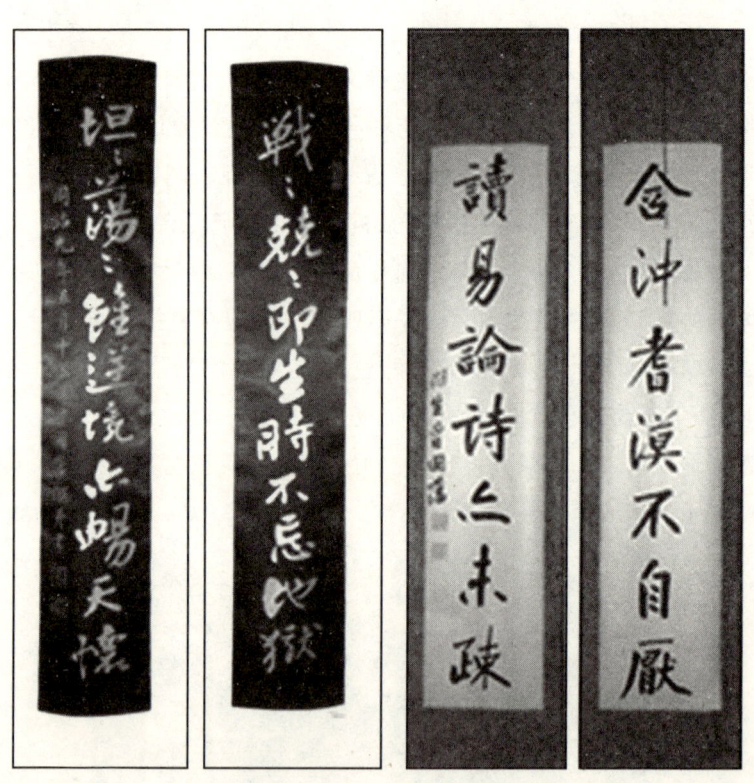

于曾国藩故里"富厚堂"所见曾氏所书联语

合影后开会,曾国藩故里管理处彭宁武主任介绍情况毕,请余致辞,乃献议三:一曰扩大现存藏书楼联盟之对象;二曰举办现存藏书楼主题研讨征文;三曰可联合编辑一份联谊会刊《中国藏书楼》杂志。

曾宪琪教授云,文正公贵在出身于"耕读之家",自小读圣贤书,懂得求知进德。她自己七八岁时在此院落内生活了三年,当时就知道读书是一种高尚的行为,要"读好书,做好事,成好人",院中的东、西藏书楼是神圣的,不是小孩子可以游戏之地。自己就是在中学生时代于读书过程中建立了自己的人生观和价值观的。各地的藏书楼在历史上都曾经涵育了一大批读书人和学者,希望能够继续发挥这样的作用。

出富厚堂至右旁百余米外之"农家乐饭店"用晚餐。时月映残荷,山笼暝色,顿见湘乡田间之静美。惟土酿米酒口味不合,稍饮二三两即止。与林先生煮茶夜话。

11月21日,周三;在双峰,晴朗。

今日早起七时用餐,即坐车前往南岳衡山。仍由沙塘、井字、荷叶一线行进。至荷叶镇街口,见一横幅,大书"传承藏书精神,重现求阙书香",想为庆祝此次联谊会所挂者也。

车近南岳,沿路观赏风景甚佳。凡行约三小时,至则先看南岳大庙,登御书楼看文物展。于庙内戏台抄得一联,极富对立又统一之辩证法原理:

凡事莫当前,看戏不如听戏乐
为人须顾后,上台终有下台时

餐后上山,瞻仰国民政府为抗日牺牲烈士所建之"忠烈祠",导游谓与南京中山陵风格近似。果然蓝天白日下庄严肃穆,树木葱郁,发人悲愤激烈情怀。车停南天门。晴空下一路攀登上山,由开云亭而至高台古寺,瞻仰观音岩,观赏念庵松,过上封寺,终由禹王城上至望乡台,移步换景,至祝融峰而止。见祝融庙有联:"寅宾出日,峻极于天。"

11月22日,周四,双峰—长沙—南京,晴。

早餐后,即至宾馆门口集合,一行由胡主任陪同赴长沙。过湘乡市,见湘乡一中校牌,短讯询知即门内研学生张盈芳之中学母校也,彼曾于此读书六年,于2001年夏考入南京大学信息管理系。

十时半至爱民路岳麓书社院内。

与邓子平先生一行看岳麓书社书店,于门厅布置有曾国藩手书之"欹枕旧游来眼底,掩卷余味在胸中"联前合影留念。据书店负责人蔡晟说,此联由唐浩明先生选定。

午餐后彭国梁带张国强车至,陪同林先生游观岳麓书院等处。余则至书店二楼茶座喝咖啡,顺便告知店员按主题整理书橱之法,借得范用著《叶雨书衣》,孙艳、童翠萍编《书衣翩翩》,以及黄裳著《清刻本》做讲座用样书。

二时半至岳麓书社为众编辑开讲《选题创意与出版策划》至五时。即看林先生现场作书多幅,为社办小杂志题"岳麓书人",为蔡晟题句"拈香读书"(余并赠其《苍茫书城》一册,于扉页题词云:"挑灯看剑,拈香读书"),又为云辉题句"开卷书香"。今日蒙曾社长赠送岳麓版书多种。

11月23日,周五,南京,晴,暖。

今日早起,打车前往五中报告厅,为南京市教育科研所所办"素质教育论坛"作一报告,于路上思得主题为:从经典阅读中汲取人生经验,在成人过程中获得成才智慧。八时半进报告厅一楼,见陶行知先生塑像下刻录其名言:"千教万教,教人求真;千学万学,学做真人。"讲至十一时半。

午宴于王府大街"安乐园",为一清真老字号餐厅。两时许,至清凉山公园,择一向阳处,与徐雷谈明年《藏书》杂志编辑组稿事。

晚间开电脑看"秋禾话书"留言和一周来三十余通电子邮件。早睡,翻阅此行所得《历代名人与南岳》(海南出版社1995年12月版)、袁国平编《南岳名胜名词集成》(湖南地图出版社2005年1月版),以及旧藏赵新林、张国龙著《西南联大:战火的洗礼》(上海教育出版社2000年12月版),并翻阅《吴宓日记》1937年12月有关记录。

大抵1937年9月10日,国民政府教育部发文决定北京大学、清华大学、南开大学以及中央研究院组建为国立长沙临时大学。

次月15日以城中校舍不敷分配,决定文学院借址于南岳圣经学校分校。次年元月19日,有闻一多加入之"湘黔滇旅行团"出发前往昆明。4月2日易名为国立西南联合大学。赵新林先生在《西南联大:战火的洗礼》第一章中有一节《暂驻衡湘,又成离别》于此段历史记述甚为生动细致。其中写道:

  设在衡山之中圣经学校分校的临大文学院,距离南岳大约有三四十里。这里有一处"世外桃源",附近有白龙潭、水帘洞、祝融峰等名胜,王船山归隐处等古迹亦在此。由于地理位置偏僻,听不到枪炮声,闻不着硝烟味,师生们课余时可以四处漫游……南岳时期,文学院遇上的最大问题便是图书资料的严重匮乏。教师参考用书、学生使用的教材大都留在北平,根本无法满足基本的教学需要……由于使用油灯照明,光线太暗,加上实在是没有多少书可以看,因此学生们晚上只好留在宿舍里谈天说地,特别是议论战争局势。有时教授们也来到学生宿舍,加入学生们的谈话,这样既增进了师生的友谊,也促进了学生们专业知识的学习……来自北京大学的学生向长清曾深有感触地回忆道:"这所名山中的临时教学场所,并不次于北京沙滩红楼里宽敞的教室。特别是老师和同学们的随时见面,更增进了彼此间的情谊,大有古代书院教学的风味。"

  吴宓先生于1937年12月6日下午约近四时抵达衡山,出站沿湘江步行三四里,乃渡江至衡山县城,转至南岳。次日上午雇佣人力车,至中午抵达南岳市,沿通行之石阶路上山,"约三四里,抵圣经学院(甚热且疲),即临时大学文学院所在地也……宓更上山,登384石级,乃至所谓'山上'之教授宿舍(仍在圣经学院内),二层楼,洋房,板壁。宓住楼上西北隅之19室,与沈有鼎君同室。每人一木架床,一长漆桌,一椅,煤油灯。室甚轩敞,居之甚舒适,诚佳美之讲学读书地也"。第三天起即开课,"学生在宓班中北大五之三,清华五之二,南开几无。学生似皆勤学,所惜图书完全缺乏……"。

  此等事,若非吴宓先生及时记述,怎知七十年前先辈们有此一行耶?

戊子初春杭州、萧山行记

(2008年3月12日—18日)

与来新夏先生(右)合影于浙江萧山图书馆"邃谷"纪念书室

3月12日,周三,晴,
南京,今日为"中国植树节"。

今日为孙中山先生去世八十三周年纪念日,江苏省、市民革组织等循例组织谒陵活动。上午八时省民革机关车来,即前往东郊中山陵博爱坊前集合,至则各界人士百余人均已在焉。

旋全体合影留念,并拾级而上,至陵寝前小憩后即整队入谒,行礼如仪。今日由殷主委主持仪式,由余代表全省民革党员,由袁策副主委代表全市民革党员敬献花篮。入内瞻仰一周毕出堂,极目远地,但见春阳普照里烟霭四起,苍翠一片中楼宇林立,太平景象,令人依恋。

至长江路南京图书馆,参加"江苏十大藏书人家"第二次评审会。至则以同谒陵归来之徐忆农研究员导至古籍阅览室参观,旋与即将调任南京艺术学院图书馆副馆长之陈亮至《新世纪图书馆》杂志编辑部,与彭飞兄略谈片刻。

十时半至评审会场,则蔡玉洗、江庆柏、王欲祥,以及该馆钱副馆长、省图书馆学会吴秘书长等均在焉,余挂名为评审会副主任。议论再三,投票得南艺陈世强、泰州汪维寅、仪征胡正元、扬州韦明铧、南通沈文冲等若干人入围于实地考察备选名单。

共进午餐后返。因电脑系统故障,联系小丁来重装系统。于是元宵节以来所陆续增写即将定稿之《孙殿起》一文,遂化为乌有,为雁斋主人所作文之一厄也!

3月13日,周四,阴,南京—杭州。

上午在家。午饭后坐宁杭动车前往杭州。昨已请周维强兄预订得市内文三路18号之新世纪大酒店。

近18时,浙江省图书馆古籍部王巨安先生来谈杭州古旧书店事,并请晚餐,遂约得浙江大学李超平女史来同晚餐。餐后谈甚久。彼固杭州旧书业者王松泉之子,极晚辞去。

3月14日,周五,晴,杭州。

九时许起,接浙江工商大学人文学院编辑出版系梁春芳教授讯,即打车前往教工楼校本部晤谈。午餐招待于校外一餐厅,傍晚用餐于校园食堂之后,即坐校车赴下沙校区,以讲授《图书选题创意与出版策划》故也。

十八时半开讲,由余博客"秋禾话书"所荐《2008年国民阅读书目》首列之鹿桥小说《未央歌》说起,举例阐述"选题创意三十六计",如"物归其类法"、"触类旁通法"、"积少成多法"、"厚积薄发法",以及"与时俱进法"、"倒行逆施法"等。最后答问听讲诸生数题而罢。坐校车返回新世纪大酒店。

3月16日,周日,阴,萧山。

用自助早餐后,出席四楼金马厅之开幕式。主位就座者为安平秋教授、来新夏先生,由萧山区常务副区长许岳荣致欢迎辞,介绍该区为浙江"经济强区"、"文明源头"和"民生乐园"以及"休闲胜地"云云。

按:"地方文献国际学术研讨会",由北京大学中国古文献研究中心、萧山区人民政府主办,南开大学地方文献研究室、萧山区方志办承办,美国犹他家谱学会协办。安教授在致辞中,高屋建瓴地阐述了地方文献的价值、地位和作用,介绍了办会缘起和筹备经过,从学术角度充分肯定了来新夏先生一年来为会议组织的持续操劳,并感谢与会专家的积极响应。

接着,陈桥驿教授简述了浙江地方文献收藏、整理、研究状况,参与、指导《绍兴丛书》的经验,倡议尽快编修《萧山丛书》。

王汝丰教授介绍了《北京湖广会馆志稿》的史料、学术价值,以及湖广会馆所见证的近代史和建筑特色,并呼吁注意搜集乡镇志,强调了今后地方文献工作的一个重要方向。

柴剑虹教授阐述了敦煌文献和文化的延续性、兼容性、地域性,地方文献在文化传承上的重要性,敦煌世家大族在文化传承、延续上的特别贡献,弘扬了敦煌史料学的价值。

韩国全南罗道大学国语国文系金大铉教授介绍了韩国湖南地区地方文献的调查和整理情况,开拓了我们的研究视野。

袁逸研究员从图书馆学角度,介绍了作为实际工作者在地方文献征集上的艰辛,浙江地方文献资源的历史状况,并从地方文献征集的角度,建议正式编辑出版本次会议的论文集。

曹亦冰教授全面发掘和科学评述了《华阳国志》之价值,尤其是对女性形象方面的记述特点,提出了自己的新观点。

我则汇报了1911—1956年间中国古旧书行业与中国地方志的搜集流通,褒贬了该行业在搜集地方史志方面的功过,并得到了陈桥驿先生、柴剑虹教授的宝贵指点。

下午上半场由我主持。

张利教授报告有关地方文献学若干理论和实践问题的思考,从基础层面和框架上叙述地方文献学的概念辨析、体系构建。作大会发言的,还有山西省方志办研究员曹振武、天津市方志办郭凤岐、北京大学古文献研究中心刘玉才、香港城市大学专上学院黄毓栋、新疆大学周轩等。其中日本早稻田大学文学学术院稻畑耕一郎教授以"佛诞节"习俗为例,论证了历代地方志中习俗记载的利用价值及其问题,在认识论和方法论上有所启迪。

茶歇后,下半场由南开大学李馆长主持。浙江图书馆王效良、湖州师院王增清、湖州市外事办张建智、海宁学人陈伯良、国家图书馆苏品红、慈溪文联励双杰、杭州学人吴云、绍兴乡邦学者孙伟良等,都发表了各自的研究心得和新见解、新观点。

3月17日,周一,晴,萧山。

早餐后,出席四楼金马厅之小组交流讨论会。

先听第一组,继听第二组,有黄立新(天津地方文献的发掘与搜求方策探略)、张岩(试论地方文献虚拟馆藏建设与资源共享)、江晓敏(浅谈地方志续修与重修之异同)、刘蔷(马学良所搜集彝文古籍的抢救、整理与研究)、李更(小议地方志所存诗文资料的把握与使用——从《华亭百咏》说起)、刘瑛(读《泰山志》)、陈晓兰(明清方志中徐应镳死节事迹考辨)、李维松(从地方文献看萧山历史上水神崇拜的文化特征与社会原因)、方晨光(地方文献专藏应注重特色——"萧山名人著述专藏阅览馆"建设探微)、林嵩(《桂海虞衡志》佚文)、童银舫(《姚北宗谱》考录)、刘杭(口述历史应用于地方文献工作之探讨——以浙江图书馆为例)、薛仲良(论江阴地方文献的发掘、整理及其展示),以及绍兴地方文献集藏研究馆的方俞明、温州市图书馆卢礼阳、南开大学地方文献研究中心的潘友林、山西古籍出版社的张继红等先生,各有见地。

  四位八旬老人陈桥驿、来新夏、王汝丰、陈伯良先生始终坚持听会,传达着老一辈学者对学术的执着和关注、对与会者的鼓励与期待,让人由衷而生敬意。

  下午由方晨光先生导游参观湘湖风景区,一路解说,其爱乡护土之情甚为殷切也。所著《文脉湘湖》(方志出版社 2007 年 6 月版),凡七编二十六万余字。来新夏先生序称,读此书稿,知作者为"深知湘湖天时、地理、人文诸方面"之人,"行见湘湖文脉,曲折舒缓,惠我萧山","深庆吾乡人文一脉之继响,更喜湘湖之得千古知音",可谓揄扬备至也。

"江苏十大藏书家"考察走访记

（2008年3月26日—30日）

去年4月"世界读书日"，南京图书馆发布组织评选"江苏十大藏书家"事。活动以全省十三个地级市公共图书馆为报名点，由南京图书馆制订评选规则，统一发放报名表。各地级市馆据评选要求进行审核，凡符合报名条件者，推荐报送至南京图书馆。旋有约余报名参评者也。

余答以否否，曰任余为"评选委员"，得以广交全省"藏书家"同道者，则至乐也。议谐，与江庆柏、周瑞玉、蔡玉洗、王欲祥、钱军、陈亮共评此事，而委余为副主任委员，与南京图书馆许建业副馆长同其事。今年3月12日上午十时许，钱明副馆长、省图书馆学会吴林秘书长等开评审会，投票得扬州韦明铧、南通沈文冲、江阴顾铁林等十余人入围为考察对象，且约下旬分别三组前往考察，余为一组，走访南通、苏南各家。

3月26日，周三，晴，南京出发。

上午九时，至长江路南京图书馆。同车者，系该馆研究辅导部副主任韩佳，以及"江苏文化网"主持人小袁、摄影小李、摄像小刘，即出中山门前往南通，第一站考察走访者为沈文冲先生。

午间与南通图书馆主事者共进午餐，餐毕至该馆略看，即前往光明南村梅花小苑访文冲先生。

其家藏书，从其1974年高中毕业至1977年上南京大学迄今，藏龄已达三十三年,所藏书近两万册。工具书以大部头的中外百科全书为主,兼及有关中国汉字的辞典、字典与字书等。其珍藏书目有:《鲁迅全集》、《周作人文类编》、《冰心全集》、《林语堂名著全集》、《殷墟甲骨刻辞类纂》、《唐弢文集》、《胡适日记全编》、《苏雪林文集》、《说文解字》、《古文字形发微》,等等。以中国现当代文学艺术、传记文学、民俗、名物研究及文史工具书,美学、艺术、美术理论书为主,兼及中国古典文学、外国文学与理论方面的书。

文冲所注重者,现代新文学图书版本,尤以现当代毛边书刊搜集,为海内首屈一指。撰著有散文随笔集《梦羊小品》、《毛边书情调》、《民国书刊鉴藏录》。为南通《江海晚报》撰有"藏书闲话"专栏,另有散见于报刊的散文、随笔、书评、人物专访等文章约二十万字。

访毕即转赴江阴,傍晚至,江阴图书馆诸主事者已在候,并约得"菁存阁"藏书主人顾铁林先生同席。

铁林先生自其学生时代就开始藏书,至今已有四十余年,藏至三万余册,名为"菁存阁"(附见《筹建菁存阁藏书楼碑记》)。注重传承家族爱书观念,祖父子孙四代相承,并渐有讲学修史之风习。所藏尤致力于抢救搜集江阴乡邦文献。其珍藏图书书目有:《汉书评林》一百卷,《国朝文汇》白纸线装一百册,《嘉庆重修一统志》五百六十卷,《本国地理教科书》线装六册,《粟香室丛书》竹纸家刻本线装四十册等。藏书三处,可见规模。

铁林先后任职于地方办公室、旅游局、文化局等,自上世纪七十年代初从事地方考古工作。数十年间,在文学、历史、宗教、教育、旅游、体育、乡邦文化、城市规划等方面撰稿达百万字,皆自业务实践中来,结集为《菁存阁论稿十种》。见其六十年代起连续至今之藏书日记,事无巨细,皆有所记,迄今已达六百万字。

席间慷慨谓"学术成就大小,决定一个藏书家地位。陆心源收藏的悲剧随着那个时代去了,今天中华藏书文化仍然要发展下去,藏书楼还远远没有完成它的历史使命。江阴有得天独厚的条件,从文化上说,江苏学政科考中心设在江阴,南菁书院连接大江南北的人才,造成一时之盛也在江阴,藏书大家缪荃孙是江阴的前辈。今天,兴建私人藏书楼必将再次地影响这个时代。菁存阁愿意竭尽全力去开拓这个事业"云云,同人为其毅力执着而感佩久之。

夜宿新世纪宾馆。

3月27日,周四,晴,江阴出发。

上午拍摄菁存阁主人余两处藏书,并访谈毕,即赴宜兴。与无锡、宜兴图书馆主事者午饭后,即前往太鬲西路66号访杨东亮先生。

杨先生年约七旬,自谓有中外史籍、名人专著、方志资料等书籍数万册,其实所藏书庞杂无序列,不知鉴别,故乏善可陈。惟藏书满屋(约近两万册),念兹在兹,寝食其间,其追求文化、爱惜知识精神足以感动世人也。

驱车前往苏州,至苏州图书馆,晚餐于天伦之乐大酒店。夜宿观前街旁一酒店,遂往街上一行。

3月28日,周五,晴,在苏州。

早餐后,即至吴中区香格里拉花园别墅小区访祝兆平。小区内梨花白海棠红,花木扶疏有致,甚是一处惬意民居所在。

兆平兄年逾半百,藏书三十年,所住为一联体小别墅东幢,临河有画意。三楼为其藏书室、书房。有一万余册,以文史、社会科学、书画艺术书籍为主。所藏书除中华书局版《二十四史》与《资治通鉴》,三联书店版《陈寅恪集》,中华书局版《管锥编》、《谈艺录》以外,有张中行等学界、文坛名家签名本数百种。临行,签名赠《板凳集》(天津人民出版社)、毛边本《书人交游》(中国国际广播电视出版社2001年版)两种。别著有《春秋集》等。

午间复餐于天伦之乐大酒店后,即往人民路222号院内访苏州科技学院教授王国栋先生。

王先生自谓藏书四十年,其父自上世纪四十年代开始藏书,六十年代末将所藏书传给了王国栋,至今藏书达一万余册。由其藏书结构来看，线装书、石印本皆其所爱，有木刻版《三国演义》、《聊斋志异》，石印本旧平装文学书；以及上世纪五十年代初读物、前苏联时期文学书籍，有《卓娅与舒拉的故事》初版本、《远离莫斯科的地方》等。史书所藏以有关研究史前陶器文化的书为多。美术书方面喜欢国画，宗教方面则主要有佛教书籍和介绍喇嘛教、原始宗教等青藏民俗文化书。临别，签名（藏式笔名为"旺朗嘉措"）赠送所著纪实性文学作品集《中国最后的雪狼部落之谜》（中国文史出版社 2007 年版）。

访毕至沧浪亭。适其旁美专校址内有"大雅堂台北故宫博物院复制书画展览"，遂前往浏览。大雅堂文化艺术公司为旅居新加坡之苏绣女士所创，她以"推广经典、普及高雅"为口号，致力推销"二玄社"，在特制纸、绢上原色原大的复制书画品，迄今已在内地举办近百场展览展销会，拥有复制品六百余件。

随后至王稼句家中喝茶聊天，拍摄其所著所编书数十种，所藏各界名家签名本则有数百种，一时琳琅满桌。其于楼下新买一车库将改造为书库，正施工焉。稼句赠送一册潘君明著《苏州街巷文化》（古吴轩出版社 2007 年 12 月版）。

3 月 29 日，周六，阴，微雨，苏州—常州。

九时半许与小妹汇合于干将路上，与父亲、大妹同至郊外鹿山路侧兰风寺塔陵为亡母扫墓。兰风塔院经过十余年来建设，已见其典章规模。

午饭寻至余之出生地光福，竟见余四十五年前出生之"光福卫生院"仍在旧址。饭后于绕城公路光福入口处，换乘至上午前往吴江文联走访俞前先生之南图考察车，前往常州。

至常州图书馆后，即转赴郑陆镇大药房，走访位于该镇北巷之狄忍安先生家。狄先生自祖父、父亲起就爱好藏书，藏书约有万册。所藏线装书约六千册（中医药三千册，地方文献家谱一千五百册，其他一千五百册），现代版本四千册（中医药一千五百册，地方文献一千册，其他五百册）。其珍藏本有：万历刘龙田乔山堂刻本

《新刻幼科百效全书》三卷一册,万历吴勉学刻本《丹溪心法》五卷五册,明刻本《镌李卓吾批点残唐五代史演义传》八卷八册,万历吴继宗刻本《伤寒三书》二十卷五册,明万历王肯堂刻本《东垣十书》十六卷七册,等等。狄先生还撰写过《介绍一本濒于失传的明代儿科专著》、《文坛伯乐,医学大家——恽铁樵先生传略》等文章。

郑陆镇为常州历史名镇,于是看其沿河老街,不乏晚清民国老屋,多已残破。北巷甚长,独自一路前探,至于巷尾得一池,池后乃是郑陆小学所在校园,颇为"现代派"。

3月29日,周日,晴,常州—南京。

自助早餐后,即赴武进图书馆参观,随后至湖塘镇东风桥堍走访白清渊先生。

白先生朴实儒雅,其家藏书万余册,以文学、历史、书画类为主,早在1995年就被评为"常州市十佳藏书家庭",在当年十月他还建议举办了首届"常州读书节";2001年其家又被评为"常州市优秀读书家庭"。所藏书在阁楼之上,临时架梯才能上阁。中央电视台的系列专题片《走遍中国·走进常州》第二集《千载读书城》中,对其家庭藏书作过专门介绍。其夫人丁老师之剪纸工艺为一绝,参加过全国展览也。

约白先生同观武进图书馆,午宴后返回南京。

4月7日,周一,晴,热。在南京。

上午到校授"阅读文化学"课。课毕,带小荣、小郑、小林约上南师社王欲祥兄,午餐于宁海路之老字号"金春锅贴"。

饭后即到南师社编辑室闲坐,欲祥买旧书满屋,有叠架之雄。小林则带小荣、小郑前往孙志洋处,编校太仓图书馆委托之《尔雅》小杂志。

一时半许,钱军车来,至南京图书馆终评"江苏藏书家"。

先看录像,终审投票得结果:首届"江苏藏书家"评选之"十大藏书家"分别是:南京艺术学院美术学院陈世强,江苏广播电视总台新闻中心(常熟、南通记者站)沈文冲,扬州文化研究所韦明铧,江阴市博物馆顾铁林,盐城供电公司物资公司王东庆,南京北方光电有限公司汪维寅,高邮市发改委胡正元,常州市中诚医药连锁公司郑陆大药房狄忍安,苏州科技学院王国栋,苏州广播电视报社祝兆平。六人获"江苏藏书家"提名:吴江文联俞前,宜兴轻工业公司杨东亮,武进电机厂白清渊,镇江陈克刚,淮安市地方志办公室荀德麟,大丰市工人文化宫高峰。拟于本月23日上午召开表彰会,下午则由周瑞玉先生作个人藏书辅导报告。

约得浦生同来,嘱以整理评审资料,增益其论文为《"贫者因书而富,富者因书而贵"——二十年来中国当代藏书家评选活动扫描》,拟荐于《新世纪图书馆》等杂志刊出。

[附]**4月23日,周三,晴**(浦清莲撰)

2008年4月23日上午九时半,南京图书馆"4·23世界读书日"系列活动之一的2007"江苏藏书家"评选活动颁奖仪式,在崭新的南京图书馆学术报告厅举行。

能容纳二百余人的学术报告厅坐满了听众,听众中有慕名而来的,也有图书馆各部门的工作人员。获奖者每人获得由江苏省文化厅厅长章剑华题写之藏书家匾额,另奖千元书券。

颁奖完毕,首先发言的是南京艺术学院美术学院的陈世强先生,他将收藏文化称为"被照亮的地带",介绍了自己通过收藏和积累,从而改变自身的素养,提升自己的品位。他还阐释蔡元培先生为上海美专题写的校训"闳约深美",谓"闳"就是知识要广博;"约"就是在博采的基础上加以慎重的选择,吸收对自己有用的东西,人生有限,知识无穷,不能把摊子铺得太大,以便学有专长;"深"就是钻研,要入虎穴得虎子,百折不回;"美"就是最后达到完美之境。这句话也是南京艺术学院现在的校训"求实、创新、致美"的真实写照,亦是其从事藏书的哲学指针。

南通沈文冲先生回忆了自己的童年,讲述了自己走上爱书、藏书道路的经过。其藏书一方面是职业需要,另一方面也是基于自身兴趣。他喜欢收藏各类工具书，近年来又对书籍装帧有独特爱好。他希望可以建立一个"书籍装帧艺术博物馆"，或者是"世界最美的书"博物馆。他也表示，这需要很多有志之士的共同努力，他赞同南京大学徐雁教授的观点，藏书不用，有书不读，不如无书。

扬州文化研究所韦明铧先生最后一个发言，说他的家乡扬州向来有藏书的风气，而出于个人兴趣、工作等原因，他开始了自己的藏书生涯。他说要做有眼光的藏书家，对书要有选择、有取舍，有自己的藏书系统，就好比一个拥有三千后宫的皇帝挑选自己喜欢的"佳丽"。他认为还应做有作为的藏书家，要成为"文化的建设者"，他自己就是通过不断研究、著书的过程来实现这个目的的，所谓"只为耕耘才买泥"。

藏书家代表发言结束后，在场听众一起观看了有关这次活动的短片后，整个颁奖仪式结束。很多热心听众纷纷上前与藏书家合影，而藏书家也成为了现场记者们争相采访的对象。

杭州、福州、温州、深圳纪行

(2008年4月12日—22日)

4月12日,周六,晴,南京—杭州。

上午在家收拾行李,约得徐雷兄自江宁家中送至《藏书》第五期凡五十册,未拆封即悉数带走供此行交流之用。是期刊有前写《葫芦吟草》一评。因预约有福州之行,遂自橱中取出《中华民国史》(南京大学出版社2006年版)拟赠林公武先生。匆匆完成《"江苏十大藏书家"考察走访记》,发浦生清莲代为校看。

午饭后打车至南京火车站,本系沈主任固朝教授已在,遂同坐十二点四十分宁杭动车前往杭州城站。至则杭州图书馆有车接站,遂至玉皇山庄入住焉。玉皇山庄系一座江南庭院风情式建筑,花木扶苏,颇为雅致。晚饭前后,先后见到北京大学信息管理系吴慰慈老师暨师母,以及刘兹恒、李国新两学长等。

饭后,杭州图书馆来人访谈有关图书馆导读工作之创意与建议,近一小时。见到原《中国图书馆学报》主编李万健、首都图书馆馆长倪晓健诸学长,中山大学图书馆馆长程焕文、杭州图书馆馆长褚树青,以及学术委员会诸专业委员会主任等甚众。

4月13日,周日,晴转阴,杭州。

近八时,原北大同学、现任湖南省图书馆馆长张勇研究员坐长沙至杭州之夜车至,相见甚欢,遂共早餐。会议于九洲厅开幕前,吴慰慈老师题赠一册《传薪集——祝贺吴慰慈教授七十华诞文集》（沈乃文主编，北京图书馆出版社 2007 年 12 月版），翻阅再三，尤爱读其早年求学事，拟嘱林英作一书评介绍之。

按：1937 年 7 月，吴师生于安徽桐城枞阳县。太师公原是当地学校英文教员，不幸早逝，因由太师母抚育长大。师名"慰慈"，正以此也。1957 年，以优异成绩考入王重民先生开创并执掌之北京大学图书馆学系，乃是当年枞阳县考上北大的独一人。

吴师回忆说："我对少年时代的唯一记忆就是刻苦学习，发愤读书"；"我有一股劲头，想干一件事非干到底，不干好不罢休"。其晚年弟子董焱博士记述道："每次见到吴先生，都会看到他手里拎着一只边缘已经有些磨损的黑色手提包。熟悉吴先生的师友告诉我：吴先生这只提包是'百宝囊'，吴先生不论走到哪里，看到有用的资料，都会从包里拿出小纸条，把有用的资料记下来。果然，有几次我在系资料室看到吴先生翻看书刊，时而拿出一张小纸条，记上点什么，然后放进提包里。吴先生日后能成为图书馆学的领军人物，想必与这种勤奋笃学的精神密不可分的……"

在其众弟子为吴师七十华诞举办的生日聚会上，吴师发表感言道："北京大学以其厚重的学术传统与科学精神，为我提供了一个优越的学术环境。就是在这个享誉国内外的学术环境中，我得到了广博的科学文化知识上的积累，受到了严谨的科学精神的熏陶，为日后实现自己的学术抱负打下了基础。""任何语言都无法表达我对母校充满感激的深情……今天，我对这些师长的怀念和感激之情尤为强烈。"对此，吴师曾撰有纪念王重民先生文《中国文化的守望者》，以及《刘国钧先生在图书馆学理论领域中的深远影响》。

忆于北大求学时，吴师曾为我班讲授图书馆学基本理论课程一学期。后以 1983 年秋，吉林省图书馆馆长金恩晖学长拟在《图书馆学研究》杂志发表余所投《中国古代藏书的典藏技术》一文，转托吴师找余面谈修改之事，遂捎信约余往北大二十一楼吴师宿舍拜谒。但见小屋一间，设左右两张单铺，一为吴师午休之用，一则堆叠图书馆学专业书刊资料，可见其分门别类之治学方法与夫孜孜以求精神。学问皆从勤苦得，梅花香自苦寒来，吴师如今的声名地位，乃是其中年时光寸功积累所致。揭橥此点，以为吴门弟子乃至整个中国图书馆学门学子之共同精神财富也。

又忆曾赴江阴参加"缪荃孙纪念馆"开馆暨学术研讨会，会议间隙，复得与吴师亲近晤谈，愈知师为纳善如流之人。此 1997 年 11 月 8 日至 9 日间事也，倏忽已十一年矣。

与吴慰慈（左2）先生等留影于江阴"缪荃孙纪念馆"

吴师等致开幕辞罢，全体至山庄外湖边合影留念。

今日会议内容为十五个专业委员会汇报交流各自成立以来种种活动，遂循序如仪。当晚杭州图书馆设宴于新开元大酒店。宴毕归来，有分组讨论会。会毕与张勇步出宾馆，散步于马路对面玉皇山村一带。连片湿地整治初见成效，夜幕中淙淙流水可闻。后因雨滴子渐大，行至中国丝绸博物馆后折返宾馆。

4月14日，周一，晴，杭州—福州。

上午继续开会，午前闭幕。代表参观分为两队，一则胡雪岩故居、孙权故里，一则"西溪国家湿地公园"。余虽择后者，此行亦为重游也，前年早春曾首游之。

按：西溪位于杭州市区西部，距西湖不到五公里，生态资源丰富，自然景观质朴，文化积淀深厚，素与西湖、西泠并称杭州"三西",是目前我国唯一的集城市次生湿地、农耕湿地于一体的国家湿地公园。

"一曲溪流一曲烟",水乃西溪之魂。园区内约百分之七十的面积为水域,有河港、池塘、湖漾、沼泽等,园区内有六河纵横交汇,其间分布着众多的港汊和鱼鳞状鱼塘,形成西溪独特的湿地景致。

西溪自古为隐逸之地,历来被文人视为人间净土、世外桃源。秋雪庵、泊庵、梅竹山庄、西溪草堂在历史上都曾是众多文人雅士开创的别业,他们在西溪留下了诗文华章。

4月15日,周二,晴,在杭州。

一枕黑甜后起床,刘孙枝、林公武先生先后至,遂共进早餐。八时许上车,前往平潭。过福清摆渡,孙枝兄以渡口小店之牡蛎煎饼佐以牡蛎疙瘩汤相诱,食之果鲜美之甚。

午前至平潭县城。与福建文史馆馆长卢美松大学长相见,福建省委党校林怡教授亦在,大喜,叙谈片刻。席间见福建文艺家许怀中先生,即平潭作家林文照先生《勒马朝天——我的乡土歌谣》(作家出版社2008年1月版)的序作者。序谓:

作者以散文笔调,写了故乡的历史故事和人物,其中穿插诗歌、歌谣,虽带有诗意,但不是歌谣体……作者并不是平铺直叙地书写许多历史记载传说故事、人物事件,而是以身临平潭的名胜古迹、山山水水而引发出来。大有登山则情满于山,观海则情溢于海之慨。他漫步于海滩上,观临海山,生起"海与山,都是博大精深的教科书,在启迪着海岛人的智慧,陶铸着海岛人的性格,酝酿着海岸人的丰功伟业"的思绪,从而引发"八年抗战"平潭人的刚强、勇敢、机智、百折不挠的性格特质来……

文照先生七旬余,尚致力于写作,其豪情和文品堪嘉。余于今年元月在上海老正兴饭店曾应孙枝之请,为题"歌谣一曲关乡情,凭君新翻杨柳枝"。

午餐多海鲜。饭毕,孙枝导林怡教授与余同看五福庙。于老街漫步一程,两旁尚存上世纪七八十年代时建筑景观,如能整旧如旧,保留功能,此为未来平潭桥跨海通之后,一处绝佳旅游资源也。于路口见一座四眼井,水至清,尚有民妇洗涤衣物其旁,略谈,知民风淳朴。随即驱车观海,丽日当空,脚踏海滩,沙细如粉,潮平似镜,此地当系夏泳绝佳去处。留影后,回宾馆小憩片刻。

忽闻楼下传来丝竹激越之声,初以为传自五福庙内,步入会场,方知主办方请来之小乐队也,声震屋宇,耳为之噪。想系当地民俗,此新书首发亦喜庆之事也。

余致辞谓《勒马朝天》反映出林文照先生热爱乡土文化的深厚感情,这种老有所为、乐在奉献的人文精神,应予大书特书。该书修订充实后,可径以《勒马朝天平潭传》为名。同时因阅读该书受到启发,建议平潭方面筹建一座"中国人民抗倭斗争博物馆",以整合史料文物。

散会后即返福州。进城甚晚,林怡教授设宴请客,遂请林先生约来福建师大图书馆学系应届考来南大之研究生唐曦,赠以《作家笔下的福州》(海风出版社2008年3月版),嘱写书评一篇。席间与永强、郭辉、昌钢诸友酒叙甚欢。

返回宾馆后,与林先生、为峰兄辨读钱玄同逛厂甸之日记手迹复印件。昌钢兄送小唐至家后随来,意在专赠其家枇杷园所产枇杷一纸箱,其笃于友情如此。

4月16日,周三,阴转大雨,福州—温州。

七时许起床早餐。八时许,车来,与公武先生同往温州。公武先生以其题跋本《顾廷龙年谱》(沈津编著,上海古籍出版社2004年版)相赠,并书赠两幅喜联:"芝兰茂千载,琴瑟乐百年"(周伟、李海燕);"百年庆好合,两美结良缘"(邓科、童翠萍)。

车过太姥山国家级风景区,阴雨欲来,山影隐约,云雾缭绕于树丛间。不觉微吟起清人竹枝词《忆江南·温州好》来:"温州好,别是一乾坤。宜雨宜晴天较远,不寒不燠气恒温。风色异朝昏。"

不料,一路北行,竟入雨帘之中。近一时于大雨中进入温州城,寻至"红太阳宾馆",办就会议报到一应手续后即午餐。与公武先生同室。近二时与余光学长汇合后,前往位于市府西路之温州图书馆,为温州图书馆学会作一简明报告,时雨渐消歇。

按:温州图书馆创建于1919年5月9日,为纪念晚清经学家、玉海楼主人孙诒让而建。雁斋藏有胡小远、陈小萍长篇传记文学《末代大儒孙诒让》(作家出版社2002年6月版),乃积三年之力成此二十七万字,文笔甚佳。尚忆十三年前,有温州李家村三号吴景文(蠡庭)老人,因观余之《秋禾书话》而赐书愿求《清代藏书楼发展史·续补藏书纪事诗》,并以《七十春秋录:温州市图书馆馆庆纪念集,1919—1989》相赠,盛意甚感。是册由温州市图书馆1989年10月自印一千册,殊为珍贵。卷首有时任中国图书馆学会副理事长、上海图书馆名誉馆长顾廷龙先生1989年5月题诗:"建馆欣逢七十春,书城百垒育新人。籀园考据闻天下,学术精研典范存。"

温州图书馆新馆建筑于三年前落成开放,现有藏书八十余万册,其中古籍十六万余册。馆名出自郭沫若1964年5月15日视察温州图书馆时题词手迹。现该馆编印有《温州读书报》。

报告会由该馆馆长郑笑笑女士主持,余光讲《图书馆的社会阅读》,继由我报告《图书馆导读工作的创意和策划》,最后由中山大学图书馆馆长、图书馆史研究专业委员会主任委员程焕文教授讲《图书馆用户永远是"正确"的吗?》。

讲毕即归宾馆,晚餐时见到湖南大学岳麓书院邓洪波教授、第三军医大学图书馆李彭元馆长、江南大学图书馆吴稌年研究馆员、南开大学信息资源管理系徐建华教授、宁波天一阁博物馆馆长虞浩旭研究员、北京大学信息管理系李常庆副教授,武汉大学信息管理学院吴永贵副教授,他们同为中国图书馆史研究专业委员会委员。还有特邀参加的谢灼华老师夫人、武大王秀兰教授、武汉大学《图书情报知识》杂志常务副主编周黎明女士。

与谢师同席,交谈甚欢。

晚饭后,至建华室内借用电脑上网收复邮件。福建师范大学图书馆学系陈林女史来,赠其新著《近代福建基督教图书出版考略》(海洋出版社2006年11月版)。旋至大堂茶吧,与韶毅、瞿炜、欲祥商定次日晚"《美丽的旧书》茶话品评会"程序细节。

4月17日,周四,阴转晴,温州。

早饭后,全体代表赴温州图书馆开会研讨。于正门口见悬挂有"十年树木,百年树人;刚日读经,柔日读史"一联,大堂内对联则为黄体芳所书:"书从历事方知味,理到平心始见真。"现代图书馆建筑内装饰典雅楹联,固题中应有之义也。

温州市图书馆学会张启林秘书长宣布开幕后,由余主持开幕式,介绍出席嘉宾,鼓掌如仪。继由焕文、余光,以及温州市图书馆学会理事长、温州市文化广电新闻出版局副局长徐顺聪理事长致辞,并由焕文向研讨会承办单位温州市图书馆等赠送纪念品。随后全体与会代表步至馆前,合影留念。

按:2005年11月,中国图书馆学会第七届学术研究委员会正式宣布成立图书馆史研究专业委员会。并于次年10月在重庆成功召开了第一届图书馆史学术研讨会。随着信息存储与传播的方式不断改变,阅读行为与阅读方式已经走进了一个全新时代——"读网时代"。但纸本书籍文化的发展史源远流长,对人类文明的传承和文化的保存与传播有着不可取代的地位和历史性的贡献。因此,如何在网络与纸本间实现传统与时尚的联接,是一个值得深入探索的问题。

为此,由中国图书馆学会图书馆史研究专业委员会与温州市图书馆、中山大学图书馆于2008年春在温州联合举办以"敬惜字纸:读网时代的纸张崇拜和文献情结"为主题的第二届图书馆史学术研讨会。在会议主题下,还设计了"纸本:图书馆的核心价值"、"感恩:古代藏书家的纸本文化功绩"、"崇拜:现代藏书家的纸本文化情结"、"使命:当代纸本文化的保存与保护"、"爱书:藏书家精神的时代传承与人文弘扬"、"传播:纸本阅读的时空延伸"六个分主题。

武汉大学教授谢灼华先生之"主旨发言"并未照读论文《为什

么要阅读——明心、博识、致用》,而是就中国图书馆史研究发表了三项意见、两点感想,最后以"守住阵地,一代一代地做下去;团结协作,一点一点地做出来"相勉励,赢得热烈掌声。

余则由中国古典藏书楼演变为现代公立图书馆的过程说起,指出中国藏书史和中国图书馆史研究在纵横两个方面亟待填补的研究课题,旨在为今后进一步研讨拓宽思路。认为从"私有制"到"公有制"的转变,恰恰是从藏书楼到图书馆的转变。广大图书馆史学研究人员应该思考如何真实、客观地还原中国藏书楼历史,如何深入探索随着网络发展新兴的纸书、纸本阅读、纸本文化等与阅网时代、网络文化等对垒的概念间的内在关系,这对整序中国图书史有极大的创新意义;从对中国古代藏书家精神的研究出发,进一步思考如何将此精神教育引入当代图书馆馆员职业启蒙和训练中;为使研究"可持续",提出要从过去中国图书与图书馆史研究教材等成果所留下的诸多研究空白入手,不断拓宽研究视野,迎难而上,可开展区域性藏书通史研究,如《中国旧书业百年》、《浙江藏书史》、《宋代藏书史》均源于《中国藏书通史》的撰写过程中主题和区域性研究的扩展。还应鼓励各级各类图书馆古籍资源来源与流布的研究,以及特定历史时期各级各类图书馆的发展研究,以探索和挖掘图书馆的组织性保护职能。此外还提出了开展有关图书馆为学术研究提供学术支持的跟踪研究,以及倡导"图书馆藏书文化"的寻根研究等。

邓洪波教授是知名的中国书院史专家,图文并茂地讲解了多年来搜集到的有关"敬字惜纸"观念的实物图片,阐述了传统书院时代的纸张崇拜情感和文献尊崇情结。

会议确定由我进行会议综述,遂于午间简餐后借建华电脑,请会议秘书王蕾将其有关资料拷入后着手整合。至一时半形成框架,遂与公武先生、洪波兄同出,沿馆舍至河边散步一周,恰有运输船经过,翻动水流竟是污浊不堪。闻境内江湖水系多遭污染,信然矣。

至下午五时许,成稿拟为三题,曰《"敬字"与"惜纸":一个中国文献史的人文传统》,曰《"读书"还是"读网":一个中国阅读史的时代命题》,曰《因"爱书"而"藏书":一个中国藏书史的哲学启迪》,又公布第三届研讨议题为《"感怀古旧书,感恩藏书楼"——中国图书馆藏书文化寻根研讨会》。我指出:

　　本次研讨会议题深入,气氛热烈,既开拓了研究视野,又振奋了学术精神,实现了开会组织本次研讨活动的良好意图。但我们更希望在下一届的研讨中,能够涌现更好的实证性文章,更多的个案研究论文,论题更加新颖,文笔更加生动。我们图书馆史研究专业委员会的全体委员期待在第三届研讨会上,彼此能够成为更加熟悉的朋友和学术合作的伙伴!

　　即请王秘书贴入"秋禾话书",闭幕式上遂可照本宣科也。

　　晚饭后,一行十余人坐车至温州池上楼雅博茶坊,参加"瞿光辉《美丽的旧书》茶话品评会"。园中环境清幽,水榭有一联:"欲把西湖比西子,从来佳茗似佳人。"由余介绍中国图书馆史各位专家,由《温州读书报》主编卢礼阳先生介绍温州地方名流,转述董宁文发来的短信贺词。据礼阳披露,作者自2004年以来有二十二篇文章交由该报发表,收入《美丽的旧书》(南京师范大学出版社2008年1月版)者有十四篇。

　　按:瞿光辉,1939年生于浙江温州,先后任教于温州教育学院、温州师范学院外语系。业余从事文学创作与翻译,译有泰戈尔、纪伯伦、洛尔伽等人的诗歌。出版有新诗、译诗合集《最初的微笑》,寓言集《狐狸的神药》、《伊索寓言》等。部分作品被译成英、法等国文字。《美丽的旧书》系余与宁文主编的"开卷读书文丛"之一。

　　《美丽的旧书》分为"书人"、"书话"、"书情"三辑,述及作者所结识的冰心、冯至、金克木、朱维之、赵瑞蕻、魏风江(泰戈尔在中国的唯一弟子)等作家学人,及其收藏的上世纪三四十年代版现代文学书籍的往事陈迹,会聚了作者数十年来读诗读书的心得,体现了作者在散文随笔写作方面的功力。

与瞿光辉(左4)、王欲祥(左5)等在品书会后合影留念

瞿先生致辞如其人朴素而敦厚。略云：

我是一个非常平凡的人，在学业上并没有什么建树，作为温州师范学院的一名教师，执教几十年，也很普通。不过我有一个特点，就是非常喜爱书，喜爱大自然，跟书可以说是有着很深情缘的。而且我看了一些书或经历一些事情后，都会有所思考。读完每一篇文章，我都会有一点感想，有些我知道的东西，我认为别人不一定知道，所以我把它写出来。在我的书中，每一篇文章都有各自的特点，每篇都有所侧重。

这本小书能得以出版，首先要感谢我年轻的朋友，《温州瞭望》杂志的总编助理方韶毅先生。他为了我这本书，四处奔走介绍……他跟我并不熟悉，起初只见过两次面，所以他这种行为完全是出诸无私的文化行为。还要感谢本书的责任编辑王欲祥先生，我今天也才第一次见到。"开卷读书文丛"主编徐雁老师虽也是首次见面，但我曾经读过他的书，算是早已有所了解的了。现在，他们几个人跟我的关系，可谓文字之缘深入骨肉，密不可分了。没有他们，我的这本书就不可能出版，真的非常感谢。

随后，谢师首先发言，由书中《一枚书签》讲起，谓作者"是一个有心的人，有心人做有心事，写对我们很有教育意义的文章。我真的感觉书里的这些文章，都很实在、很亲切、很有教育意义"。

燕京大学校友、温州市作家渠川先生主要讲了作者其人。他说:"光辉是一个非常懂事,非常喜欢读书的人,也很勤勉,我非常佩服他。而且他不事张扬,为人老老实实。光辉看的书很多,他的研究涉猎非常广泛,写的东西也很多。我觉得,在温州文艺界,光辉算是一个修行功夫比较深的人,但是他不事张扬,不是一个好名利的人,知道他的人并不多。他干些什么我也不知道,到今天才知道有这本书。我知道他喜欢淘书,但淘到什么程度,又淘到什么宝贝却不得而知。过去到旧书摊淘书,是学生的一大乐趣。从前天津、北京的不少旧书摊真是宝藏,可惜现在都没有了。现在的旧书摊不如解放前,以前开旧书摊的人都是文人,都很懂书的。说起旧书,就不免想起旧文人了。我觉得光辉这本书的题目很好,'美丽的旧书',美丽就美在旧书的宝贵。"

"沈码"发明人沈克成先生说,自己与作者是四十多年的老朋友了,在上世纪六十年代,光辉大学读了一年生病回来,我呢,高中毕业就没有书读了。我们两个都算是"失学青年"。但我们都喜欢书,喜欢外文。记得当时我们俩都是自学英语,在六十年代中期那个时代,我们两个的英语水平算是可以了,不用字典,外文书基本都看得懂。那时候我年轻气盛,尝试翻译莎士比亚,而光辉则翻译诗歌。到"文革"时,我们的书都被搞光了。那时候,真的是想读书而没有书读。1966年破"四旧"以后,除了"毛选"什么都没有了。"光辉一直以来都没有离开文学,他写诗、翻译诗,具有很高的造诣……从二十多岁开始,直到现在四十多年过去了,光辉还一直在坚持走自己的路,他的坚持和毅力很让我佩服。迟到的花开得非常美丽,他的书的的确确非常美丽"。

公武先生说,瞿先生书分《书话》、《书人》、《书情》三辑,实际上是由"话书"、"忆人"和"书缘"三部分组成。我觉得书名起得很好,"书是美的,而旧书从文献价值、收藏价值、文物价值上,更具有非常大的意义。读到这本书,使我沉浸在美丽之中,同时心里又满蕴着一把辛酸之泪,为那个特定的时代,写书人、读书人、爱书人、藏书人磨难的经历。书是非常美丽的,但在上个世纪的特定年代,书籍却经历了一场浩劫……瞿先生的文章语言很平淡,不太华丽,也不太激烈,但它为我们提供了一种真实的写照,一种亲身的感受。尤其是,这本书记载了一种中国的文化现象,在特定的时代,我们的知识分子的待遇和地位,凸现了政治对文学的干扰"。

温州市图书馆退休馆员陈寿楠先生说:"我也是爱买书、爱藏书的人,我觉得光辉这本书的名字取得太好了。他不叫某某书话,不少书喜欢用某某书话来命名,这本书的书名显得更为内蕴深厚。如果单独以书话来出版,显得有些单薄了些。这本书用三个组合,而且彼此之间又互相贯通,十分完整厚实。我觉得这可以当成温州的首本书话。第二个是这本书带有我们温州的乡土气息。其中提到十多位温州的前辈名流,怀念数位温州籍的故人。"他还批评说:"这本书是完全可以更加美丽的,如果以后再出珍藏本,可以配以图文对照,做到图文并茂。书的最后还可以加些附录,附上这些文艺家给他的题词、书信往来、合影照片等就更美了,既具有史料性,又具有观赏性。"

温州市鹿城区文联编辑马必胜先生说:"本书的最大的特色就是本色。这种本色体现在两个方面:一是编辑方面。南京师范大学出版社这套书的风格是很本色。比如,一般的书都喜欢找名人写序、作跋,提升书的知名度。而那些写序的名人不一定就认真看了全书。这样容易造成对内容的误读。而瞿先生这本书没有序也没有跋,就以文本为主,读者自己去看吧。其二是瞿先生方面,文章的语言、内容也很本色。平静的语调娓娓道来,没有夸大其词,没有自吹自擂。"另外,"如果作者能自己写个序,描述一下写书的艰辛等,效果将会更好。还有,最好能把每篇文章的年代都写清,能让读者根据写作时期更好地理解文章。《美丽的旧书》美在什么地方?三个部分连起来表现,谱写了读书爱书写书这样一段快乐、艰辛而美丽的生命历程"。

温州市文联副主席钟求是先生说,我把这本书放在床头,以便睡觉前翻阅一下。我以小说家的眼光谈谈所获取的印象:"第一,瞿先生是对生活充满爱意的人。我读着瞿先生的书,就能想象他的生活,一个很害羞的老人坐在书房里,当阳光投进来,或者花开的时候,老人有一种特别的感触,他打开一本书静静地阅读,而这本书正好符合他当时的心境。这是一幅很安详的画面,瞿先生是在细细品味安静的生活。瞿先生曾以这种爱意促使唐湜先生在遭受磨难时,继续坚持下去。第二,瞿先生是对艺术保持着敬意的人。在这本书中我看了《漫谈我的译诗》一文,里面有几段译诗片断,分别是朱湘、徐志摩和瞿先生对同一段诗的翻译。我倒不是说瞿先生译得就一定比其他两位好,但我觉得读瞿先生的翻译有很舒服的感觉。其实瞿先生平时是个老实人,在生活中不善于交际,但却反而跟很多艺术名家走得很近,我想,这是因为瞿先生对艺术的尊敬,使得他们能走得很近。第三,瞿先生是一直用诗意游历世界的人。温州过去是一个闭塞的地方,瞿先生应该没有去过太多的地方,但我感觉他一直在用精神游历世界。瞿先生很喜欢泰戈尔,他只去过一次印度,我也去过印度,而很显然,我对印度的了解远远不如瞿先生。"

焕文兄说:"读瞿先生的书,我感受到一个读书人对书的情感,感受到读书、藏书时心情的愉悦。瞿先生的人生是非常宁静的。我觉得在上个世纪五十年代到七十年代的那个时段,两个年轻人能自学外语,还能自己翻译外文著作,这是很令人震撼的事。这两个失学的青年,如此热衷于文化,包括传统文化和西方文化……我对江浙文化,对江浙的文人深表敬意,对瞿先生的这本书我印象非常好。它可以非常轻松地阅读,我感觉这点非常好。比如那篇《〈伊索寓言〉中译本》,写得真是好,写法从最初的译者利玛窦开始,一直讲到现在,伊索寓言在中国的完整的翻译、传承情况,用说书人的语言将之娓娓道来,真不亚于一本非常详尽的书志。这真不是一般人能做到的事情。这一定是对各种版本作了详细的了解和比较。如果这样来做翻译,一定是非常好的。瞿先生是一名翻译家,我觉得他所翻译的作品读起来都很舒服。这篇文章把通常让人感觉到非常枯燥的版本知识,娓娓道来,让人非常钦佩。所表现出来的学术功力,不亚于版本学家和目录学家。这种爱书情怀,是很值得现在年轻人学习的。"

余光学长说:"瞿先生的确是一位诗人。我个人特别喜欢海涅的诗,中学时就喜欢,直到今天还经常搜集海涅诗的各种版本,所以一拿到书,看到有相关的文章就很认真地读了,觉得很不错,有一种心心相通的感觉。这五六年来,我们在写一部《中国阅读通史》,其中个人阅读史也是很重要的一部分。我们从古人身上发掘他们是怎么读书的,但在当代这个阅读史就不太好做了。特别在二十世纪五十到七十年代,很多读书人、藏书人把自己的书都一本本烧掉,这一代人的读书史可谓充满了艰难和辛酸。瞿先生在这本书中告诉我们的并不是艰难和辛酸,而是美丽的、愉悦的,这是一种很博大、开朗的感受。今天的年轻人已经很难再有把旧书当成'美丽'的感觉了。瞿先生的这本书是很有教育意义的,他写出了老一辈人对书籍的珍重,写出了一种珍贵的人生体验。"还有,"外国著作在中国的接受和流传,研究的人并不多。瞿先生对《伊索寓言》不同中译本的整理,给了我们研究文献学以很多启发。这些课题很值得我们关注";"本书这些小文都写得很轻松,文字特别清新。书话我收集得也很多,写得造作的很多,瞿先生写得这么平实,很值得我们的专家、学者以及在读博士生借鉴。书话就需要这样,写得比较明了"。

建华兄说:"这本书我是很认真地读了的。翻目录的时候,我翻到很多自己很熟悉的人和事,比如瞿先生在《无法投递的回信》中写到赵瑞蕻老师,我读南京大学时就曾听过他的课。还有朱维之先生,我也是见过的。这本书主要写了作者的藏书状况、翻译的得失、得书的甘苦,有很多故事,我都很欣赏。藏书是和学术史紧密联系在一起的。在七十岁的时候出这本书,文章写得非常洒脱,不管长短都非常耐读。瞿先生潇洒自如地将自己的研究历程表达了出来,看了非常有感触。尤其是那些写书人的文章,虽然只有九篇,但每个人的写法都不一样,文笔老辣,真是非常值得借鉴。见贤思齐,我们以后写人就应该这样写。""我觉得美中不足的是,书缺少序、前言或后记。这三个东西都是导读性的东西。还有就文章写作的日期也应该给标出来,因为不同的时间写的文章,能让人联系历史的背景来读来理解。"

刘蔷女史说:"书名'美丽的旧书',正好也符合我对旧书的认识。我在图书馆做古籍工作,上到唐人写经卷,下至清末明初刻本,都是平常经眼过手的东西。我对这些旧书也是这种认识,旧书是非常美的,沉静而儒雅。刚才有一位先生也说到,旧书给人的感觉是很安静的,那这样一个书名正是暗合我心,如果我在书店看到它,我立刻会把它拿到手上翻上一翻的。"具体评价方面,我再补充一点:"古典学问里有'书志体',从版本的源流,从传播、流传来讲书的情况。我觉得瞿先生这本书除了这些方面写得非常好以外,还有很多知人论世的东西,可以给我们这些没有经历过那个时代的人一些感触。这本书,对于我们读者来讲,不仅可以广见闻,而且还能陶冶性情,作者写的都是些'美丽的旧书',其实书中的文字都是美丽的书话。"

中山大学副教授钟东兄说:"我来到温州这个地方,非常敬佩温州的人文,温州的文化。有道说'永嘉学术,南渡文章',就是指这个地方。我从广州的康乐园来到这里,有人说康乐园跟谢康乐有一定的关系,其实并没有关系,虽然谢灵运是在广州被杀的,但只是重名(康乐园、谢康乐)而已。但中大跟温州却是有关系的。我个人来温州就是带着一种寻根的意识,我的师爷就出生在这里,老师的老师,太老师。《美丽的旧书》之好,刚才各位已经说过了,确实这本书给我很多的教益,我们可以了解很多书的故事,书的背景知识,书外的掌故,这些都很难得。"

此外,洪波兄、陈林女史也作了简要发言给予好评,王欲祥副编审代表南京师范大学出版社编辑出版方做总结。(上述发言内容以温州阚兴韵整理之录音稿为依据整合,特此鸣谢!)

瞿光辉先生以《最初的微笑》(中国文联出版社 1999 年 10 月版)与瞿炜各以《巴黎的风》(中国民族摄影艺术出版社 2005 年 10 月版)签名本相赠。又光辉先生遵余意,为慧鹏、唐曦与余各签题一册《美丽的旧书》,落款记以"于温州池上楼",清末民初张之纲

(1867—1939)有《池上楼诗稿》,其中咏"永嘉学派"诗云:"儒效何曾薄事功,永嘉经制化宗风。纷纷世变今万亟,谁储弥论运掌中。"

返回宾馆,至余光室内闲谈一切。

4月18日,周五,晴,热如盛夏,温州。

早餐后与会代表分两路参观,余择以"读可荣身,耕以致富"知名的楠溪江古村落之行。同行者有谢老师夫妇、公武先生、余光学长、焕文、建华、永贵等。

出城沿江行车,但见苍者已翠,层林新绿,江水由浑浊而渐清而至澈。车行一小时许,芙蓉三峰突兀而起,惊艳之至,遂停车一游芙蓉村,由东寨门入口。

芙蓉村始建于唐末,南宋末年毁于元兵,至正元年(1341)重建,以"七星八斗"为布局依据,如今所见老屋大屋多明末清初遗构。先观"陈氏宗祠",殊为恢弘,内悬清同治年间"状元及第"匾。有一座古戏台尤壮观瞻。

"非实非虚,虚中原有实意;是真是假,假里演出真情。"
(芙蓉村陈氏宗祠古戏台楹联)

闻"文革"中此套院落辟为"大队部",如今楹柱上"红色标语"尚依稀可辨。此等遗物,实系全国遗存无多之当代史见证物,当留意保护之,有心者游迹所至,至少应摄影留像以存史照焉。

"亭中人看亭外客,芙蓉池里芙蓉亭。"芙蓉凉亭是一处临水休闲的公共活动中心。所谓"八斗"之一,晴空丽日,芙蓉三峰可倒影入池,故称。时有老翁、少妇洗涤长方形水池中,恰为和谐民生之天然图画。池中水流尚速,可惜水质甚差。

复前行得见芙蓉书院,同人皆有"书文化情结",此行中武大弟子独多,于是七嘴八舌纷请灼华先生作教诲状留得数影。余光学长与余同出自北大,至是时则形单影只矣,不觉悄然一叹。

又前行至村中广场,于磨坊凉棚内见一清健老者小憩其中,左手拄一竿老竹为杖,正闲看游客。乃趋前问候,并询以年龄,答九旬矣,则辛亥前后人也。亟嘱其保重,祝其长寿,由永贵摄得一影。

与芙蓉村九旬老人交谈

随后与公武先生、钟东兄等合作一路,深入村中走观。村道皆用卵石铺就,脚穿皮鞋走不甚速,意雨天当更为滑溜也。循一长道西北行,遥见村外走入一担柴汉子,担至一老屋曰"司马第",遂过照壁,入庭跨院,东张西望,不觉叹其为芙蓉村深宅大院代表之作,其古朴且破落有出乎人意料之外者。屋为两进,悬山式顶,清水砖墙,水柱坚挺。主庭居前,花园一隅,尚留四楹学塾遗址。每个厅堂各辟一小庭分隔，层次井然，功能分明。闻司马姓陈，于康熙间建造此大屋，有三十六间之多，建筑用地为一公顷，村民俗称之为"陈氏大屋"。

由"司马第"西花墙步出侧门，回返来路，已至村寨西北边界矣。此地为水流入村处，见二三民妇恰洗涤渠边，遂微笑以为招呼，彼亦能点头还礼，想见民风尚颇淳朴也。老屋歪斜，炊烟正起，主人担柴烧饭，生生不息之外，心头顿起一种沧桑。

继至以"笔、墨、纸、砚"立意规划之苍坡村，闻村屋即为纸幅。进寨门，过小桥，左为"西砚池"，右为李氏大宗祠。见一屋内有"耕读文化"展览，同人莫不吸引前往。进屋观之，内容移花接木，真是乏善可陈。经过一在建新亭，街边放置数石条，乃是所谓"墨锭"也。其侧水池，浮萍满塘，不堪一看。

与余光等逆溪流之水，沿所谓东西向"笔街"者一直前探，尽头有山，逼真果如"笔架"。沿途所见明清大屋无多，但构架自是不凡。所谓"三退巷"、"九间巷"者，竟未留意一逛。

于村头李氏大宗祠北侧见一别构，天穹上藻井甚为精美，尤其北墙面上题壁文字墨迹依稀，亟待抢救性记录焉。

又，仁济庙旁有一水围护，数株古柏，干劲枝虬，森森如盖，年已八百余龄，正如老祖屹然看护村中子孙后裔也。

午餐于"岭上人家"餐厅。先须过一山涧铁索之桥，然后上山至坡间，地颇高爽，堂中设所谓"烤全羊"席两桌。同人张罗吃食，似颇香，余与谢老师仅食鱼而已。此餐菜实无可口者，惟身在山野，诸人以轰饮为快意，故亦甚得其乐耳。

饭后至楠溪江中游西侧之岩头村，为街区式三进两院四合围式建筑。其中所谓"丽水街"者，为依傍一弯水流之里许长廊，同人多以后山峰为背景，坐所谓"美人靠"上做"美人"状留影，余独以廊头石桥、桥边老树、树侧古亭、亭下食摊为美，前往摄影多帧。桥建于明嘉靖年间，用四十八根条石竖筑横铺而成，乃与余光合影于此。过桥为一人迹罕至小道，爱其静僻，复留影焉。

据说，朱熹任职两浙东路常平盐茶公事间，曾有沿楠溪江走访慕名学人之旅。到此岩头村所访为当时的理学家刘愈（进之），结果天未假缘，于是《永嘉县志》留下了他的一声叹息："过楠溪不见刘进之，如浮洞庭不尝橘之食也！"想当年朱夫子一叶扁舟，一袭蓑衣，沿荒江，循僻水，辛苦之余访人不值，其憾何如！

余以八九年前兴起从事"耕读文化"研究，于是关注及于楠溪江古代村落文化。藏有陈志华《楠溪江中游古村落》（三联书店1999年10月版），丁俊清、肖健雄《温州乡土建筑》（同济大学出版社2000年9月版），以及胡念望《芙蓉、苍坡以及楠溪江畔的其他村落》（浙江摄影出版社2001年2月版，该书第97至106页有对陈士鸾所建"司马第"之详尽介绍，值得参看）等书。

返途至江边坐竹筏漂流一小时许，惟不见大小游鱼。江水清冽，一筏五人。蓝天白云下，丽日清风中，有光脚丫戏水如刘蔷、王蕾者，有撑篙奋力如余光、永贵师徒者，有飞石削水奋臂如余者……莫不童心泛起，各归其真。建华身套黄色救生衣两件，手脚四摊堆满一竹椅，不言不语，闭目作"惬意大爷"状。谢师年最长，占坐第一舟首座独椅，余与公武先生联座殿后，郑馆长乃与刘蔷入坐中间排椅，于是齐呼谢师为"一排长"。

与林公武先生（右）在楠溪江漂流的竹筏上

筏将行,"一排长"忽呼焕文之名道:"可知为师的现在正想什么?"焕文于同行间向具急智之名,是时却发一懵,竟无言答对。谢师乃自揭谜底道:"这么好的山,这么好的水,我什么也不会想的啊!"

立时众人同发一欢,笑语禅趣荡漾江面之上,筏遂行。

五时许,同人游兴未尽,于是渡江游江心屿。据说乃与厦门鼓浪屿、镇江金山岛、上海崇明岛齐名的"中国四大内河岛屿"。时当夕阳西下,游客尽退之时,渡江上岛如入清境净界,真是一次难得的阅历。

礼阳告知,今日《温州晚报》记者朱曙辉以《我与旧书的美丽约会》为题,分"书:美丽清新又本色"、"人:儒雅豁达又朴实"和"情:赤诚细腻又动人"三辑,用半版刊出昨晚专家品书录摘要。

今晚温州市文联朋友张索等招饮公武先生,遂邀余光、建华、永贵、黎明同赴其约。晚饭后,至张索办公室听其详谈所策划温州大学校史馆布展细节,并赠《温州大学校史资料征集》册。张兄果一创意人才也,临别得其赠书两种:张宪文《仰云楼文录》(香港天马图书有限公司2000年版)和林冠夫《溪山话本》(作家出版社2007年版)。张先生序称"素好史学方面的考据文章":

温馆是浙南的图书渊薮,素以贮藏善本和地方文献的丰富而著称。我在馆十年,是一生中读书最多,得益最大,写作兴趣也最为旺盛的时期。"藜阁有情容偃傃,芸窗萦梦最缠绵"。我曾以粗浅的诗句,写下当时对图书工作的美好回忆。这本集子收录了我居馆期间业余所写的二十多篇文章……书名取《仰云楼文录》,是为了纪念我的业师、著名语言学家蒋礼鸿教授。他字云从,嘉兴人,1938年执教温师时,我受其熏陶启迪,此后五六十年间,虽世事沧桑,而从游无间,我治学之所以尚能粗知门径,稍涉藩篱,主要是由于云师的教导。

本书篇目多涉及温州地方藏书和乡邦文献事,甚有史料价值也。温州图书馆赠郑笑笑、潘猛补主编《浙南谱牒文献汇编·诗词篇》(香港出版社2007年1月版)。整理行包时,公武先生转赠三书:蔡一鸣(1902—1969)子女于1997年自印本《香白诗存》,朱鹏

《复翁诗集》,以及姜善真主编《瓯海历代诗词选》(文化艺术出版社2007年10月版)。检《瓯海历代诗词选》中有中华民国时何士《丽岙楮溪八咏》,录诗两首:

> 木莲曾发在秋江,何向峰头色不降。
> 露冷含花西子笑,时拖红粉到山窗。

(《芙蓉峰》)

> 南离灼灼照群峦,惟有文章发秀观。
> 自古右军千载笔,垂名今日着章安。

(《笔架山》)

原注云:楮,即纸。章安,瑞安之古称。

4月19日,周六,温州晴,深圳暴雨。

匆匆早餐后,与余光、永贵同车赴机场,焕文一行则前往玉海楼,公武先生与建华、刘蔷则前往青田参观。

肖永钐、孙艳先后发来台风影响深圳短讯,抵达机场,果然台风雨已至。深圳图书馆车接至景田酒店入住,用自助午餐后整理内务。三时许,王明宇、孙艳夫妇至,带来昨日《深圳商报》"文化广场"专刊访谈《阅读,还是该读"纸质书"》(附徐雁所荐《2008年国民阅读好书10种》),同时刊出孙艳所写《雁斋读书录》书评《且典春衣再买书》。其中说:

徐雁先生访书、纪事、描景、感书林轶事,一一道来,行文颇合记行之作三昧。我曾追随徐雁先生多年,同行青岛,相聚深圳,徐先生书中有关这些路线的文字,我都先找出细读。《琴岛书香纪行》中说到逛昌乐路"旧书集市",情节历历在目,今日读了依然欢喜。

我所认识的徐先生,温文多礼,展现出来的永远是矜持稳重的风范。"风檐展书读,古道照颜色",徐先生喜欢文天祥《正气歌》中的这句诗,专门请前辈马士达教授书得"风檐展书读",日日端坐匾额下,藏书、读书、写书、编书,爱好也好,工作也罢,来去都是与书为伍,一脸都是"古道"照出的颜色。文如其人,笔下江湖也全是书声书影,断不含糊。及至《雁斋书事录》,摊开的是日记,下笔放松几许,书事之外,多了些自己的桨声灯影。

我读《雁斋书事录》,因身涉其间,大有亲切感,一转身就走神,先生教诲,淘书之乐,相聚之趣,都是回忆。可是一回头,又觉得生疏,且不说《雁斋书事录》是日记汇集,难免窥视之嫌,直接让人感觉距离的,是作者的注脚文字。末两篇"大阅读·深思考·高提升"、"且从无字句处读书(跋)"都可说是释义之作,明示《雁斋书事录》实是身体力行"大阅读观"。徐先生研究"阅读"多年,尤推崇纸质阅读,今放下持见,重新界定阅读,旅行、网络、影视剧等一一笑纳归入"大阅读"范畴,阅读理论不断升级中,与时俱进得很。"世界阅读日"前,徐雁先生将应邀来深圳图书馆做报告,何种新意出,只有等现场揭晓了。

王三山、黄鹏两兄随后至,海天出版社老友于志斌兄也来叙谈。晚冒暴雨,赴黄鹏兄湖北监利同乡之宴席。

4月20日,周日,晴而朗,暴雨之后,深圳碧空如洗。

早餐后,与三山、黄鹏散步于酒店周侧。见今日《深圳商报》刊出"4·23世界读书日'读书与人生'系列讲座"报道之《袁逸崇尚读书主流价值观》、《白化文读书旧事》。

著名学者、北京大学教授白化文先生在深圳图书馆
"读书与人生"系列报告会上演讲《要自学,靠自己学》

浙江图书馆袁逸研究员在讲演《缤纷的脸谱》

武汉大学王三山副教授在讲演《近现代中国传统文化名著荐读》

北京大学王余光教授在讲演《中国阅读的传统与使命》

南京大学徐雁教授在讲演
《全民读书活动与终身学习行动》

上午十时,与黄鹏同至深圳图书馆报告厅,听三山兄讲《二十世纪文化名著推荐阅读》。三山一部胡须,一把折扇,讲述颇为精彩,凡推荐五类二十九种名著书目。指出其推荐书目宗旨,"不在学术,不在研究,而在学习,在修养,在安身立命"。

午间杜秦生副馆长招待于书城内一餐厅。下午三时,由余讲《全民阅读活动与终身学习行动》。乃围绕"终身"、"学习"和"行动"三词六字展开话题,提出"学"和"习"乃是一种理论联系实践、知行合一的求知受教态度,进而介绍读书心得,阐释"悬疑解疑读书"、"结网式读书"和"提要钩玄读书"三法精义,以及"一目十行"和"一行十目"之别,略述从"学徒精神"到"专业主义精神"之关系。讲毕,孙生短讯反馈谓是讲语调抑扬顿挫,把握节奏甚好;肖生亦谓此讲"更胜从前",具有"启发性"……大抵从前所讲,多稗贩前人成说,近年所讲则皆系阅历中"深思考"之心得,融会而贯通之故也。

讲毕由吴晞大学长自驾车前往盐田区盐梅路8号之雅兰酒店。时白化文先生等已至,谈笑片时后用餐,与苏州图书馆馆长邱冠华、中山图书馆馆长吕梅等同席。餐后,漫步海滨,旋返。

北大同窗、东莞图书馆馆长李东来到屋谈,即游说其该投资编辑出版《伦明全集》。

4月21日,周一,晴,深圳。

今日《深圳商报》记者王光明报道余昨日所讲,以《读书中善于思考是一种境界》为题,开篇引述讲辞道:"读书方法有上百种,但带着疑问读书是最高境界;所谓'学问',不问何学?读书时兴趣很广,但不讲究方法,读完后或许心得全无!"

九时半,中国图书馆学会科普与阅读指导委员会第二次工作研讨会开始,首先发布"2007年中国阅读报告三书",即以"家庭阅读"为主题的《耕读传家》、以"推荐书目"为主题的《读者顾问》,以及以"社会阅读"为主题的《书香社会》。接着由各专业委员会报告两年来工作实绩。会间茶歇,白先生悄然赐赠余夫妇其新集《负笈北京大学》(江西教育出版社2008年3月版),系"万象书系"之一。

下午讨论本委员会增设有关专业委员会事,气氛甚为热烈。

与新才等漫步海滨,归屋甚晚。台大图书资讯学系副教授陈书梅女史来谈,即赠其《雁斋书事录》以为留念,以其中有所记前年十月赴台大参观片段记述也。

4月22日,周二,晴,深圳。

上午八时许,深圳宝安图书馆车来,接至宝安图书馆讲座《阅读与成才——区级图书馆文化建设中的导读工作创意》。

下午五时四十分从宝安机场飞回南京。晚九时许到家。

4月25日,周五,晴,南京。

上午在家。午间太仓市中学吴校长由凌鼎年介绍来电,邀请五月下旬回校作一乡土文化教育报告。

公武先生自福州来一短信:"今日惊悉贾植芳先生逝世,十分哀痛。十多年来,所认识的老前辈先后去世,骤感弹指一挥间,也倍觉生命之可贵。晚即检出贾先生赠书题记哀思。"即以"著述为文人学士第二生命,读其书想见其为人,题跋志哀正得其中旨趣"复之。

雁斋藏有《贾植芳小说选》（江苏人民出版社 1983 年版）。何满子先生序称，作者自陈其在"记录一个时代"，"所有贾植芳的小说都可以作如是观"。而作者在《编后记》则说，"这些小说性的作品，都是我在人生的途程中的一些真实的认识、感受和思考"，又说，"我永远是一个历史乐观主义者"。

4月 26 日，周六，晴，南京。

写成《浦园春晚》一文，贴上"百度网"上主页"秋禾话书"：

昨天下午和晚上，在南京大学浦口校区有个半天一晚的勾留。"半天"是为了代课，"一晚"是为了讲座。于是在下午两节课之后，到晚上六时半开始的讲座之间，有了将近两个半小时的空闲，怎么办？

在教室与来自广东佛山的何生闲谈一番学业之后，见春阳灿烂，在人工光源下的教室里再也坐不住了。

独自步出教学楼三区，恰见西邻土山包上箭竹林间，有一条人工踩出的小道。凭感觉，知道这是一条通向山顶"百年校庆纪念亭"的捷径。于是奋力登攀而上，却不料，小道渐行渐窄，竟至于在若无若有之间。猫腰寻迹而前，曲径终于开朗，豁然一瞬间，直感到路口有人，猛抬头一看，唷唷，敢情是吴有训校长在瞧着我！

嘀嘀，校长，您别批评我不守规矩走捷径！小的听说世上无正道，都是人走出来的；还听说一条通则，是什么"存在的就是合理的"；再说，我不是学物理学的（您管不到我）……我嗫嚅道。

校长只是看着我不吭气，我俩就这样对视着。随后不免心头发怵，心想还是反客为主罢！我来问校长几个一直在心头疑惑着的问题——吴校长您怎么蹲这里躲清净来了？您老不在物理楼做实验啦？是您嫌四牌楼的校长办公室太嘈杂了么？还是对"本科教学评估"不放心，到这您从来没来过的新校区蹲点给看着？

您看到那张漫画了吗？就是西南某大学领导班子恭迎"评估组美女秘书"的那张？您读到了资中筠女士在《中华读书报》23 日头版上的言论文章《大学"评估"弊大于利》了吗，她说得真是一针见血、二话无言、入木三分呵。

　　校长看着我脸上似乎有了一点儿笑容,现出一些无奈,可还是不说话。真是"此时无声胜有声"啊,我忽然体会到了校长在体制内的难处。他如今大概是没有吾等"童言无忌"的自由的。

　　那我们就不"谈"了吧,就这样各自默默地坐坐吧。想要对坐着做温顺状,可是您前面那块小草坪,太局促了些。虽然没有"青青绿草地,勿惹小妹啼"之类的告示牌,可想到正是万物滋长的春日,怎忍心让草妹子们折胳膊断腿呢?

　　那就失敬了,吴校长,我就假座您那身后的亭子坐一刻吧!

　　农历谷雨过了四五天了,再过十天就要立夏了。好像还没有怎么欣赏,2008年的春天就要过去了。放眼四望,浦园里人来人往,一茬一茬的男生女生,怯怯生生地从五湖四海来了,三四年后就又风风火火地走了。

　　"少年弟子江湖老",人生来来又往往,所为何来?晚间我将给大学生们讲演的题目是《我的"大阅读观"——大学生的自我修为》。那么一个"阅读与人生"的大话题,又将从何说起呢?

　　我想,在"人生倒计时"、"头脑空白起"两个人生特点之外,还须结合《围城》和《长恨歌》中的两个小人物——方鸿渐和王琦瑶,给大家说说"男生须奋发"、"女儿当自强"的大道理,说说惜时、惜缘、惜福的大道理,说说主观能动力之一的"学习力",乃是人生百年跑道上的核心竞争力。

　　"读万卷书,行万里路"、"万物皆书卷,天地阅览室"、"读无字书,悟有字理"……"学习力"来自大阅读"有字书"和"无字书"所组合而成的知识、学识和见识,因此贵在把握其理论联系实际的精髓:知行合一。

　　"知行合一",于是成为大学生自我修为、奋发自强的关键所在。也许人生百年,受教和求知只是手段,学习和阅读只是过程,惟有文化创意、科技发明、人才培养等作为,才能保障人类的可持续发展。

　　夕阳正好,可是风起来了。呼呼的,将阳光的余温四处播撒,躲在竹林子里的鸟儿们最先感受到了,放声吊起了嗓子。一时间,不仅是巧嘴玲珑的黄鹂儿,连长尾巴的喜鹊儿,甚至土头灰脑的麻雀儿,都争着鸣叫了起来,有啾啾的,有叽叽的,也有喳喳的,似乎合练起了晚场的《浦园鸣禽曲》。

……持续二十余年投资建设至今的浦园,在人气之外,更有了草木灵气,终于熬到可望"地灵"将出"人杰"的时候,却又要迁移城东仙林新址了,不免令人惆怅满怀。不过浦园春晚人未老,伤春学子须惜时。古人云"方春不种兰,终岁无自佩",多少感慨多少忏悔在其中,十字绝不是虚语呵——

那就这么讲吧,理清了思路,我一路问讯到了第六食堂的"苏香阁",匆匆晚餐后随着上夜自习的学生人流,前往玉辉楼101教室。那里正有何生、刘生等知名或不知名的大学生在等着。谁能说那里没有坐着未来如吴有训院士这般的人才呢?

按:吴有训字正之,1897年4月26日生于江西省高安县石溪吴村,是中国近代物理学的先驱者,中国物理学会创始人之一。1945年8月任中央大学校长,至1948年底。曾任中国科学院副院长、学部委员。数十年来,为培养人才呕心沥血,为科技事业鞠躬尽瘁。1977年11月30日不幸病逝于北京。矗立在浦园的吴有训校长半身塑像,是由南京大学江西校友会在2002年百年校庆纪念活动前夕捐资树立的。

三时许薛冰师来电告知,宁文约山东淄博文友袁滨至长白街上"海致岚书吧"见面,他将携来李邦兴等所藏余著述之书,嘱一一为之签名钤章。

赠袁滨《尔雅》两册,嘱其将新著签名后寄赠太仓图书馆。饭毕,打车送其独游夫子庙后,自清凉门沿外秦淮河返。

4月28日,周一,晴,南京。

上午到校教学,以"阅读《尔雅》,给主编的一封信"为题组织课堂讨论。课后确定由小荣带王冰、刘艳梅至下月中旬编辑第五期。午前收到武汉大学信息管理学院快递来《明代出版物编辑思想研究》等三种博士学位申请论文,要求匿名评审之。

午间小李买水饺,与林英至教研室共进午餐。见到小浦转送来江阴藏书家顾铁林、丁晨霞夫妇所赠山水画轴,颇喜其笔墨精细,意境高远,乃展示于两生同鉴赏之。铁林题跋云:"徐雁教授来澄访书,两登菁存阁。闻其有女亦嗜书,能传家学。余素知晚明江上有周荣起父女才艺横绝一时,此古今同为佳话也。小丁遵嘱题,写绘'江淮踏青观书图',余置数语略表景仰之意。"

是画可作南大仙林校区雁斋山居之中堂也。小荣转来章品镇先生签名两书《自己的嫁衣》(岳麓书社2005年版)、《书缘未了》(南京师范大学出版社2008年版),皆题"徐雁先生指教/品镇卧病书"字样,字迹苍劲如虬松,正可写照此八旬老人精神。

接到厦门大学中文系谢泳发来《钱钟书学术研讨会——纪念厦门大学"钱学"研究三十年》预通知,拟于11月开。复接湖北襄樊七中龚明俊先生赠阅"中国旧书网"新创编《民间书声》小杂志,以及山东聊城海源阁图书馆拟创编《海源阁》杂志约稿函。

4月29日,周二,晴,南京。

早饭前阅《曾敏之散文选》(百花文艺出版社1991年版),其中有悼念原复旦大学林同济教授一篇,重点记述其梦寐以求要为上海建立一座"莎士比亚图书馆"而壮志未酬事。略谓:

在他看来,莎学是世界文学的珍贵遗产,莎剧曾是四百年来西方文学创作上一个高峰,值得吸收借鉴。第二次世界大战以后,南斯拉夫、印度都已加入了莎学的国际研究,日本正急起直追,出版了《莎学研究》、《莎译年刊》,做出了成绩。中国不能长期落后了。

林老为筹建莎馆曾尽奔走之劳。近年来,上海市领导先拨房屋,各国莎学研究机构也曾捐赠过图书资料,可是因为有些人善于扯皮,直到他这次访美讲学,所谓房屋仍如画饼,已有的图书资料被搁置一边。上海图书馆则想把图书资料并入该馆……

午间新闻播报台湾著名作家柏杨去世,检出橱内所藏古吴轩出版社"经典柏杨"系列三种《丑陋的中国人》、《古国怪遇记》和《求婚记》,略观数篇。

晚至夜大教"知识传播"课,选播人物传记片《刘海粟(1896—1994)》。阿祥兄赠其与导师卞孝萱先生共同主编《国学四十讲》(湖北人民出版社2008年1月版),嘱为作书评。

"江苏历史文化名镇"考察调研记

(2008年5月13日—17日;6月16日—23日)

在民革江苏省委调研活动中作总结发言

5月13日,周二,晴,南京出发,前往徐州。

早餐时,看电视播报之四川大地震新闻,极为震撼。想三十二年前"唐山大地震"时,民众仅得以广播、报纸为消息媒体,且有新闻上"严密封锁"厄运之事,因此当日所闻依稀。而今当局观念既随时代俱进步,而信息传播技术又较前先而进之,时代毕竟是进步了。

下午一时半车来，出发前往民革徐州市委。下午五时半许至徐州行政中心之徐州民革机关，闻徐州确立"有情有义，诚实诚信，开明开放，创业创新"十六字为该市城市精神文明口号。

晤曹副主委并徐州市政协副主席、民革徐州市赵彭城主任委员后，前往中山南路80号之中山饭店下榻。赵主委并以徐州市政协名义设晚宴于此。席间酒酣，赵主委快谈其早年在山西文苑奋斗经历，并评点徐州文化之特质。宴后归屋，看香港凤凰卫星电视播报之四川大地震新闻，看来损失甚为惨重也。

5月14日，周三，晴，在徐州。

早晨赵主委来共进早餐后，驱车百余里，前往邳州之土山镇。此域乃汉末群枭内战争雄之地，意邳州必袁绍、曹操、刘备、吕布等鏖战之场，亦刘备战败丢小沛城，以至与关羽、张飞及其妻小失散之处。

至则先看土山古镇，乃因山而名镇者。历史上百姓依向阳山坡建房而居，立铺经商，因当邳南水陆要冲，人气与商机俱旺。汽车沿如今为招徕旅游而投巨资新建之南北仿古大街前行不远，停于关帝庙大门。

按：《三国演义》二十五回云，关羽中曹营程昱所设激将计，引兵马三千出下邳城求战，至夜暮不得归去，"只得到一座土山，引兵屯于山头"，结果被曹军团团围住，即是此山。关羽终为张辽"三罪三便"之说说动，遂"约以三事"降于汉师而附曹营。

孰料当日土山不过一昼夜之事，"降汉不降曹"数番言语，从此乐在人口，彪炳青史矣。深长思之，要在关羽临危处变依然奉刘汉为正统，能辨正邪义利之儒家传统教义，符合统治当局根本大利，故历代君臣彰显之不遗余力也。今则土山演绎为合"忠、孝、义"于一体的传统观念。

据方志载，明天顺年间土山顶建有关帝庙，形成盛大的民间"关帝庙会"（农历九月十三日）。清乾隆时据其遗址重新修建，庙后建有"马迹亭"（相传关羽兵困土山时石上留有马蹄之印），如今复建为新庙。明庙建筑宏伟，东西两侧有戏楼，香火旺盛，为邳州最古老,也是规模最大之"武圣祠"。

庙院新栽小桃林中建有内设三座之三角形"结义亭"。忽思如移植一虬形老桃树于此,当更见当日刘、关、张结义古趣矣。

史载明末倭寇沿运河北上,侵袭土山镇,镇民曾舍身投入抗倭斗争。1914年,军阀张勋部营长商用中动用当地罚没款项一千五百元,在关帝庙后重建"马迹亭"。亭为三层,高十五米,内有"马蹄印",北侧有"磨刀石"。1938年10月,日寇铁蹄再次践踏土山。

如今登上近年复建的马迹塔,可观土山概貌,东侧有京杭古运河逶迤而过。张望镇南部见有一片屋顶,瓦上有草,乃是硕果仅存之古旧民居所在。于是下塔出庙,前往一探。依次得见东门内魏家布庄、浴德池、王家大楼诸旧迹,留一影于王家大楼院内。

于邳县土山镇东门内王家大楼侧留影

眼前的浴德池两层门楼仍在,上下各六间,拱形大门及墙体,系用青砖小瓦造作。此地颇有故事。其主人为当地有"儒商"之称的开明人士沈宪邦先生。

沈氏乃土山镇大姓。沈宪邦之父沈景召在此商埠重地开设有"招商旅社",积攒下不少钱财来。饱读诗书的沈宪邦接管生意之后,富有心计地看到这个邳南商品集散地,正需建造一座浴池来提高来往客商的生活水平。于是选中镇上大北门内繁华的南北小街东侧一汪塘,为建造浴池的理想地段。买塘以后,移土填平。还专请徐州的专家给设计了图纸。1919年动工,次年建成。

浴池建好了,起个什么名号好呢?沈宪邦向晚清举人石惠一先生请教。石老人讲:"你们沈家的堂号是'延裕堂',其意是延续繁衍,富裕昌盛。你的先人,乐以行善,以儒经商,进德待人,有好口碑,我想这浴池就叫'浴德池'。浴字占你家堂号,德字传与后人。"于是题写了"浴德池"三字。沈宪邦遂把这三个苍劲俊秀的字刻在一方青石之上,镶嵌在拱形门楼中间,如今仍在。

据说浴德池,乃是当日全邳州面积最大的近代化浴池。

归途与土山镇文化站王站长一路交谈。得知原编镇志稿本,因办公场地搬迁而遗失,他个人所撰有关土山之历史风情古迹民俗之书,有待印刷出版,闻买一出版社"书号"需资两万元。亟嘱以该自寻印刷厂印制之,不必寻求所谓"正式公开出版",因有"书号"出版社并不能实现销售,以扩大该书之市场也。

至土山镇政府会议室正式座谈。得见2006年5月拟订之《土山古镇保护规划》。略云:

"保护关帝庙、沈宅、魏家布庄、浴德池、王大楼、小街等文物保护单位,以及县政府、天主教堂、申氏药铺、宝泉涌、东西五柳、老法院及锅饼炉店等";"保护土山古镇的古井、古树、水道、古桥,东西南北四个门桥、济夫桥等";诗词、传说、事件等反映的人文环境特征的保护,集市商业文化等。

赵主委即席发言谓,开发旅游贵在"聚拢人气,聚集财气",用"大投入"换取"大效益",要在"吃、住、行、游、购、娱"等服务手段上下大功夫,因此,从整体上来评估,土山镇目前还不是"一个成熟的旅游产品"。余则建议加强当地乡土文化资料搜集和土山镇籍人士回忆录征集,切实保护好土山镇历史文化资源。

下午至狮子山看楚王陵。王陵位于三环东路之汉文化景区,景区内有"汉文化广场",在王陵北边,是景区大门内第一个景点。广场内有刘邦像、司南、汉朝大事记碑等。到广场西侧坐景区电车到"兵马俑博物馆",馆内分"地上俑坑"和"水下兵马俑"两处展区。

要仔细观察兵马俑的姿态,最好能听导游解说俑阵摆放凌乱的原因。出了博物馆坐景区电车到楚王陵,参观陵墓。1995年,狮子山楚王陵被评为当年"全国十大考古新发现"之一。陵墓有一条南北甬道,两侧有十几间耳室,最终点是楚王墓室。楚王陵的最大看点是墓室和兵马俑存在的种种疑点,为此座地下宫殿增添了诡秘色彩。它揭示了当日政治斗争和王室内幕。

购郑刚、李春雷《楚天汉韵——徐州狮子山楚王陵发掘纪实》(中国三峡出版社2000年12月版),文笔甚佳。有关古墓发现的文章,写到极至者,往往如探案如传奇,读来惊心而动魄。

5月15日,周四,晴,午后徐州出发,前往泰州姜堰。

早餐后,驱车前往九里山经济开发区,先看位于龟山西麓前广场之"徐州圣旨博物馆",再看龟山汉墓。

"圣旨博物馆"货真而价实,各种圣旨原件搜集非易,且其藏品多有旧家门第中物。记得发现一犄角放置两块木匾,一书"友富贵莫如友仁"(当有另一联"宝珠玉不如宝善"),一书"和以致祥恭则寿"(另联"仁能济世俭传家"),想来当还有两块已佚毁也。可见展厅面积尚小,未能尽展其收藏底蕴。主人周庆明(亮公)先生系彭城画院院长,2006年获中国国画家协会所授"中国书画百杰"荣誉称号,编著有《中国圣旨大观》等。于其办公室见钉壁有一幅"文房四宝"画。

龟山汉墓为西汉第六代楚王(襄王)刘注(即位于公元前128—前116)夫妇合葬墓。依山为陵,纯由人工开凿而成,为横穴崖洞式。南侧为刘注墓,北侧为其夫人墓,有内门相通。墓门面西,呈喇叭形,有南北两甬道,甬道长五十六米,高约一点八米,宽约一米,两甬道之间相距约十九米,据说系迄今为止发现的地球上人工打凿精度最为精确的甬道。两甬道均由二十六块塞石分上下两层堵塞,每层十三块,每块塞石重达六七吨。

墓室阴而凉,凡十五间之多,主次分明,大小各室相通,作息功能配套,令人叹为观止。一行从山间墓洞之北甬道走出到地面,但见满目花木，阳光烂漫，顿有从阴间回到阳间之感，始则欣喜，旋感温暖。人间尽有诸般不是，可终究"活着真好！"凡看过如此这般帝王墓者，当倍加乐生惜福、积德行善也。

5月16日，周五，晴，姜堰出发，前往溱潼，宿靖江。

早餐后前往溱潼镇政府会议室座谈。

午餐于镇政府食堂，闻此地有溱河，菜肴有"溱河八鲜"（溱湖簖蟹、溱湖甲鱼、溱湖银鱼、溱湖青虾、溱湖水禽、溱湖螺贝、溱湖四喜、溱湖水蔬）之谓，食其鱼虾果然甚为鲜美。

按：溱潼位于里下河地区之姜堰、兴化、东台三地交界处，有"犬吠三县闻"之说。此地由古代凹陷地发育而成，四面环水，犹如水面上漂浮着的轻舟一叶。从境内多处出土的如"磨光石斧"等新石器推断，大概在五千多年前的新石器时代，此地就曾有人居住。古代溱潼水草丰茂，成群的麋鹿生息于此，掘食草根后踏地成泥，谓"鹿浚田"，农民可不耕而致丰。汉唐时盛产"海陵红粟"，俗称"桃花米"。《汉书》记载："吴有海陵之仓。"唐代骆宾王在《为徐敬业讨武曌檄》中写道："海陵红粟，仓储之积靡穷。"镇西不远处今存"古海陵仓"遗址。南宋初年，泰州知州岳飞，曾驻兵溱潼村，故留有民俗"会船节"。会船于每年清明节次日，有篙船、划船、花船、贡船、拐妇船等名目，项目不同则风格不同，服饰亦不同，可谓各领风骚。届时，百舸竞发争流，场面颇为壮观。赛船毕，则有演戏、酒会、送头篙等余兴节目。

午后游观溱潼古镇。

据介绍，明万历年间，太仆寺少卿泰州陈应芳绘制的《东下河水利图》上，开始正式出现"溱潼"地名，距今已逾四百多年。被谭献称为"词史"、吴梅誉为"清代词冠"的词人蒋春霖（字鹿潭，1818—1868）曾经久客此地，写下《水云楼词》传世。

雁斋藏有香港浸会大学黄嫣梨女史所著《蒋春霖评传》（南京大学出版社1997年版），凡六章。其于1993年初春于香港大学冯平山图书馆所写自序，大见性情，有身世之慨：

十年来，我一直无视于世俗名位荣辱的毁誉，以及人为制度的左右，我好任性选读自己喜欢阅读的书籍，撰写自己敝帚自珍的文字……我的学习路途并不如一般学子的顺利，从大学毕业到我再进入研究院，其间有着漫长的八个年头。为了生计，我在大学、夜中学和成人夜学院教过不少学科，每天工作超过十二小时，每周授课高达六十多节，亲身体验了营营于生计、壮志难伸的知识分子的辛酸与悲哀。

郑板桥、孙乔年、于右任等都曾诗咏溱潼。吴嘉纪"有船田父皆为渔，十口五口依菰蒲"（菰：池沼里的草本植物，又名"茭白"）之句，尤为写实。

清代此地为棉、麦、稻粮集散之地。有徽商胡、王、洪、方四姓经营茶叶、油漆、锅席、纸张。上世纪初，南通张謇、无锡荣氏都曾来此设立庄栈，创办实业，一时粮行、米厂、油厂、纱厂、水运、南货、金融、通讯、茶馆、饭店、旅社、浴室等纷纷兴起。上世纪二十年代，粮食市场高峰时，夏季每天的粮食交易超过三四万担，贩粮船有二百多条，宁波、上海、天津等地的面粉厂，有专人驻溱潼收购小麦；秋季水稻市场更加兴旺，买稻加工的米厂多达三十多家，粮行最多时有八十三家，从业人员上千人。

如今以东西向溱湖大街为中心，十多条小巷呈"非"字型向南北辐射，房屋鳞次栉比，错落有致。巷内麻石铺地，老井当院。木排门宛然依旧。镇区尚存古民居六万多平方米、古街巷二十三条、古刹六座，现存古桥有"利济"、"永安"、"鹿鸣"、"月明"、"永乐"等七座，"浇花井"、"学士井"、"双魁井"、"缫丝井"等至今泉流水清。

溱潼民居建筑一律采用砖木结构、青砖小瓦、七桁五桁不等。大户人家室内装修采用隔扇花窗、卷棚斗拱、斗角重檐等多种形制，更有火巷密室、神龛照壁，做工精细，毕肖动人，以显示其主人身份的高贵和富有。

现存古民居中高档者，多为官宦世家和地方富户所建，用料考究，做工精细。各户形制布局同中有异：有单门独院、有合面两进、有前后三进五进，更有厅堂厢照，合院兜梢、四关厢等。寻常民居多为前后多进的"连家店"。前面是迎街的店面，后面就是店主人的住家，两进房屋紧靠一起，中间不设天井，用天沟排水，为省地步也。各家各户多单门独院，因地制宜，所以形式多样。

镇上以纵向小巷为主，盛时有百十多条。在纵、横相交的巷子转角处，住户人家都自觉地将自家的墙角抹去，为的是让肩挑货物的来往行人顺利通过，既撞不到自家的墙又方便了他人行走，于己方便于人方便，有人将此举称之为"左右逢源"、"和气生财"。纵巷的南北两端设有暮闭晨启之公用大门（"共门"），为一般地区所罕见。每到晚间，巷内各户门前都挂起灯笼，家人回来后就将灯笼取下，待巷子里灯笼全都收拾进去，两头巷门关闭，全巷人安然入睡。

本地传统生产一种质地细腻、色泽沉着的砖瓦。砌成的砖墙经青灰勾缝，经久而耐用。多数门楼上有砖雕"福"字和"喜鹊登梅"、"桂树蝙蝠"图案。少数院内还有砖雕仪门和正对大厅的砖雕照壁，内容有三国、水浒人物故事，渔、樵、耕、读情节，以及寓示吉祥如意的福、禄、寿等。富贵之家有用特制大方砖铺地者，有的于方砖四角下置陶盆，既防潮，又能听声（人行其上能发出空响，名为"响厅"）。

溱潼陆地面积比较小，港汊交汇，有盐运、漕运之必经水道穿镇而过。还有三条东西向夹河，沿夹河两岸为临河商业街。沿街商铺常有便门通往巷内。

最能体现水乡特色的民居，莫过于夹河两岸人家的"水榭"，河上临窗互答，河下舟楫往来，三座石桥横跨其间，自有一种水乡生活之致。由网上一文获悉：

夹河北岸是一条叫作"口街"的沿河小街，街南为傍河而居的店铺和民居，街北就是与夹河平行镇中大街店铺的后门。这条长约一华里的镇中大街，是溱潼经济的中心。

街上条石铺地，街面不宽，两边店铺的员工可相互交谈，街两侧是各色各样的店面，南货、北货齐全，吃的、穿的、用的应有尽有。溱潼附近农夫撑船来到镇上，船停在夹河里，全都在这条街上买商品。满街人头攒动，熙熙攘攘，一年四季天天如此，以至于有人将溱潼称为"小上海"。

遗憾的是,建国后这条镇上重要的最具水乡韵味的夹河逐渐被填埋,而与河并列的大街,又在前几年被拆除,建造了宽阔的水泥大路,路两旁盖起了名为仿古,实与溱潼当地古建筑风格相去甚远、体量偏大、高度超群、色彩过于鲜亮的商业楼。如果还是以前的河与街,稍作整理,与现存镇内的大量古民居一起,就能与江南作为世界文化遗产的历史名镇相媲美。所幸的是拆建比例就全镇来说极小,而且并非没有恢复的可能。

构成溱潼历史文化亮色的,是这一片片古民居中,历代走出了众多的历史文化名人,也曾有不少文人墨客到此流连。当代则有世称"当代草圣"之高二适先生(1903—1977),即出生于溱潼北郊小甸址村。

我们一行自"溱潼八景"之"东观归渔"开始,择看到"绿院垂槐"而毕(据清乾隆间曾任苏州府教授的本地孙家庄进士孙乔年之八景诗,则还有"南楼读书"、"西湖返照"、"北村莲社"、"禅房修竹"、"石桥明月"等)。所谓"绿院垂槐",为一虬枝苍劲的唐代国槐。而"花影清皋",则为宋代山茶也。植于庭院中,比屋而长,树高于屋,春间红花茂盛无比。

民革江苏省委省直工委调研组一行合影留念

见小巷居民多设铺制作鱼饼、虾球,以溱湖所产新鲜鱼虾为原料,白者如玉,红者如珊瑚,因其色、香、味而称"溱湖双绝",可惜天热无法携带回家佐酒细品也。又引以为憾者,位于镇西之溱湖,镇南之喜鹊湖,因继续有调研任务而无暇一顾。

看毕溱潼,即前往靖江南郊之扬子江大酒店。是晚宴毕,与同人步至"靖江上海城"而返。

5月17日,周六,晴,靖江,回到南京。

自助早餐。见有《靖江风情》介绍之特产见子粥,盛两碗食之,其香糯果然不同寻常。意决不食鸡蛋,易以两碗而食,并推介于对座之润州沈主委。沈君亦食两碗,谓此民间美味,未曾尝过,临行,复盛两碗,推一予余,曰共君再食一碗,以为靖江游念。于是鼓腹而出,凡食五小碗。忆如此累食,惟去冬于石家庄有之,所食为当年新碾之玉米面粥,虽清香润口,尚欠一碗。余之履及此祖居之地,得此一种体验,亦为异数也。

靖江主人方设计调研车队自人民中路西转至老城区经过,以瞻余先祖所居之"胜利街"。街为南北走向,惊鸿一瞥中,但见传统砖木结构之民居平屋已残破凋零,新建高大楼房正崛起之中。遵"私不废公"原则,未允主人停车浏览之议。心记念想多年之祖居行,竟以如此方式走了"过场"!

想近百年前先祖父母由此街出走江南,先至常州,再迁苏州,经吴县玉屏山居,然后落户太仓终老,世纪人生,恰值家国多难,辗转如浮萍,有多少不易!三代单传至于余身,竟得置身太平时世,于学府讲课作文,由是感恩。

按:吾家祖居江苏靖江(此行得闻靖江徐氏多从如皋迁居而来,未知确否)。约在1963年,先祖父于苏州乡下用红纸楷书一份"苏省靖邑,徐氏三代"谱系,记录其曾祖讳凤千,祖父讳善性,父讳迺康(字元吉)。于靖江城里开有南货店,所遗房产在胜利街236号,五进带两披房之老屋一座。其中第二进归先祖父继承,业权属我祖父与叔祖父云飞公所有,年久失修,于1959年折卖他姓。

至靖江西部之生祠镇座谈。

据介绍,南宋建炎四年(1130),岳飞(1103—1142,河南汤阴人)率江南军民抵抗并追击金兀术南侵军队,收复建康(今南京)后渡江北上。随后退军江阴军沙途中,曾安集江淮一带流民于此,并派精骑兵二百人为之殿护。众百姓感其恩德,在此立祠建庙以为瞻仰。因所立祠庙于岳飞生前,故名"岳忠武穆生祠堂",又称"岳王庙"。因建在岳飞在世之时,比明成化七年(1471)靖江建县还早三百五十年,而闻名全国的河南汤阴岳庙和杭州西湖岳庙均系岳飞遇害后所建,故而此庙乃是中国最早的岳飞庙。"生祠"一词遂流传沿用至今,"生祠镇"亦因此得名。

据《宋史》载:"诏飞退守通、泰,有旨可守即守,如不可,但于沙洲保护百姓,伺机掩击。飞以泰无险可恃,退保柴墟,战于南霸桥,金大败。渡百姓于沙上……金兵不敢近。"通,即南通;泰,即泰州;沙洲、沙上,即"马驮沙";百姓是指江淮难民。这些难民,就是当今许多靖江人的祖先。靖江有句话:"吾乡自昔阴沙地,百万生灵武穆移。"《靖江县志》(1825)中也有记载:南宋建炎四年(1130),江淮镇抚使岳飞把江淮难民"用船渡至阴沙"。

岳王庙,原位于生祠镇东街之南,东濒大靖港,面临团河,左为思岳桥(又称"望岳桥")。祠屋共三进,宋式建筑,第一进正屋三间,面南开门,门外有"甘露亭"一座,入祠必绕道亭之左右。第二进正屋三间,中间建神龛一座,上塑岳飞坐像,土质金身,神采奕奕,右塑有岳云及张宪侍像,生动异常。梁悬"精忠贯日"匾额,神龛两侧为进出走道,道旁又塑岳王神将牛皋、杨再兴、汤怀等八尊立像,分东西对立,姿态生动别致。

第三进正屋五间,中间塑神像三尊,居中是关帝(俗称为"关帝殿"),左为刘先主(备),右为张恒侯(飞),所悬楹联内有一副:

生涿州,起徐州,左豫州,守荆州,耿耿精忠昭日月

兄玄德,弟翼德,讨孟德,诛庞德,巍巍大义震乾坤

东边一间塑李老君像,西边一间塑千手观音像。1949年10月以后,生祠镇民房逐渐恢复原状,惟祠宇久未有人过问。生于

靖江生祠之纺织业巨子、江苏省副省长刘国钧(1887—1978)轸念古迹就湮，殊失崇敬民族英雄之意，乃慨然斥资，重建新祠，在原镇西中街河南善余恒布厂旧址建生祠堂两幢，前为生祠堂，后为文化宫，落成已有数载。1961年回里亲自察看，因祠堂南北面，雅不相宜且规模亦未尽善，复又斥资，就文化宫东西旷地辟基重建，其规模气魄且较旧祠雄伟壮观。这是有史记载以来的第三次重建。可在"文革"中又遭厄运。1978年，刘国钧先生遗嘱要求"一定要把岳庙重新修复"。1985年，其子女刘汉栋、刘璧如捐资三建岳庙。二十世纪九十年代，刘国钧子女又一次捐资和政府共同修葺。

现存岳庙为宋式建筑。庙前两座石狮建于宋绍兴年间，距今八百年。狮身高两米，该对石狮造型简单，古朴逼真，雕刻细致，狮身毛发纹路清晰，脖子上系有铃铛，脚踏石台，线条柔和。左右两只神姿各不相同，左边雄狮足踏绣球，昂首怒吼，神色威武；右边母狮前足托护正在嬉戏的幼狮，口部微张，生动有趣。

山门正中是吴作人题写的"岳庙"两个大字，两侧墙壁上嵌入了石刻"精忠报国"四个大字。

推开大门，见到的是周谷城所题"思岳殿"。岳飞坐像置于大殿正中，头带红缨帅盔，身披紫袍，肩负金甲，足履武靴，手拿书卷。据说这是全国唯一一座带有忧戚神态的岳飞塑像，由国内著名雕塑专家、同济大学教授俞维国等设计，采用生漆脱胎而成。

塑像上是岳飞手书的"尽忠报国"四个大字。抱柱楹联是岳飞的"三十功名尘与土，八千里路云和月"。字体端庄秀逸，高度地概括了岳飞的思想境界和精神风貌。

后殿为"思岳轩"。岳飞像碑立于正中，李纲、韩世忠的诗文镶于外壁。这些碑文的来历也很不易，当时是由刘国钧先生花重金买回来的，全都是真迹，现珍藏在南京博物馆。回廊环抱二殿，嵌有词碑、诗碑和岳飞手书《前出师表》之石刻等。其中有岳飞手书碑文："纠正四方精锐，咨之群贤，然后施行"和"勋业封冥下，交情气君中"。还有黄炎培在1958年证实碑文为岳飞真迹而题写的两首七言绝句:"忠邪倒置史奇闻,浩气危襟自不群。祠宇废兴遗爱在,江城长念岳家军。""八百年来兴灭惨,几番争鼎沸中华。相携社会光明道,民族于今合一家。"它曾在"文革"浩劫时被砸,扔进河里,后在疏浚河道时才又重见天日,据考证这块碑是国内新发现的岳飞手迹真品。院中两棵上百年银杏树,乃刘国钧父亲在祖屋前种植者,后修建岳庙迁移至此。

出岳庙南行,即见当年父老乡亲挥泪送别岳飞之"望岳桥"。岳飞此行回临安后被以"莫须有"的罪名魂断风波亭。消息传到马驮沙,靖江百姓纷纷走上了昔日送别之桥,遥望江南,悲愤万端,因此"望岳桥"又改名为"思岳桥"。

6月16日,周一,南京阴,午后出发,前往镇江丹徒之儒里镇座谈。

上午在家,应对昨天下午转发同行友人之常熟市古里镇人民政府《铁琴铜剑楼与中国藏书文化国际研讨会暨第五届中国现存藏书楼联谊会征文通知》。

经与曹培根教授联系,主办方热诚欢迎各界关心中国藏书文化的友人踊跃参与征文,以共襄其雅,见证其盛。

经民革镇江市委联系安排,调研组于午后一时许出发,直抵镇江丹徒区儒里镇调研并座谈。

按:儒里是长江航道东移后造就的江滩沙地,元末明初山东提刑朱文通(谱名"亨三")自镇江焦山移居于此,围地造田,并成家立业,遂世代繁衍为"朱家圩"。相传乾隆闻此地多有读书之人,乃是朱熹后裔,于是御笔为书"儒里"以示嘉勉。2002年,于儒里发现一座距今已有五百余年历史,且保存完好的明末清初老房子。据主人所藏家谱考知,其主人乃是南宋著名理学家、教育家朱熹后裔,为第三十代孙。多年前曾获"江苏省历史文化名村"称号,现属姚桥镇。

另据网上资料反映,扬州名医朱良春先生就是1917年出生于儒里镇一户书香门第,为朱熹第二十九世裔孙。他少时因病在家,翻阅中医书籍,从此走上学医救人之路。病愈后,拜清廷御医马培之后人马惠卿先生为师,后又师从上海名医章次公先生。出师时,章先生赠以"儿女性情,英雄肝胆,神仙手眼,菩萨心肠"十六字,从此成为朱良春行医之准则。若如此,朱先生或即生于此宅者乎?

至则姚桥镇殷书记等报告基本情况后座谈片刻,即前往参观朱氏老宅,现以"江南第一古祠"为旅游招徕,属于朱氏后裔自建之"儒里民间修祠委员会"管理。解说者即系一位朱姓先生。

据介绍,现存并修复之三进砖木结构老宅,前后共有四道门,纵深五十余米,占地面积超过一千平方米。有古建筑专家考察后称,如此保存完好的明代民居在江苏已不多见,其建筑风格具有一定的研究价值。因当初作为当地学校,故能保存下来。

朱氏宗祠大门前照壁新雕有始迁祖朱亨三以来历代创业立业故事。门边有明代拴马石,二道门口有一对清代石鼓,门上有精美无比的数丈高的明代花墙飞檐,花墙上方嵌着"紫阳世泽"四字,还有八匹栩栩如生的砖雕骏马、"八洞神仙"和一百个字体各异的砖雕"寿"字,组成精彩纷呈的"百寿图",分别布局在"紫阳世泽"四周。院内有老桂一株,高大而葱郁,当系初建宗祠时移栽之物。

6月17日,周二,前往丹阳九里镇,阴雨,下午前往无锡。

昨夜早歇。沈副主委等来,导至镇江火车西站路口一小铺吃当地"锅盖面"。吃面条毕,即前往丹阳延陵镇九里村调研。

至九里村会议室见挂壁一"如意图",有题辞云:"如意如意,人有人意,我有我意,合得天意,自然如意。"然后冒雨去看泉。

午饭后赶往无锡,遂入雨帘之中,一时骤而急。按计划,今明两晚入住无锡市内清扬路198号之蓝天新港大酒店。请许行健副主委找来4月13日《江南晚报》,上有余允中《忆昔述今为书香——〈中国旧书业百年〉读后》,略云:"读毕百万字的《中国旧书业百年》,觉得著者徐雁先生对倡导书香社会依然拥有一颗拳拳之心",本书"的确让人感觉到书香四溢的社会是滋润人心的,旧书业作为书香社会的组成部分也是人们所需要的"。

6月18日,周三,午饭后前往无锡,大雨。

上午参观今属梅村镇之泰伯祠(又名"至德祠",或"让王庙"),位于无锡市东南十五公里的伯渎河边。

按:梅村古名"梅里",乃商末渭水流域氏族首领古公亶父(后世尊为"周太王")长子泰伯因让王位于其父意中的季历(周文王之父),便联合弟仲雍以采草药名义从陕西岐山出奔荆蛮之域吴地,并在此建立勾吴国之都城。东汉永兴二年(154),桓帝下令在此立祠,历代整修扩建,清初成为一组建筑群体,占地八十余亩,极其精工华丽。咸丰十年(1860),清军在无锡与太平军交战,庙中爱芝堂、大树堂、德治堂、大夏堂、慈俭堂等建筑俱被烧毁。1937年,复遭日军破坏,仅存泰伯庙主殿、两庑、戟门、头山门,以及庙内古柏数十株。

于祠中故井亭见对联:"井邑依然旧山水,荆蛮乃是新天地。"至祠后看当年泰伯率众修建的沟通沼泽之地的水利工程——泰伯渎(伯渎河),正流经梅村,流向荡口,注入鹅真荡。闻此曾为晚清无锡米市粮食集散的重要通道。

下午考察荡口并在鹅湖镇与有关人士座谈。先看当地自摄一碟《鹅湖新韵》。

荡口镇地处伯渎河之尾,鹅真荡之口,西北有沙沙荡,西南有青荡,东有鹅真荡。境内无丘陵山地,全是良田沃土,环境得天独厚,乃是有名的鱼米之乡,当地素有"金甘露,银荡口"之说。但古建筑如三公祠、望月楼、望湖阁等,有的因故被拆除。于华蘅芳故居内录得一联:"读书身健方为福,种树花开总是缘。"

看不够、说不尽、拍不完的"银荡口"……

经考察"荡口水镇文化",大致有以下六个特点:

一、水镇绝色。荡口旧有"小无锡"之称,原本保存有大片明清古典建筑,有华蘅芳故居、华绎之别墅,有三公祠、望月楼、望湖阁、学海书院、青荡大坟等人文历史资源,尤以义盛河、北仓河两岸最有特色,青堂瓦舍,古朴恬静,隔河照壁,沿岸码头,民居与水网交织成一派水镇风光。

二、义庄独秀。史载,明时锡地有"华氏义庄"及"吴氏义庄",后废。第二十二世华进思,累积致富,拥有土地二千多亩,乾隆八年独置义田一千三百四十亩赡族,踵者遂十数家。华氏家族在镇上设有"华氏义塾",有学田二百多亩,置钱若干存典生息,专门供给本族有关各支无力读书及艰于应试者。现尚存有四处义庄老屋,有华义庄(老义庄、新义庄)、徐义庄、钱义庄、襄义庄等,有的正在修复之中。其中一庄四进四出,正厅楠木,有二千五百平方米的面积,可见当年义田、义庄、义学的规模。建议,可整合全国现存义庄文物与文献资源,筹建"中国义庄博物馆"。

三、名人辈出。在明清两朝就出过进士三十七人,尤以华氏为多。华姓人至今仍占荡口居民五分之一。从始建于明崇祯年间的华氏始迁祖祠,到隐于和平街小巷中的明代华氏进士第、漫画大师华君武旧居,到《三笑点秋香》中有名的"华太师"——华鸿山所造"三公祠",无不透露出荡口的人文遗韵。

如在荡口镇南鹅真荡旁的"三公祠",纪念的是明嘉靖年间的苏松巡抚孙慎、苏松督粮翁大立、无锡知县王其勤。1987年荡口乡扩建粮站时,将古祠拆除。1989年,又参照古祠式样予以重建。其中有《无锡县延祥乡首建三公祠记》、《无锡南延区华氏田记》和《重修三公祠记》等碑刻文物。原来在重建时,人们将拆下藏在祠后大厅里的这批石碑又照原样树立在东、西侧墙内,以恢复"历史原貌"。

四、实业致富家。荡口之发展,与华氏家族历代实业兴家的努力密不可分。黄石弄北侧深灰色的晚清建筑,就是制成中国第一艘木质蒸汽机船的工业科学家和近代数学奠基人华蘅芳的故居,里面陈列着他的科学著述、上百幅图片资料和中国第一艘自制火轮。

五、民艺丰富。荡口民间故事和传说有"沉襄衣"、"青荡大坟石箱"、"伯姆三娘桥"(有别于鸿声镇内的"三让桥")、"范蠡、西施鹅湖泛舟"、"三笑"(即民间盛传之"唐伯虎点秋香")等。

六、兴学资教。学海路附近有人才辈出的果育鸿模小学。该校由清末举人、工商实业家华鸿模创办,中科院院士钱伟长、钱临照,国学大师钱穆,美国国家科学院院士顾毓琇等都在此接受过启蒙教育。华绎之是著名的实业家,也是书法家。荡口百姓和师生为颂扬其"献宅办学"的奉献精神,于1996年秋在荡口中学内建起了"绎之亭"。

此镇曾于五年前九月底首至,时与深圳友人毕敏兄偕焉。荡口中学(原鹅湖中学、学海中学前身),其校址原是后仓浜花园里的华绎之旧宅。又,荡口中心小学中央通道东侧树有钱伟长塑像,像基正面刻着八个大字:十年树木,百年树人。

按:1942年3月,荡口地方人士邀请华祖尧在鸿桥小学内复办一个鸿桥初中补习班。华绎之为使自己住宅不被日、伪军占领,要求此班迁入住宅。后来地方人士又邀华祖尧办正式初中,遂于1942年9月恢复"私立鹅湖中学"校名,由华祖尧任校长。此后校址再无变迁。1998年9月,荡口中学一九五四届同学会为贺母校六十周年校庆,为弘扬华绎之"献宅办学"、华祖尧"投身从教"精神,特在"绎之亭"内树立"敬师碑",以励后学。

2003年9月底,与《深圳特区报》友人毕敏(右1)先生等留影于荡口小学校园内

在地产名品方面,此地处于太湖流域,全境水域没有受到污染之前,出产有大量金毛、青壳、白脐之太湖清水大闸蟹。据当地老人回忆,当时一般家庭食用,只舍得买一些个头较小、价格相对低廉一些的毛蟹解馋(听说当年太湖清水雌蟹重三两以上、雄蟹四两以上者卖八角四分钱一斤,相当于六斤大米之价)。因此感到,荡口水镇的"清水大蟹"值得做好文章。由地方史志资料可知,至少有三个于史有征的传统"蟹文化"素材可资借鉴:

一、聚丰园的"瓮中养蟹"。每到金秋十月,旧时无锡城里的各大酒楼、菜馆,都会争先恐后地推出应时"锡帮菜"中的传统名菜——"蟹粉"系列。烧煮"蟹粉"系列菜,首推"百年老店"聚丰园。聚丰园创建时背靠运河,供应鲜活鱼、虾、蟹制作的菜肴。聚丰园三个创始人中有一位家住荡口,当年鹅真荡内所产蟹类似玉祁的"玉爪蟹",品质十分优良。

"蟹粉"贮存期短,保鲜只有十个小时左右(如今虽将"蟹粉"放

在冰箱里冷藏,鲜味上也是要大打折扣的)。因此园有规章,务用活蟹现剥现供"蟹粉"。其做法是,在蟹上市最多的时候,预先挑选一批壮实的蟹,放在瓮里用稻谷饲养,这样可从中秋延长供应到春节。入冬之蟹,即使是一两重的小蟹,也会膏黄满斗。因此寒冬季节至聚丰园,蟹粉菜肴品种如蟹黄油、清蟹粉、蟹粉鱼翅、蟹粉鱼肚、蟹粉蹄筋等均有供应。最普通的一品便是"蟹粉豆腐"(吃"蟹粉"菜肴的诀窍是,须得"现炒热吃",冷过后就是回锅热了吃也会有浓重的蟹腥味)。

当地老辈人还记得,那时还有一种特制的半斤装"蟹油"供应,吃客买来后备着,平时可用来做面条"浇头"或"蟹粉烧豆腐",也是别有风味。据说当年蟹粉菜上市季节,聚丰园还要临时招聘剥蟹粉的临时工,在厨房边专设有一张大长桌以供操作。

二、章万源热酒店的"猪油蒸蟹"。上世纪五十年代中期,无锡崇安寺皇亭侧有一家"章万源热酒店",每到太湖清水大闸蟹上市的秋季,他们便打出为酒客"加工大闸蟹"的牌子。即将顾客选好的蟹洗净,于蟹脐内放一块蚕豆大小的生猪油,然后用绳将蟹绑好放在笼子内蒸熟,其味腴而香,每只仅收加工费五分钱。

黄昏时分,一个酒客进来,吃上两只蟹佐以两斤花雕后,再到对面"金阿胖夜面店"叫上二两夜面,全部消费约在一元五角左右,约合十斤大米的钱。

三、失传的"香糟醉蟹"手艺。当年在金秋之季螃蟹大量上市时,有些实力的家庭会买上数斤约一、二两重的毛蟹,洗净放在瓮内,加上高度烧酒和适量盐,将瓮口密封,隔一段时间取出来吃,那便是"醉蟹"。听说做"醉蟹"时,也有一个秘诀:在脐内放一片香肠,做出来的醉蟹风味绝佳。

无锡船菜中的名味"香糟醉蟹",据讲是醉蟹中的珍品。其醉蟹之鲜,不可名状。可惜民间这种制作"香糟醉蟹"的方法如今已失传。

此行调研得知,荡口多年来已成了"包装之乡"(江阴也是"包装之乡"),拥有各类彩印包装企业二百多家,据说年生产能力超二十亿元。不知此种产业对于当地环境的有害影响何如？

6月19日，周四，晴而热，
上午前往木渎，下午调研相城。

上午看了木渎严家花园、木渎中学等。

下午看了相城。其名称来源于伍子胥相（xiāng，亲自观看）过的城池用地。两千五百年前，伍子胥在相城所在的土地上"相其地，欲筑城于斯"，终因"城下湿乃止"。尽管错过了建造"阖闾大城"的机会，却也为相城保留了自然地貌。如今有"东方水城看苏州，苏州水城看相城"之说。作为苏州北大门，相城区境内湖泊河流众多，尚存较为典型的江南水乡风貌。

6月20日，周五，晴，下午酷热。

上午参观相城区元和镇上袁氏"中平澄泥堂"。

午餐后，省民革调研组回返南京，余则应邀前往寒山寺考察。得知当今寒山寺住持秋爽大和尚，委托寒山寺文化研究院主办第二届"寒山寺文化论坛"，遂出寺至院与姚会长叙谈，并就晚餐于寺旁枫桥大街3号之"寒山寺素斋馆"。

寒山寺人文底蕴深厚，为传承和弘扬寒山寺文化，推动"和谐社会"建设，继2007年11月26日以"传承和合文化于人间"为主题，成功举办"首届寒山寺文化论坛"（2008年4月由中国文史出版社出版论文集）之后，寒山寺文化研究院拟主办第二届"寒山寺文化论坛"，已于今年1月以"和合·和谐"为主题征集论文，将于今冬举办研讨之会。寻思再三，拟作一文。

餐厅之后即水势仍健之枫江，也即当年张继客船行经时暂泊之处，清夜为钟声扰梦而得千古绝唱之处也。此地约在1987年春节后曾一游，倏忽廿年，能谓人生非白驹过隙乎？

6月21日,周六,晴,热。
苏州—太仓。今日"夏至"。

晏起后由苏州汽车站乘车回太仓,看望老父亲,在家午餐。

傍晚林英率刘艳梅、荣方超由南京坐长途汽车至,同入住金太仓宾馆,此行为《尔雅》交接编校业务也。太仓图书馆设欢迎晚宴招待,餐后至一茶室叙谈。

中山大学图书馆去来

(2008年6月5日—7日)

"博学、审问、慎思、明辨、笃行"的中山大学校训牌

(中山大学图书馆程焕文馆长与到访的王余光教授及其三弟子)

(一)

因了对1888年成立之岭南大学的关心,多年来,对于1926年因纪念中山先生去世而命名的中山大学之校史,也颇有一点关注。当年从中大考取北大中文系研究生的杨早曾在《我的大学》一文中,从建筑文化角度解读"北有燕京,南有岭南"之说:

两所学校的校址都大有来头，燕京大学所在的燕园，据说可以扯上和珅、米万钟，岭南大学校园名曰"康乐园"，更是渊源有自，是南朝诗宗谢灵运谢康乐的宅第——可惜这一掌故好多现在的中大人闻所未闻……至于校园设计，两校都请的是美国设计师，又都采用了保存和沿袭中国古典园林风格的做法。

有趣的是，燕园歧路，回环折绕，曲径通幽，和北京城横平竖直的井字格风貌大相径庭；而康乐园两条中轴线贯通四方，历历分明，也迥异于广州九曲十八弯的街巷特色。也不知这是建筑师有意为之，抑或无心偶成？

忽一日，得读顾颉刚笔下文字，不觉莞尔：

在粤中，你要有研究工作，但处处无此环境，不得不自己造环境，于是购书也，印报也，创办研究所也，莫不由此出发。

（顾颉刚《致周予同书》，1928年2月1日）

我在中大，除教授之外，兼史学系主任，又兼语言历史学研究所主任，又兼图书馆中文部主任，日常的工作已经不胜其忙；而我又为奖进青年，提倡研究的风气，出了三种周刊、二种丛书，新书接叠的出版，使得一班同事眼里冒火说："中山大学难道是顾颉刚一个人的天下！"可是我何尝阻止别人的努力，你们有学问，有力量，为什么不用出来呢？

（《顾颉刚自传》）

我对于广州，老实说是不爱的，因为那边参考书籍不够，学术团体也没有，而且屋宇太小，使我不能把我的书悉数搬来——我的书是我廿余年来亲手购置的，已成了我的生命中之一部分，若不在手头，竟似三魂中少了一魂，弄得我彷徨无主。——天气又太热，事情又太忙，要定心研究和作文，真无从说起……一到北京旧宅，开了我的书箱，理了我的旧稿，我实在不忍再走了。

（顾颉刚《致中山大学文史两系同学书》，1930年10月13日）

他还说明道："燕京大学，当我在厦门在广州之时已来邀数次。这个学校固然是教会立的，但因设在北平，吸着文化中心的空气，故思想比较自由。他们与哈佛大学合办的国学研究所，经费更为稳固。又有前辈先生主持，用不着我去担负事务的责任。所以我去年返平之后，即答应了他们的邀约。这一年来，我每周只担任三小时的功课，尽有余暇自修。"因此，在学术上的成绩"比较前数年则多得多了"。

顾颉刚先生服务中山大学虽仅一年有余，但其作为却真不可谓少。为图书馆购旧书，创办《国立中山大学图书馆周刊》和中大语言历史学研究所及其《周刊》，皆是也。而其为馆赴上海、杭州购书一事，又恰好是我多年来想要弄明白的历史细节。

据其子顾潮在《历劫终教志不灰——我的父亲顾颉刚》一书披露："父亲为中大购书是为学界开新风气的。"计划购取的图书资料被归纳为十六类，于是旅居上海、杭州四月，"共计买书约十二万册，五万六千余元。当然，父亲购书的宗旨，也不是中大同事都能认可的，故而那时有人说他将有用之钱买无用之物"。

顾颉刚先生在杭州购书期间，常常需要以整天时间应付上门来送"头本"看样的书贾们。时协助戴季陶副长校务的朱家骅，还兼任着浙江省民政厅长，他在杭州听到了旧书商对他的揄扬："送他书他不要，自己要的书也花钱买，这是从来为公家办事的人所没有的。"

积隐德、获口碑如此，朱校长乃予其倾力支持，"所以父亲在中大里可以做出许多成绩来"，顾潮如是说。

（二）

1952年左右，中山大学所并入岭大康乐校园，仅三年前得一涉足，未免引以为憾。故五月底，中山大学图书馆馆长程焕文教授有参与其博士弟子张靖答辩委员会之邀，遂欣然允往矣。

6月5日（周四），南京晴朗，上午为本校信息管理系图书馆学专业2008届本科生答辩会，至中午而毕，教研室全体同人遂餐聚于西苑餐厅。餐后回教研室，复阅张靖申请博士学位论文《金石目录学与石刻拓片书目控制：以中山大学图书馆馆藏石刻拓片数字化为例》，写读稿印象于一纸。四时许前往禄口机场，坐等十九时许南航班机起飞。

飞行近两小时,至广州白云机场。有中山大学图书馆林明副馆长暨程门博士生周旖小姐开车接机,至康乐园内荣光堂入住。时焕文兄与余光学长室内边聊边候,但闻浓烟满室,可见交谈之洽。盖两人皆迷于烟阵之趣而不谙酒乡之乐者也。

睡前浏览室内摆赠之《钟荣光先生传》,知钟先生乃是1927年8月1日首任之岭大华人校长,鞠躬尽瘁于教事,故校友会印行此册以为纪念。

6月6日(周五)晨起,见暴雨已骤至。与余光学长偕至荣光堂一楼用自助餐。时窗外绿树浓荫下,雨水贯注,草坪如洗,有三两学子举伞而过,行色匆匆,不觉同声感叹康乐园之美。周旖携伞接至中山大学图书馆二楼会议厅论文答辩会现场,见到张靖等程门诸生。

今次答辩委员,中大校有邱捷(主席)、黄仕忠、曹树金三位教授。九时正答辩开始,张靖陈述论文思路、框架与观点、结论毕,邱教授推余为提问第一人。于是概评以外,质以问题一,予以指正二,提出建议三。遂行程序如仪,至十二时合议评语,得全票通过。遂冒雨出校午宴。

午宴毕,承中山馆办公室倪莉主任热情相助,提出全套十二册《顾颉刚日记》(台北联经出版公司2007年5月版)备阅。浏览第二卷之1927年部分,其为馆购书一事颠末,遂豁然而明朗矣。摘录两纸后,以时间匆迫,遂请王蕾女史帮助复印。

又《国立中山大学图书馆周刊》(1928年3月—1929年7月,凡编7卷42期)之《本馆旧书整理部年报专号》(1929年2月,第6卷第1—4期合刊),亦为此行所欲览者也。遂请倪主任介往特藏部,得阅大概。复以时间匆迫,不及一一摘录,因请破例准予复印,以便回宁细细研究之。

雨中接获用小铁夹子平整夹置于中山大学图书馆纸袋中的复印件时,顿时谢意满怀,而中大馆馆员团队善服务、讲效率之素质也由此可知一斑。辞别时,焕文兄以两巨册《邹鲁未刊手稿》(程焕文、张靖、周旖编,广西师范大学出版社2008年3月版)题字相赠。于是心生一念,将建议即将供职于此馆之本门童翠萍硕士为之做一书评也。

应佛山图书馆王慧君馆长之请,冒雨转往佛山金湖酒店。晚餐毕,相约次日上午先参观佛山图书馆,然后看当地国家级文物保护单位——"南风古灶"。

于交谈中获悉,该馆乃是全国公共图书馆中最早系列举办社会公益讲座者。王馆长毕业于武汉大学图书馆学专业,开展馆内业务甚有创意。当建议本系佛山籍何绰瑶同学暑假中前往采访,做一篇报道文章,以备余客座主持之上海《图书馆杂志·悦读时空》之用。

6月7日(周六),天气时晴时雨,看过佛山图书馆暨"南风古灶"后午餐,饮当地土产红米酒颇酣。十六时半南航班机阻于暴雨,遂延迟一小时许飞返南京。

候机时阅中大馆复印资料,复于机场书店购得王昕朋著《我们新三届》(作家出版社2008年5月版),抽读其中《我与红木箱的半世情缘》、《手抄本》诸篇,均有其回忆"文革"读书之事,以之为史料,则有裨于所参与之余光学长主编《中国阅读通史》也。又于机舱内随意翻阅5日发行之《南方周末·阅读版》,得刘炳善先生《开封的旧书店》一篇。

广州三日行旅,于知识学识之斩获可谓不虚,此皆焕文兄友情相招之赐矣。书此以为谢帖。

海宁、杭州、安吉纪行
(2008年8月18日—21日)

与诸友生站立于海宁市路仲古镇德义桥上看风景

应浙江海宁图书馆《水仙阁》杂志执行副主编陆子康先生约稿,连日来不断增补充实所撰纪念诗人、著名翻译家穆旦(本名查良铮,浙江海宁人,1918年4月5日—1977年2月26日)逝世三十周年一稿。前日托林英从南大图书馆借得百花文艺版《李霁野文集》、上海文艺版《李霁野纪念集》以为参考。惟杜运燮先生等为穆旦去世二十周年所编第二部纪念文集《丰富和丰富的痛苦——穆旦逝世20周年纪念文集》(北京师范大学出版社1998年版)本校图书馆失藏,意海宁图书馆当有此书也,拟到海宁后借观其本。

经多日来对穆旦人生研究后,决将原拟文题《"一个人到世界上来总要留下足迹"》改为《"生命也跳动在严酷的冬天"》,系选用其晚年诗作《冬》中之句。

海宁固旧游之地。《水仙阁》小杂志以清光绪三十年(1904)中国首家县级图书馆诞生于海宁盐官镇海神庙之水仙阁而得名,故海宁图书馆内设有"水仙阁书吧"以为纪念。四年前春天,海宁图书馆举办百年馆庆座谈会,曾应南开大学徐建华兄之介,与津门来新夏先生、海上王宗义兄有两日之会,遂得伴游于硖石镇徐志摩故居、张宗祥故居,以及盐官镇海神庙、王国维故居。

2004年春,陆子康(左1)、王丽霞(右1)导游于徐志摩故居留影

8月18日,周一,南京晴,
昨日雨后天气尚凉爽,南京—海宁。

早起。六时至宁海大厦门楼下,与民革江苏省委直属支部工作委员会诸同志汇合,坐中山旅行社大巴车出发。此行为一团体,凡二十余人。一路静思得一小创意,当为《尔雅》作"娄东风物"系列散文,如《衣食住行——"娄东风物"文系之一》、《渔樵耕读——"娄东风物"文系之二》、《春夏秋冬——"娄东风物"文系之三》、《风晨雨夕——"娄东风物"文系之四》、《阴晴圆缺——"娄东风物"文系之五》等。

车行甚速,由"宁—杭高速"转"沪—杭高速",十时许即至海宁市盐官镇。雁斋旧藏有《盐官镇志》(南京出版社1993年4月版),精装一册,印三千本。

车停盐官镇后,步行转入仿古修建之街,约长里许(为四年前所未曾游者)。一行在导游小旗指引下,懵里懵懂地就进了"花居雅舍",耳朵里开始灌进半是历史半是戏说的讲解辞。

所谓"花居雅舍",展示的是青楼女子的生活情状,实系一"中国青楼文化博物馆"。通过图片和实物,展示妓女日常生活之场景,及其与所谓"名士"、"历史"的关系。南京秦淮河畔实是最有资格设此种博物馆者,终因其另类而未敢有所动作,却不料这里早就艳帜高树了。"江浙江浙",浙商之勇为人先,多此类也,故其致富步子也在江苏之前。犹如"苏杭苏杭",将来也许要倒置为"杭苏杭苏"了。

盐官镇以西汉吴王刘濞于此设海盐监督官而得名。入唐经济繁荣,宗教发达。自永徽六年(655)起,至1937年底沦陷于日寇,历为县、州治所之地,故历史上有此繁华一景。网络上有作者所写《我的海宁游记之"花居雅舍"》云:

据说"花居雅舍"是宋朝李师师的宅地,黄晓明版《鹿鼎记》就是在这个两进两楼的木结构建筑里拍摄的。张纪中导演选择金庸先生的故乡翻拍这部片子是不是为了更好地贴近原著啊?……

"花居雅舍"的前一进为"青楼"区,主要展示与青楼及青楼女子相关的文化现象,楼上楼下各两个厢房分别展示青楼与音乐、与文学、与名士、与历史的各种复杂关系,底楼和二楼的大厅则设想了青楼作为当年的公共娱乐场所的情景;后一进为"红粉"区,主要展示青楼女子的生活场景,包括她们洗澡的涵室、敬神的场所、睡觉接客的房间等等。

那半真半假、戏说为多的"解说"其实不必听,倒是环境、布置之类也许有值得看看的。于后进"红粉"区域二楼,见有布置宛然之女子私室,如"兰心阁"、"梅香斋"、"竹韵轩"之类。门口对联无非是"东都才子爱淑女,南国佳人配郎君",或"九天仙子会佳偶,一等玉人成好合"之类煽情矫意的句子。这些"四旧"真不知是从何处扒拉出来的?如今竟又登堂入室,而且堂而皇之地上了台面了。

这里虽然扮相如闺阁,貌似私室,实系"无钱女子的火坑","有钱男人的温床"。大抵是有闲无钱、有才无财别进来的势利去处,其实是既不温情又无风雅之所在。书本上的那些温文尔雅,其实多是文人骚客的意淫笔墨,是看得信不得的,不能当真。可惜这一点,那博物馆却没有给以任何"批判性"的导向。

沿途看过江南民俗风情馆、国棋胜院后,至俗称"陈阁老宅"之陈元龙故居。就旅游价值而言,陈府规制架构犹存,真可谓"瘦死的骆驼比马大"。与其隔河相对的"杨兵部宅",局面就要小了许多许多。

按:"陈阁老宅"位于盐官邑庙街东端堰瓦坝,是清雍正朝太子太傅、文渊阁大学士陈元龙(1652—1736)的府第。

陈元龙,字广陵,号乾斋,世称"广陵相国",亦称"海宁相国"。在清朝,相国(宰相)又称"阁老",故其故宅有此称呼。海宁陈家素有"一门三阁老,六部五尚书"之称,世代簪缨之家,人才辈出。"海宁陈家"经有乾隆六下江南四驻海宁的史实和乾隆身世之谜的民间传说的渲染,遂有诸多与之有关的小说、影视剧面市,使得这座清代相国私第洋溢着传奇的色彩。

陈阁老宅历经四百年，建筑雅致，现尚存正路轿厅、东偏房祠堂、寝楼、双清草堂和筠香馆。存有"陈家三宝"即享誉书法界的明代陈氏法帖碑刻、雍正帝御赐之"躬劳著训"九龙原匾，以及一棵树龄高达六百余年，至今苍翠挺拔的古罗汉松。

宅内"爱日堂"中有联云："蔼乎若春风中坐，皎然似在玉山行"，可见其精神旨趣。"双清草堂"内陈列有陈元龙书札，见其手迹劲而秀，十分耐看。

"双清草堂"内还有一座"安澜园模型"，这是我首次来参观时就十分感兴趣的。因为这"安澜园"曾被复制到圆明园之中，因而名闻天下。至则模型仍在，可惜墙上"安澜园"注释文字中之键误笔误多处，多年沿袭未改。大抵没文化的人只听讲解不看文字说明，自然看也看不出错讹来；有文字功底者，随机发现后当场或有指出，导游却持事不关己、得过且过态度，绝无向管理方郑重汇报之事，故能贻笑贻羞至今也！

日内奉到海宁王国维研究会副会长张镇西先生签名所赠新著《失落的安澜园》（科学出版社2008年3月版），始知此安澜园大有学问也。其书后记云：

1986年以后，我便开始搜寻安澜园的资料，这中间愈来愈觉得人们对安澜园的认识、宣传失之偏颇。比如1982年至1985年间，当地老艺人陆静岩先生受文化部门之聘，穷四年之力，用最普通的丝瓜筋、煤渣、石灰、水泥等材料，制作了一座"安澜园模型"，在盐官陈阁老宅内展示，首次较直观地向人们揭示安澜园的面貌。制作技艺相当高超，但非常可惜的是，由于事前未进行很深入的研究，因此模型中的山水布局、屋宇样式及安置等，与安澜园之造园艺术、安澜园之原貌相去甚远。可以这样说，这是一座很好的园林模型，但不是一座真实的安澜园模型。数年来，不知者叹为观止，知之者为之惋惜，实也无奈。

这里揭示出来的，其实就是历史真实与世相传播之间的对立统一关系。

《失落的安澜园》则是一部严谨的乡土文化著述，著作者张镇西先生为发掘、保存数代名园的历史真貌之努力,真是可嘉可勉。其书最后一个单元名为《愿在向往中永生》,实际讨论的是当代是否必要"重建安澜园"的现实问题。著者结合两次前往圆明园寻访安澜园经历的惨不忍睹,认为:"我国古代成功的园林,那是经过多少代文人墨客、艺术大师的陶冶而成就的。说得白一点,那是'玩'出来,是不惜成本、不计功利、不耽时日的艺术创作。如以功利目的为初衷的建设必将注定失败。圆明园的重建,尚且做不到恢复原貌或比原貌更胜一等,安澜园又怎么能做得到呢?"因此,他的献议是:

对安澜园遗址进行科学发掘,作为园林遗址保护并加以利用是最好的选择。这样不仅能很好地把一座从宋代到清代的名园遗址充分地保护起来,也可以给人留下丰富的想像空间,同时也保留了海宁陈家扑朔迷离的历史信息。另外,可以用现代数码技术复原安澜园,这样既可游览遗址,又可比较全面地了解安澜园的原貌,使一座失落的名园在人们的向往中真正得到永生。

这番见解基于高度的知识理性,凝聚着一个学人的心得、见识和智慧,不仅精湛且甚为高明也。

午餐于宅旁新东坡酒楼。所谓"东坡肉"尚佳,又食当地民产"臭苋菜梗蒸豆腐",同人多不耐,余独含食多枚。不觉想见儿时伴祖父用餐时,首次教我食用此物之光景。此三十年前事矣!

餐后即至钱塘江畔观潮处凉棚内候潮。

迎面见"中山亭"北面墙体上有移植来之孙中山先生手迹:"世界潮流,浩浩荡荡,顺之则昌,逆之则亡。"按之此情此景,真有振聋发聩之效也。中山先生于1916年9月15日(农历七月十八日)、1917年两度到此,旨在考察建设"东方大港"之大事。首行所题为"猛进如潮",表达了他对国民积极参与社会发展之期许。当代"海宁精神",据说即以"敬业奉献,猛进如潮"自勖。

东望海楼有镇海之塔(一名"占鳌塔"),以日烈仅遥观而已。

今日为农历七月初八,约一时半,"一线潮"至。始则白线隐约,耐心注视之,则白线加宽如飘绸,愈近愈闻海潮奔腾上行之声,于是出棚至乾隆手植大树下站立凝视。潮近人数十米处,顿见千马万骏似自黄土高原挟沙带土狂奔而至,瞬间过眼,又绝尘而去。满眼浑浊之水,鼻中多海腥之味。郑晓沧《海宁观潮》诗中有句谓:"八月江头卷怒潮,奔腾万马逞天骄。千峰银岭惊方过,万丈黄流看已遥……"真写实也!

继看位于镇西门内周家兜之"王国维故居",为其少年生活读书之地。

按:王国维(1877—1927),字静安,又字伯隅,号静观。自幼沉静好思。五岁入私塾,诵读并学作诗文。九岁时其父回乡奔祖父丧,此后便长居家中,授其骈散文及古今诗词。十六岁得中秀才。随后两次应乡试未考中。二十二岁进上海《时务报》,学习物理、化学与外文,从此开始接受西方文化。辛亥后,随罗振玉东渡日本。此后主要从事中国古代史料、古器物、古文字学、音韵学研究,尤致力于甲骨文、金文、汉晋简牍和唐人写本考释,奠定了甲骨文、敦煌学之重要基础。其历史文献与出土资料密切参证的治史法——"两重证据法",为海内外学术界所推重。著有《流沙坠简序》《殷墟书契考释序》《宋代金文著录表》《殷卜辞中所见先公先王考》《殷周制度论》等,论文汇编为《观堂集林》二十卷。

雁斋所藏王国维及其有关著作甚多,可惜未曾看过,看亦基本不懂,仅浏览《人间词话》而已。可见所谓"国学",须得私塾发蒙,诵读古诗词,习作骈散文之"童子功"。若得家学传授,师心自得,勤于探究,则或有气象矣。

故居为一坐北朝南木结构建筑。前厅正中置放王国维半身铜像。后厅楼下为生平事迹陈列区,介绍家世及其生平,主要学术成就,手稿和著作陈列,以及海内外专家、学者有关研究著述等。楼上为其家人生活区和王国维书房所在地,东屋为其双亲卧室,西屋为其书房,中堂为其本人卧室。这布置为展览而展览耳,大抵也是"反历史真实"的,不合"家长制"的封建伦理之式。

江南的历史文化名镇,本是和谐的人才孵化器,故地灵与人杰交相辉映。海宁尚存之清代以来名人故居甚多,生平稍微熟悉者即有张宗祥、陈乃乾、陈学昭和赵万里故居等,均如王家,其家资不过中产,可见其地小康之家出产人才之盛。而巨富之宅显贵之府,稍稍教导不慎,即或纨绔成风,成"衙内"、"败家子"矣!

瞻仰盐官镇东海神之庙。此庙在当地俗称"庙官",专祀"浙海之神"。清雍正八年(1730)三月,由浙江总督李卫奉敕督造,于春熙门内辟地四十亩,于次年十一月建成。规模宏阔,布局严谨。原本主要建筑分布在三条轴线上,主轴线依次有庆成桥、仪门、大门、正殿、御碑亭、寝殿。仪门前广场两侧分别建有一座汉白玉牌坊。正殿为五开间歇山顶建筑,下部为汉白玉造台基。其敕令建造此庙时,共发内帑银十万两。以当日承康熙之后,有此国力也。相传大殿是依照北京皇宫太和殿格式建造者,未知确否?如今幸存之庆成桥、仪门、正殿、汉白玉石坊、御碑等,依稀可见皇家气度。

海神庙初建时,正殿祀主神武肃王钱镠,吴英卫公伍子胥。其建筑面积五百余平方米,高二十米。历代潮神、水神则从祀左右配殿。左轴线为天后宫,右轴线为风神殿、水仙阁等。咸丰十一年(1861),部分建筑毁于兵火。光绪十一年(1885)重修。

据方志记载,宋、元后海宁潮情加重。雍正年间,海宁潮灾猖獗,塘岸屡遭冲毁,良田、民宅毁坏无数。雍正多次派遣朝内重臣和地方总督、巡抚等赶赴海宁督办塘工,修堤固塘。雍正十三年,共修筑海宁塘工达十八次之多,计各类塘工五万余丈,用银三十四万余两,并为后世开创浙西海塘岁修之制。

近四时至硖石镇,旅行社安排宿于工人路之海宁假日国际酒店,开窗可见西山紫微亭。约定南京理工大学武晓松教授同逛新华书店。

携带折扇一把,经两三回合问讯后,步行十分钟许,寻至干河街36号门市部。至则莞尔,原来即在徐志摩故居之侧也,似曾相识。步入店堂,见一楼普通图书部,正度暑假之中小学生得开架且有空调之便,在此或坐或蹲或靠,手捧一编读书者不少,而二楼教材、教学参考书部,则人可罗雀。可见学生自主读书,志在知识趣味,不在知识功利也。由知识趣味而知识功利,如能以"可读性"为切入点引导得法，则阅读指导或仍有可为者也。

于店中得书多种：马相武主编《吾城——文化名人眼中的乡土之城》（中国华侨出版社 2008 年 1 月版），其中名人名篇多已读过，倒是所谓"旧名人"之作，如姚苏凤《苏州闲论》等未尝见到，遂买下翻阅，所谓读"旧文"以获"新知"也。

见"语文新课标必读丛书（导读版）"之《周国平散文精选》（浙江文艺出版社 2004 年 6 月版）中有《读永恒的书》一篇，作于 1996 年 7 月，或可为《尔雅》小杂志转载之用。又见上世纪五十年代出生之周佩京，有《阅读无涯》一文，载于其散文集《流淌的花瓣》（作家出版社 2006 年 6 月版）中一段回忆甚为真实有趣：

记得小时候，家境贫寒，手中的零花钱是以"分"积攒的。口袋里有了几分钱，就去书摊上租几本"花书"（连环画）或"字书"（小说），回到家里，一口气读完。第二天必须还掉，否则要加钱。杂七杂八的"闲书"读得多了，小脑袋中装的语汇也就自然而然多些，所以每次作文，必定会受到老师表扬。于是，阅读课外书的兴趣也就愈发浓厚。

小学六年级时，"文化大革命"开始了，正常的教学秩序被彻底打乱。懵懵懂懂的小学生也学着大人的样子，对老师写大字报，开批斗会。我因为一向学习成绩好，又是贫农成份，就成了"红小兵"头头。学校腾出一间小屋子给我们作"指挥部"。"停课闹革命"的那一段长长的日子，我就在这间小屋子里"办公"。"指挥部"的隔壁是学校图书室，不大的一间屋子，满地都是书，门没上锁，无人管理。于是，喜欢阅读的我便一头钻了进去。《红岩》、《青春之歌》、《苦菜花》、《暴风骤雨》等一系列的现当代文学作品便是在那个时期读到的。

初中毕业后，下了乡。清苦、孤寂的乡野生活中唯一的消遣就是读小说。朋友告诉我，读小说当读名著，而读名著就该从"国粹"四部——"红楼"、"水浒"、"三国"、"西游"发轫。于是四处访借，终于到手……

又得上海《新民晚报》高级编辑曹正文《我读过的 99 本书——

我的读书笔耕生涯》（上海人民出版社2007年7月版）。曹正文笔名"米舒"，自署"米舒博士"，所谓"米舒"即"迷书"也。所创《新民晚报·读书乐》专刊问世千余期，于书香传播有巨功也。本书当为其出版之五十五部著述，另曾主编丛书累计百余部，真令人瞠目结舌也。所藏作家学人签名本多至三千种，后以苏州市副市长朱永新先生之介，捐赠苏州图书馆，建为"曹正文收藏签名本捐赠陈列室"，本书第十三章《创办"读书乐"与收藏签名本》，或可摘出为《尔雅》小杂志转载之用。

承今夏供职于苏州图书馆之江生少莉告知，其陈列室设于该馆地方文献阅览室之内，便中拟前往一探究竟。

以雁斋特藏故，购《城南旧事》未见版本两种。一为浙江文艺出版社2002年3月版，所得为第12次印刷本，傅光明选编，包含《城南旧事》、《婚姻的故事》、《孟珠的旅程》和《晚晴》；一为人民文学出版社2008年5月新版之单行本。

此外所得之书，一为白化文先生著《闲谈写对联》（中华书局2006年版），一为郑绍昌、徐洁著《国学巨匠——张宗祥传》，以及赵福莲著《走读海宁》（浙江摄影出版社2005年版）。

此门市部一楼设有"海宁文化"一柜，颇有特色。上下九格，陈列专卖当地历史文化名人著述甚多。夏中义《王国维：世纪苦魂》（北京大学出版社2006年1月版）、陈鸿祥《王国维全传》（人民出版社2007年5月版）、窦忠如《王国维传》（百花文艺出版社2007年8月版）外，独多久销不衰之徐志摩作品，如《徐志摩散文》、《爱眉小札》等。至于其主题新书，更如雨后春笋，层出不穷。最时新者如《她们仨：一个诗人的情感生活》（中国妇女出版社2007年6月版），相比之下如《才女文章》、《林徽因传》、《众说纷纭陆小曼》等书，似已落陈套。

海宁中心书城在海昌南路165号，想来规模更大。出书店，即至徐志摩故居周遭一看。故居庭院内花木甚茂，有桂花、玉兰、夹竹桃等七八种，石榴硕硕已果，而紫薇、红薇、白薇花事正盛，风来摆舞，婀娜多姿，犹似"她们仨"之争妍于"一个诗人"也。

晚饭后随意看书至于夜深。今日购书二百五十二元，或一目十行浏览，或抽读细观，至此已"消费"过半云。是晚中央电视台音乐频道所播放"历届春节、歌舞晚会"节目，正好伴我夜读。今日为暑假中不可多得之"读书夜"也。

8月19日，周二，晴，甚热，海宁—杭州。

早餐后集体参观海宁"中国皮革城"。

午饭后前往杭州，入住西湖大道一宾馆。苏州民革章念翔副主委由苏州赶来宾馆会合，帮助联系安排明日参谒1988年1月在南屏山北麓落成之章太炎纪念馆事宜。

按：章太炎（1869—1936年6月），名炳麟，字枚叔，号太炎，浙江余杭人，是近代民主革命家、思想家。章太炎纪念馆占地近二千平方米，建筑面积八百余平方米。馆后章太炎先生墓，现为混凝土结构圆顶墓。墓碑上"章太炎之墓"五个篆字，系他本人生前亲书。右旁侧为其夫人汤国梨女士墓。在纪念馆右侧，还有章太炎生前仰慕的民族英雄张苍水的祠墓。张苍水，名煌言，浙江鄞县人，南明大臣，因抗清不屈被俘而牺牲。

纪念馆坐南朝北，以原有墓道为轴线，前后贯通。建筑布局为北方四合院，兼采江南庭园的构筑手法，馆舍为明清建筑风格，白墙黑瓦，其风格融敦厚、凝重与灵秀、精致于一体。周谷城为纪念馆题写馆名。设有生平事迹陈列室、真迹陈列室、学术成就陈列室，拥有一千余件文物和二千幅资料照片，其中以海内孤本、邹容的《革命军》及《訄书》、《膏兰室札记》等章太炎手稿和法书最称珍贵。其中《流血革命》、《狱中联句》、《十九路军死难将士公墓表》等系国家一级文物。此馆因章家人氏慷慨捐献而建，为中国收藏太炎文物最为丰富之地。也是我国唯一集章太炎生平展览、文物收藏、学术研究于一体的名人博物馆。

三时半许集合前往省府路5号楼，与民革浙江省委及其直属支部工作委员会负责人座谈，民革省委计时华副主委、俞建民秘书长接待并安排座谈。双方代表交流气氛甚洽，计主委、俞秘书长与余等各作一简短发言,近六时结束。赴环岛宾馆之欢迎宴会,宾馆之杭帮菜肴甚为可口,遂饮绍兴老酒颇酣。

8月20日,周三,晴,热甚,杭州—安吉。

早餐后前往西湖"花港观鱼",等候坐船游湖。往来湖上五六回,游湖尚为首次。惜气温太高,窗帘半垂,无全景概念。

游湖毕,行至章太炎纪念馆。章先生墓地在馆后苍松翠柏之中,遂以民革江苏省委直属支部工作委员会名义敬献花篮,三鞠躬后绕墓一周,默观汤国梨女士墓。至纪念大厅及两厢听解说,观展览。此地花木扶疏,闹中取静,诚为湖干宝地也。章副主委云,其祖父当年因此地近张苍水墓而择为其百年吉地也。

至河坊街之元宝巷参观胡雪岩故居。四年前早春,余率民革江苏省委调研处诸同志至民革浙江省委调研参政议政工作时,曾一观焉。

按:清同治十一年(1872),胡雪岩共耗资十万两白银在杭州兴建巨宅。宅内有十三楼、芝园、亭台楼阁、小桥流水、明廊暗弄,建筑构思之精巧,砖雕、木雕、石雕、灰雕乃至堆塑艺术可谓无品不精。其中芝园假山为我国现存最大的人工溶洞。宅内选用了大量的紫檀、酸枝、楠木、银杏、南洋杉、中国榉等高档木材,用材之考究,还有董其昌、郑板桥、唐伯虎、文征明等名家的法书石刻,堪称"晚清中国巨商豪宅之首"。故居内有两顶罕见的红木官轿值得一看。

1903年,胡雪岩子孙将豪宅抵债给刑部尚书协办大学士文煜,后又转让蒋家,此后日渐破败。先后被一些工厂单位和居民占用,内部建筑被严重破坏。2001年1月20日,杭州市政府投资二千九百万元,经过一年多修建,以胡雪岩故居名义对外正式开放。其址位于杭州市河坊街、大井巷历史文化保护区东部,建筑面积五千八百多平方米。

胡雪氏故居亭台楼阁,从建筑到室内家具陈设,都堪一看。惟余此行重点,在看百狮楼前坐北朝南之照厅。仪门匾额行书题"映瑞临吉",左侧门题"安然",右侧门题"宛如",据说还有"含和"、"优柔",匆匆未见。足见主人实有安神养性之精神内涵。

所谓"百狮楼",乃是上、下两层之正厅。下大厅供重大节日欢聚,以及接待饮宴贵宾之用,楼上是胡母以及胡雪岩夫妇卧室。

又"和乐堂",面阔七间,两层,位于鸳鸯厅正西,别称"老七间",是为宅中最大建筑。其底层是胡雪岩书房,各间不同,分别设有琴、棋、书、画等,极为考究,且因各房都有一根柱子挖有深槽,里面配有铜线,可通二层各位姨太太之室和隔壁之佣人住房(现除近旁一间复原为佣人屋外,相邻两间改造成为现代化的男、女公厕),以便主人传唤。后轩可见一长方石砖砌地下室入口,据说这里是主人放置金银财宝的金库和密室。

清雅堂在鸳鸯厅北面,又称"新七间",也是面阔七间的两层楼屋,但建造较晚。楼上是胡雪岩子女居住的地方,楼下厅堂曾是宴请至亲好友之地。

两次游观所得印象,尽管胡雪岩对内不惜重金、对外保持低调打造此等豪宅,但毕竟奢华太甚,终折其寿。

临行以十元钱买薛家柱编文,翁家澎、方宁等绘之连环画本《胡雪岩》(杭州出版社2003年4月版)。知胡氏以贫寒起家致富,一时因国难而发财至可敌国,卒及身而败,于六十二岁之年亡故:"所有家产,前已变抵公私各款,现今人亡财尽,无产可封。"富贵真如烟如云耳。

午饭于杭州南山路11号之杭州花中城藕香居大酒店。

饭后天气转阴,前往西溪参观。此已是余三至之地,爱其略有草木野趣也。

傍晚前往"中国十大竹乡"安吉。近六时遥望"藏龙百瀑风景区",但见山坡竹林层层叠叠,竹冠或如云鬟或似雾鬓,犹如万千富态小丽人作态弄姿于暮色之中,让人且爱且怜。

车上盘山路,山区多大犬小狗,竟当要道而不惊不惧,车至方从容逸去。穿越一数千米长隧道之后,至一山谷地带。有楼有铺,乃一典型的旅游山村也。导游安排入住天荒坪乡之所谓"飞龙山庄",实为前涧后山之农家楼屋也。

饭后与诸同人散步于村前,浏览各杂货铺,听淙淙山涧声,始觉身在海拔数百米之高地也。返屋,开看《吾城》一集,竟以手倦抛书。忽见南窗明月,高挂山巅,可画可绘,殊有情致,遂闭上空调,开启窗户,听鸣虫声入眠。

8月21日,周四,晴,酷热,安吉—南京。

晨五时许醒转,耳畔忽闻啼鸟啾啾。目转窗外,但见晨曦中满山苍翠入室欲来,心眼里顿时扑满欢喜。

回笼一觉后起身,早已日出东山之巅,山林层次分明如析,苍者自青,翠者自绿,已不复清晨之静物矣。复闻汽车喧嚣声、人群嘈杂声交杂共鸣。噫,"一日之计在于晨",各色人等又要各为生计之事及夫欲望之事忙碌矣。

早餐后乘车上山,看所谓"江南天池"——天荒坪水电站。闻山顶水库蓄水总量如同一个西湖,此项奇迹却完全是人工创造!至则已在海拔千米之上,故有"江南首家滑雪场"之设。于观景台极目四野,为人类智能而大叹服,闻此电站乃是亚洲最大之抽水蓄能电站。

今日大热。下山至1974年起始创之"竹博园",号称有竹约四百种。园中却绝无曲径通幽之致。以园中观竹道皆为电瓶游览车所设,宽阔水泥之路,头无遮拦,热自地生,实为一大败笔也。看附设之"中国竹子博物馆",内容甚为丰富,印证六千年"竹文化",所言不虚,颇开眼界云。大抵器物皆为实用而生,入于富家豪门,则装而饰之,务为美观,遂有超越实用而形而上者,人文遂生,后世发扬,光而且大云。

午饭后看竹产品市场,正招商中,无甚可观。乃与同人坐铺前店中小板凳上闲话聊天,以挓时间。久闻湖州学人张建智先生云,安吉有章村风光甚美,可游。又递铺镇有"中南百草原"景区,拥有大片原始淡竹林群落等,均可留待焉。

车行,见安吉县城而未入。路行四小时许回到南京。路上获得讯,李生海燕在其供职之金陵图书馆借得《丰富和丰富的痛苦——穆旦逝世20周年纪念文集》,即嘱其交小林转我。

进家,见有福州林公武先生快递来一小纸箱赠书,大喜。度先生所赠送太仓图书馆之百余种图书也当递送至馆矣。为褒扬先生此厚爱余乡之举,于《尔雅》第四期刊布赠书目外,更于封二专刊先生于书房中翻阅线装书之观书一像,以为鸣谢。

赠书箱中有甫问世之《闽都文化》第4期,刊载余今年5月1日定稿之一万五千字长文:《书郭风〈福州的三坊七巷〉后》,排版甚好,插影八帧出自福州作家、摄影家唐希先生之手。他日如得闲暇,当可另作一篇《书袁鹰〈福州的境界〉后》与之发表。

唐希之书雁斋原藏有《话说三山两塔》(福建电子音像出版社2005年11月版)、《福州文化行旅》(海风出版社2002年2月版)等。其中《福州文化行旅》系其叙写福州文史山水之乡土随笔集。尤喜阅其中《三代琼斯与48幅福州老照片》、《鸟瞰300年前的福州》、《三坊七巷说古事》、《都市留井》、《百年女服饰》一组。此次林先生所赠书中,有其为唐希写序之散文集《家园梦想》(福州市作家协会2000年12月自印本)。书中《郭风八十华诞时》一文,纯粹基于摄影家视角之描写,适可补充余文细节:

一个阳光和煦的早晨,在省文联大榕树旁的住宅大楼里,我们敲开了郭老的家门。室内淡淡地袭来了兰花的芳气,谦和的老人将我们让进他的书房。

这是一间很不错的"摄影棚",阳光从南端的两大扇窗口射在书桌、躺椅和茶几上,东西两面壁橱式的书架,构成两堵漂亮的书"墙",北墙上那天正悬挂着老画家郑乃珖的"雄鸡图",墙下是一套枣红色雕花的中国古式靠背椅和几案。

支起三脚架,用自然光,我们边谈边拍照……谦和的老人安详地面对镜头,让我拍下一幅幅神态自然的肖像。如果我提出的建议他觉得自然而真实,便会欣然接受。如果他没这个习惯,便会坦诚地告诉我。所以,镜头里几乎没有刀斧加工的痕迹,一似老人的人品和文品。

余《书郭风〈福州的三坊七巷〉后》一文,专有两章谈郭风为文之"古巷情结和书卷气质"的,可惜唐先生未能配插当年所摄作家书房影像之一二,为可惜焉。

赠书中又有 1997 年 10 月郭风圆珠笔签名之本,林先生赠书跋云:"是书为郭风先生赠于十年前,现老先生正好九十高寿,但住院卧床不起。上月徐雁兄撰万余言长文,解读郭老名篇,并刊载《闽都文化》第四期,特检出此书转赠。二零零八年七月廿六日,公武书"。

又,《福州散文选,1978—1988》(海峡文艺出版社 1999 年 9 月版)由郭风题签,俞国强之封面设计清雅绝尘,书品甚佳,颇为耐看。书分五辑,曰"闽都抒怀",曰"乡情人情",曰"旅踪感悟",曰"花鸟知音",曰"五味人生"。于中得读福建作家李乡浏《书林漫咏录》,内咏读郭风文后印象云:"你的作品,在书林里,是散文,又是诗;是诗的散文,又是散文诗。"

又读卷中福建作家姚鼎生《话说三坊七巷》,写其上世纪四十年代之见闻云:

我头一次看到三坊七巷里大厦连片,一些朱漆大门上方,高悬挂着显示屋子主人上代的显赫功名和富贵的金字大匾额,感到很惊奇……不过,在这里也看到一些简陋不堪、破旧的古老的木头房子,住着众多衣食不周的人。这种屋子在这一带占地不大,住户的总数远远超过了生活在漂亮大厦里的人家。那老旧的破屋,在过去也绝不会是什么相爷、尚书、将军大人们的府第。可见在福地里,并没有人人享福。

三坊七巷之间有一条街,叫"南后街",是历史悠久的灯市。那里有很多花灯店,还有裱褙店、旧书店。木头的房屋,不大的店面,幽静的街道,整齐的路边树。初来南后街,仿佛踏进一个古老的富有诗情画意的世界……

可是到了"四十年代后期,灯市和裱褙业已败落,纸币贬值,物价暴涨,人们劳动终日难求一饱,有钱买灯和裱褙字画的有几人?行业不景气,萧条,凋敝,一日不如一日,这宁静、美丽的环境里,又笼罩着阴影,充塞着悲凉",以至于作者和他的同学曾在他俩所借住的东家——一个有些名气的画家、篆刻家先生那里,作打油诗《三坊七巷歌》云:"文儒坊里穷儒苦,衣锦坊口破衣多。灯市萧条门庭冷,寂寞裱店师傅饿。几家福禄享不尽,千门日月愁中过。"

其中资余古旧书业研究而至为珍贵者,为书品甚好之《古籍版本知识》油印刻写本,上、下两册,线装。北京市中国书店于1961年12月所撰"前言"云:

这是我店内部业务学习的一本讲义。

收售古书,对保护古笈(籍)和为批判的继承祖国文化遗产提供资料,都有着重要的意义。北京古书店的从业人员,在长期的实际工作中,积累了一些知识、经验。为了继承这些有用的知识、经验,做好古笈(籍)收售工作,更好地为社会主义事业服务,我们本着敢想敢干的精神,编印了这本讲义。

本讲义是采取集体编写、分工负责、专人整理的方法编成的。由于我们水平很低和时间短促,目前只是一个征求意见的初稿,错误之处在所难免,希望大家指正。

这最后一段自是例行套话,引以为憾者,倒是由哪些人员组成的"集体"执笔编写,又是命谁"分工负责"、由哪个人专事文稿"整理"的这些重要信息,因年久事湮、老成凋零而难以访问得知了。不过当年文网紧密,知识、文化之士沦为时政玩偶,这所谓"集体编写"之类的交代,也算得是一张护身符了。其实当山雨欲来、黑云压城之际,这欺人其实也是自欺的"符",照例是没有任何一点用处的。

是本书面钤有阳文图章"福建省文管会办公室赠",另有原收藏人封面钢笔草书"一九七九年十月发于学会成立时"字样。林先生于书面题跋云:"油印精善,已成收藏珍品。吾友陈苏持赠,之前曾得有是书。油印精佳,装帧亦善。此为王子霖撰写,上古出版其专集已收录,并加图版,文字略有不同,可收存。二零零八年三月四日师堂林公武。"扉页天头补题:"徐雁兄存。师堂,二零零八年七月下旬。"前后有"公武"、"林公武"、"一明百清轩存本"三印。

承林先生跋文指示"此为王子霖撰写,上古出版其专集已收录",遂检出雁斋所藏《王子霖古籍版本学文集》,书为王雨(字子霖,河北深县人,1896—1980年1月28日)孙女王书燕编纂,上海古籍出版社2006年10月出版,全三册。首册即为《古籍版本学》,卷首印中国书店于1962年油印刻写本书影,及其在此本天头、地脚、行间墨笔增补手迹一叶,以及彩印图版百余帧。书后有1963年6月26日王雨所写"校改后语"述其源流云:

这本书的撰写,源于1960年掀起的业务学习,中央有关领导让我写些关于古书业务方面的东西。但是我自感文化与知见有限,有丑妇怕见公婆之感。经过一再鼓励,只有大胆涂鸦搪塞罢了,遂决定写《古籍版本常识》。经过一年的努力和魏隐儒同志和孙兼山同志帮助整理,于1961年总算拼凑成熟。之后又经过郑宝瑞同志逐篇逐字地校订,再经朱桂林同志日夜辛勤誊刻油印,总算是勉强完成初稿。可是在翻阅中,发现错讹疏漏,不止一处。好在内部之物,边学边改可也……

如此,则所谓以"集体编写、分工负责、专人整理的方法编成"的该讲义的"我们",也就昭然若揭了。

大抵该书"内部印行"流传之后,时任职中华书局的陈乃乾编辑即"怂恿出版",认为"对古书整理编目不无益助",于是加上中国书店的名义,联合邀请了王冶秋、魏建功、向达、赵万里、赵元方、谢国桢、王重民、刘国钧、路工、张申府、杨殿珣在来薰阁开了一个征求意见校订会(王冶秋、王重民因事未能参加),并各自缴还了原书的校改本,并由魏隐儒现场记录到会专家即席发表的意见之后,吸收校改。

修订完工后,"经过陈公看过,仍有发现讹误、重复之处,并允自手修订……近又承王重民教授赐校多条",结果夜长梦多,情况有了变化。王雨不无抱憾地说:"这一本《常识》经过将近一年虚张热潮,仍压在陈乃乾桌上。访其究竟,仍以有待校订加工相答;并以纸料缺乏为由。如此迁延,风消浪平,不无花谢之叹。前有人曾说,有一种事物想起就应去办,搁下便自息,这确成事物规律了。"

当1966年"文化大革命"祸国运动起,七十岁的王雨被批斗、抄家,不堪折磨,遂返回河北深县,一代"厂肆书业巨匠,古书版本大师"从此湮没,终老于乡下。如非书香一缕有传人,这《王子霖古籍版本学文集》岂能重现世间?

林先生其余赠本尚有国务院文化组革命歌曲征集小组编《战地新歌:无产阶级文化大革命以来创作歌曲选集》五册,何威编著《近代八十年》(少年儿童出版社1990年版)四册,以及金克木《梵语文学史》(人民文学出版社1964年8月版)等十余种。

其中《战地新歌》第五册有《夜读》歌词云:"一盏盏明灯映窗花,映红了多少社员家……阶级斗争永不忘,继续革命开新花。"其中省略号的部分,即为三段唱词。一曰:"贫下中农学马列,粗壮的大手把书拿;越学越觉得毛主席亲,阳光雨露心头洒。"二曰:"老支书认真抓路线,铁姑娘钻研辩证法;社员们攀登理论山,反修防修雄心大。"三曰:"心明眼亮跟党走,思想阵地红旗插;阶级斗争永不忘,进行革命开新花。"

本册《战地新歌》由人民音乐出版社1976年4月出版,六个月后,中国政坛即有粉碎"四人帮"之举。网上报道华国锋于八月二十日午后去世,终年八十七岁。世事苍茫,一慨!

9月19日,周五,南京—海宁,晴。

昨天上午听了省政协十届三次常委会所请牛文元教授讲座《人与自然和谐是生态省建设的基本标准》,感觉当代中国自然环境污染治理已至刻不容缓之境。下午代表民革江苏省委作大会发言,当晚集体宴会于双门楼宾馆,并入住十一楼。

今天上午继续听取大会发言,下午请假回家继续准备海宁"紫微讲座"文本,至晚十时许。讲题为《知识·学识·见识——"一本书主义"和"四种大阅读法"》,重点在于讲解新得之第四种"大阅读法"——"读乡土人文,得文化根基",将发表新观点云:

一个人自投胎之日起,他就必然归属于一方水土某个家庭,因此任何一个人都是"地域之子"。一方水土有地域文化,一个家庭有家族文化,因此,由感知家族文化,熟悉地域文化,进而进入中国文化、世界文化的辉煌殿堂,就成为一条卓有成效的可能成材路径。

并借此机会,将对浙江海宁和江苏太仓两个人文荟萃的县级市的乡土人文资源做一比较并导读。与王冰、郑闯辉约定,晚十一点半在南京火车站检票口处会合。此前布置王生此行有采访海宁图书馆任务,郑生则写《海宁行记》并《国学巨匠——张宗祥传》(郑绍昌、徐洁著,浙江人民出版社 2007 年 8 月版)书评。

检票进站后,在候车室即布置由王冰负责整体策划,凌冬梅带着唐曦编辑《雁行集——我们的修学旅行》等分工。本书是本门硕士生随我出行各地后所写之见闻记。

9月20日,周六,海宁,晴而热。

零时十五分,坐上由南京西发往广州之 k527 次车,至海宁约需五小时许。进站上车,即令郑生负责联系补上硬卧铺票。凌晨四时许,为车厢内婴儿啼哭声惊醒。坐看窗外朦胧景色,雾气缭绕。到达海宁,天已大亮。坐出租车至位于西山路之龙祥大酒店,遂补一觉。

八时许醒来,凌生冬梅已自其家乡桐乡赶至汇合,同往自助早餐。餐毕即步行前往海宁博物馆参观,约十分钟至。至则见钱君匋艺术研究馆,即与之相对矗立于西山之麓也。

博物馆之地下一层是"文物精品馆",匆匆一看所藏瓷器、玉器;地面一层为"书画馆",可惜因时间关系,也是走马观花。其中"灯彩陈列馆",乃是海宁"硖石灯彩"唯一主题展馆。展示制作工艺、民间历史同时,还荟萃了硖石灯彩的精品之作,其品字亭、百幅塔、文辉阁、聚宝盆、梅亭、珠帘伞等,真是精美绝伦。

按:海宁博物馆成立于 1958 年 6 月,位于风景秀丽的硖石紫薇山西侧,占地面积十三亩,建筑面积五千余平方米。馆藏从新石器时代"马家浜文化"延续而下,有历代约二十个门类之六千余件文物,包含陶瓷、玉石、字画等珍品,藏品层次多样,结构完整。与所辖徐志摩故居、衍芬草堂等连接开放。编有馆刊《海宁文博》季刊。目前藏品结构较为完整。据浙江省文物局统计资料,表明海宁博物馆藏品数已列嘉兴市首位,在浙江省县市级博物馆中名列第三。

由海宁博物馆出门,横穿马路,即到钱君匋艺术研究馆。余对钱先生感到特别兴趣者,全在其书籍封面之设计,这也是此行携诸生必至一观的专业用意。

雁斋旧藏,有吴光华所著《钱君匋传》(北京美术摄影出版社2001年6月版)。柯文辉在题为《书中似见活匋翁》的"代序"中,高度肯定其在中国现代书籍装帧艺术领域的成就云:

先生的书面画开几代人新风气,对书籍艺术的现代化起过推波助澜作用,有较高的审美情趣,较早地自觉靠近民族形式。是把镌刻因素引入装帧的先行者,对青铜器纹样、汉画像砖、敦煌图案、书法、国画、西画,做到合理吸收。有突出的书卷气,不沾染广告味。由于他的辛勤创造,提高了书籍装帧艺术的地位,并以实践启示后学,没有扎实的基本功,多面的艺术修养,深受东方艺术的熏陶,不可能作出优秀的设计。先生作品清新但不时髦。愈老愈尊重民族欣赏习惯,几十年后重读仍有不陈旧的魅力。

钱君匋艺术研究馆有两个展厅,设计很别致。钱君匋作品陈列厅,正面是钱君匋半身雕塑像,背景屏风是用钱先生的篆刻作品,屏风背面全是他各个时期设计的书籍封面代表作,真是琳琅满目,美不胜收!于是与诸生在此留影。

另一个展厅在做油画展览,在展厅一角偶然发现一幅张宗祥先生素描,即令郑生摄下一影。

按:钱君匋祖籍浙江海宁,生于浙江桐乡屠甸镇。师从李叔同的三位弟子吴梦非、刘质平、丰子恺。曾任上海文艺出版社编审、上海市政协委员、西泠印社副社长等。从艺七十余年,遍涉书籍装帧、音乐、新诗、散文、书法、绘画、篆刻、艺术理论诸多领域,尤以书画、篆刻融冶古今,自辟新境,名重当代。

1996年,钱君匋先生将其收藏的艺术珍品,以及他本人数十年来创作的艺术代表作,捐赠给故乡,于是当地政府特建海宁艺术研究馆以为收藏、陈列、展示和研究之所。由乔石亲笔题写馆名,1998年5月9日正式对外开放。

该馆占地十亩,总建筑面积二千八百平方米,由上海同济大学建筑设计研究院设计。整组建筑空间层次丰富,次序和谐,自然通风,采光良好,内设一大二小展厅,其中大厅独立,二小厅相连。大厅常年展示钱君匋先生创作的篆刻、书法、绘画、书籍装帧的精品,二、三展厅经常举办各种展览。此外还有接待厅、创作厅、艺术品画廊和接待贵宾的套房等。

十一时许,浙江图书馆地方文献部主任袁逸学长至宾馆。前海宁图书馆馆长、现《水仙阁》杂志执行主编陆子康先生即带车前来接吃午饭,并带来新一期《水仙阁》杂志(2008年第4期)。本期刊有余8月27日定稿之万余言长文《"生命也跳动在严酷的冬天"——兼读陈伯良先生的〈穆旦传〉》。陆主编特意选配穆旦不同时期照片和书影八幅,为拙文可读性增色。

陆先生随后引往瞻仰钱君匋墓、徐志摩墓。原来就在院后西山公园内,踏山路上至山麓即至。徐墓为上世纪八十年代初复建,其设计尤显文学意味,左右以汉白玉造型开卷两书,上镌徐诗名句:"悄悄的我走了,正如我悄悄的来;我挥一挥衣袖,不带走一片云彩……";钱墓则艺术意味略显不足。

午饭菜肴精美而丰盛,足见馆方接待之殷勤热情。主人方有海宁图书馆王丽霞馆长和杨明达书记,以及汪莉薇、褚晓琼副馆长等。席间谈笑甚欢。

饭后命王、凌、郑三生前往参观徐志摩故居、蒋氏衍芬草堂、张宗祥故居等。袁学长回宾馆休息,余则至海宁图书馆准备下午讲座。今日讲题为《知识·学识·见识——"一本书主义"与四种"大阅读法"》,于二时半开讲,至四时而毕。

有当地娄关炎先生(笔名"徐放")写来一纸条提问:"'文革'结束后有几部感动人心、撼动人心的好作品?近二三十年来,有哪几部作品是可以感动你、撼动你的?我所说的'好作品'是指有反思历史、有时代感、有深度的作品。李欧梵说过好几次，中国经历了'文革'，应该有一部重份量的作品产生。你认为产生的可能性大不大？"显见提问者乃是高士也，于是匆匆作答。散场后，承其赠送所编著《休闲保健小百科》一册，乃是其《人生保健小百科》的姐妹编。询问后知，作者长期从事医疗卫生保健，对文化甚感兴趣，撰著有吴方言方面的文稿二十万字。时三生已依约到馆采访，拟为《图书馆杂志·悦读时空》做一篇采访稿也。

9月21日，周日，海宁—南京，晴而热。

早餐后，前往路仲古镇游览。先是，阅《水仙阁》2008年第3期，刊有海宁作家张毅强先生《走读路仲》等文，以及封三一组四帧海宁摄影家王辉作品，油然而生访古之意。遂由海宁图书馆汪副馆长陪同，陆主编带车接上精瘦有神的张先生导行。

路仲镇距离硖石镇约有十余里。三国时期称为"埭上"。时东吴名将陆逊屯兵于此，带动了生活物资的消费，商贸活动因之活跃并聚集成市。因有渟溪河流过，别称为渟溪镇。据说唐朝末年此地遭灾，闹起了"饥荒"，有路、仲、毛三人派粮赈济乡民，于是百姓尊三人为当方土地神，塑金身，永享百姓香火。遂改称此地为"路仲毛"，后简化为"路仲"，地名沿用至今。

"三王庙"至"文革"时被拆毁，近年又集资新建而成。张先生在《走读路仲》一文中的议论颇具见识："作为地方上的一个小庙宇，它具有特殊的地域文化信息，它反映了当地人民的一种道德观念、精神追求和生存常态。古老的庙宇，其实孕含着老百姓的一种崇拜、一种敬仰，香烛也好，果蔬亦罢，寄托了人民的思念，这一种思念似乎不能简单地用迷信两字加以断然封杀。"他认为："路仲毛"的急公好义，犹如岳庙、关帝庙、孔庙，"都传承着一种普遍意义的文化，爱国爱家，忠义正道，这样的道德信念即便在今天，仍然具有积极的意义。"并说："路仲人的许多优秀品质，或多或少浸润着'三王'的一些精神。"他写道：

路仲的地理位置比较特别，她以南北走向的渟溪河为界，分为东、西两大板块。河东区块三面环水,且有多条小河浜穿插其间,沿市河及小河浜原来均筑有临水水阁房。河西区域乃四面环水,中又有一条东、西向小河将其拦腰截断,沿河筑有石帮岸和水阁房。六十年代初期,全镇尚有十多座各色石桥横贯在各条河流上,河上小船悠悠,来往不绝,颇具水乡风貌。

这样的文字,不能不让一个对于传统文化感到兴趣的外乡人对路仲古镇起神往之心、步探之意。

正是稻熟棉开之季,一路景致,纯粹田家风光。车至镇头路仲大酒店旁停下,即发现乡间公路北侧有平板小石桥一座,走近观察,知为"盈家桥",显然已久废不用。桥下遗弃在河的两艘破木船,被茂盛的水草包围着,显出水道的凄凉。

南行百米,有一自然村,一带新建白围墙十分惹人注目。张先生联系了当地名医朱菊初先生(1915—2002)之子朱君专程开门,参观其故居,因此系空关之私宅也。朱先生擅长中医外科,以一把刀、一贴膏药打天下,因早年医好了两个重症患者而名声大振。从此杭、嘉、湖、宁、绍一带坐小划船前来寻医问诊者络绎不绝,屋旁卜家浜竟至船满为患,其家为此特置十多副灶具以便患者家属之用。

开得门来,大吃一惊,但见墙院内矗立着一座高门楼。门楣大书"朱宅"两字,门联为"水能性澹为吾友,竹解心灵是我师"。门内额书"五世其昌"四字。庭院之中花木扶疏,承继着朱老先生爱好花木的传统。但见木本如石榴、腊梅等,草本如兰花、凤仙之类,触目皆是。如是桂子花开时节,必是满院浓香关不住。

宅旁有一个池塘,留得一影。三株高大古树,当推路仲第一了。所谓"故家乔木",此之谓也。

我们一行在张先生引导下,由北朝南从小巷子进入东西向的"直大街",差不多就是中市的位置了。但见两行参差的街楼矗立着,蜿蜒着一条油光的石板路面,好一条古色陈香的老镇街!

走上十余步,但见北沿一家竹器店,从门口到客堂,一溜摆放着各种竹篮、竹筐、竹椅板凳之类。一个老师傅坐在屋后部亮光处,正埋头做着手中活,是典型的"前店后坊"式的传统小手工业格局了。听到我们一行说话的口音,他任由我们在兼作店面的堂屋里指戳评说,却并不抬头招呼,绝无"贵客临门,生意到家"的那番假意虚情。

大概老师傅知道,又一群瞧热闹的外地观光客到了,这些把他的手工产品当"稀罕"看的游客,常常口惠而实不至,并不能成为他的消费人群——这是一种经验,更是一种高明的世故啊。看着他专注的神情,想到他那世事洞明的心理,我不禁肃然起敬,不禁为我们身在的教育界的浮泛和学术界的躁动感到深深羞愧,我们多么需要锻炼这种"任尔东风西风,我自岿然不动"的执着品性,我们多么需要回归这种"只管耕耘,不问收获"的专业主义精神呵。

联想到一位朋友到北京师范大学钟敬文教授府上拜访时,适逢其数位民俗学研究生半途进门,即自动寻出一个个小板凳,围着老师和客人坐下,静听他们谈话的情景,便对郑生说,这竹板凳很好,要是在南京有,就给你们每个入门弟子发一只,毕业时就在凳腿上刻上大名,留给后来的研究生坐,不也有趣么?

前行见街两旁店家甚多,印象深刻的是编了号的木排门和曲尺型的柜台。开业后将木排门一一卸下,靠墙横放码齐在柜台前,正好摞成一个长条凳,可供顾客歇脚闲谈。

在一家卖农业生产材料的店面东侧进去,却是三进清代古宅。张先生介绍说,这是路仲望族管氏的"惠长厅",建于清道光年间(1821—1850),也是整个海宁境内保存得最完整的厅堂。因1949年解放以后被没收为"公房",先后作过卫生院和供销社仓库,这才在"文革"的动乱岁月中幸免于难。

走进院落,碎裂的方地砖上早就覆盖了一层厚厚的脚泥。人在天井中,但见四面高墙围合,楼屋木构件雕刻精细。翻轩门楼,透着考究。这里本该是一个"庭院深深深几许"的去处,如今却因当地没有任何积极的保护管理措施而门户洞开,任人进出。也因此得以踩着第二进木梯,小心翼翼地登上二楼,一边欣赏着东、西两侧供透气通风和瞭望用的砖窗,一边以朝北的一排木窗为背景留影纪念。此楼当年概系书房或藏书之所也。

　　偶见一棵树竟盘根于门楼砖缝之中,正肆意破坏着墙体结构。同行的汪利薇副馆长是懂得这些古建筑价值的。她说,这里面的一砖一木其实都是不可复制的文物,我真为政府有关部门如此任其破败感到可惜!她带我们走进第三进,去看门楼上的"澹泊明志"四字砖雕,果然精美。

依旧精美的清道光间管氏惠长厅后院砖雕门楼

　　据说,路仲管氏有人文传统,人才辈出,有清一代举人和进士多达十余人。管氏文人中有管庭芬(1797—1880)者,因其编撰、校勘书籍多而为从事历史文献学的人素知。钱泰吉在《曝书杂记》中说他喜抄书,特别留心海宁掌故,"于目录之学,尤为专门",曾经帮助硖石别下斋藏书主人蒋光煦校订《别下斋丛书》等。他的家产因书事而尽,晚年竟至卖画度日。但经他手校的古书,都成为了善本。1860年太平天国农民军攻陷杭州,一时烽火烛天,炮声殷地,只得奉母避居僻乡,等到回到路仲,发现"故家典籍发半毁于劫火",于是有"天丧斯文"之叹,发愿取杜甫"花近高楼伤客心"诗意编纂《花近楼丛书》,得七十余种。生平著述甚多,有《海昌经籍志》、《渟溪旧闻》,以及《渟溪老屋文存》和《渟溪老屋诗存》等。

对于这"淳溪老屋",他曾经在诗中描写道:"东倒西歪屋几间,虽居尘境亦深山。门临小市无车马,篱旁清溪绕曲湾。""绣闼雕甍事莫论,且求容膝度晨昏。秋来丹桂香飘户,雨过黄昏水到门。"就是在这样的环境中,他过着"佣书未许主人闲"的书人生活。其《典衣买书歌》云:

  天涯有客芷湘子,青山不隐隐村市。
  贫居陋巷无所求,愿与史籍同生死。
  既耕还读甑屡虚,仰天狂笑心不舒。
  天生我材必有用,供我岂乏今古书?
  叩门喜接西吴客,一笑相逢皆秘册。
  绕床真奈阿堵无,欲舍仍留费筹画……

"芷湘"是管庭芬的号。诗歌使人想见一个爱书人,面对书船贾人送上门来的好书,因囊中羞涩欲休还买的情景。虽然这"淳溪老屋"当年比不上那"惠长厅"富丽堂皇,但如今只要说起路仲管氏来,首先让人想起的人物,却是管庭芬。这其中实有发人深思的辩证法在。

接着看了建于晚清的"黄家厅",中间为石板地的天井,堂窗雕刻完好,系走马楼结构。此地原来做过当地医院,因此得到比较完整的保护。惟后楼漏雨严重,主人家出资做了整修。黄家大屋初建时为不影响公共弄堂的使用,把西山墙建成了一个大弧形,这是一个大看点,千万不可给错过了。

路仲现存最古老的房子是原属张家的"明厅",线条简洁轩敞,完全是十分讲究的官家气派。现今却做了直大街上一家画店的大仓库,里边堆叠着许多画框。把"明厅"看过以后,踩着凄迷的荒草看了"钱家厅"。这里是当代植物学家钱崇澍先生(1883—1965)的故居,如今早就空锁着大门。从锁眼中望去厅前杂草丛生,如此下去,真要被岁月给彻底毁了。

由"钱厅"西侧岸边向北见到一座石桥,即"德义桥"。桥下就是分隔镇区的淳溪河,这一带的河西老屋让我再次领略了"江南水乡吊脚楼"的又一种样式。

曾经十分不解于此种建筑,各地看得多了,不断深长思之,遂悟河岸房子必系当年有钱大户之"违章建筑"也,强占公共河岸以为一家之私,复打桩侵占河面空间,以使私房建筑面积最大化……所谓"水乡吊脚楼"者,实系一幅"为富不仁图"也。江南各处水镇建筑,何妨皆作如是之观!

走出古老的路仲镇直大街,在德义桥上可见残存的水阁楼民居

"德义桥"是一座始建于元代,在明代永乐十二年(1414)重建的老桥。站在桥上,抚摸着桥头数百年来无数人抚摸过的两对镇桥石狮,悠闲地欣赏欣赏河东直大街的行人和河西水阁里的居民,真是一种十分难得的经验。

"泛舟过渟溪,人家两岸齐。到门才咫尺,水涨板桥低。"陆嘉淑的小诗大概就是在这种情景中吟咏出来的吧?

去年早春的一次雨后,徐玲芬女士在"小镇义务导游"张智华先生陪同下游览古镇。她随后在3月3日《嘉兴日报》上发表散文《杏花深巷里,春到路仲》,其中对此座古桥用墨尤多:

走上德义桥的时候,老张告诉我们,这是一座建于元代的古老石桥,有"如意石柱"为证,还有桥墩下那架桥拓木,是明永乐重建时,把一块有拓木孔的条石放错了位置而留下的美丽遗憾。老张说,这些都是古建筑专家阮仪山先生上次来路仲时专门考证过的,可见这桥的年代之久远。

有意思的是，我听另外一位刚巧从桥上走过的姓吕的老人讲，这桥称作"大枫桥"，是师傅造的，后来他的徒弟在镇西造了一座他们称其"小枫"的德风桥，师傅看了徒弟造的桥说："好，这桥不会塌了，你已经出息了！"从此便有大枫桥、小枫桥之称。实际上，后面的这座桥，建于清代，完全是两个朝代。也许，我们的生活就需要这样的美好传说才变得更有意思吧，但"西接彩虹云蒸霞蔚，东连德义璧合珠联"的桥联，让你无法将这两座小桥分割开来，它们完全可以讲是贯穿小镇的纽带。桥下的水一头连运河，一头通大海，也把小镇路仲的过去与未来连缀。

过了"德义桥"即是镇西街。看过民间自设于溪边一屋之"路仲摄影展"图片，方知上午行经之处，不过是略窥一斑而已。

原来这里还是在后世赢得"北李南朱"之称的宋代女词人朱淑真（约1131年前后在世）故里。朱小姐原生于一个官宦之家，幼时颖慧，遂博通经史，能文善画，精晓音律，工于诗词，为海宁"才女"。相传父母为其作主，把她嫁给一个市井间的文案小吏。因志趣不合，家庭生活很不如意，于是寄怀于诗词。其《写怀二首》中有"孤窗镇日无聊赖，编辑诗词改抹看"等自况之句，但终于抑郁而终。她的愁苦，却酿就了"把酒送春春不语，黄昏却下潇潇雨"、"宁可抱春枝上老，不随黄叶舞秋风"等名句，从而构建了自己的文学地位。这其中想来也有着可发人深省的辩证法。其作品为人搜集后辑为《断肠集》十卷，另有《断肠词》一卷，故有"断肠词人"之称。

走到位于淳溪边桑园里的张智华先生家小憩。其家狭长庭院中亦多花木，据他说，这里是外乡人士来到路仲游览的"民间接待站"。我在签名簿上果然见到了秀州范笑我的熟悉签名。

余遵嘱题词并率众弟子签过名以后，主人取出一册《古镇路仲：虞自强写生集》（浙江人民美术出版社2004年4月版）相赠。我相信，这是他们主动宣传路仲、义务广结人缘的一种方式。这种自觉保护乡土的"志愿者行动"，真是可歌可泣。但其间所折射出来的，却是守土有职的行政当局的不作为。智华序云：

到了宋代，有余杭超山张姓、临安钱姓（吴越王钱镠后代）、安徽朱姓（朱熹后代），以及明代成化年间余姚管姓等族迁入。形成了四大姓氏家族，逐渐繁衍成具有一定规模的大镇。从明清开始，大量建筑群体出现，有钱家大院、管家大厅、朱祥和大宅院、张家大厅，及一批具有规模的花园及书楼。在状元桥东有钱家节孝牌坊，在状元桥西有张家孝友牌坊。钱家花园、楠木厅、清风室、澹园、蠡园、息心窝，以及三王庙、东岳庙、秋水庵以及五圣庙等，分布在镇的四周，及渟溪河两岸……

在这河流纵横、绿树成阴、宅院成群的水乡，孕育了大批文化名人，从宋代著名女词人朱淑真到明代礼部侍郎吴太冲、刑部侍郎陆子孟和清代湖北学使管式龙、成都知府钱保塘、著名史学编志学者管庭芬、学者陆家淑等等，到现代中国著名植物学家钱崇澍、医学家钱崇润、动物学家钱燕文、装帧篆刻书画家钱君匋、中国第一代水彩画家张眉孙、收藏家钱镜塘、外交家朱黎青、新闻学者朱汝谐等等一大批人，他们都是路仲人的骄傲。

张先生如数家珍，写出了力透纸背的爱乡情愫。诚如其言，地灵是为了人杰，一地一方一族一家追求和谐小康的终极意义，端在于为时代为社会为国家为民族造就出杰出的人才来！或如徐玲芬在《杏花深巷里，春到路仲》中所说："没有古石桥的江南小镇是不完整的，同样，没有名人的小镇是没有生命力的。"

张先生带我们看了看他们兄弟集资共建的新宅之后，便引我们走过满地石板路面的"三角街"，前去看那座连接镇街和乡村的老桥"德风桥"（面南一侧的桥联是："何须司马方题柱，但遇留侯便授书。"各用了一则历史典故）。难怪人们要把这座建于清道光二年（1822）的古桥与"德义桥"联系起来，除了桥名中都有一个"德"字外，桥上也都有两对镇桥石狮。

看过"德风桥"后，我们的路仲半日之旅差不多也就结束了。

虽然目前路仲已被划为"海宁市级历史文化遗产街区"，但由于保护措施和保护目标过于笼统，这里实际上仍处在过去那种自为放任的状态。二三十年来，一方面是镇上居民越来越多地走出路仲，落户硖石、杭州等中心城市发展自己的职业和事业，另一方面则是来自四川等地的外来人口越来越多地租屋入住于此。由于历史文化背景和乡土人文感情的不同,因此平添了古镇老宅的使用性破坏因素。据说镇上有好几处老厅大屋因为民工杂处,已经无法前往参观。而本地百姓因受见闻和见识的局限,却不免对此古镇的历史文化价值表现出无知少识的状态,因此而客观存在的隐患,是让人最感忧虑的。

我献议说,当地政府该为路仲组织一次有文人学者、画家、摄影家、媒体记者组成的"笔会"的。只有通过多方位、多层面、多角度的发掘,将这一古镇的历史人文美、风俗民情美、建筑内涵美和自然风光美等一一呈现在世人的面前,才会有更多的海内外人士走进路仲来寻美。真诚希望爱乡爱土爱古镇的张毅强、张智华等人士,将热切呼吁和主动保护的工作,能够持之以恒地进行下去,因为保护自己的家园,是一项只有开端、没有终点的重大历史工程。

需要特别记上一笔的是,小镇各处依稀残留着的"文革"时代痕迹,这是惟原生态古镇才会侥幸存留的,在我们江苏已经很难见到了。据郑生记忆,其中一处写的是毛主席语录:"我们的同志在困难的时候要看到成绩……"另外一处写着"农业的根本出路在于机械化"、"一心为革命",以及"伟大的导师、伟大的领袖、伟大的统帅、伟大的舵手"等。这些遗迹令人想起"文革"初起时,一夜之间人为造就的大地山河一片"红"的非理性场景。

非理性的结果是反规律,反规律的恶果必然是反人类。"文革"使得国民经济走向崩溃,生活在如此广袤肥沃国土上的人民却缺衣少食,生存惟艰,那一代人饱尝了"人祸"之苦,紧接着又遭受了无法挽回的"计划生育"之累。而今因片面追求经济发展而造成的自然环境污染问题,已成为新的民生威胁,结果是同样严重危害了百姓的生命安全。当我们看到"文革"的时代遗迹时,绝不能忘记了曾经遭受且至今受累的"人祸"之苦痛。历史的教训是不能忘记的!

在路仲大酒店用完颇具乡土特色的中饭后,即去探望八旬老人陈伯良老先生,他是本地最有学问的人。我命王冰在路上选买了一盆花，陆、汪两位则选买了两种水果。陈先生在今年早春的萧山会上曾经一见，依然精神很好。他当年因所谓"右派"问题影响了前途，受到二十年的不公平待遇。回乡后从事海宁地方文史研究，所著《穆旦传》、《海宁文史备考》等书，无不严谨。又与虞坤林先生协力整理、校点宋云彬（1898年8月16日—1979年4月17日）日记问世，功德之事也。

至陈先生家中，虞坤林先生也在。虞先生长期从事日记研究，利用工休、节假日时间前往浙江、上海、北京等地图书馆历史文献部查阅抄录日记原稿，所见甚丰，其治学精神可嘉，令人敬佩，亦可见海宁地方人文传统一脉尚存也。闻其所整理、编纂之《陈乃乾文集》明年将在国家图书馆出版社问世云。

陈先生见余师生一行到访十分高兴。他说如今年老手颤，图章刻不成了，但毛笔还能拿得起。记得多年前，他主动用青田石为我刻了一枚"雁斋藏书"的肖像章寄我订"忘年交"，后又曾应我所托，为上海《图书馆杂志》的专栏"悦读时空"题写刊头。说话间，老先生自书房取出珍藏的名家签名本如《田间诗选》等，还有《京报副刊》给我们看，又以数帧墨宝相赠。临别时，他坚持送我们到楼下，却之不允，只好扶着他老人家下楼，却因此在楼下树丛前得以合影留念。

随后，陆、汪两位将我们送至海宁火车站亲切话别，直到检票声起方才别去，其热情好客之情令人感动。

当晚八时半，正在火车座席的困顿中，忽接陆先生发来七绝《偕徐雁教授诸友人游路仲》云："千年小镇水悠悠，破壁颓垣翰墨留。德义桥边访古迹，低吟月上柳梢头。"

那千古名句"月上柳梢头，人约黄昏后"，据说就是朱淑真的名句，用在这里适可表达吟主对于这位愁苦词人的怀念和同情。

可见年已六旬的陆先生，乃是位觅古怀旧、情山感水的文士。闻其曾创作章回体历史小说《刘伯温出山》，著有《形近字举要》。此行承其相赠《汉字形近偏旁辨析》（三秦出版社1994年4月版），此书为学子误读、误写汉字而著，虽仅十万余言，却是教学致用之书，有助于国文基本功训练可知矣。

南下香山、北上并州记

(2008年10月24日—11月7日)

作者在《知识·学识·见识》专题讲座中

应广东中山图书馆之邀,订于10月25日晚为该馆主办之"香山讲坛"作一场讲座,即结合孙中山先生"大阅读"成才经历拟一讲稿大纲。此行四日,27日晚于广州白云机场回宁。

按计划,11月3日有太原之行,参加山西大学承办之"教育部高等学校图书馆学教学指导委员会第二次工作会议暨系主任联席会议",7日返回南京。遂合并南下北上之行补作本记。

10月24日,周五,南京—中山,
昨日霜降,南京已略有寒意。

早餐后,将所讲提纲整理后贴上个人主页"秋禾话书"。打车前往中华门汽车站,转乘民航班车至禄口机场。于途中得到通知,班机将延迟近两小时起飞,乃静心看报读书。

四时许抵达深圳机场。中山市图书馆办公室小李即驾车行一小时许,接至位于兴中道之中山市馆,吕梅馆长、负责讲座联系之辅导教育部麦丽明主任等上车后,即赠以《今日阅读》。餐后至逸仙湖看地形,以当日《中山日报》正公示市图书馆新馆将建于此也。如建成将是一座国内不可多得之园林型图书馆,遂为市政当局眼力暗暗称赞不已。

晚入住中山日报宾馆。

10月25日,周六,中山,本地晴而热。

吕馆长请早茶后同往沙溪康乐小学。于该校礼堂为中小学生演讲中山先生读书成才故事,并参之以《围城》中方鸿渐求学悲剧,阐发其中所含"大阅读"、"深思考"之理。约费一小时许。

讲毕接获学生询问条十余张,如"阅读到底是什么?""读书最有效的方法是什么?""是否好成绩才是优秀的学生?""平时我们小学生的阅读,应该有什么技巧可以增加正确率?读书对我们有什么作用?""我是一名中学生,但有一些名著在中途会觉得乏味,请问怎样深入地阅读呢?""阅读应该怎样使自己,能够让自己透彻理解主要内容呢?""必须要多读多看作文书才能写好作文吗?""每次老师布置的作文,我都是无从下手写的。怎么样才能解决这个问题呢?"等,遂一一作答。

最棘手的,当数以下问题:"大阅读"与"深阅读"有什么区别?什么是"大阅读"?什么是"深阅读"?你说了这么多道理,这与"大阅读"和"深阅读"有什么关系?读了这么多书,觉不觉得你是个书呆子呀?你读这么多书,我想问你记得多少?如果有一本书对你

有益，但是您却不感兴趣，你会怎样做？这些确不是三言两语可以解答清楚的，当录此深思，以求数语中的之表达。

午饭后至翠亨村参谒中山先生故居一小时，买两柄"天下为公"手迹折扇以作纪念。回宾馆休息一过，吕馆长一行来请吃晚饭，至以"世界卡通手模大师"马乐山作品为招徕之石歧馆，同饮地产"梅子酒"一斤，味酸甜，甚爽口也。

八时许，到馆开讲《知识·学识·见识》一个半小时。

10月26日，周日，广州—中山，晴。

早茶后，吕馆长赠送中山特产"杏仁饼"三种。话别后仍由小李驾车前往广州。午时入住中山大学图书馆主任倪莉女史代订之西苑宾馆。

午休后即步行至校园西侧门之"学而优"书店淘书。

先至二楼折价书部选购得《魏晋南北朝社会生活史》《宋代佚著辑考》《阮元评传》《历史文献学论集》《从潘家园翻出的历史》《赣文化论稿：留住我们的集体记忆》《李承恩文集》等十册，付出二百余元。又选得新书六册：《学境》《李承恩文集》《中国农学书录》，以及"近代日本人中国游记"三种——《燕山楚水》《北中国纪行·清国漫游志》《中国印象记·满韩漫游》，费一百三十余元。于书店抄得待观之书目《顾千里集》《问字堂集》《抱经堂文集》《闽蜀浙粤刻书丛考》，以及窦水勇编、线装书局版《北京琉璃厂江南旧书店古书价格目录》。

五时半，童翠萍与小邓联袂至店，阻其打车至珠江边用餐之邀，提议同至校园餐厅便餐即可。饮小童携来之小邓父母自酿酒一瓶，味洌而醇，嘱其回家询酿造之术告知。赠其陈寒川先生线装诗集《芸窗漫笔》、毛边试刊号《今日阅读》等。

餐后送行至西侧门后，循路于校中教师宿舍区散步一小周而返，发现小童悄然将余面致之《尔雅》《图书与情报》等刊稿费三百元留存于所赠广式饼点盒上，留言谓捐作"师门茶资"，为之感动复惭恧不已。

小童素知为师有出外浏览当地报纸之习,今日携来《南方都市报》周日刊、《南方周末》,其中前者刊有董健老师广州讲演录《重振启蒙精神,招回大学之魂——亲历三十年高等教育改革》,见其一贯谈锋。又倚靠床头翻阅所得蔡鸿生教授《学境》(中山大学出版社 2007 年 1 月版),亦多恳切治学语也。

又读《李承恩文集》(中山大学出版社 2006 年 7 月版)中自传《我的青少年和我的家庭》部分,甚有味也。李承恩主任医师于 1933 年 1 月 10 日生于江苏泰州,1955 年毕业于第四军医大学,其自传为五章:《烽火童年》、《童趣》、《我的青少年时期》、《百态人生与百行百业》、《人生百态与各行各业》等。此后两章命名颇为奇特也。所有传记都不免对于"人生时间之谜"有所探讨:

当我回忆并记录下我儿童时期和青少年时期往事及感受之际,我已经领到"老寿星证书"。我体会到,人一生的经历记忆,是(以)层层叠加形式存在的,正像我们所见的地质大断层一样,一层压在先行一层的上面。最早的记忆在底层。儿童时期生活经历没有以前的对比,时间过得那么慢,一切都是新信息而被加工储存起来。随着年龄的增长,感到时间越来越快,到了我现在的年龄,更是度年如月,对循环往复的世事,更有多一些的体验。

旨哉斯言!不免想起以前读到的梁实秋散文中的一句话:大抵是年轻时常常打发时间,而步入老境则是"被时间打发"。

10 月 27 日,周一,广州—南京,阳光灿烂,温煦可人。

今日晏起,九时许早餐。餐后至校园中散步,并至图书馆致送《今日阅读》杂志于门卫员,因程焕文兄等出差在外地也。

康乐园曾经两次涉足,然均行色匆匆,走车掠影,未如今日宜人秋阳中,独得闲庭信步之乐。想起不知在何时何地录入手机短讯中的云门法师诗来:"春有百花秋有月,夏有凉风冬有雪。若无闲事挂心头,便是人间好时节。"不过这种"好时节"对于人生来说委实不多。农业化时代的古人就有"忙里偷闲"之说,引"偷得浮生半日闲"为生平快事之一,奈今日信息化时代何?

九时许步出西区，过叶选平先生题"曾宪梓堂"，见蒲蛰龙院士雕塑，径至大路。阳光下站定于"逸仙路"口，重睹中山先生手书大字校训："博学、审问、慎思、明辨、笃行"，深感精辟之至。

忽然瞥见左旁大楼所悬大红色横幅标语："抓住机遇，锐意进取，为建设居于国内一流大学前列、具有国际影响的高水平大学努力奋斗"，不觉哑然失笑。

殊不知，大学府贵在拥有名牌之学科，而名牌学科则端赖于特色专业之建设，特色专业之构成又端赖于特具学识之教授学人……反之更成其理也。而今利禄悬于校门，功名贯乎心中，既乏板凳甘坐三年冷、手笔愿铸十年剑之教授学人，则所谓"高水平大学"不啻劣熊所掰之玉米棒，顽猴所捞之水中月耳！

中山大学本部所在为岭南大学原址。尝忆以十五元于旧书店得李瑞明先生编《岭南大学》一书（1997年），乃合郭查理所著《岭南大学简史》与"岭南（大学）筹募发展委员会"所编《岭南教育的发展》而成，穿插历史图片甚富。卷首有威廉·欧内斯特·霍金于1960年7月29日所撰"《岭南大学简史》前言"云：

岭南大学是从广州一所男童学校及其后的基督教学院发展而来的。追溯这段历史使人们可以对近几十年中国历史的发展脉络有个深入了解……因为中华民族自身的历史曾被一切两断，然后又与各种各样、毫不相关的模式和利益试着重新组合而成。这里有西欧的、俄国的和日本的东西，也有美国小心翼翼踏入这个世界竞技场所带来的东西。要缕清这纷繁的头绪，只有通过追溯一个具体机构的变迁，正如这部校史所作的那样。历史的本来面貌决不单是"大事记"的组合。要了解历史，就必须看到每个事件都包含着人为的动机，反映了人的精神状态。

在亚洲建立一所美国学校，无疑需要人力的全面投入。建立这样一所学校的条件，是了解经济状况，具有商业意识、政治的现实感和对社会问题的敏锐性，而学校的生存，则有赖于丰富的想像力、宽广的胸怀和同情心、充足的学识和不可动摇的信念……亚洲的西式学校应该在"选择和适应"方面作出独特的贡献。它们具有的功能,是前往西方国家的学校留学所起不到的。在这方面,岭南大学作出了出色的表率。在亚洲土地上的西式学校的宗旨,不是去移植西方的机制,而是去说明它们,探索具有普遍意义的内核,并使它们适合应用于亚洲。这是一项责无旁贷的任务,必须齐心协力才能完成。这就是岭南大学的业绩和精神,它在广州地区影响深远。

作者同时将孙中山先生"共和"理想的不能成功,归咎于因接受西方学校教授的知识而"食洋未化"赴美留学生,他们"死记住了美国政府的各部分结构……却没有去进行选择,使其适应中国人的机制、传统和精神"。因此当时势需要的时候,只能提出一纸空文式的"共和形式",因不适合国情而致"共和"失败。

今日晴暖,漫步康乐园中,耳闻噪蝉鸣鸟,眼见花红叶翠,有暇思考一点形而上的问题,真是不可多得的经验。尤其是见到校园中矗立之明代天启间南海人梁士济等七进士牌坊,为上世纪四十年代岭南大学请移建于校园中者,谓"用标学术兼励来者",深为感动!

以注目礼谒中山先生站像后,过惺亭。由校图书馆侧旁小道漫步,专朝绿荫丛中走,遂行经金庸所题"贺丹青堂",过生物博物馆,走回西苑。眼前不时见到正开放红花之高大乔木"羊蹄甲"等,深感岭南学府以花木点缀人文之美。

午后华南师范大学文学院编辑出版系主任余皓明教授带车来接,遂至大学城校园与该院学生一谈。柯院长设晚宴于广州市内"裕通大酒店",饮啤酒一瓶,叙谈甚欢。饭后至白云机场候机,因延迟起飞,次日凌晨才返至南京。

11月5日,周三,太原,晴。

上午继续举行工作会议,讨论图书馆学教育的现状和发展趋势,并议决下次工作会议由西北大学公共管理学院信息管理系杨玉麟大学长于2009年秋在西安承办。

下午二时许,全体坐车西行四十里许,前往晋祠参观考察。

晋祠背倚悬瓮山，前临晋泉水，据介绍这是我国现存最早的中国古典宗祠园林建筑群，有三百年以上的建筑如殿、堂、楼、阁、亭、台、桥、榭百座，塑像一百一十尊，碑刻三百块，铸造艺术品三十七尊。在一处文化遗产中保存有如此众多的文物精品，实属罕见。

绕过"水镜台"，见到了素闻其名而未曾一见的"鱼沼飞梁"。一个方形的荷花鱼沼上，架着十字形的"飞梁"，下面由三十四根八角形的石柱支撑。桥边有形制奇特的栏杆和望柱，作为装饰。据说这种突破一字桥型的十字型架梁技术，在中国现存古建筑中十分罕见，仅见于唐宋古画之中。

瞻仰了悬有"三晋遗封"匾额的圣母殿，也同时欣赏到了随侍其前其侧的四十二位侍女。她们或在梳妆，或在洒扫，或在奏乐，或在歌舞，面容清秀，眼神生动，模样俊俏，形体丰润，衣纹流畅，是为我国现存宋代泥塑中之珍品。与殿前围廊木柱上的八条抱柱盘龙之怒目利爪形成强烈对比，俱见当日风云气概。

当代作家梁衡谓"晋祠的美，在山，在树，在水"，其实山有树，树在山，倒也不奇，奇的是曲折围绕的清泉水。想来三晋人文发祥于此，乃是昔日山水神功所致，难怪当年李白游观后有"流水如碧玉"之叹。

不过如今山西境内缺水，城中所见河段已经断流。"但闻汾酒香，不见汾河水"，已是当代并州一怪。"水源危机"看来也早已开始困扰晋祠了，所见泉眼实为"机动喷泉"；而游客出口处正在兴建的景观式引水渠，用的正是前年被公众舆论所推翻了的"地膜技术"，见此情形不禁为晋祠内的森森古木而忧。

今日在蓝天白云之下，见到院内矗立的唐槐，横亘的周柏，想见史事沧桑，真不胜怀古幽情！余光兄终究是搞历史文献的，一下车即迎着前来兜售地图、旅游册之老妇，毫不犹豫买下一册随身带着。我则在返程前感到游览不足兴致未尽，方以十元选购一册《晋祠览胜》（张德一、杨连锁编著，山西古籍出版社2004年4月版），以备旅途浏览。

返程车上，年轻的导游小姐从容陈述说："十年历史看深圳，百年历史看上海,千年历史看北京,两千年历史看西安,三千年历史看山西……可是近代以来,运出山西的是一车车乌金,留给山西的却是赤贫,尤其是上世纪五六十年代支援东南沿海省份发展的煤炭最后都变成了白条,看来发达的东南沿海各省应有反哺山西的义务。如今的山西污染严重,矿难不断,但勤劳的山西人民仍有信心开创未来!"众人听后无不动容,报以热烈掌声。

11月6日,周四,平遥一祁县,晴。

上午继续文化考察之旅,先至平遥古城。

在西门外下旅游大车后换乘电瓶游览车至南门(迎薰门),见进出城车辙,深感历史岁月之印痕。

登上城楼,即可俯视全城概貌,略见纵横交错之四大街、八小街、七十二条蚰蜒巷形貌。闻该城墙建于明洪武三年(1370),现存六座城门瓮城、四座角楼和七十二座敌楼。城内外有各类遗址、古建筑三百多处,有保存完整的明清民宅近四千座,街道商铺基本体现着真实的历史原貌。

重点看了文庙。游览中,以四十八元购下一册精装本的《平遥古城志》(中华书局2002年5月版),拟回家后对照旅游掠影印象细读。接着看了古县衙、"日昇昌"票号。

平遥是清代晚期中国的金融中心,当时总部设在平遥的"票号"就有二十多家,占全国的一半以上。其中规模最大的是创建于清道光年间、以"汇通天下"而闻名于世的中国首座票号——"日昇昌"。土产以"平遥牛肉"著称。午饭于"云锦成"。

饭后前往祁县乔家堡村参观乔家大院。据导游介绍,整个大院占地八千七百多平方米,建筑面积三千八百多平方米。分六个大院,内套二十个小院,三百一十三间房屋。大院始建于清乾隆二十年(1755),以后有两次扩建,一次增修。

一条近百米长的石铺甬道,把六院分为南北两排。西尽头处是乔家祠堂,与大门遥相对应。北三院,从东往西依次叫老院、西北院、书房院;南三院,依次为东南院、西南院、新院。南、北六个大院的称谓,表现了乔家大院中各个院落的建筑顺序。各院房顶上有走道相通,用于巡更护院。大院形如城堡,三面临街,四周全是封闭式砖墙,从空中俯瞰院落布局,略似一个双"喜"汉字。

乔家大院大门坐西向东,为拱形门洞,上有高大的顶楼,顶楼正中悬挂山西巡抚爱慈禧太后面谕后所赠"福种琅嬛"匾额。黑漆大门扇上装有一对椒图兽衔大铜环,并镶嵌着铜底板对联一付:"子孙贤,族将大;兄弟睦,家之肥。"还有左宗棠题赠的一副篆体楹联:"损人欲以复天理,蓄道德而能文章。"我还抄得一副旧对联,为惺园王杰撰书:"精神到处文章老,学问深时意气平。"

院内木雕、砖雕题材之多,彩绘工艺之美,令人叹为观止。各院门匾中多箴言,如"慎俭德"、"书田历世"、"读书滋味长"、"百年树人"、"惟怀永图"、"为善最乐"等内涵甚佳。

当晚代表中即有离会返程者,其中有参加北京次日由中国科技信息研究所主办"中国情报学研究生教育创建30周年纪念大会暨学术研讨会"者。

此行共得专业赠书四种,郑州大学王国强教授著《汉代文献学研究》(线装书局2007年版)、浙江大学叶鹰兄著《分析与创造——叶鹰教授学术论文选集》(第2版,中国社会出版社2008年版)、华南师大高波教授著《网络时代的资源共享——中日文献信息资源共享比较研究》(北京图书馆出版社2003年版),以及会议主办方山西大学李景峰教授主编之全系同仁论文集《知识时代的信息管理》(三晋出版社2008年版)。

11月7日,周五,太原—南京,
太原阳光灿烂,南京阴有小雨。

余光早起,餐前即前往机场返回北京。余则餐后至机场,于候机间与吴慰慈老师、师母叙谈半小时后,乘九时四十分海南航空公司班机返回南京。

于机舱瞥见前座旅客所阅《中国民航报》前日"旅游"版有姜涛所撰一文《荆坪:那个穿越了千年历史的古村》,定睛细看,恰有介绍为乾隆启蒙的师傅潘仕权(1701—?)一节,说"荆坪村的转角楼、德经坊、文昌阁等建筑,藏有不少潘仕权读过的书和撰写的书,但历经水火洗劫,早已片纸无存……"于是留心,待到南京机场后,遂把该版捡起,收为己有。顷查收录历代(讫于1949年前出生者)藏书人物二千四百余人之《中国藏书家通典》(李玉安、黄正雨编著,香港中国国际出版社2005年12月版),未见词条,则其藏书事迹尚待今后读书时留心一考也。

雪冬间江浙诸州行记

(2008年11月21日—12月31日)

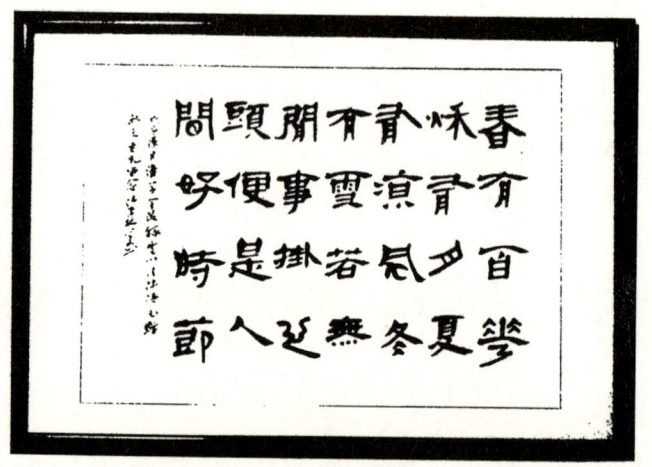

西泠印社理事林公武先生赠予作者的云门法师诗墨宝

所谓"江浙诸州",谓杭州、常州、苏州、徐州也。其间以讲课两至杭州,以参会两至苏州,此皆"天堂"之旅也。自11月21日起至新年来临,连续一月有余人在旅途,不可无记,以留鸿爪行迹。

11月21日,周五,南京—杭州,南京有寒意。

上午在家备课。午间打车前往南京火车站,乘郑生帮订之D471次动车十二点四十二分前往杭州,票价一百五十六元。

傍晚至曙光路124号之天伦大酒店,入住210室。时袁逸学长已携其爱女在点菜焉,遂尽黄酒一瓶。袁兄到室略谈"观澜书系"中其集《文澜阁上说故纸》选文篇目,并相赠其审校修改之《嘉业堂志》(应长兴、李性忠主编,国家图书馆出版社2008年10月版)一部,遂检得其中课题研究有用资料如下:

1916年6月,从钱长美购入太仓缪荃荪东仓书库藏书二十三种,价五百五十元。

钱长美:书商。携古籍登嘉业堂之门推销,从民国初年一直坚持到1935年左右,是嘉业堂藏书来源的主要渠道之一。仁和朱学勤"结一庐"藏书大都经由钱长美之手归嘉业堂插架。"结一庐"的版片《金石录》等四种,亦是钱长美卖给刘承干的。

嘉业堂藏书来源有三个途径:一为购买,二为抄录,个别藏书来自向刘承干借款而到期无力赎回的抵押品。购买有三种方式:从友人处购买或由友人代购,到书店现购及购买书商上门推销之书……携书登嘉业堂之门推销的书商大多来自上海、北平、南京、苏州、扬州、杭州等地。有段镜轩(北平镜古堂书铺)、朱甸卿(亦作朱甸清,金陵萃文书局)、钱长美(后来在南京经营合作书店)、王仁权(后来在南京经营保古堂)、刘少卿(后来在南京经营聚雅书店)、柳蓉春、柳企云父子(先是在苏州,1917年后又在上海开设博古斋)、杨云溪、杨寿祺祖孙(苏州来青阁书庄,1913年在上海建立分号)、邱绍周(扬州富文堂)、郑长发(杭州古欢堂)、李宝泉(杭州述古堂)、李紫东(上海忠厚书庄)、陈立炎(上海六艺书局及古书流通处)、罗振常(上海蟫隐庐),以及卞瑞芝、杨馥堂、汤治平、李培华、汤怀之、魏照明、管振之、冯选青、夏炳泉、唐升、徐松甫、陈新斋、金守梅、严志斋、倪子卿等。这些书商为嘉业堂增添了大量善本。

整理定明日教学用资料后睡下。睡前翻阅1931年出生、任至岳麓书社副社长之刘皓宇日记《鉴往知来:一个右派分子在乡下的忏悔日记》(湘人书坊2008年版),甚有当代野史之趣味。

11月22日，周六，杭州，今日农历小雪。
杭州阴，傍晚至晚间有雨。

上午八时半，前往右前侧之浙江图书馆。至则浙江工商大学图书馆阮桢、临海市图书馆彭春林副馆长等已在焉。先播放《南京图书馆百年记忆，1907—2007》光盘资料，然后开讲"阅读文化学"课程，由"藏以为用"说起。

课毕至浙江图书馆所办双休日旧书集市外侧两摊，以每册三五元得《孙中山与浙江》、《人文和孚》和《长街灯语》三书。《长街灯语》（百花文艺出版社1979年9月版）为秦牧杂文散文集，其中《中国的"书龙"》一篇记述三十年前我国城市奇景——春夏之间，特别是"五·一"节前后，新华书店门口，普遍出现了排队买书的队伍，形成了一条条蜿蜒街头的长长的"书龙"——已经成为珍贵的中国当代阅读史的珍贵史料。又得一份故纸——1962年3月"建筑科学研究院建筑理论及历史研究室"所打印之《杭州山村民居说明》，题下有"仅供会议讨论，会后收回"字样，凡十九页，尾页已经散佚。其中涉及到的民居资料如今实体已多不存，其珍贵可知矣。

午饭于天伦大酒店，二时许继续到馆教课。

傍晚散课后，继续闲逛旧书摊，惟临近天黑，书摊皆在开放式之廊下，不甚分明也。遂沿老曙光路，步至白沙泉路闲逛。

11月23日，周日，杭州，
今日农历节气为"小雪"。傍晚小雨渐大。

今日讲课至下午三时许毕，至省馆内所办之收藏品展览部略看半小时许，旋至旧书摊前流连淘书，约费百余元，所得甚多。

南京无雨，于楼下信箱内取得姚峥华女士所寄11月10日《深圳晚报·阅读周刊》之"第九届深圳读书月"特辑，其中载有余之长文《1988—1998：从以"书"为本到以"人"为本》。

11月25日,周二,在南京,晴。

上午在家。连日来,与东莞徐玉福书友远程反复商定修改"中国阅读学研究会会刊"《悦读时代》封面设计方案,并推荐童生翠萍为该刊"主编助理",拟于元月初创刊。

下午到系办事,在办公室见阎、林两生,略谈求职与论文事。携唐生前往宁海路南京师范大学,于门口见林公武先生,校景甚美,遂沿北侧漫步至图书馆,再至南山宾馆喝茶。林先生馈赠武夷岩茶、旧书,以及所书云门法师七言绝句诗多种,甚感。

与林公武先生(左1)合影于苏州寒山寺南院

傍晚至南京师范大学出版社略坐,林先生赠王欲祥兄墨宝一帧。旋至上海路"朱老大酒店"吃饭,与林先生各饮黄酒一瓶。

11月26日,周三,在南京,晴。

上午安排小唐、小刘等次日陪游林先生看城内"甘熙故居",余则在家准备"培训提纲"。《"国民阅读情商"书目》承江生在苏州图书馆以一日工夫,为余所荐各书远程增添版本项目介绍,并插入书影于"秋禾话书"主页上,精美可观,甚为欣悦。

今晚六时半，林先生在南师大仙林校区敬文图书馆讲座《读书·写字·做人》。命该校本科毕业之刘生艳梅组织王、荣、郑、唐诸生同去听讲，荣生方超以短讯发来听后感，谓："南师听讲座的学生很多，很热情，现场有不少书法爱好者。建议今后可多讲汉字书法艺术，多讲个人读书经历。"

11月28日，周五，常州—常熟，晴而冷，风仍较大。

早餐后自常州出发，前往常熟。一路顺利，至常熟理工学院新校区，与宣传部部长曹培根兄见面。联系翁同龢纪念馆王忠良馆长等接待林先生、钱军一行参观。余则与曹兄、古里文化站站长钱惠良先生相商"铁琴铜剑楼与中国藏书文化国际研讨会暨第五届中国现存藏书楼联谊会"论文集事。

于学院餐厅便宴后回宾馆小憩后，至图书馆报告厅讲座。讲毕，原南大研究生班学员、太仓同乡肖雪花馆员来约次日行程，乃约定午后由她负责车送太仓同游沙溪古镇。

随后车至汽车站接到林先生，钱军一行则返回南京。陪同林先生考察铁琴铜剑楼重光工地。常熟理工学院张馆长等设晚宴于城内大方园酒家。

宴毕回宾馆，林先生兴起，为曹钱两兄等作书近两小时。

11月29日，周六，常熟—太仓沙溪，晴，转暖。

早晨钱站长来车接至方塔公园，乃与常熟碑刻博物馆王馆长等茶话。不久，小肖驾车来会合。随后同看曾赵园，便宴于大方园酒家。

午宴后，即由小肖司车前往沙溪古镇，看余少年生活行迹。先径至东乡原太仓化肥厂对面村落，今已圈为"小区"，儿时记忆片景不存。惟一条通往镇东的老公路旧梦依稀。

从东乡村居前往沙溪镇的老公路依稀如故

12月1日,周一,在太仓,晴。

早餐后车来,乃与林先生同至明德中学内谒"吴健雄墓园"。又至刘家港游看"郑和公园"。鼎年兄联系中共太仓市委常委、宣传部陆部长设宴于娄东宾馆,陪席者有太仓市文联汪、奚、邓诸主席,以及建农兄等。

宴后,鼎年、建农兄到室聊天至十四时许,遂由建农陪同林先生游览南园、张溥故居等,并至其天马旅行社喝茶。余则应健雄职业技术学院图书馆之邀,至该校讲座《知识·学识·见识——信息时代的"大阅读"》一小时许。健雄职院为大专学历教育,其校训为"积健为雄,厚德载物"。

讲座毕,乘该校顾晓伟车返回至市政府旁一宾馆晚宴,尽"沙洲优黄"两瓶。晚宴后与林先生、建农同到鼎年工作室聊天一小时许,步行返回宾馆。

12月3日,周三,太仓—南京,晴。

早餐后退房回家。今日为母亲去世六周年,父亲设家祭,董阿姨采办并于后厨操持之。菜式为:鸡、鸭、鱼、肉"四大碗",炒三菇、黄花菜炒豆腐干丝、洋葱炒牛肉丝、螃蟹"四碟",春卷、馄饨"两点心",水果"两式"。大妹买素白鲜花一束供奉。老父以小外甥徐子昕所抄录苏轼《江城子·乙卯正月二十日夜记梦》相示:

十年生死两茫茫。不思量,自难忘。千里孤坟,无处话凄凉。纵使相逢应不识,尘满面,鬓如霜。

夜来幽梦忽还乡。小轩窗,正梳妆。相顾无言,惟有泪千行。料得年年断肠处,明月夜,短松冈。

午饭后与谭君、两妹打车同往东郊老街走访。

沿河长街西段已废,乃沿东段向东行,即当年回外婆家所行经之路也。老街仅存高低不平之马蹄石路。于原东郊供销社门市部东邻,见一清代老屋,架构宛存。继续向东,见吾母曾携访之"唐妈妈家"老屋已告废弃,现为外来客所借居。遂于水池边拣取一条浮雕番莲之木构件,留作纪念。

左图为太仓东郊镇梁家老宅大门,右图为大门内两层三开间楼

再向东百余米,见"梁家老宅"门楼歪斜,较七八年前乡友鼎年、吴骏两兄导访时残破愈甚,现标为"东亭村26号"。门楼后北

向石库门上额为"□□松茂",堂屋两进已废,后为三楹两层之木结构楼屋,为江苏沭阳一对老夫妇所居,养狗多只,吠人不已。西厢房架构尚在,一座临池水阁尤为难得。

东厢房全废,遂绕至楼屋后侧,当为往昔后花园所在。但见池塘之上,叠白石十余层为屋基,始得建成此楼与观光水阁也。仅剩老杨一株歪斜于污水塘边,想系当年主人创业时所植者。于街面上见一本地老婆婆,遂以乡谈问讯,知梁家人均已迁至北面建造新屋别居矣。

虽说屋斜楼歪,但梁家文教香火一脉犹存。闻吾家小妹言,梁家后人中有一位曾任中共浙江大学党委书记者。顷查鼎年兄所赠《太仓近当代名人》(北京九州出版社 2006 年 9 月版)有得,略谓"梁树德研究员,1939 年生,江苏太仓人。沙溪中学 1957 届高中毕业生。1962 年毕业于浙江大学化学工程系。毕业后留校工作,历任浙大讲师……"1985 年任中共浙大党委书记,获得"全国优秀教育工作者"等荣誉称号。有缘当一访之,询其写有家乡回忆录否,以备《尔雅》杂志之用。

走出梁家老屋东行数十步,即是原本十分著名的"东亭子桥",如今可见者为花岗石构筑之三孔平板桥。桥北端已被人工堵截,禁人通行。于桥上观梁家下岸老屋,宛然可见当年临流水阁风致。所遗憾者,"东亭柳月"(系旧时"太仓十景"之一)已无见,但见一泾浊水向东流耳。

下桥北行至一新开公路,向东遥望,见有老树依稀矗立。小妹指为当年外婆家所在之标志白果树。一路跨越工地,独行向前,始知是矣。仅剩两棵,犹如父子,所幸乡人于树前设有香炉、香案,两个"佛"字犹为之庇护也。步出工地,知此地已为"太仓发展大厦"之建设工地。如此则外婆家所在之柴行街,已乌有也,为之叹息而返。

承太仓图书馆周馆长驾车、王馆长送行至昆山火车站,坐十六时许动车至十八时许抵达南京车站。

12月7日,周日,在南京,寒,晴。

上午在家。午前于南窗阳光下研读太仓缪朝荃"东仓书库"有关史料,以及小江代寻得缪荃孙《东仓书库记》等多篇资料。

下午在家。傍晚赴江苏教育出版社徐宗文先生宴,以其继《三余论草》之后,又有三十余万字之书评集《曲士语道——一个编辑的书评》(江苏教育出版社2008年10月版)问世故也。先至湖南路东口今年十月开业之"凤凰国际图书城"匆匆一瞥,然后至玄武门北侧一家饭店,与雷雨、宁文同席。

翻阅新书,有伍杰、吴小平两序。书分"内篇"(十八篇)、"外篇"(十三篇)和"杂篇"(十三篇)等三辑。余笑谓作者堪与浙江文艺出版社严麟书先生同为当代编辑坚事书评写作的"楷模"也。有意思的是,两位作者名字,一谓"宗文",一谓"麟书",皆似此生有"翰墨缘"者也。可惜作者所评原来色彩丰富、琳琅满目的洋溢着美术编辑人文创意的各种图书封面,竟被杂乱无章地叠压集中,并被分割成为前后两个黑白印刷的书影插页,成为这部原本以甚高出版规格来编辑的新书的一个小小败笔。

2008年夏,童生翠萍硕士助宗文先生联系而成的伍杰序谓,作者自谦为"曲士":

我认为他不是庄子在《秋水》篇里讲的"曲士"(庄子云:"井蛙不可以语于海者,拘于虚也;夏虫不可以语于冰者,笃于时也;曲士不可以语于道者,束于教也。"——引者注),他是一位出色的编辑家,是一位很有成就的学者……他因为是书生,所以,对书有深厚的感情,有真切的了解,很有体悟。这才写出了许多很好的书评,结集成《曲士语道》……不愧是一位挚爱书评的编辑家。

宗文先生"代自序"为《编辑原来是书生》:"我自1977年初大学毕业分配到出版社从事编辑工作,至今已经三十余年",通过长期的业务实践和思考认识到编辑"职分"中最核心之点,就是要立志做一个"为书而生,为书而死,为书奉献一生的人"。

"代跋"为《书评是时代的一面镜子》,就"书评写作的意义"、

"政策扶持与书评写作"、"书评写作的指导"、"现代书评写作需要注意的几个问题"等发表了自己的意见。由于有长期的编辑出版业务经验和学理思考,尤其是有不懈的书评写作实践作基础,所述多中肯綮。又在《难忘的记忆》中提出:"书评大体可以分为两类:一类是客观性书评,一类是主观性书评。客观性书评重在对原作的'发现',要求对原作有准确的理解,评论要客观、公正,能够深刻揭示其在学术领域的特点和价值;主观性书评(包括读后感)重在'发明',要在全面把握原作精神的基础上,畅谈自己的感受,观点要集中、鲜明,富有评论者的独特视角和个性……研读作品总是第一位的要求,书评的学术价值关键取决于对原作理解的程度。"

作者并检讨说,其书评"理直气壮的批评较少,文笔委顿,锋芒不够。这与我的学识有关,发现不了问题当然无法展开恰当而深入的讨论;更与我的性格有关,缺乏直率的批评勇气"。

麟书先生之书评集名《书林漫步》(浙江文艺出版社2000年7月版),二十万余字。其"代序"为1994年发表在《钱江晚报》上的《欲登高台望明月》,其篇首谓:

六十年前的一个秋日,我诞生于杭城之南一所老宅。家祖喜爱字画,中堂正面挂了一幅"麟叶玉书",乃是祥瑞之兆,便给我取名曰"麟书"。从此,我便于"书"结成终生伴侣……如今到了花甲之年,老年读书有如台上望月,由入乎其中,而出乎其外,以客观的心怀,明澈的慧眼,透视人生景象。无论是赞叹,是欣赏,都是一份安详的享受。

其1999年所写"后记",则交代自己于五十年代在报社编辑文艺副刊时间,已曾写过书,直到八十年代初调入出版社做编辑之后,尤其是1985年5月中旬到济南参加了全国图书评论工作会议后,"才致力于书评写作",把它当作"编辑义不容辞的职责",凡写四百余篇。如此,则与余涉足书评写作领域大体同时矣。本书由麟书先生在2000年秋签名赠送。

《书林漫步》选取八十余篇书评文章结集。他个人认为,"书评是对新出版的图书从思想内容、学术价值、写作技巧及社会影响等方面进行述评的文章","写书评最重要的是要有科学性、准确性……用实事求是的科学态度写书评,才能取信于读者,才能真正发挥出书评的效益"。

比较宗文、麟书先生两位资深编审之写作,在题材上,则前者所评以学术性图书居多,后者所评以文艺性图书见长。至于风格上的比较,则有待于暇日细读之矣。

12月8日,周一,南京—杭州,转暖。

上午在家,备杭州所授之课。

半月多来,徐玉福君所拟创编之导读杂志,经余指导提升为"中国阅读学研究会会刊"《悦读时代》,先于元旦编印"创刊号",2009年为双月刊。遂议定曾祥芹、王余光等为学术顾问,编辑委员为王云峰、伍新春、刘真福、董宁文、陈亮、李海燕、黄文镝、杨海龙、梁景安,主编为徐雁、李东来、徐玉福(执行),主编助理为童翠萍、李娟、余珍。

午间前往南京火车站,仍坐D471次动车前往杭州。出站下地道口前见一老媪正为随身所携三件行李发愁,遂腾手相帮。乃知年逾七旬,方同车自上海返回,家住文一路。见其行李沉重,于是打车相送后再赴浙江图书馆招待所。

12月9日,周二,在杭州,转暖。

上午讲课间,海宁汪馆长受陆主编所托,送来三十本新印《水仙阁》杂志(1999年第1期)。是期刊有余海宁讲座摘要,以及长篇纪行文字《戊子夏日海昌行记》。散发后仅收回三分之一。

用餐于馆旁之"宋府饭店",饭毕以天气晴暖,尽啤酒一瓶后,散步于曙光路周边观市景。

下午重点讲授"阅读心理学",至四时半毕。

下午六时半许步行至梁春芳老师所订浙江大学附属中学旁"门洱茶坊"(曙光路160号)喝茶,时吕生竹君伫立门口已迎迓多时矣。托其转树人大学图书馆蔡静再转太仓同乡、该校梁树德书记《尔雅》,并书信一通。旨在探问其东亭子头街之家史也。

12月10日,周三,杭州—苏州,天气暖洋洋。

上午晚起后,在招待所用干粮为早餐。正寻思着是联系杭州沈记旧书店去淘书呢,还是马上出发上路前往苏州古籍书店,忽窗外一缕阳光透林入室,乃悟"淘书不如读书"之道。于是泡茶一杯,移动沙发于披阳之处,开卷细阅《阅读致富》一书。

打车前往长途汽车北站,购得十四时许至苏州票,于十七时许抵达苏州。再打车至金门路宜家开元酒店,于大厅见民革苏州市委章念翔副主委、民革省委黄列副处长等。旋章主委以精装两册之钱仲联先生《梦苕庵诗文集》(黄山书社2008年版)相赠。

晚餐后,章主委招待一行前往胥门茶室喝茶聊天。

12月11日,周四,苏州,暖。

早餐时,江生少莉来到,同参民革中央孙中山研究学会教育思想研究(苏州)分会理事会。

午后小憩。独自步行至金门路一带,专观古城旧景致。于是由金门北转入幽幽曲曲之民居小巷中,深入与"艺圃"相邻之古民居。见武义会馆后,由古阊门出,经目前已拓宽为车行大道之上塘街返回,途径广济桥,始知当年是一条何等窄小之轿行小街!又见大门紧闭之潮州会馆,左右仪门额曰"海晏"、"河清"。

行至南北向的一段枫桥路,约在五时半,得蔡静复短信云:"今天中午我已将信和刊交给梁书记了,他说现在很少回太仓,您提到的《太仓近当代名人》他都不知道。信中的'梁大姐'是他堂妹。夸赞您文笔很好。又向我简要讲述了他家的院子。说您做的这项工作很好。同时让我转达送刊的谢意,并说以后有机会再拜访您。最后询问了我现在的工作情况。"

晚宴后回屋看"新闻联播"毕,独居无聊,忽思枫桥路旁有一古桥,何不出行夜游之? 初不料一念之下,却有了乃后两三小时前所未有的游历见闻。

遂由枫桥路,跨越上津桥,经小道逶迤穿插至留园路,又穿行于民居街巷之中,出路竟是为吸引游客眼球而高悬红灯笼之山塘街。

遂沿其街漫走,走出重修二三百米之路段,见前方人烟茂盛,乃一路贪看旧街景,及夫居民生活气象,不觉愈走愈远。原路退回心有不甘,前途茫然又不知将至何处,于是勉力前行甚久,夜色沉沉中行不知多少里。忽见一水闸工地,借灯光视之,乃是重建桐桥工程矣。旁有一座晚清尼姑庵,尚完好。

于是过铁路桥,跨越山塘河,竟至于"水乡风情民俗园",出路已是虎丘路上之"观景新村"矣。脚力疲累不堪,以至举步为艰,遂打一车返回宾馆。一晌好睡,无梦。

12月14日,周日,南京,暖。

上午在雁斋南窗冬阳之下,拉过一只圆木板凳,闲看起谭宗远君所赠新集《卧读偶拾》(人民文学出版社2008年9月版)。

书为36开平装本,与当今动辄出版之16开本高头讲章式著作异趣;封面满底着满青蓝色,饰以"面窗伏案夜读"木刻与作者签名手迹,甚有意境,可惜与书名中"卧读"题意相悖。

本书具创意者:作者随集中文字次序,先后插入翁偶虹《北京话旧》(百花文艺出版社1985年7月版)、《叶氏父子图书广告集》(上海三联书店1988年7月版)等书影为彩页,顿见旧色陈香之雅

致,亦可见作者、编者之高趣。

惟其中第 60—61 页间所插《苏州杂志》创刊号一影,是个"另类",但影下所系"一九八一年二月出版"则系作者记忆所误。该刊实创刊于 1988 年 11 月。

本书第 35 页有《〈苏州杂志〉创刊号》一文云:
轻易不买杂志的我,为什么对这本杂志这样感兴趣呢?
一是苏州是我旧游之地,五年前的暮春时节,我曾在那里小住了几天,游了洞庭东山和西山,喝了新摘的碧螺春茶,还观赏了拙政园、狮子林、虎丘,这些给我留下了美好的印象。
二是这本杂志不同于别的期刊,报上介绍它是一本真正的"杂志",内容涉及苏州文化的方方面面,一卷在手便可以探究这座历史名城的许多奥秘。
三是江南那种"小桥流水人家"的情调很使我留恋……

当他把这本因《北京晚报》的推介而买自东单报刊亭的创刊号看过以后,满意地表示:"我愿成为此刊的长期读者,亦愿此刊尽快从双月刊变成月刊,年复一年,长兴不衰。"想不到 1984 年暮春的初旅,就能同苏州结下如此长长的缘……这只能说作者是一个多情的人了。

追求情调,看来是宗远君本集文字的基调了。

他评说道,正是"太厚"(一本书动辄好几百页)、"太大"(开本蠢笨无当)、"太俗"(封面设计以丑为美)、"太粗"(校对马虎),构成了当今书籍的流行病。难怪《卧读偶拾》被编印成如今这样可人的样子,原来在体现着宗远君本人的图书美学情调啊。

然而,这又岂止是一种"情调"呢,从《焚书记》到《书籍的命运》,从《书趣》到《最乐是读书》,从《不可居无书》到《无处藏书》,从《半日买书记》到《津门买书记》,以及书中被品到评及的百余种好书……《卧读偶拾》烙印着宗远君以书为友的人生年轮呢。

12 月 28 日,周日,南京—苏州,小雨。

以 6 月 20 日曾应苏州市民革章德基先生介,走访去年 7 月 20

日成立之"寒山寺文化研究院"院长姚炎祥先生,邀作论文参与第二届"寒山寺文化论坛",于是商林公武先生作《名岂寒山得,诗曾张继留——百年艺文寒山寺》,本日将前往参加。

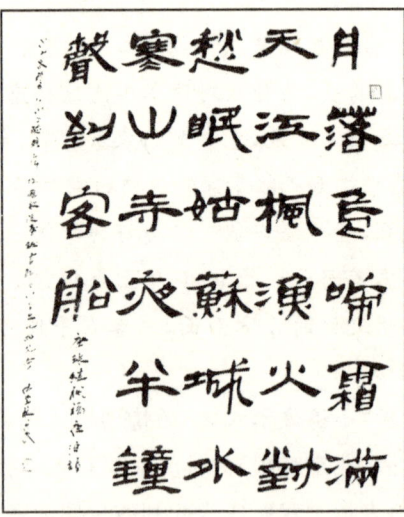

林公武先生书赠寒山寺文化研究院之诗幅

上午八时半出门下楼,与本校蒋广学教授自龙江小区同车前往南京火车站。

十一时半至道前街,入住"苏州市会议中心"三号楼308室,时林先生已从上海先我等来到,即同室住。会议发论文集一大本,《寒山寺文化论坛论文集(2007)》(秋爽、姚炎祥主编,中国文史出版社2008年版),以及缩微"寒山寺钟"一座等。林先生相赠《福州印社》杂志创刊号"毛边本"二十册之第十八册等物。

应苏州图书馆邱冠华馆长预约,即至该馆对面之三元宾馆共进午餐。小江随后至,携赠《苏州市游览图》一幅,遂商谈《今日阅读》创刊号诸事。

餐后邱馆长导观图书馆,获赠《苏州图书馆编年纪事》(苏州大学出版社2004年版)、《覆盖全社会的公共图书馆服务体系:模式、技术支撑与方案》(邱冠华、于良芝、许晓霞著,北京图书馆出版社2008年版)。时太仓图书馆王雪春、周伟彬、盛美芳三位领导已至,遂约同游山塘街,并订晚宴于该街之"松鹤楼"分号。

苏州阊门外山塘街上旧书店内外景

冒小雨游山塘街,用近半小时于一旧书店淘得苏州地方史志五册,为《苏州文史资料选辑》第10、13、14、18辑("苏州经济史料"专辑),以及《吴县文史资料》第11辑,总付二十四元。从中得沈延国《苏州文学山房记》,其中印有谢国桢先生八十二高龄时写赠文学山房后人江澄波先生诗七绝手迹:

性耽搜讨到吴门,历识君家数代人。
发潜彰幽君独秀,蜚声卓越在书林。

又得蒋吟秋先生《护书记》,杨维忠先生《洞庭护书纪实》,两文所述为同一事,恰可互证1937年日寇侵入苏州城前后,时任苏州馆长蒋先生等奋勇竭智保护珍贵古籍善本之事迹,适可重刊于《今日阅读》杂志创刊号之中。

又得朱宏涌《苏州茶馆钩沉录》一文,其中有专述"吴苑深处"者数纸,皆为综述多位时已故去之"苏州老人传述之言",可益余暑假中所作《走进"吴苑深处"……》一文必多。

复循水道旁小街游薛家湾等,略得苏州世俗之小桥、流水、旧人家原生态风貌。晚与同席诸人畅饮啤酒多瓶,交谈。至九时许,王馆长一行别去回返太仓,余则导林先生、小江同游阊门大街,经皋桥,折入长长窄窄之吴趋坊,至景德路打车返。时林英已自南京到会注册,与小江见面甚欢。

12月29日,周一,苏州,阴,时有小雨,天气甚寒。

本届论坛以"和合文化·和谐社会"为主题,征集得中国人民大学、浙江大学、复旦大学、南京大学、苏州科技学院等地学者专家论文百余篇。近九时于苏州会议中心之多功能厅举办开幕式。寒山寺文化研究院秘书长法荣法师主持,寒山寺方丈秋爽大和尚致开幕辞。中共苏州市委、统战部部长周向群女士讲话。

开幕仪式后合影毕,改由姚会长主持,张立文、方立天、任平三位先生依次作主旨发言。张先生报告阐述其"和合文化"的"现代价值",方先生则讲中国佛教与"和谐社会"问题。

余与浙江师范大学人文学院陈耀东教授同坐相邻于台下第一排,并于下午二时将与苏州大学图书馆罗时进馆长共同主持第二组讨论。于会上近观张、方两先生甚有趣味。张先生顶秃眉黑,方先生发黑眉白,前者颜嬉面悦似欢喜佛,若观人间有无限可乐可笑之事,后者则眉头紧锁,一脸悲悯,似乎愁绪满怀红尘、世事不忍一观者也。两老一喜一悲,恰成鲜明对照,左瞧右看,终于忍俊不禁。遂翻阅陈先生所著、由新华出版社出版之《张志和研究》以为掩饰,此书撰著长达二三十年云。

晚六时,主办方设席于七号楼太湖厅欢迎,同人饮宴甚欢。

宴后王文良君车来,接余与林先生同往苏州博物馆对面画廊,与华人德大学长品茶闲谈,承赠《华人德书学文集》(荣宝斋出版社2008年8月版)。别后伴林先生至观前街散步,时江、林两生正在观前街新华书店漫看,会合后一行四人游观黄天源、稻香村、叶受和、采芝斋等食品"老字号"后,由干将路返程。

12月30日,周二,苏州,晴,寒,冬阳普照。

八时许前往寒山寺前,参加大碑大钟圆成典礼暨开光法会。

至则见大碑披挂红绸,正待揭幕。空中高飘标语"盛唐遗制,子孙永保"等,不觉为"和合文化"戏作两组文字:"一世和美,百年好合";"嘻嘻哈哈,和和美美"。时旭日未温,露天坐等,有不胜其寒之感。但于梵乐音响中,见明学法师、性空法师等大德高僧,身披红色袈裟陆续入席,四望寒风中环立之小沙弥各态,倒也为前所未有之经验。

礼成之后,僧人即移席为大钟圆成作开光法会。一时间,僧众吟唱跪拜如仪,氛围堪称庄严。引小林匆匆入观寒山寺院,抄得邓石如书刻碑楹联:"处世劳尘事,传家宝旧书。"

今日《苏州日报》刊有昨日论坛开幕之报道谓:

30年来,不仅寒山寺本身从一个僻居城外的冷清之地发展成为今天的旅游胜景,而且,以佛教文化为主体、和合文化为核心、钟声诗韵为标识、寒山拾得为形象的寒山寺文化得到进一步挖掘。目前,寒山寺的祖师寒山、拾得的"和合形象",不仅在国内广为流传,在日本、朝鲜、韩国、东南亚以及美国等国家和地区,也得到当地人民的喜爱。

刊有汤雄据性空大法师口述记录整理之文《寒山钟声本有谜》,其中回忆叙述1979年12月31日首度"除夕听钟活动"过程,读来甚得其益。

当日将首次执杵的性空大和尚,在"中日两国友好,祈祷世界和平"的主题下,乃以佛教传统"撞钟偈"为祝祷辞:"闻钟声,烦恼轻。智慧长,菩提增。离地狱,出火坑。愿成佛,度众生。"并发三愿,以求"佛慈护应":

一愿:国界安宁兵革消,风调雨顺民安乐,国运遐昌,正法久住;

二愿:南京大屠杀死难的我骨肉同胞,及寒林界内四生、六道、九种、十类无祀孤魂等众,闻钟安宁,息灭苦恼,清凉超升九品莲界,得生安养;

三愿:中日友好开新篇,祈祷世界永和平。

下午继续分组讨论。浙江台州市文化研究中心周琦先生赠送

《台州文化学刊》2008年第2—3期合刊之"台州海外交往史"专刊,凡三章。阅其中第八节关于中日古代典藏所"合璧"《全芳备祖》者,第十二节关于戚继光抗倭兵法《纪效新书》者甚佳。

旋举行闭幕式,由寒山寺文化研究院副院长张君年先生主持。有苏州科技学院居易教授作有关文化与旅游主题报告,两小组报告研讨概况,以及姚会长作总结报告。

最后由秋爽大和尚发表谈话,主题为"怎样做'出家人'"和"'出家人'做什么"。自谓十七岁时入寒山寺院,从来向往文事,但现在"在红尘中迎来送往,感觉特别累人";认为佛法要求独身、素食、僧装,佛学讲究"禅"、"修"、"悟",可当今中国佛教"弘法人才"、"管理人才"和"修持人才"皆乏;表述自己从事慈善事业的原则是"救急不救穷"、"救勤不救惰"、"救智不救愚",提出"人文慈善"、"心灵慈善"、"老龄慈善"与"环境慈善"……侃侃而谈,引人入胜,真一善于说理弘法者也。

与林公武(中)、林英(右1)在苏州新区花园大酒店宴会厅

闭幕式后即赶赴人民路南"天一食府"之天一厅晚宴。虞掌玖、王稼句、周晨诸旧友均在焉。林先生于餐后书写"烟雨江南"等字近十幅后返。

回宾馆后取得苏州市府所印之"第三十届寒山寺除夕听钟声活动嘉宾券"。

12月31日,周三,苏州,晴朗,阳光灿烂。

八时许坐车前往苏州新加坡工业园区,经金鸡湖畔。此前闻传言,园区有电子污染,以至于鸟不集树,同人遂于飞鸟特别关心注目,凡闻鸟声,见鸟迹,无不惊叫而欢呼也。

午前至重元寺,先至香积厨用素斋。位于寺院东侧,抄得对联两则:"妙语应须得山骨,余波犹足挂天钟(梁启超)";"收藏胜似昆冈富,书卷长留天地间"(赵朴初)。

与苏州作家肖静同席,偶及不久前去世之金开诚教授,遂多共同话题焉。承赠签名本"珍藏本"作品集《爱情无颜色——肖静中短篇小说选》(北方文艺出版社2001年6月版,版权页署仅印"300"册)。其书篇目有《明天我要嫁给你》、《背景》、《有点像梦》、《难以抗拒》、《痴恋》、《今夜永远美好》、《爱情故事》、《除夕之夜》、《舞会》、《人生的奥妙》、《我们在球场相逢》、《明天你是否依然爱我》等十六篇。其书自序云:

或许看完这些小说后,你会惊讶地发现在这些执迷不悟的爱情背后,有着许多比爱情更重要、更深刻、更崇高的东西,有许多只可意会不可言传的思想,它们或许重要或许不重要,但它们代表了一个时代,一种精神,一种情趣。事实上,小说家最重要的不是说而是写,我写了许多爱情小说,不为别的,只为懂得爱情懂得友情和生活的人而写。

虽说书名为"爱情无颜色",却是大红色满底封面上,竖排翻白中文书名,交叉横排英文书名。同人不解,询之,谓此喻"红色爱河中竖着白色的十字架"也。再视之,果然,瞥见作者即为第一"装帧设计者"也。于此"色即是空,空即是色"之地,偶得此赠本,可谓滑稽之缘。

餐后第二次重登重元寺,极目阳澄湖水景甚美。

返回宾馆后沐浴,准备十七时赴市政当局所设于新区花园酒店大宴会厅之"年夜饭"。冷盘除"风味八彩碟"外，有"东山白果水晶虾"、"水晶津白狮子头"等十道热菜，其味尚佳。此外还有"养山四色粗粮饼"、"山珍海鲜米泡饭"、"时令季节鲜果盘"。厅内总设八十余桌，真盛典也。

"年夜饭"后，坐车前往"枫桥景区"，至则人头攒动，遂即检票入碑钟园，出寺至枫桥路。但见沿途张灯结彩，迎宾少女，浓妆佳丽，莫不美轮美奂，极尽其致。

行至明嘉靖间所造抗击倭寇侵犯之铁铃关下，过名闻海内外之"枫桥"，至于驿舍。其间购得两册苏州市旧城建设办公室编《苏州胜迹重修记》（上海三联书店1989年2月版），内有《重修枫桥记》、《重修江村桥记》，遂知两桥皆重修于1984年。越三年，余与谭君成婚后，慕寒山寺名，伴母亲与岳父、母以及大舅子同来游观，不觉二十余年矣。

于是流连古运河畔，见运输大船向浒关而去，又观展览图片，略知本地历史。行行复行行，越江村桥至于寒山寺前。恐惧人多，且为时过早，遂提议择一能喝茶处暖身，于是寻得枫桥大街三号之"寒山寺素斋馆"楼上入座，以每人三十元之价得一杯所谓"碧螺春"者。

坐至十一时许，起身检票步入寒山寺。

时寺内香火炉正旺，善男信女与夫观光之客云集钟楼之前，无不翘首候聆十一时四十五分之第一响钟声响起也。据佛门世规：撞钟一百零八响，即可去除人生一百零八种烦恼，开启智慧之门，人人吉祥如意，年年心想事成。时果见一女子于空地面对钟楼直立其身，双手合十低头默祝。其虔诚情景，令人感动。

读书种子·人生悟性·阅读情商
——兼论"读者学"的缺位与"选读书目"的缺失

读者,在传统观念上是指"读书的人"。根据"万物皆书卷,天地阅览室"、"读万卷书,行万里路",以及"读有字书,识无字理"的"大阅读"理念,那么,亦可以与时俱进为"阅读的人",即把"读书"与"阅网"乃至"见世面"整合进来,使之成为一个涵义更广泛的一个当代概念。

在现代阅读学和图书馆学领域,"读者研究"特指的:"对读者特点和他们在文献利用过程中所反映出来的阅读心理、阅读需求、阅读行为等规律的研究。"(《图书馆学百科全书》,中国大百科出版社1993年8月版,第94页)它与读者工作、读者教育、读者心理和行为等共同构成为图书馆的重要业务内容,也是阅读学基础研究的一个重要领域。

1. 一个熟视无睹的问题:"读者学"的严重缺位

早在苏联时期,就有"读者学"的诞生,即是一门以"所有与出版物的产生、传播、宣传和作用等有关的读者与阅读问题"为研究对象的学问乃至学科。美国则在上世纪二三十年代,开始有人关注读者的阅读兴趣问题,到1949年,B. R. 贝雷尔森发表了《图书馆公众:公共图书馆需求问题报告》,系统总结了美国读者研究方面的经验和成果。

我国则在上世纪三十年代前期,就有教育界和图书馆界人士,从事过小规模的儿童与成人读者的阅读兴趣调查;六十年代初期,图书馆人士又进行过不同类型读者的阅读需求调查。到了八十年代,读者兴趣和阅读特点等有关问题,曾有过大量的调查数据积累和分析,并有人提出了"读者学"建设的学术构想和规画。但在九十年代以来,随着海量信息涌动和信息网络化加速,以"读者研究"为基础的"读者学",却严重地缺位了,与之相对应的自然还有"读物学"研究的长期缺失。

中外古今的人类阅读实践早已证明,读物的百态千姿与读者的千变万化,恰好是构成阅读学研究内涵丰富性和生动性的核心,也是"读者教育",即启蒙和指导读者(包括潜在读者)科学阅读和合理利用文献,深入求取其中所包含的知识、学识能力的教育的关键。

由于多年来"读者教育"的缺乏、"读者研究"的缺失,乃至"读者学"的严重缺位,造成了我国阅读学界,尤其是图书馆界导读工作者数量和质量的严重缺口,直接影响到了中国图书馆导读工作的开展,制约了"全民阅读"活动的内涵深入、水平提高,乃至可持续性发展的后劲。

"读者学"是建立在人类阅读实践沃土上的一门社会学学问,因人类队伍中长期存在着不读、想读不会读、会读不善读、善读却又不会用种种人群而应运而生。可见"读者研究"的社会实践意义和学术理论价值!

北京大学张树华、张涵教授在《图书馆学百科全书》"读者研究"条中概括指出,"按照读者的阅读目的和对文献内容的需求",大致可以划分为"知识型"、"情报型"、"资料型"、"研究型"和"消遣型"(当然不乏融合了上述两种乃至两种以上需求类型的"混合型",以及因读者不同阶段的特定需求而发生变换的"阶段型")。

因此,读者研究主要包括以下四个方面的内容:一是读者结构研究,而是读者阅读心理研究,三是读者阅读需求研究,四是读者阅读行为研究。而观察法、实验法、调查法和分析法,则是基本的搜集社会读者数据进行研究的四种行之有效的科学方法。

由此可见,读者研究活动对于书店、出版社和图书馆等涉书业务机构来说，无疑义地拥有显在的社会效益和潜在的经济效益。

2. "没有围墙的大学"——图书馆，如何应对读者量的进行性流失

二十世纪九十年代知识呈爆发性生产和文献呈海量增长之后，"轻阅读"、"浅阅读"、"泛阅读"已经成为当今读者的重要阅读学特征；"读书"还是"阅网"，在经过了长达十年的争论之后，基本形成"并行不悖"的阶段性共识，而"急功近利性阅读"与"求知受教性阅读"的矛盾日益激化（体现在学生阅读方面，则是至今尚未突破"应试型教育"的桎梏，而向"人格素质型教育"方向转化）……

当此阅读行为在社会上危机日现之机，在当前这个被电脑和网络技术信息化了的知识经济社会，面对进入二十一世纪以来中国"国民阅读率"进行性降低的大趋势，如何才能客观理解发展中的中国的时代特征，切实做好"全民阅读"推广工作中的导读活动，从而为"读者学"的建设添砖加瓦呢？

2008年11月19日的《中华读书报》，报道了这样一则令人忧虑的新闻：

在过去的十年里，英国国家图书馆的图书借阅量已下降了34%，仅去年一年就关闭了40家图书馆。英国文化大臣安迪·伯纳姆说，他觉得现在的图书馆太沉闷，与外界格格不入，他说"图书馆应该成为一个家庭活动、快乐以及聚谈的场所"。政府建议图书馆需建有咖啡馆、连锁店、书店及电影中心。伯纳姆（为此）于日前在利物浦举行的公共图书馆负责人大会上发布了关于该计划的建议征询请求……

显然，如何让公益性为本质的图书馆，在一个以市场经济法则为主导的社会中，更切实有效地发挥其人文和科技作用，已经成为有识之士深长思考的问题。

大而言之，则阅读力的高下，也许正决定着一个国家或地区的以知识为中心的核心竞争力和公众创新力的水平，决定着国力的强弱乃至国运的兴衰。因为人类历史已经无数次地证明了一条人类社会的大法则——"落后是要挨揍的"。

那么,图书馆在"全民阅读"推广工作中应当如何科学地导读,才能引导职业人群逐步克服"厌书—厌学"态度,而进入"阅读—悦读"的胜任愉快境地呢?针对具体馆藏图书,又如何从"轻阅读、浅阅读、泛阅读"的窘境,导向"深阅读、深思考、深领会",乃至创意、创新、创造的新境界呢?这些问题,显然都是需要我们专业工作者站在读者接受的角度来加以认真思考和具体研讨的。

专家学者针对特定读者群拟订一些导读书目、推荐书目,是中国目录学的一个优秀传统,以往张之洞、梁启超、鲁迅、钱穆等都曾做过,曾经对上世纪前叶的读书风气引导发生过很大影响,但近二三十年来学术界对此疏忽已久。

我认为,切实关注少儿阅读的状态,广播"读书种子";切实注重"国民阅读情商"的培养,尤其是在"全民阅读"推广活动书目遴选中,重视"读物可读性"乃至"读者普适性"的考量,也许是一个开源固本、健旺阅读精神之举。

3. "选读书目"的编制,须切实考量读物的"可读性"

在目录学上,"选读书目"又可称为"导读书目"、"推荐书目"、"举要书目"等。在学理上说,这是一种"针对特定读者群的需要,围绕某一专门问题,推荐一批经过选择以辅导读者阅读而编制的书目",清代的《经籍举要》和《书目答问》等,都是十分有名的"选读书目"。从编制上说,编者通过对书目信息的选择性、针对性、引导性、科学性和思想倾向性的整体把握,指示阅读门径。

"选读书目"是读物选择的产物,清代学者王鸣盛在《十七史商榷》中说:"凡读书最切要者,目录之学。目录明,方可读书;不明,终是乱读。"时至今日,世上"毕业即不读"者和终身"乱读"者不知凡几。因为随着电脑技术的应用,地际交通的便利和人际通讯的便捷,激增的文献量与读者可拥有阅读时间量之间的矛盾,已经愈益突出了,"轻阅读"、"浅阅读"、"泛阅读"流行一时,良非无因。

因此,对于广大读者来说,就有着了解某个学科、某个知识领域、某个文化科学专题应读什么书、多少书,什么书应该先读而不能缓读,什么书应该精读而不是泛览等等阅读学需求。

根据北京大学朱天俊教授主编的《应用目录学简明教程》(光明日报出版社1993年7月版)第五章第五节的指示,编制"选读书目"须在选择主题、分析读者对象、挑选文献、撰写提要、编排正文、撰写导言、编制辅助索引七个方面做精心谋划。

笔者认为,编制"选读书目",能否在书林中择出具有可读性的读物,是评价这一书目的关键性因素。读物的意义不仅仅是一种书刊出版物、文字印刷品。所谓"可读性",《现代汉语词典》(商务印书馆2005年6月第5版)的释文为"指书籍、文章等所具有的内容吸引人、文笔流畅等使人爱读爱看的特性"。

要是具体分析其间影响读者接受的各个要素,将涉及文字作品的题材独特、场景真实、文笔生动、情节曲折乃至人物形象丰满等等现实主义和理想主义的写作元素,涉及读者视觉审美和文化心理欣赏等问题。因此,推荐书目应该尽量在思想性、市场性基础上,更多地尊重"可读性"这一规律,以便更贴近读者的实际阅读需求,激发公众的阅读渴望。

因此,"可读性"应当成为图书馆"全民阅读"推广活动中推荐读物的首要价值标准,因为它所面对的是一个来自不同阶层、不同群体、不同文化程度的综合读者群。而重视所推荐读物的可读性,对于提高"国民阅读情商"具有基础性意义。我们应该吸取以往推荐(导读)书目以所谓"思想性"为主导的政治挂帅的做法,也要警惕近年来借推荐(导读)书目以售其拓展图书市场之私的行为,更要严格排除那些闻名生厌、开卷即倦的图书,而给读者推荐和导读一些符合特定主题的引人入胜的读物。这样,推荐(导读)书目的作用才能真正达到。

另一方面,中外阅读学的希望,永远在于下一代。因此,重视"少儿阅读学"的研讨、积累和构建,应当成为中国阅读学的最重要课题。无论是少儿读物的组稿生产单位(如少儿出版社和有关的编辑工作室),还是其收藏和传播单位(如少儿图书馆或者公共图书馆少儿部),都应该对此有所贡献。

4. 一个培育"读书种子"的中外少儿读物书目(二十六种)

今年上学期，我在南京大学信息管理系"阅读文化学"班上的硕士生唐曦、李星星、邓春艳、赵青、杨秦、魏白莲、王迎春、孙梅、张玲、许光鹏、肖超等协助下，尝试提出了一个《培养"读书种子"的少儿读物书目》，特于此抛砖以引玉，作为各位专家学者和书友们讨论充实的基础书目。

"少儿"是少年儿童之并称后的简称。其实，"少年"与"儿童"是不一样的。从生理学上来说，医学界以 0—14 岁的人为"小儿科"研究对象，联合国《儿童权利公约》则规定为 0—18 岁为"儿童"，而"少年"是指从"儿童"过渡到"青年"（联合国的定义为 15—24 岁，联合国教科文组织则是 14—34 岁，世界卫生组织以 14—44 岁的人为"青年"）的特定时期。

据此，则本文在阅读学意义上所说的"少年儿童"，特指脱离了童稚阶段，并经启蒙识字的小学语文教育后，从八九岁到十五六岁的人体发育阶段。这期间，儿童的性别意识从萌生到明晰，并逐渐走向强烈，长大为少男少女，俗称"青春期"。在"怀春"之外，个体上常常表现出对探究自我和他人，对研讨社会和自然有着广泛兴趣，独立性、敏感度、运动能力不断增加，但由于情绪不甚稳定，知识储备不足，因此成为人生智力培育和情感引导的一个重要阶段。

现代学科中有"儿童学"，这是一门以儿童身体发育和心理发展为特定研究对象的学科。产生于十八世纪八十年代的德国，十九世纪中叶以后开始盛行于欧美各国。美国知名心理学家霍尔（Granville Stanley Hall, 1844—1924）等，发明了以传记、观察、谈话、问卷、实验、诊断、智力测验等方法来搜集资料，统计数据，做出个别的或群体的研究，以便将其成果应用于儿童教育活动之中。上世纪二十年代传入中国以后，亦为当时社会所重视。

那么，一个学龄儿童和少年该读哪些有益身心的书？这些书的内容和主题又是怎样的？该怎样去读？这是"少儿阅读学"所不能回避的现实问题。为此，我们试提出二十六种培育"读书种子"的中外少儿读物书目如下：

（1）"三、百、千"（《三字经·百家姓·千字文——中国传统文

化经典儿童读本(注音版)》,云南大学出版社 2004 年版)

(2)《中国成语故事》(浙江少年儿童出版社 2008 年版)

(3)《中华上下五千年》(中国戏剧出版社 2008 年版)

(4)《圣经故事》(新、旧约篇,译林出版社 2008 年版)

(5)《伊索寓言》(漫画版,二十一世纪出版社 2005 年版)

(6)[丹麦]汉·克·安徒生《安徒生童话选集》(译林出版社 2003 年版)

(7)[德]格林(Grimm,J.),[德]格林(Grimm,W)《格林童话全集》(全三册,曹乃云译,21 世纪出版社 2009 年版)

(8)[法]圣爱克絮佩里《小王子》(中国少年儿童出版社 2006 年版)

(9)[比]梅特林克、莱勃伦克《青鸟》(中国少年儿童出版社 2007 年版)

(10)[美]怀特《夏洛的网》(上海译文出版社 2004 年版)

(11)[德]卜劳恩《父与子全集》(彩色纪念版,译林出版社 2007 年版)

(12)[意]亚米契斯《爱的教育》(上海三联书店 2008 年版)

(13)[英]康恩·伊古尔登,[英]哈尔·伊古尔登著,孙靖译《男孩的冒险书》(广西科学技术出版社 2008 年版)

(14)[英]罗斯玛丽·戴维森、萨拉·瓦因编著,刘万超译《女孩的绝佳好书》(广西科学技术出版社 2008 年版)

(15)[美]马克·叶温《汤姆·索亚历险记》(上海译文出版社 2007 年版)

(16)[英]笛福《鲁滨逊漂流记》(北京燕山出版社 2007 年版)

(17)[德]莫尔斯《蓝熊船长的 13 条半命》(人民文学出版社 2002 年版)

(18)[法]法布尔《昆虫记》(儿童彩图版,北京科学技术出版社 2006 年 1 月版)

(19)《冰心儿童文学全集》(中国少年儿童出版社 2000 年版)

(20)张乐平《三毛流浪记》(少年儿童出版社 2005 年版)

(21) 林海音《城南旧事》(人民文学出版社 2008 年版)
(22) 郑丰喜《汪洋中的一条船》(华夏出版社 2000 年版)
(23) 沈碧娟《纯真童年》(少年儿童出版社 2001 年版)
(24) 彭学军《腰门》(二十一世纪出版社 2008 年版)
(25) 张之路儿童文学作品(如《有老鼠牌铅笔吗》等)
(26) 杨红樱儿童文学作品(如《淘气包马小跳系列》等)

此外,还要特别推荐"一刊一网"。

"一刊",即《儿童文学》杂志,"一网"即"中国儿童文学网"。该网的宗旨是:"成长的快乐,知识作向导。"以为儿童提供各类有益身心健康的儿童文学为己任。有国内外童话故事、寓言故事、中国神话传说、中外民间故事,更有儿童诗歌、儿童小说散文、儿童笑话等栏目,以便通过生动有趣的故事,了解绚丽多姿的世界;有百科知识、谜语大全、趣味智力问答、名人名言等栏目,对于开发智力、丰富知识储备十分有益;而"学前教育"一栏,则更多地关注父母应如何对学龄儿童进行启蒙教育。此外,网站还开辟了"有声故事"、"唐诗三百首"、"老子《道德经》及译文"等十五个专题链接。

5. 一个提升"阅读情商"的"书与人"读物书目(二十二种)

在阅读心理学上,"国民阅读情商"是指一个国家或地区的公众,对于阅读求知行为的整体情绪品质,及其对阅读求知状态的适应能力。

这其中关键的是"阅读情绪"问题。"阅读情绪"是指个人或者群体阅读行动中表现出来的心理状态。如我们习常所谈论的"轻阅读"、"浅阅读"与"泛阅读"问题,"精神休闲性阅读"与"社会功利性阅读"问题,以及是"温故知新式的经典性阅读"还是"入时求新式的时尚性阅读"问题等等,莫不关系到"阅读情绪"的评估和评价问题。

因此,阅读求知情绪品质的高低,适应一个时代的阅读求知状态能力的大小,所凸现出来的正是一个社会公众阅读情绪的优劣。笔者有鉴于此,特以个人识见,试在书林中择荐出二十二种、三十余册,编为提升"国民阅读情商"的读物书目如下:

(1)《如何阅读一本书》

(2)《书的迷恋》与《阅读的狩猎》

(3)《书店风景》与《书天堂》

(4)《查令十字街84号》

(5)《买书琐记》与《旧时书坊》

(6)《书之爱》与《我读过的99本书》

(7)《阅读史》与《阅读发展心理学》

(8)《阅读改变人生》与《阅读致富》

(9)《阅读疗法》与《读书疗法》

(10)《书里闲情》与《与名人一起读书》

(11)《中国读书大辞典》与《中国旧书业百年》

(12)"书与阅读文库"与"开卷读书文丛"

提高"国民阅读情商",需要大力倡导的是由"深思考"导向"深阅读"的求知精神,即借助"轻"、"浅"和"泛"的"扫描式阅读"方式,进而提要钩玄,悬疑解疑,结网读书,进入既广泛又深入的阅读领域。

通过"深思考"来选择值得"深阅读"的读物,从而进入推陈出新、除旧布新和革故鼎新的文化创意、知识创新和科学创造的"高境界",这是一切阅读行为的出发点,也是中外阅读学所追求的终极目标。人类正是在创意、创新和创造活动中走出过去,走到目下,并将继续走向未来的。

6. 一个提升"人生悟性"的中国知识女性自传类读物书目(三十六种)

"可读性"应当成为图书馆阅读推广中的首要价值标准,才能在导读活动中收获实际的成效。而传记以其固具的题材写实性、情节曲折性和文辞表述流畅性等特点,往往成为重要的可推荐读物。

李白《春夜宴从弟桃李园序》说:"夫天地者,万物之逆旅;光阴者,百代之过客。而浮生若梦,为欢几何……"生活是写作的源泉,而每一个人独有的生活,其实都是一部丰厚的自传作品,点点滴滴,莫非丰富;细微末节,无不生动。因而每个人在这个世界上的人生经历,都是别的人所无法想象得到的。2008年8月,余华在聂华苓自传《三生影像》首发式上曾经笑称:"读这种特别好、特别棒的人物传记,会让小说家们怀疑自己虚构小说意义何在?"

所谓"人生悟性",是指一个人在自己的生命历程中,对于所遭遇的社会人物和事物的分析、理解能力,包括判断、推论、比较、鉴别和领悟的一系列具体能力。我认为,阅读传记,尤其是自传,可以让读者获得鉴古知今、明史识时、感恩知福、励志惜时、知书达理等知识、学识和见识上的收获。

1933年6月下旬,胡适在太平洋客轮上为其《四十自述》写序时检讨说:

我在这十几年中,因为深深的感觉中国最缺乏传记的文学,所以到处劝我的老辈朋友写他们的自传。不幸的很,这班老辈朋友虽然都答应了,终不肯下笔……前几年,我的一位女朋友忽然发愤写了一部六七万字的自传,我读了很感动,认为中国妇女的自传文学的破天荒的写实创作。但不幸她在一种精神病态中把这部稿本全烧了。当初她每写成一篇寄给我看时,我因为尊重她的意思,不曾替她留一个副本,至今引为憾事。

此可见胡适对自传、尤其是女性自传作品的看重。虽说百不成一,但他主动热情的游说,身体力行的提倡,也并非全无效果。至少我们接着将要推荐并导读的中国女性自传中,有两部即杨步伟和毛彦文女史的自传,就出自其奖引和鼓励。

美国密西根大学历史系教授罗久华在为毛彦文《往事》所写序言中指出:

传统中国是一个以男性为中心的社会,绝大多数妇女深处闺中,过着与外界隔绝的生活,留传下来的女性传记或回忆录可谓凤毛麟角。这种情形一直持续到19世纪末,才逐渐起了变化……作者在自序中说,《往事》所书皆平凡之事,即使偶有几件"突出的记载",事过境迁之后,也变得平凡无奇了,指的应是"反缠足"行动、接受新式教育、反抗父亲安排的婚姻、选择自己的婚姻对象这几件事情。时至今日,大多数中国早已把这些先人奋斗争取来的权利视为理所当然,然而在乐享成功的同时,大家也当饮水思源;正因为有毛彦文这些先辈们披荆斩棘、开创新猷,后人方得享庇荫,受惠无穷。

然而,"能文者不知,知者不能文",长期以来中国民众教育事业的不发达,束缚了自传尤其是女性自传的文本积累。据深圳大学师范学院熊贤君教授所著《中国女子教育史》(山西教育出版社2006年7月版)披露,二十世纪初民间兴办的女子基础教育学堂,直到1906年才获得法律意义上的官府章程保护,到1908年北京女子师范学堂成立才有了中国历史上第一个高教机构,到1920年才从高小到高校普遍地有了男女同校同学的状态。而结撰自传,首要的是要启蒙读书,有识文写字的能力,还需得有心有闲,并非一举可以告成的。也正因为如此,凡是中国女性自己写成并且印行于世的作品,也就弥足珍贵的了。

"男子应奋发,女儿当自强。"当今国民教育的普及,使得知识人口的女性比例,达到了中华民族历史上空前的程度。我坚信,在半个世纪以后的书市和图书馆里,一定会出现比现在的资源要丰厚得多的女性自传。但在这一愿景尚未及见的时候,我在雁斋藏书中选出可读性强的三十余种回忆录(包括自传、自述等),作为推荐:

(1) 杨步伟回忆录《杂记赵家》
(2) 苏雪林回忆录《苏雪林自传》
(3) 毛彦文回忆录《往事》
(4) 任桐君《一个女教师的自述》
(5)《蒋碧微回忆录》
(6) 董竹君回忆录《我的一个世纪》
(7)《冰心自传》
(8)《丁玲自传》
(9)《王映霞自传》
(10) 陈学昭回忆录《天涯归客》、《浮沉杂忆》、《如水年华》

(11) 吴似鸿回忆录《浪迹文坛艺海间》

(12) 谢怀丹《岁月屐痕》

(13) 《萧红自传》

(14) 杨绛回忆录《我们仨》

(15) 黄哲渊回忆录《离乱十年》

(16) 刘德伟回忆录《一粒珍珠的故事》

(17) 张若冰回忆录《我的岁月我的歌》

(18) 范小梵回忆录《风雨流亡路》

(19) 高诵芬回忆录《山居杂忆》

(20) 林海音回忆录《城南旧影》

(21) 罗兰自传"岁月沉沙三部曲":《蓟运河畔》、《苍茫云海》、《风雨归舟》

(22) 苑茵回忆录《往事重温:叶君健和苑茵的人生曲》

(23) 刘衡回忆录《直立行走的水》

(24) 杨静远《让庐日记》

(25) 李茵回忆录《永州旧事》

(26) 柳溪回忆录《我的人生苦旅》

(27) 《陈香梅自传》

(28) 聂华苓回忆录《三生影像》

(29) 新凤霞回忆录《童年纪事》

(30) 董冰回忆录《老家旧事:李準夫人自述》

(31) 张珑回忆录《水流云在》

(32) 杨小燕回忆录《我在中国的二十九年》

(33) 乐黛云回忆录《四院·沙滩·未名湖》

(34) 於梨华自传《人在旅途》

(35) 方蕤回忆录《凡生琐记:我与先生王蒙》

(36) 白韵娟回忆录《雨后丁香——风雨人生路》

上述书目大致以传主的出生年月为序次排列。我相信,倡读以上三十几位知识女性的自传类作品,足以让人在阅读中获得感动——感时、感缘和感恩,从而增进人性的体会,提高知性的自觉,

并将之升华为理性的智慧,在惜时、惜缘和惜福之中,不辜负家庭的哺育、人生的责任和时代的使命。最后还要特别推荐两种:

(1) 容桂宏回忆录《我的母亲》

(2) 朱慰慈回忆录《我的两个母亲》

这两部都是可读性甚强的优秀传记图书,特破例一并录存于此。

上述三个书目所推荐的作品,可以通过设置宣传广告牌、图书实物陈列,乃至聘请有关作家学者作专题宣讲等方式,加以深入揭示和全面推广。

7. "全民阅读"推广活动,呼唤新的创意和务实的策划

今年5月底,我在宁波北仑闭幕的中国阅读学研究会作了题为《"全民阅读"的危机与中国阅读学的"时代使命"》的会议总结发言,认为"阅读"作为一门学问乃至学科,已成为"社会问题"而横空出世,为了应对时代性的"阅读危机",我们必须推广"全民阅读"。"拯救阅读"乃成为中国阅读学刻不容缓的时代使命,而中国阅读学的紧迫任务,就是既要"救救孩子"(限制"应试教育型阅读",鼓励"素质教育型阅读"),更要"救救汉字"(人生读书识字始,人文认知汉字始)。

我呼吁来自中国阅读学界的专家阅读指导要"与时俱进",阅读文化的传播要"以人为本";而鉴于当代"阅读情意"的时代性缺失,他呼唤重振"导读(推荐)书目"的雄风,因为"汉文阅读学"的现实平台,期待"左书右网,并行不悖;前语后文,流畅对接",而且"前语"与"后文"两手都要"硬"。

所谓"前语"与"后文"两手都要"硬",是我近来总结出的一个信息社会"和谐阅读"的新理念。

这"左书右网"很好理解,就是要把经典性、人文性纸本印刷型读物与网络阅读和谐协调起来。"读书"与"阅网"是不同的,因为前者能够帮助读者建立一种"文字情意"和"亲书情怀",让人沉潜专致、全心一意于青灯黄卷的知识天地;而后者,容易陷人于浮躁喧嚣的信息世界而不自知。须知,所谓网络阅读其实只是经数字化处理后的文字阅读,它虽然以彩丽的光屏信息形态,刷新了白纸黑字的单一书刊形态,但传统阅读精神并没有任何实质性的改变。"读书何所求,将以通事理"的阅读文化功能没变,"书到用时方恨少,事非经过不知难"的读书实践观没变,"书卷多情似故人,晨昏忧乐每相亲"的读书情怀也没有变……

因此,我提出,一个良好的文化之家,是除了要有"机房",还该着力布置好一间四壁琳琅的"书房",因为这才是一个家庭"读书种子"发育的人文沃土。在"数字化空间"之外,营造一个"雨余窗竹琴书润,风过瓶梅笔砚香"的传统书香境界,应该成为当代"学习型家庭"的基本追求。

"前语后文"是针对那些设坛开讲的专家学者而言的,也是对广大听众和网民而言的。一方面随着各地讲坛、讲座越来越多,在前台舌吐莲花的专家,须加强自己在书房里坐冷板凳著书立说的功夫,也就是说文字表述与语言表达两手都要"硬"。不要仅仅把平面知识立面化讲座以后,再以平面出版物的形式简单地回到读者中。"前语后文"对于广大听众的意义,一是建议他们不仅仅在台下听,听完热闹就结束了,而且还要回溯到专家讲座所涉及的有关文本,要向人文型、素质型阅读回归。二是自己也该提高规范化文字表述和生动性语言表达的水准。

6月中旬,我在接受《深圳商报·文化广场》的记者采访时,重申了这一信息社会的"和谐阅读"新理念。我以深圳为例,指出"4·23世界读书日"行动在鹏城和11月"深圳读书月"之间的关系,需要做出一个合理的分工。

"4·23世界读书日"的主战场可以放在深圳图书馆和各个社区馆。因为图书馆是一个公益性的事业单位,应该期待它们更多地在盘活馆藏文献资源、强化社会读书氛围,以及在人文导读、经典导读方面多做一些工作。而读书月的重要载体深圳书城是一个经营性的图书文化企业单位,主要面对的是图书市场,所以它的业务重点应该是营销时新图书、组织签名售书、举办大型主题书展、制造读书热点,总之是要以多种商业形式,来激活图书市场,刺激图书消费。有了这样的分工和协调,"4·23"世界读书日和11月的深圳读书月,就能够文武之道一张一弛,相辅而相成了。

培根说过:"读书使人明智,读诗使人聪慧,演算使人精密,哲理使人深刻,道德使人高尚,逻辑修辞使人善辩。求知的目的应该是寻找真理、启迪智慧。"

我期待,上述三个"选读书目"(书目中的书影和解题,详参笔者在"百度"网上的主页"秋禾话书":http://hi.baidu.com/nj_xuyan)的示例和分析,可为我国书业界、图书馆界和阅读学界持续性地深化"全民阅读"活动,提供一点具体而微的启示。

(2009年3月12日初稿,7月6日二稿)

随处屐痕著我心(跋)

"万物皆书卷,天地阅览室"
(摄于江苏常熟沙家浜毛晋纪念馆前)

1980年秋,我独立出的第一次远门,是在父母和上海的姑姑、姑父帮助下,在上海火车北站,挤上由福州始发、终到北京的快车,前往北京大学报到。在那以前,就城市来说,只是略略见识过苏州的园林、上海的街市,所谓"视野"是既小又窄的。

因为在我童、少年求知的年代,在课本之外,画册和图书都是稀罕之物。当时在人际口耳之外,社会信息传播的大渠道,是遍及城乡的广播盒子;稍为"高级"一点的家庭,才会拥有收音机这种"精神奢侈品"。

我父亲是从事农作物保护的,职业上要求他的岗位是在广阔乡村的地里田头,因此常常"蹲点"在农村。大概为了解闷破寂,他早在七十年代初期,就买了一台上海出产的收音机跟着他。能自主选台直接听到收音机的播音,这也让我获得了比课本上所得要丰富得多的信息和知识,譬如有关全国各地的地名知识等等。

其中"文化地理",一直是我所喜欢并向往的领域。在我的雁斋中,有整整一大橱的各地史志、地理类藏书,大抵是按省区为序排列的。在用网之前,每当出行,总是先把有关的图书取出来翻一翻,存个大概印象,再在旅行途中加以充实和印证。

——在我由对中国传统文化的兴趣,渐渐凝聚为对古典文献的爱好,再由对古典文献的爱好,聚焦为对中国历代藏书家事迹的关注这一过程中,也许其中就有着这成分,因为藏书家是有历时性地理分布和共时性地理分布两大特征的。能到藏书家的故乡走一走,那是我当时的一种"伟大理想"。

父亲在本书序言中说我"好游",找出了本宗徐霞客(1586—1641)游历山川的源头,似乎说我因步武宗贤而有壮游之心的。其实未必然也。记得我入读北大图书馆学系之后,还没有明确立志到要钻研中国藏书史之前,那时随班于中文系同学听大课,在学习"中国现代文学史"课程中,当时不知怎的,就有那么一两部白话文的小册子,深深地吸引过我。这就是"曾因酒醉鞭名马,生怕情多累美人"和"绝交流俗因耽懒,出卖文章为买书"的郁达夫(1896—1945)所写的《郁达夫游记》(上海书店1980年印行),还有在三年级时买到的《屐痕处处》(江西人民出版社1983年版)。

——"因为近在咫尺,以为什么时候要去就可以去,我们对于本乡本土的名区胜景,反而往往没有机会去玩,或不容易下一个决心去玩的……"(《钓台的春昼》)以及"江南的风景,处处可爱;江南的人事,事事堪哀"(《感伤的行旅》)之类的行旅名句,就是在那时候牢牢地印入了脑海之中的。

印象最深的还有一篇《杭江小历纪程》。

这篇日记体的游记,记的是1933年11月9日自杭州坐火车出发,历诸暨五泄、苎萝,金华北山,兰溪横山、洞源,龙游小南海的"七日游"。作者跋山状景,涉水抒情,向读者不断展开一轴又一轴各有其秀的山水画卷。山水有远近,景物多层次,人文通古今,令天工的美、造物的妙、人事的绝多角度多方位多层次地通过文字展现了出来。时或还有多情善感的作者自己那怜山惜水,慨叹美人迟暮、余生何晚的影音。这令当时未曾踏两浙一步的我,恨不能插翅而去蹑踪畅游一回!

郁先生在《两浙漫游后记》一文中说其"好游"是因为机缘凑巧,"接连来了几次公家的招待,身车是不要钱的,膳宿也不要钱的,只教有一个身体,几日健康,就可以安然的去游山而玩水……随时随地,记下来的杂感漫录,已于今年夏天,收集起来,出了一册《屐痕处处》的游记总集"。这真是一件前世修得、今生享用的美事。

那是三十年代初叶的"中兴岁月",尽管当日藉以代步的还大多是黄包车、小火轮,杭江铁道、沪京上行特快列车之类已是高档次的快速行旅法了,但在生于清末乱世、曾坐手摇船出门的作者他看来,当日已是"四海升平,交通大便"。

——善良的国人怎能料想到,在"倭寇"之害平息三百余年后,中国还将遭受长达八年的"血光之灾"呢。甚至连作家自己的性命,也被罪恶的日寇无情地夺了去!

然则三十年代初"四海升平,交通大便",民生趋康,百废日兴,却也是实情……试看郁先生在当日是如何说、怎样想的:

身体强健,有闲而又有钱的人,出去游山玩水,当然是一件极快乐的事情。每见古人记游或序人记游,头上总要说一句"余性好游"的开场白,读了往往想哄笑出来;因为我想,狗尚且好游,人岂有不好游的道理? 　　　　　　(《屐痕处处》自序)

因为在两年前苏南的一次旅行中,当他斜倚在由上海始发、终到首都南京的上行特快列车的窗前,目视着风和日丽下的长江三角洲土地,就曾由衷感慨道:"旅行果然是好的……旅行果然是不错,以后就决定在船窗马背里过它半生生活罢!"

(《感伤的行旅》)

郁氏认为旅行的好处,在于"精神的解放"和"好奇心的满足",因此"旅行实在是有闲有钱有健康人的最好的娱乐",甚至"有几个有钱好事的闲人,并且还把它当作了一种学问",因为当年"长三角"的报章杂志上已诞生了"游记作家"的新名目。

——我不敢以"游记作家"自命,却也不忍辜负了这个父祖辈交了"内忧外患"百余年惨重学费,经过了"改革开放"二三十年的积累,才又进入的"四海升平,交通大便"时代,于是乎不仅"好游"而且还"乐游"了起来。或见证山川名胜,考证历史古迹,或印证书本记忆,求证未知世界,常常乐于行旅而不疲。

呜呼,昔人有言:"宁为太平犬,不作乱离人!"吾辈何幸,生于忧患,长于安乐,不仅衣有余、食无忧,且还尽享岁月太平和交通便捷之利？因此命笔作文以记一段有缘游程，或亦"太平人氏"惜福感恩之一端也。于是继《雁斋书事录》（南京师范大学出版社2008年1月版）收录自1997至2006年积累之日记、游记后，特编新集为《秋禾行旅记——"雁斋书事录"二集》。

话说《雁斋书事录》问世之后，书林诸君中有汕头林伟光书友撰文云：

> 与以前雁兄所出之书话集比，《雁斋书事录》一以贯之的书人情怀非但没有变，且更加的浓烈。当然，随着他的步履逐渐走出学者的书斋，已是变"坐读"为"走读"了，眼界更为开阔，自然所记述的，已大大超越了"有字之书"，如其所言，开始"从无字句处读书"。这使雁斋的文字呈现出一种宏远的气象……此集中雁兄多用日记形式，但也兼及其他文体，总是以最自由本真之笔出之，诚所谓"一曲天然万古新，豪华落尽见真淳"。而且，言书也不拘于书，总是书里书外摇漾着更多的人情世味。这种书外之味，令是集更具深邃之旨，也使阅者更增盎然之情致。（《屐痕处处携书香》，载《汕头日报》2008年3月23日）

南京师范大学中文系赵普光博士说：

> 《雁斋书事录》其实就是著者的"四方淘书记"，或曰"书痴日录"。在当代学人中，记录访书观书的，有谢国桢《江浙访书记》等；书写人文观感的，有余秋雨《文化苦旅》等。本书则将淘书、游历、文化思考等要素糅于一体……这种随感随记式的文字，使此书自然真实，毫无雕琢，更能展示出作者个人性情，因此颇具自家面目……虽为日录随记，又可作上佳的随笔散文来读。书中常常点缀写景之笔，或生发人生感悟，均摇曳多姿，清新可爱，足见才子文笔。（《游目与骋怀：精神漫游者的文化录踪》，载上海《图书馆杂志》2008年第4期）

《山东图书馆季刊》在2008年第2期的"东方阅读书院"栏目中，以"《雁斋书事录》品读两题"刊发了吉林通榆书友葛筱强的《金陵雁斋的书事灯影》和山东淄博书友袁滨的《文化行旅的深度抵达》评论，略云：

《雁斋书事录》是雁斋主人云游四方访书购书的书香生活的脚注，其文字饱含生动细节，兼具书卷气、辞章美和理性光芒，彰显了作者"因机缘而出游，写时代之实录"的爱好……读徐雁的书，你会深切感到，他书中延续的，是一个读书人超拔清朗的书生情怀，一个文化传播者始终不渝的踏实功课。

　　《雁斋书事录》是一本"读物"，一本随时可以翻起，随页可见珠玑，随意可获收益的书，是那种能够让人记忆，并引发思考的书，是那种能够放下很久却又很久难忘的书，是那种开卷有益，又有温故知新的书。没有任何矫情，妙笔纪事，书香袅袅……轻盈，散淡，朴素，能导人进入宁静的思索，读出文化苦旅的钙质和亮度，读出古典情怀的凝重和庄严，读出人在旅途的生命姿态和精神光华。这是作者"大阅读"身姿的示范图，是一份知行合一的汇报单。本书应该定格为一片人文的风景，不仅让人流连，而且能够激励来者写生——续写新的"大阅读"篇章。

　　以上四位书评作者虽被我引以为"书友文朋"，却实有林、葛两君至今尚悭一面，因此他俩的意见更多一点地能够激发我的沉思，启迪我思索如何更好地去记录所见所闻，所知所识，尤其是所思所想，所感所悟。

　　《秋禾行旅记》为我二零零七年二月首途石家庄，至二零零八年十二月三十一日自苏州归来的旅行记合集。就省市而言，河北、宁夏、山东、江西、湖南、福建、广东、深圳皆曾涉足，至于江浙两省，往往来来，反反复复，更无论矣。其间行程何止万千里！

　　西谚云："人是会思想的芦苇"，古贤曰："见多"才能"识广"。辨证"天人合一"之宇宙法则，实证"求索未知"之永恒价值，故昔人有"读万卷书，行万里路"之说，其中实蕴有"知行合一"、"理论联系实践"之深刻哲理。因为见闻之际，不免思想；思想之余，或有感悟也。因此，本集仍是我读书教书写书之余的心得簿。

　　2009年7月21日定稿于金陵江淮雁斋，时登泰山甫归。